Le Grand Silence

DU MÊME AUTEUR

Chez Denoël :

Le Caïd, 1976.
Jaraï, 1980.
La Porte de Kercabanac, 1982.
Le Seigneur des Tempêtes (Sueurs froides), 1983.

Chez Olivier Orban :

Daddy, 1987.
Le Jaguar, 1989.

Loup Durand

Le Grand Silence

Plon
76, rue Bonaparte
Paris

ISBN 2-259-02704-0

Première partie

JUDITH

I

Peu avant la tombée de la nuit, le harfang apparut, achevant son vol de trois mille kilomètres. Il venait de l'Arctique, sans doute du nord de la terre de Baffin, voire de plus loin. Les derniers courants ascendants trouvés à l'entrée de la mer ou de la baie d'Hudson l'avaient hissé à plus de deux mille mètres au-dessus des monts Laurentides, au Canada. La vision du harfang était tridimensionnelle : elle lui permettait non seulement de discerner les couleurs, mais encore de percevoir les ultraviolets, et peut-être les infrarouges — il était possible que toutes les silhouettes des créatures vivantes dégageant de la chaleur lui apparussent ourlées d'une frange érubescente, de nuit surtout. L'œil du harfang possédait en outre cette particularité à peu près unique dans le règne animal, hors les autres grands rapaces nocturnes, de déployer — simultanément — sa formidable acuité visuelle en direction de plusieurs points différents.

Ainsi repéra-t-il, dans le même centième de seconde, la grande Cabane de Saorge, la clinique établie à environ deux mille cinq cents mètres plus au sud, la clôture métallique entre ces deux constructions et courant sur des hectares, le mouvement des visiteurs et infirmières, la présence lointaine des guetteurs apostés qui depuis des semaines épiaient Saorge. Et ceci bien que la pénombre commençât d'envahir les combes et la forêt, sous lui.

Bien entendu, le harfang n'avait aucune conscience de ce qu'il voyait. Sans doute même ne se rendait-il pas compte qu'il *voyait*. Et les mots terre de Baffin, Laurentides, Canada, nord ou sud, maison et jusqu'au nom de Saorge étaient pour lui sans signification.

Il n'avait guère effectué de vol battu, depuis son survol de la baie James. Il avait plané pour l'essentiel. Le harfang était une énorme chouette de l'Arctique, d'environ quatre-vingts centimètres de long, d'un mètre quatre-vingt-dix d'envergure ; il était uniformément blanc, neigeux, à la seule exception d'ocelles bleu nuit sur le dernier tiers des pennes de ses ailes. A l'exception aussi de son bec de rapace, si tranchant, de ses serres et également de ses yeux. Lesquels commencèrent à se faire phosphorescents, à mesure que la lumière hivernale baissait — un œil humain n'eût plus rien distingué, désormais.

Le harfang entama sa descente. Il ralentit. L'extraordinaire surface portante de ses rémiges lui donnait la possibilité, quand il chassait de nuit, d'abaisser quasiment sa vitesse jusqu'à celle d'un homme au pas — dans un silence total. Il se mit à décrire des cercles concentriques, ayant la maison de Saorge pour axe. La nuit se fit plus sombre. Le harfang n'en continua pas moins de photographier, par cadrages successifs ; zoomant parfois sur tel détail et le grossissement augmentant à chaque nouvelle spire de sa descente en spirale : la Cabane de Saorge, équipée de ses trois antennes paraboliques de deux mètres de diamètre l'une, encore le mouvement de relève des infirmiers et infirmières de la clinique, l'immobilité des guetteurs, le fébrile et furtif déplacement d'un rongeur ou la reptation d'un serpent-jarretière. Sans l'impérieux instinct qui le poussait depuis des jours et des jours à rejoindre Saorge, le harfang se fût sûrement intéressé à l'une ou l'autre de ces proies. Mais chaque cliché qu'il prit de la sorte fut enregistré dans son cerveau et traduit en images mentales...

Images que Saorge put lire à la seconde, claires et nettes, à présent que la distance entre l'oiseau et lui s'était suffisamment réduite. Saorge sut dès lors que le harfang lui revenait, pour la cinquième année consécutive.

Saorge sut encore ce qu'il y avait autour de lui, dans un rayon de plusieurs kilomètres autour de sa maison. Tout comme s'il eût disposé d'une caméra aérienne, automatique, laquelle lui eût retransmis ses images.

La présence des guetteurs ne surprit pas Saorge. Depuis longtemps il se savait épié. Depuis le début.

A ce stade de la découverte que l'on va faire de lui, on ne connaît qu'assez mal la nature et l'étendue des possibilités de Saorge. Ainsi ignore-t-on comment il peut lire dans la tête des animaux. Comment et à quel degré. A quelle distance. S'il est seul au monde à détenir pareille aptitude et si elle s'applique à quelques animaux seulement (avec lesquels il entrerait en empathie) ou à l'ensemble de la vie animale.

En somme, on ne dispose guère que d'une trentaine de feuillets détachés des notes prises en vingt ans par le docteur Gatineau. Notes secrètes, codées, et rédigées de surcroît selon une sténographie très personnelle, pas mal déconcertante ; en aucun cas destinées à être rendues publiques. Et qui d'ailleurs auraient dû être détruites, si les dernières volontés d'Henri Gatineau, connues trop tard, avaient été respectées. Déjà, que ces notes soient parvenues à la Fondation Brubaker est le résultat d'un enchaînement de circonstances peu banales, sans lesquelles l'existence même de Saorge eût été ignorée. Mais il a encore fallu que le dossier de l'opération Anneau Magique remonte jusqu'à Aloïs Brubaker en personne. Et que le même Aloïs Brubaker se toque de l'affaire. Consulté (mais il ne l'a pas été et ne le sera jamais), l'état-major du vieux milliardaire eût probablement conclu à quelque nouvelle foucade. Non sans raison : depuis plus d'un demi-siècle, les laboratoires Brubaker ont conduit des études dans les domaines de la physique et de la chimie, voire de la bactériologie, le plus souvent à des fins militaires ; et toute la puissance financière du groupe vient de là ; mais dans le même temps des millions de dollars ont été prodigués pour des recherches plus surprenantes : sur l'intelligence des dauphins ou sur la possibilité pour un être humain de s'élever au-dessus du sol, de léviter sans autre énergie que celle dégagée par son propre corps.

Anneau Magique. Le nom de code a été donné par Aloïs Brubaker lui-même. C'est une référence à l'anneau que, dit-on, le roi Salomon passait à son doigt pour communiquer avec les animaux. L'opération commence au printemps. Ce n'est d'abord qu'une simple enquête sur feu le docteur Henri Gatineau, directeur et médecin-chef de la clinique sur la rive nord du lac Saint-Jean, au Québec ; puis sur son bizarre pensionnaire. Ce que l'on connaît des notes de Gatineau, extraits dont le déchiffrement est d'ailleurs laborieux, démontrent que le praticien, psychiatre de formation mais à la curiosité encyclopédique, a conduit ses observations durant une vingtaine d'années avec une conviction définitive : la réalité de la faculté de son patient.

Durant les derniers jours d'avril, Brubaker décide d'en avoir le cœur net. Sans aller jusqu'à se déplacer lui-même — il a quatre-vingts ans et ne quitte plus guère sa propriété des îles Vierges —, il dépêche à la clinique des Laurentides une puissante équipe qui réunit notamment des psychiatres et des spécialistes du comportement animal — des éthologistes —, flanqués de trois avocats. De par son ordinaire obsession du secret, Brubaker n'a appris à ses mandants que le strict nécessaire ; il leur a donné pour mission de déceler toute fraude éventuelle, de relever les erreurs, d'établir autant que possible le bien-fondé des certitudes de Gatineau, et enfin de proposer à Saorge toute somme susceptible d'emporter son adhésion à un programme d'étude aux conditions de son choix. « Vous pouvez aller jusqu'à dix millions de dollars, voire au-delà », a indiqué Brubaker à ses hommes d'affaires.

L'échec est total. L'ambassade ne peut même pas prendre un contact physique. Saorge a refusé toute espèce de rencontre ; c'est seulement au téléphone qu'il a consenti de parler. Pas question de franchir la clôture derrière laquelle il est légalement chez lui. Pas question de simplement se montrer. Les millions de dollars offerts l'ont laissé imperturbable. Il n'a aucun besoin de cet argent, dit-il. Et non, il ne saurait imaginer quoi que ce fût de nature à modifier son attitude à l'égard du monde extérieur.

Echec total mais inacceptable pour Aloïs Brubaker.

D'autant qu'il y a encore un autre élément, et capital : les étonnantes omissions dans les notes de Gatineau. Omissions assurément délibérées : comment un analyste aussi perspicace, sinon brillant, qu'Henri Gatineau, aurait-il pu ne pas pousser à son terme un raisonnement pourtant simple :

Saorge peut peut-être lire dans le cerveau des animaux...

... Or l'homme est un animal...

Saorge peut donc lire dans l'esprit humain.

Le harfang s'était posé, avait pris position sur l'une des fourches d'un grand épicéa argenté dont la cime culminait à quarante mètres. Le même arbre où cinq ans plus tôt il avait installé ses quartiers d'hiver, lors de la descente au sud pour suivre Saorge. La Cabane de Saorge était très proche. En vue. Capable de demeurer trois semaines sans manger, le harfang était à jeun depuis plusieurs jours ; son dernier repas remontait à ces quatre lemmings tués, déchiquetés, engloutis une semaine auparavant, sur les bords de la baie d'Ungava. Le harfang avait faim. Dans la nuit maintenant très noire où le seul point de lumière était cette fenêtre éclairée en contrebas et à quarante mètres, l'ouïe si particulière du harfang entra en action. Elle pouvait capter les infrasons (de fréquence trop basse pour être perçus par une oreille humaine, voire par la plupart des autres espèces animales ; ainsi du ressac de la mer en tel point déterminé de telle côte, du clapotis de tel ruisseau, d'une vibration du vent dans tel groupement d'arbres ou de rochers ou de blocs de glace, immédiatement identifiés et reconnus au cours d'un vol, et plus encore d'une migration). Les oreilles du harfang étaient asymétriques. Orientée vers le bas, l'oreille gauche était disposée plus haut que la droite, celle-ci pointée vers le haut. Le collier de plumes fines autour de chaque œil servait de conduit auditif supplémentaire. Les tympans étaient reliés entre eux par un canal traversant le crâne ; chaque tympan recevant donc un même son de deux directions différentes. En conséquence de ce formidable dispositif, le harfang pouvait localiser une proie au centimètre près, sans la voir.

De la sorte, le harfang repéra un raton laveur, deux campagnols, une couleuvre en train d'effriter la glace d'un étang, les *tancs* apeurés d'une gélinotte. Sur un rayon de trois cents mètres.

Et durant quelques secondes, l'affrontement eut lieu, dans le cerveau de la bête. Entre son envie de tuer et de manger, et son besoin d'établir un contact avec Saorge. Mais le ténu déclic d'un pêne de porte lui parvint et la seconde des deux pulsions l'emporta. Le harfang déploya ses ailes, s'inclina dans le vide, plana sur quarante mètres et tout en bas dans la clairière alla se poser sur l'épaule gauche de Saorge qui venait d'émettre le signal d'appel, que son instinct lui faisait tant aimer. Le harfang accrocha ses serres, juste assez pour demeurer en équilibre mais sans risquer d'entamer la peau sous le cuir du blouson. Son bec inquiétant se mit à farfouiller dans l'épaisse chevelure noire, très délicatement, avec tendresse. L'image de Saorge, en couleurs, avec sa chemise à carreaux rouges et verts et son blouson de cuir fauve, ses bottes, sa ceinture à boucle d'acier bruni, cette image revenait sans fin se former dans le cerveau du harfang. Ourlée de rouge et comme clignotante.

Amour.

L'idée n'est pas d'Aloïs Brubaker mais d'un autre homme qui va entrer dans l'histoire. Dès l'instant où elle est émise, en mai ou juin, Brubaker s'y rallie, quoiqu'avec une répulsion hargneuse. Confier une telle mission à une femme lui semble, et va lui sembler tout du long, d'une particulière idiotie ; sa misogynie est viscérale. Mais bon, il accepte. Il demande à voir la dame, passe quarante minutes avec elle, un peu rasséréné par le fait que s'il parle, elle écoute, impassible. Il relit le dossier constitué à son sujet, entrecoupant sa lecture de coups d'œils prolongés sur la grande jeune femme, cheveux auburn, yeux bleus, effectivement très belle, qui soutient son regard chaque fois avec impavidité et un soupçon d'insolence. Près de dix années de missions spéciales pour une agence gouvernementale ; froide comme la mort, souligne assez banalement le dossier ; la réputation de n'avoir jamais renoncé à tout objectif qui lui était assigné, et de les avoir atteints, ces objectifs.

Sait-elle le français ?

Oui.

Est-il bien clair pour elle que la difficulté de l'opération Anneau Magique tiendra à ce que le gibier pourra à tout moment lire dans le cerveau du chasseur ?

Oui.

Non seulement dans les confrontations en vue directe, « comme vous et moi en ce moment », mais également à distance ? (Et à une distance qu'il conviendra de déterminer ?)

Oui.

A-t-elle bien compris que sa mission est double : établir dans un premier temps sans la moindre équivoque la réalité de l'extraordinaire aptitude de Saorge, par tous les moyens légaux ou non ; puis ensuite amener ou contraindre Saorge — également par tous les moyens sans limitation d'aucune sorte, à travailler pour les laboratoires Brubaker ?

Oui.

Et dans le secret total ?

Oui.

Les deux seules personnes au monde à qui elle devait faire rapport ou dont elle devait prendre les ordres étant lui-même, Aloïs Brubaker, ou Alex MacKenna ici présent ?

Oui.

Croit-elle possible qu'un homme puisse exister, qui lise à livre ouvert dans les pensées des autres, à la seconde où ces pensées sont émises ?

Non.

— Je ne me soucie pas de ce que vous pouvez penser, dit Brubaker de sa voix si caractéristique. Vos opinions m'indiffèrent. Vous ferez comme si. Alex MacKenna vous a bien prévenue qu'en acceptant la présente entrevue et prenant connaissance de la nature de votre mission, vous avez engagé votre vie ?

Oui.

Tant d'impavidité et de maîtrise de soi (et chez une femme !) ont sans doute fini par atteindre Aloïs Brubaker. A preuve sa dernière question : se rend-elle compte que, si Saorge peut réellement lire dans les cerveaux humains, elle va se retrouver mise à nu comme jamais aucun être humain ne l'a été ?

Oui.

Elle a trente-deux ans. Elle s'appelle Judith Jordaan.

Une vingtaine d'années plus tôt, le docteur Henri Gatineau voit entrer dans le cabinet de la clinique sur les hauteurs du lac Saint-Jean un garçonnet d'à peu près cinq ans d'âge. L'enfant est accompagné de sa mère.

De celle-ci, Gatineau va apprendre l'essentiel : elle gère d'une main de fer l'important patrimoine hérité de son père (dont de vastes terrains qui jouxtent justement la clinique) ; elle n'a jamais été mariée — l'enfant a été déclaré de père inconnu et porte son nom à elle ; depuis plus de trois ans elle a consulté pour son fils les plus réputés des spécialistes mondiaux, les faisant venir au Québec faute de pouvoir faire voyager le gamin ; elle est disposée à tous les sacrifices dans l'espoir d'une guérison, y compris une séparation.

A l'époque, la clinique créée par Henri Gatineau est encore modeste, offrant au plus une trentaine de lits. L'établissement est spécialisé en psychiatrie.

Marie Saorge se montre fort claire : elle est venue à Gatineau parce que ses rencontres avec la fine fleur des psychiatres des Etats-Unis ou d'Europe ont dressé de ce dernier un portrait flatteur ; elle est prête à construire un pavillon exclusivement réservé à l'enfant.

— Parce qu'il n'est pas fou, première raison ; et parce que l'expérience m'a appris que ses crises sont moins fréquentes et surtout plus bénignes dès lors qu'il n'y a pas foule autour de lui.

Durant les semaines et les mois qui vont suivre, Gatineau se demandera si Marie Saorge connaissait ou non la vérité sur le mal étrange frappant son fils. Il s'interrogera jusqu'au jour où la réponse lui apparaîtra, aveuglante, et il s'étonnera de ses incertitudes, sinon de sa stupidité.

Gatineau regarde l'enfant assis devant lui, et qui en une heure n'a pas dit un mot, n'a pas esquissé le moindre geste — sinon pour parfois tourner la tête et contempler la forêt proche. Le regard est noir, d'une lourdeur insolite, presque gênante. Selon l'épais dossier médical, le gamin a présenté les symptômes de ce que les diagnostics antérieurs décrivent comme une épilepsie. Le *mal Saint-Jean*, ainsi qu'on disait jadis en français, et dont un Jules César par exemple était atteint.

Dès ses premières observations, Gatineau réfute les conclusions de ses confrères. Les premières crises sont apparues environ trois ans auparavant. Aucune trace de méningite aiguë, de méningo-encéphalite, d'hémorragie méningée. A l'instar de ses prédécesseurs dans le cas Saorge, Gatineau écarte d'emblée l'épilepsie dite du *petit mal myoclonique* (survenue soudaine, et consciente, de convulsions ; généralement au réveil ou en conséquence de stimulations visuelles ou auditives intenses).

Il rejette de même le *petit mal akinétique* (brève suspension du maintien — le sujet s'effondre —, incapacité à soutenir le poids de la tête et à toute préhension par les mains, dérobement des jambes avec chute).

Reste le *grand mal*, avec ses trois phases avérées : perte de connaissance avec raidissement de tout le corps, puis convulsions, et coma enfin ; le tout accompagné de l'hypersécrétion d'une mousse — la fameuse bave aux lèvres. C'est vrai que les crises du jeune Saorge sont marquées par plusieurs de ces symptômes. Mais la perte de conscience n'est que relative (l'enfant entend et répond, quoique difficilement) et il n'y a pas de mousse, la bouche reste sèche. Quant aux relevés électro-encéphalographiques, ils révèlent un rythme extraordinairement rapide, dans tous les cas absolument anormal pour un gamin de cet âge ; le rythme est celui d'un adulte à forte activité cérébrale...

... Et en proie à l'épouvante.

Le pavillon a été construit en un temps record. On y installe l'enfant avec deux infirmières spécialement rétribuées par Marie Saorge. C'est une petite construction de trois pièces située à deux cents mètres dans le nord de la clinique proprement dite. Le gamin va y vivre cinq ans, jusqu'au printemps de 1976 quand sera édifié ce qui va devenir la Cabane — toujours au nord, mais cette fois à plus de deux kilomètres du cabinet de Gatineau.

Marie Saorge elle-même séjourne trois semaines d'affilée dans l'établissement, assistant avec une calme vigilance aux lents progrès effectués par le médecin dans son approche du gamin. C'est par hasard, deux jours après le départ de la jeune femme d'affaires, que Gatineau effectue sa première découverte. A en croire la relation qu'il fera ensuite de l'événement, relation qui parviendra entre les mains d'Aloïs Brubaker, il estime avoir décelé la cause, ou l'une des causes, de ces extraordinaires affolements qui saisissent le gamin : une relation directe avec une présence animale. Gatineau possède un chien, un setter irlandais répondant au nom de Zigmunt, Zig pour les intimes, et que les secrétaires du directeur et médecin-chef de la clinique se relaient pour emmener en promenade. Ce matin-là, alors qu'il est apparemment calme, le jeune Saorge entre dans une agitation qui très vite tourne à la crise épileptique. Au même moment, à trois cents mètres de là, et de l'autre côté du bâtiment de la clinique, le doux Zig, pacifiste de nature, se fait agresser par un molosse échappé d'une voiture de visiteurs ; il lui faudra des dizaines de points de suture : il a été aux trois quarts égorgé et éventré. Gatineau ne peut douter que la douleur ressentie par son chien a été lue et éprouvée, à distance, par l'enfant. Il répète et varie ses expériences. Gagné par une conviction d'autant plus forte que son jeune patient se conduit à présent comme si quelque barrière mentale, en cédant, l'avait libéré. Du jour au lendemain, avec le plus grand naturel, l'enfant admet qu'en effet il reçoit « des images ». Il voit ce que voit le setter irlandais : « Seulement quand Zig a les yeux ouverts ? — Non, monsieur. — Tu lis les images qui se forment dans la tête de Zig quand il dort ? — Oui, monsieur. » Et l'enfant de décrire (avec ses mots de l'époque, mais le jeune Saorge, qui ne s'est décidé à parler vraiment que passé quatre ans, dispose d'un vocabulaire déjà étonnamment riche, et il présente cette particularité d'un langage bizarrement recherché, sinon précieux), l'enfant de décrire les images de promenades, de gambades, de chasses joyeuses qui défileraient dans le cerveau du setter. « Zig est le seul animal que tu puisses lire ? — Non, monsieur — Tu ne lis quand même pas tous les animaux ? » Hésitation, chez l'enfant. Ou plus exactement, silence, tandis que le regard se perd sur la forêt enneigée de novembre. Gatineau demande : « Saverio, le chef cuisinier de la clinique, a deux chats. Tu lis ces chats ? — Oui, monsieur. — Que font les chats de Saverio en ce moment ? — Ils vont manger, monsieur. — Où sont-ils ? — Il y en a un qui est monté sur la table bleue et l'autre est par terre. Le chat sur la table bleue descend, il a dans sa tête l'image-souvenir de Saverio qui le frappe chaque fois qu'il monte sur la table. Les deux chats sont par terre. Saverio leur donne à manger. Du lapin. » Gatineau décroche un téléphone et joint les cuisines, à près de trois cents mètres du pavillon. Confirmation en tous points. « Tous les animaux, n'est-ce pas ? — Oui, monsieur. — Ceux de la forêt aussi ? — Oui, monsieur. — Loin dans la forêt ? — Non, monsieur. — Tu reçois des images de tous les animaux en même temps ? — Oui, monsieur. — En ce moment même, à cette minute, quelles images reçois-tu ? — Chiens, chats, souris, chevreuil (deux), oiseaux... — Quels oiseaux ? — Je ne connais pas leur nom, monsieur. » Mais un oiseau est précisément en train de survoler la clinique et son regard acéré cadre des mouvements de voitures dans le parc de stationnement. « Tu peux lire la plaque minéralogique, le numéro de cette voiture verte qui vient d'arriver et que ton oiseau aurait vue ? — Oui, monsieur. » L'enfant indique le numéro de la voiture qui serait selon lui en train de se garer devant le bâtiment de l'administration. Gatineau téléphone à nouveau : confirmation pour la couleur et pour le numéro ; la voiture verte est une Range Rover dont c'est la première visite. Depuis le pavillon dans lequel se trouve le jeune Saorge, elle est naturellement hors de vue — distance : plus de cinq cents mètres.

On est en novembre 1972. Deux semaines plus tôt, Marie Saorge a annoncé la nouvelle à Gatineau : elle est atteinte d'un cancer et, avec son ordinaire maîtrise d'elle-même, prévoit sa propre mort avec le plus grand calme. Henri Gatineau accepterait-il de prendre soin de son fils ? « Vous seriez assisté de mes avocats de Montréal, Antoine Desjardins en particulier, vous et lui seriez tuteurs. » Gatineau donne son accord sans presque hésiter. Aucun doute que dans sa décision, son désir passionné de poursuivre ses études du cas Saorge joue un rôle décisif. Son attachement pour l'enfant aussi.

En une seule occasion, il s'est ouvert à la mère du garçonnet des découvertes qu'il pense avoir faites. Marie Saorge n'a réagi d'aucune manière. « J'ai pris toutes les dispositions auxquelles je pouvais penser en sorte que mon fils ait le moins possible à souffrir de sa maladie » ; la réplique lui tiendra lieu de réponse.

« Contact, monsieur. Un ours noir. Il est à huit cents mètres sur notre gauche. Il regarde sa patte, je vois sa patte avant gauche. Elle est blessée. L'ours est en colère. Il a été blessé par un piège. Je reçois l'image-souvenir du piège. — Tu crois qu'il peut nous attaquer ? — Oui, monsieur. — Ecartons-nous, dans ce cas, revenons chez toi. »

L'enfant reçoit mais n'émet pas. Sur les animaux dont il lit les images mentales, il n'a pas davantage de contrôle qu'il n'en aurait sur la source d'une quelconque émission sonore ou visuelle. S'il peut, grâce à son étrange faculté, modifier le comportement de tel ou tel animal, c'est dans la mesure où il s'adapte à des attitudes qu'il arrive à prévoir.

Et bien évidemment, deux questions obsèdent chaque mois davantage Henri Gatineau : « A quelle distance ? — Je ne comprends pas votre question, monsieur. — Je crois que tu la comprends très bien, au contraire. — Veuillez m'excuser, monsieur : je la comprends en effet. — Mais tu ne veux pas y répondre. — Je vous prie de m'excuser, monsieur. »

Et surtout cette autre question, infiniment plus importante. A la vérité, capitale : « Est-ce que tu lis aussi dans la tête des gens, mon garçon ? »

Pas de réponse.

« Est-ce que tu lis dans ma tête, en ce moment même ? Je ne suis qu'un animal comme un autre. Tous les êtres humains sont des animaux. »

Non.

Non, dit l'enfant au sortir d'un long silence, de sa voix déjà un peu rauque.

Non, monsieur.

L'enfant, l'adolescent ensuite, le jeune homme ne se départiront jamais de ce premier déni. Même dans les pires moments, à la mort de sa mère, en 1976, lorsque sera achevée la Cabane et qu'il s'y cloîtrera, s'enfermant de surcroît en lui-même.

II

De Montréal via New York à Québec, la route de Chicoutimi ensuite. C'était elle, Jordaan, qui avait choisi une approche lente et progressive, de préférence à une ultime étape aérienne. Elle aimait conduire, de toute façon. L'organisation Brubaker lui avait retenu une Mercedes à sa sortie de l'aéroport montréalais. Du monde sur la route, on était un dimanche, le Québécois s'en allait aux champs pour cette première vraie journée hivernale. Mais roulant au nord vers et dans l'ancien « royaume du Saguenay », le trafic se fit moins dense, le froid plus vif, la neige plus épaisse.

Une chambre lui avait été réservée à l'auberge des Gouverneurs de Chicoutimi. Elle y demeura le temps d'une douche et repartit. Longea le lac Saint-Jean par le nord jusqu'à trouver sur sa droite, une fois franchie la rivière Péribonka, la route indiquée sur sa carte. Elle arriva à la clinique peu après onze heures du matin, n'ayant pas dormi depuis trente heures, hors un assoupissement dans l'avion entre les Caraïbes et New York. Le médecin qui avait succédé à Henri Gatineau se nommait Jardel. En tant que l'un des rares témoins survivants, il allait se souvenir de l'arrivée de Jordaan, et de la première rencontre entre Jordaan et Saorge. Dans l'instant, il découvrit une jeune femme de haute taille, d'une étourdissante beauté, dont le regard était le plus froid qu'il eût jamais croisé. Il la reçut dans son bureau, qui avait été celui de Gatineau, où se trouvait le coffre-fort dans lequel les notes du même Gatineau, relatives à Saorge, avait été découvertes.

— Ceci est une clinique psychiatrique et un centre de repos, dit-il en réponse à la question posée. Le parc fait deux cent dix hectares.

— Le secteur de Saorge compris ?

Non. Ce qu'elle venait d'appeler le secteur de Saorge s'étendait à lui seul sur deux cent quarante hectares entièrement clos, et jouxtait le parc de la clinique sans en faire partie. A l'origine, la famille de Saorge avait été propriétaire de toutes ces terres, depuis la réserve de Chibougamau jusqu'à la rive nord du fjord du Saguenay, dans lequel les baleines et les marsouins viennent s'ébattre l'été — « Vous auriez pu en voir encore, si tard en saison » — ; au fil des décennies, les ventes successives avaient été très sagement conduites ; en bien des cas sinon presque tous, les terres avaient été cédées contre argent comptant certes, mais aussi contre un intéressement aux entreprises et négoces entrepris. Ainsi Saorge, seul héritier, détenait-il par exemple des intérêts dans nombre d'hôtels, d'infrastructures touristiques ou sportives en général ; ou des actions d'une importante usine de papier et d'aluminium...

— Ou des parts de cette clinique.

— Dont il est en même temps l'un des propriétaires et l'un des malades.

— Personne ici ne le considère comme un malade.

— Il suit un traitement ?

D'aucune sorte. Sauf cet isolement qu'il avait choisi. Depuis très longtemps, depuis son enfance. Jardel croyait savoir qu'à l'origine cette mise à l'écart avait été proposée par Gatineau, faute de pouvoir recourir à une thérapie efficace. Toutes conditions remplies, Saorge se montrait d'un commerce agréable. Un bon voisin. Sans histoire, dès lors qu'était respectée la distance fixée.

— La clôture, autrement dit.

— Quelle est la distance, entre cette clôture et sa Cabane ?

— Quinze cents mètres ou un peu plus. Disons un mile. Et entendons-nous sur ce mot de cabane. Il s'agit d'une vraie maison, parfaitement équipée. Quant aux abords de la clôture, de notre côté, seuls nos jardiniers y ont accès. Gatineau y avait fait planter des pommiers dont il était très fier.

— Et si cette clôture venait à être franchie par quelqu'un ?

Le dernier incident remontait à trois ans. Deux chasseurs s'étaient aventurés sur le territoire de Saorge, par le nord-ouest, au mépris des interdictions pourtant visibles et des limites tracées. Il avait fallu les hospitaliser, leurs os brisés avec violence, l'un d'eux presque mourant. Les avocats de Saorge avaient arrangé l'affaire.

— Il n'est pas responsable de ses actes ?

— Juridiquement, tout à fait.

Non, aucune visite. Jamais. Même pas ses avocats. Sa seule famille consistait en cousins éloignés, à qui une pension était versée et qui s'en tenaient là.

— Il a tout de même besoin d'être ravitaillé.

Il l'était. Il passait ses commandes par téléphone, les livraisons étaient effectuées au jour et à l'endroit convenus. Non, pas de régularité dans ces achats, même alimentaires.

— Il doit chasser et pêcher, du moins on le suppose.

La nature de ses commandes variait : des vêtements, du matériel, des livres, des cassettes vidéo...

— Les antennes paraboliques ont été installées en 1987. Les techniciens ont travaillé plusieurs jours sans voir leur client. De même les ouvriers qui un jour ou l'autre sont venus effectuer des travaux.

L'installation de télévision permettait de capter cent ou cent cinquante programmes différents, dont vingt ou trente provenant d'Europe.

— Docteur, vous avez vous-même rencontré Saorge ?

Jardel l'avait aperçu une seule fois. Durant l'été 1985. Il avait accompagné Gatineau de qui il était alors le premier assistant.

— Gatineau rencontrait Saorge ? Physiquement ?

— A ma connaissance, les deux hommes se voyaient

huit ou dix fois l'an. Davantage autrefois, sans doute, quand Saorge était gamin. Mais je ne travaillais pas encore à la clinique.

— La mère de Saorge ?

— Je ne saurais vous dire. Cela remonte trop loin.

Non, la rencontre faite par Jardel de Saorge n'avait rien eu de particulier. Saorge s'était montré fort courtois. Peut-être avait-il semblé un peu tendu mais la chose était assez normale, pour quelqu'un vivant ainsi retiré du monde.

— Il avait alors dix-huit ans environ. Henri Gatineau m'a dit par la suite qu'il avait encore grandi.

— Je voudrais faire un tour par là-bas, dit Jordaan. Sans entrer chez ce monsieur, bien entendu.

Jardel avait fait le meilleur accueil à sa visiteuse pour cette première raison qu'elle lui avait été recommandée deux jours plus tôt par l'un des avocats de la Fondation Brubaker qui appelait de Montréal. Et la Fondation s'était porté acquéreur d'une majorité des parts de la clinique, quelques mois auparavant, sous couvert d'une société d'investissement.

Jardel en était maintenant à rechercher toute occasion de prolonger sa présence au côté de cette splendeur. Il enfila sa parka et sortit avec elle.

Jacques Jardel. Il a fait ses études de médecine à Montréal où ses arrière-grands-parents sont venus s'installer, depuis la France, au début du siècle. Famille de médecins. Pas de fortune personnelle mais de l'aisance. Assez pour, son diplôme obtenu, consacrer quatre années supplémentaires à une spécialisation en psychiatrie. Deux ans en Europe, deux autres aux Etats-Unis. Il trouve un poste à Toronto et y rencontre une Elizabeth « Colleen » Cannon, qu'il épouse. Il s'ennuie énormément à Toronto et saute sur toutes les occasions d'en partir. C'est lors d'un congrès de psychiatres au Maroc, à Marrakech, qu'il fait la connaissance d'Henri Gatineau, dont il savait le nom. Gatineau le fascine d'emblée : le médecin-chef de la clinique du lac Saint-Jean est d'une intelligence brûlante, parfois brutale quand il ne s'agit pas de l'un de ses patients, il s'impatiente très vite lorsqu'on ne pense pas à la même vitesse que lui. Il n'admet guère la contradiction et déborde d'une confiance en lui qui tiendrait de la suffisance sans des qualités professionnelles hors pair et un sens de l'humour des plus acides. Jardel est d'une personnalité exactement contraire ; c'est un calme, voire un timide ; il n'est pas brillant. Mais il est sûr ; dans ses diagnostics, son suivi, sa gestion ; et c'est un travailleur acharné (sa seule excentricité est et restera d'avoir épousé une maudite Anglaise, mais somme toute, étant Québécois de la troisième génération seulement, ce n'est pas un Canadien pure laine — tout s'explique).

Il va accepter la proposition que lui fait Gatineau, un soir à l'hôtel *La Mamounia* de Marrakech. Pas sur-le-champ mais dans un délai qui chez lui équivaut à un véritable coup de tête. Quatre mois plus tard — alors qu'il a convaincu Colleen en trois minutes.

Il ne regrettera jamais cette décision à l'emporte-pièce. Ils aiment, sa femme et lui, et leurs enfants itou, le pays de la dernière frontière du Québec, le pays de Maria Chapdelaine et des grands pionniers de jadis. Il aime Gatineau, n'est pas loin de le vénérer, a été profondément choqué par sa mort subite, le 12 janvier dernier, l'a pleuré.

Puis a ouvert ses tiroirs, en sa qualité de médecin-chef adjoint de la clinique. Il compulse les dossiers personnels de son prédécesseur défunt et trouve, entre autres, le dossier Saorge.

N'y relève rien d'exceptionnel. Selon les fiches qu'il a laissées, Gatineau a soigné le jeune Saorge pendant une dizaine d'années pour épilepsie à léger caractère paranoïaque puis a refermé son dossier en notant que, comme espéré, les effets de la puberté s'étaient heureusement manifestés. Autant dire que Gatineau a considéré Saorge guéri, nonobstant une tendance marquée, mais nullement pathologique, à vivre en solitaire.

Jardel n'a reçu de Gatineau aucune espèce de confidence. pas même de recommandation particulière, s'agissant de l'occupant de la Cabane — qui n'est pas sur le territoire de la clinique. A ses yeux, Saorge est un ancien patient, pour qui Gatineau éprouvait de véritables sentiments paternels et qui, de surcroît, est actionnaire de la clinique qu'il dirige désormais.

Rien de plus. Jardel ignore et ignorera toujours la vérité.

Marie Saorge meurt à la fin de l'hiver 1976. Jusqu'au bout, retardant de plusieurs mois l'échéance fatale, elle aura lutté avec une inconcevable énergie. Mais plus inconcevable encore, aux yeux d'Henri Gatineau, aura été son acharnement à refuser d'aborder, si peu que ce soit, le sujet de la maladie de son fils : « Madame, nous le savons tous les deux, il lit ou reçoit les pensées humaines ; les miennes et les vôtres, celles de ceux qui se trouvent dans un certain périmètre autour de lui. — J'ai pris toutes les dispositions. — Vous le saviez quand vous êtes venue me voir, vous le savez sans doute depuis des années, depuis toujours, n'est-ce pas ? — Prenez soin de lui. — Il n'est rien pour lui que je puisse faire, en tant que médecin. — Prenez soin de lui. — Il est condamné à la solitude, sauf miracle. Vous n'avez choisi ma clinique que pour cette seule raison qu'elle est au bout du monde. Il n'y a que le Grand Nord, au-delà. Qui d'autre que vous et moi connaît la vérité ? — La vérité est l'épilepsie. — Est-ce qu'Antoine Desjardins l'avocat connaît la vérité ? — Epilepsie. Je sais que vous prendrez soin de lui, docteur. — Je veillerai sur lui aussi longtemps que j'en aurai la force. Mais ce n'est qu'un enfant. — Pas un enfant. »

Marie Saorge meurt et Henri Gatineau se retrouve seul. Jamais il n'aura le courage de demander à Desjardins s'il *sait*.

« Pas un enfant. » Ces trois derniers mots prononcés par Marie Saorge mourante, Gatineau les tient à la fois comme un aveu et une mise en garde. Si le garçon déchiffre vraiment les cerveaux humains depuis le premier éveil de sa conscience, s'il a réellement pénétré et absorbé les pensées des dizaines, voire des centaines d'êtres humains qu'il a rencontrés — de près ou de loin, la distance reste un mystère —, que diable peuvent en être les conséquences ? A y penser et tenter de l'imaginer, Henri Gatineau éprouve un effarant vertige. C'est au point que durant quelque temps, il doit prendre sur lui-même pour approcher le jeune Saorge — l'épouvantable certitude d'être nu, sans ombre, sans for intérieur ; certitude d'autant plus oppressante, sinon destructrice, que l'on s'accorde à soi-même pas mal d'intelligence et que l'on a acquis toute la virtuosité du monde pour jouer de la différence entre les idées exprimées et les pensées secrètes, « un idiot congénital serait sans doute moins affecté que moi ; quoique... si seuls les cons sont simples, on ne peut même pas s'y fier ». En dernière analyse, à défaut d'une panacée, Gatineau se découvrira une consolation, qui va lui permettre de tenir au cours des quinze ans qui vont suivre : « Ce gamin lit en moi comme à livre ouvert, et il m'a accepté, il m'accepte, nul doute qu'il l'a assuré à sa mère ; j'ai subi un examen et j'ai réussi, pourquoi chercher plus loin ? »

La clinique s'est agrandie — cent dix lits. Constituée en société, elle compte parmi ses actionnaires, outre Gatineau lui-même, le jeune Saorge représenté par ses avocats, à hauteur de sept et demi pour cent. Le premier pavillon édifié pour le gamin en 1971 a été remplacé par un autre bâtiment, dit la Cabane. Gatineau pensera toujours que l'emplacement choisi pour cette dernière ne doit rien au hasard. D'abord, elle se trouve sur les terres des Saorge, limitrophes ; la forêt la dissimule au regard et en accentue l'isolement. Et puis il y a la distance : seize cents mètres de la construction à la clôture (qui n'est alors qu'esquissée, elle dressera plus tard un obstacle véritable), près de deux kilomètres à vol d'oiseau jusqu'au bâtiment principal de la clinique.

De seize cents à deux mille mètres ; ce serait donc là la distance. « C'est ça, mon garçon ? — Je ne comprends pas votre question, monsieur, croyez en mes plus profonds regrets. » Marie Saorge n'a pas voulu se montrer à son fils, durant les derniers temps de son agonie, les ultimes contacts entre le garçon et elle n'auront été que téléphoniques ; sa mort a été un effacement progressif, assurément voulu, froidement déterminé en sorte que l'enfant souffre un peu moins. Tant de stoïcisme a glacé Gatineau. Au point qu'il a un temps mis en doute l'extraordinaire amour réciproque, la connivence unissant la mère et le fils.

Il est revenu de cette erreur. Dès la seconde où, étant revenu porter la nouvelle du décès au gamin, il voit le visage de celui-ci et y lit, sous les apparences d'un pauvre contrôle de soi, un déchirement total et irrémédiable. Gatineau lui-même en pleure, écrasé par sa propre impuissance, oh mon Dieu, comment aller au-devant de cet enfant qui lit en moi qui ne sais que dire et ne parviens pas à prononcer un seul mot ? « Je ne saurais trop vous remercier de votre compassion, monsieur, et du chagrin si sincère que vous ressentez. »

Il faudra à Gatineau désemparé quelque temps pour découvrir ce qu'il y a derrière cette phrase : pour la première fois, le jeune Saorge s'est trahi : il a directement répondu à des pensées.

La clôture mesurait deux mètres cinquante de haut...

— Elle est électrifiée pour les deux derniers barbelés, en haut, dit Jardel. Avec suffisamment de courant pour rejeter en arrière celui qui voudrait les toucher. Et l'étourdir.

— Elle date de quand ?

— Je suis arrivé ici en 1982. Elle s'y trouvait déjà.

Jordaan et le médecin suivaient le grillage depuis plusieurs centaines de pas et le regard de la jeune femme partit au loin sans apercevoir aucune solution de continuité.

— Un mur de Berlin. Il y a un endroit d'où l'on peut voir la Cabane de Saorge ?

— Non. Sauf d'avion.

Une forêt primaire se dressait par-delà la clôture, intouchée depuis la nuit des temps, impénétrable à l'œil ; les érables s'y mêlaient aux ormes, bouleaux, noyers, tsugas, épicéas et épinettes ; des sapins moutonnaient comme une armée noire, au nord-ouest.

— Des animaux ?

— A peu près tous. Des chevreuils surtout — en réalité des cerfs de Virginie mais nous disons chevreuils, ici. Et des ours.

— Des loups ?

— Un de nos jardiniers affirme en avoir vu deux, il y a trois ou quatre ans.

— De ce côté-ci ?

— De l'autre. Chez lui.

Une image se forma dans la tête de Jordaan : un Saorge à cheveux flottants, barbu, massif comme une montagne, conduisant une meute de loups à gueule rouge et dents d'ivoire claquantes. Tu extravagues, ma fille.

Elle s'immobilisa devant la porte du territoire. L'ouverture en était à deux battants, assez large pour qu'un gros camion pût y passer, munie d'une serrure double à clés de sûreté.

— Qui a les clés, à part Saorge ?

— Henri Gatineau les avait. Je les ai confiées à Jean Lalonde, notre intendant. Il doit en rester un jeu de secours dans le coffre de mon bureau.

— Quand Saorge s'est-il manifesté pour la dernière fois ?

Trois, non, quatre jours plus tôt. Au téléphone évidemment. Puisque personne, depuis la mort d'Henri Gatineau, personne parmi le personnel de la clinique ou aux alentours ne pouvait se souvenir d'avoir vu Saorge physiquement.

— Quelques-unes de nos infirmières fantasment à son sujet. On m'a demandé cent fois à quoi il ressemble.

Jordaan se sourit à elle-même, qui n'avait pas été très loin de se poser, elle aussi, la question. Jardel disait :

— Il m'a appelé pour me demander où en était sa commande de livres et surtout celle de ses souris.

— Ses *quoi* ?

— Des souris de laboratoire. Vivantes. Chaque année à la même époque, il en commande huit ou dix douzaines.

Personne n'ayant la moindre idée de ce que Saorge pouvait faire de ces petites bêtes,qu'il ne réclamait qu'à chaque début d'hiver. Même Gatineau s'était interrogé sur ce point, avait posé la question à Saorge sans obtenir d'autre réponse que : « J'aime bien déguster quelques souris vivantes, quand vient la froidure. »

Elle demanda :

— Il pourrait s'absenter sans que quiconque le sache ?

Certainement. Saorge pouvait sortir de son territoire sans passer par cette porte. Jardel savait que deux autres portes existaient. Deux au moins. Il ignorait où. Quelque part dans la forêt, vers le nord et le nord-ouest. Saorge restait souvent plusieurs jours, voire plusieurs semaines ou davantage, sans donner signe de vie.

— Mais en général il téléphone, pour que nous ne nous inquiétions pas de son silence.

— Son téléphone est-il simplement un poste supplémentaire de la clinique ou est-ce une ligne indépendante ?

— Il a deux lignes indépendantes.

— Si bien qu'il pourrait appeler de n'importe où. De Vancouver ou de Tokyo.

— C'est vrai.

Jordaan accepta de croiser son regard avec celui de Jardel et lut — bien que je ne lise pas dans les pensées, moi — la réflexion que le médecin venait de former. Et qui n'était pas sans fondement : il était non moins vrai qu'elle, Jordaan, en savait sur Saorge plus que son interlocuteur, à bien des égards. Grâce aux minutieux dossiers établis par les enquêteurs de la Fondation.

— Docteur, vous travaillez comme médecin dans cette clinique depuis septembre 1982. Vous vous souvenez du printemps et de l'été 1987 ?

Jardel fouilla en vain sa mémoire et secoua la tête :

— Il s'est passé quelque chose de spécial, cette année-là ?

— Entre la fin mars et la mi-octobre de cette année-là, il n'y a aucune livraison d'aucune sorte à Saorge. Cela vous rappelle-t-il quelque chose ?

— Rien.

— Henri Gatineau ne vous y a fait aucune allusion ?

— Aucune.

Jardel, il s'en souvenait à présent, avait eu un printemps chargé, cette même année 1987. Il venait de prendre la direction du pavillon des dépressifs et avait eu deux tentatives de suicide sur les bras. Et il avait passé son mois de vacances d'été en Europe.

Le soleil méridien avait pris de l'éclat, depuis leur sortie de la clinique — vers laquelle ils revenaient tous deux, maintenant. Jardel proposa à Jordaan un déjeuner commun. Elle déclina l'offre, prévue depuis longtemps. Un silence gêné s'ensuivit. Bon, allons-y, pensa Jordaan, ne perds pas davantage de temps :

— Je veux le voir, dit-elle. Lui parler et le voir. Ne me dites pas que ce sera difficile.

La décision est prise en commun par Henri Gatineau et Antoine Desjardins : on met un terme au travail des divers précepteurs qui se sont succédé. Il n'avait jamais été question que le jeune Saorge — il a maintenant quinze ans et l'on est en 1981 — fréquentât quelque école publique ou privée que ce fût. Marie Saorge avait choisi pour son fils un enseignement particulier. « Aussi longtemps qu'il pourra le supporter, docteur. Il viendra un moment où mon fils refusera ce genre de visite. Vous n'insisterez pas, je vous prie. » Le moment est venu. Même si l'adolescent n'exprime à aucun moment un refus. Il advient que les enseignants dépêchés à la Cabane trouvent face à eux un escogriffe maigre, de six pieds de haut, capable de demeurer muet trois heures de rang — sauf pour saluer leur arrivée et leur départ — et dont, certains s'en plaignent, « le regard est assez gênant, vous êtes sûr qu'il est normal ? ».

Pour Gatineau, tout est clair : lisant dans les têtes de ses interlocuteurs successifs, le jeune Saorge absorbe leur savoir comme une éponge ; le soumettre à un examen scolaire serait du dernier grotesque, sauf à imaginer un examinateur qui ne connaîtrait pas lui-même les réponses aux questions qu'il pose (ou qui conduirait par téléphone son interrogation).

Gatineau en rirait presque.

Il ignore plus que jamais si oui ou non Antoine Desjardins, dont le cabinet est à Montréal et qui se rend sur les hauts du lac Saint-Jean à peu près une fois toutes les six semaines, si Desjardins connaît la particularité du jeune homme. Poser la question à l'avocat reviendrait à trahir le secret promis à Marie Saorge. Plus que le respect d'un serment à une morte, il y a chez Gatineau autre chose qui le pousse à se taire : besoin de protéger ce patient qui est sien depuis dix ans, certes, mais aussi sorte de fierté farouche. Le cas Saorge le passionne (à plusieurs reprises il va refuser des offres de postes éminents venues des Etats-Unis ou d'Europe). Homme de science, il a réagi comme tel : en prenant des notes au fil des années. Avec toutes les précautions du monde : il emploie un langage codé de son invention et tient caché le dossier.

En 1981, toutefois, il ne détient aucune preuve de ce que le jeune garçon lit réellement dans les cerveaux des êtres humains. S'il a établi, par de multiples expériences, la réalité de la réception des images mentales émises par les animaux — et encore n'a-t-il pas pu déterminer exactement la portée de cette perception. Seule présomption : cette seconde où, abattu par la mort de sa mère, Saorge a remercié pour des condoléances qui n'avaient pas été exprimées. C'est peu.

L'incident survient en juillet de l'année suivante. Depuis deux ou trois ans au moins à la connaissance de Gatineau, le garçon a pris l'habitude de randonnées, de plus en plus longues, qui parfois le tiennent deux ou trois jours dehors. « Désolé de vous avoir inquiété, monsieur. Ce n'était certainement pas mon intention. — Dis-moi au moins quand tu t'en vas et quand tu comptes revenir. — Je le ferai, désormais. Mais ne vous inquiétez pas : aucun animal ne peut s'en prendre à moi. » L'adolescent tient parole et, soit au téléphone soit par un bref message, il annonce ses absences : « Je vais à tel endroit, je camperai, je serai absent quatre jours. » Vers le 20 juillet, il regagne sa cabane avec une vingtaine d'heures de retard, Gatineau est sur le point de lancer des recherches. Il porte une plaie à la tête, assez profonde : « J'ai glissé sur une pierre, en me baignant, je suis resté assommé un certain temps mais ce n'est rien. Je vous supplie d'accepter mes excuses pour l'inquiétude que j'ai suscitée en vous. » Gatineau insiste pour un examen approfondi de la blessure. Et pour ce faire, il emmène l'adolescent dans la nouvelle aile de la clinique, récemment terminée mais qui n'est pas encore occupée. « Je peux regarder un film pendant que vous m'examinez ? — Si tu veux. » Il se trouve que le laboratoire de l'aile nouvellement construite, s'il est déjà équipé, enferme également le matériel audiovisuel de la salle voisine, dont les peintures ne sont pas tout à fait sèches. Le jeune Saorge enclenche une cassette et ne se préoccupe guère des électrodes fixées sur son crâne par le médecin — il en a l'habitude, depuis des années. « Je vous assure que je vais très bien, ce n'était qu'un étourdissement. — Regarde ton film. » Le film choisi est *la Mélodie du bonheur*, avec Julie Andrews — pas une nouveauté, ni un spectacle à nouer les nerfs. Pourtant, moins de trois minutes après, les premiers symptômes d'une crise se manifestent, accompagnés d'une sudation abondante. Le jeune Saorge est pris de convulsions. « Qu'est-ce qu'il y a, mon garçon ? — Cela va passer, monsieur. » Ça ne passe pas : le corps se tord en tous sens, un halètement rauque se produit, des signes d'étouffement apparaissent. Gatineau se précipite sur un calmant à injecter. Les mots lui arrivent de derrière lui, alors qu'il emplit sa seringue : « Ce n'est pas moi, monsieur. C'est un de vos malades au pavillon Quatre. Il va se jeter par une fenêtre. Signalez-le à vos infirmiers, je vous en prie. » La voix est rauque, haletante, à peine audible ; les yeux noirs sont élargis ; mais ce n'est pas une crise ordinaire. Gatineau joint illico par téléphone son personnel du pavillon Quatre. A deux cents mètres de là, sur la façade opposée, moins de vingt secondes plus tard, deux infirmiers raccrochent d'extrême justesse un dépressif profond sur le point de se jeter dans le vide depuis le troisième étage.

« Je n'ai rien dit, monsieur. Rien. Je vous en supplie.

— Tu ne m'as rien dit. Rien. »

Le tracé de l'électro-encéphalographe redevient normal, le garçon s'acagnarde à nouveau dans son fauteuil, la crise est terminée. Et les défenses ordinaires retombent en place : « Non monsieur, non, je vous en prie », dit le jeune Saorge juste une seconde avant que Gatineau, tentant de s'engouffrer dans la brèche entrevue, ne lance ses questions sur cette télépathie si évidente, dont il juge avoir désormais la preuve. « Est-ce que ma blessure à la tête est grave, monsieur ? — Non. — Je suis normal, monsieur ? — Tu es normal. »

La chance de Gatineau est passée, le médecin a trop l'usage de son patient pour ne pas le voir. Et il ne s'en présentera pas d'autre.

— Je m'appelle Judith Jordaan.

— Je suis extrêmement honoré de vous connaître. J'espère vivement que vous vous portez bien.

La voix au téléphone (la jeune femme avait branché le haut-parleur) était basse, un peu étouffée et rauque, comme il semble normal chez quelqu'un déshabitué de parler. Quant au vocabulaire, que l'on eût dit écrit au siècle dernier, Jardel en avait prévenu Jordaan : c'était la façon de parler de Saorge.

— Je sais, reprit Jordaan, que la possibilité existe que nous puissions nous voir, vous et moi, monsieur Saorge. Par écrans de télévision interposés. Cela dépend de vous. J'aimerais que vous donniez votre accord à une telle liaison.

— Pourquoi donnerais-je cet accord ?

La jeune femme avait déjà ôté sa parka noire doublée de renard isatis. Sous laquelle elle portait un chandail à col en V, par-dessus ce qui à Jardel parut être une chemise d'homme, blanche. Ses hanches et — le pouls de Jardel monta en rythme — ses fesses rondes étaient moulées dans un pantalon de toile bleue. Elle retroussa ses manches et révéla la présence du seul bijou qu'elle arborait : un triple bracelet d'or, qui cliqueta un peu. Pas de bague.

C'était Jardel qui avait formé le numéro de téléphone de Saorge. Dix sonneries successives dans le vide. Saorge enfin avait décroché : « Ce me sera un grand plaisir de m'entretenir avec cette jeune dame, docteur. Je vous remercie de votre entremise. »

La jeune femme s'assit sur le plateau du bureau de Jardel. Qui retira ses mains et les posa sur les accoudoirs de son fauteuil.

La jeune femme sourit, son regard dirigé vers cette fenêtre par laquelle, sans les arbres et les vallonnements, la Cabane de Saorge eût sans doute été visible :

— Parce que je vaux la peine d'être vue, monsieur. C'est même la raison première de ma présence dans cette clinique et dans ce bureau. J'aurais pu vous appeler de mon hôtel. Je voulais me montrer à vous.

— Auriez-vous des raisons particulières de penser que je puisse être intéressé ?

Pas le moindre soupçon d'agacement dans la voix. Et aucune trace d'humour.

— Je suis certaine que vous serez intéressé, dit la jeune femme. Je vous mets au défi de ne pas l'être. Selon les renseignements en ma possession, au cours des six dernières années, vous avez quitté à au moins onze reprises votre territoire. Je n'évoque que vos seules sorties pour aller à la rencontre d'une femme. Que vous avez à chaque fois trouvée. Avec une extrême facilité. Voulez-vous des noms et des dates ?

Jardel eut le pressentiment de ce qui allait se passer. Un peu de transpiration lui vint, de la moiteur. Il ressentit de la gêne, mais — il ne se le cacha pas — de l'exaltation surtout.

De l'excitation serait un mot plus approprié, pensa-t-il, quelque peu perdu.

— Je ne vois donc pas que j'aie tant besoin de vous, madame, puisqu'il paraît que je trouve une compagne chaque fois que j'en éprouve le besoin.

— Pas de femme comme moi. J'ai l'intention de vous séduire, Saorge. Par tous les moyens. Je suis prête à tout. Le docteur Jardel ici présent aura l'amabilité de faire fonctionner la caméra. Vous recevrez les images que vous souhaiterez recevoir. Vous ne serez pas obligé de m'expédier les vôtres. Il s'agira d'une transmission à sens unique. Vous choisirez les cadrages.

Nouveau sourire. Les doigts de la jeune femme jouaient avec le fil du téléphone :

— Je me mets nue, évidemment. Cela dépend de vous. Vous relevez mon défi, Saorge ?

Les tempes de Jardel lui semblaient s'enfoncer, et son pouls battait la chamade.

— Veuillez fermer la porte à clé, je vous prie, docteur, dit Judith Jordaan.

A partir de 1982, le jeune Saorge pousse de plus en plus loin ce qu'il appelle ses randonnées. Il est peu de choses que Gatineau puisse faire pour limiter ces absences et, d'ailleurs, il y voit un exutoire à une solitude sans cela anormale, sinon l'amorce d'une guérison ; lui-même, à plusieurs reprises, a essayé de provoquer des rencontres entre ses propres enfants (les âges correspondent à peu près), des amis de ceux-ci et l'occupant de la Cabane ; sans trop de succès ; les réunions n'ont jamais duré plus de quelques minutes, les visiteurs ont été paralysés par la courtoise réserve du jeune homme. Gatineau a mis fin à ces tentatives. Et puis des bavardages sont parvenus aux oreilles du médecin. Qui en a été ahuri. Au point de s'abandonner à de l'indiscrétion : « Tu as rencontré des jeunes filles ? — Oui, monsieur. — Beaucoup ? — Quelques-unes. » Deux campeuses américaines, et deux ou trois autres, canadiennes et québécoises, sur les bords du lac. « Ça s'est... bien passé ? » La lueur assez gaie dans les yeux noirs est apparue *avant* la question de Gatineau. « Très bien, je crois. — Est-ce que tu... » Gatineau éprouve de l'embarras et se sent ridicule. Dans un premier temps, il n'achève pas sa question, qui au demeurant est assez claire, et dès lors que ce morveux lit dans ma tête, il sait très bien ce que je veux lui demander ! Mais le garçon ne bronche pas. Si bien que Gatineau est bel et bien conduit à formuler sa demande : quelque chose est-il arrivé entre ces jeunes filles (ou femmes) et Saorge ? « Oui, monsieur. — Physiquement ? — Oui, monsieur. — Il y en a une en particulier ? — Non, monsieur. — Tu vas les revoir ? » Celles-là ou d'autres. Toute la tranquillité du monde dans la réponse ; pas le moindre soupçon d'orgueil de jeune coq infatué de ses conquêtes ; comme souvent, le garçon regarde la télévision, ses grandes mains sont immobiles. Il a à présent atteint sa taille adulte, un mètre quatre-vingt-huit, et pour l'avoir quelquefois accompagné dans ses promenades en forêt, Gatineau ne sait que trop combien ce grand corps mince est capable d'une allure à asphyxier les meilleurs coureurs des bois.

A l'automne de 1986, Saorge atteint ses dix-huit ans. Aux termes des volontés de sa mère, il entre en possession de son héritage. Il n'en change pas sa manière de vivre. Au plus apporte-t-il quelques modifications à sa Cabane et demande-t-il le renforcement de la clôture qui court autour des deux centaines d'hectares de son domaine personnel. Avec l'épouse d'Antoine Desjardins, il a pris des arrangements : elle se charge de lui expédier ce qu'il demande par téléphone. Le circuit intérieur de télévision le reliant au cabinet de Gatineau date de cette époque. « Pour vous éviter la peine de marcher jusqu'à chez moi, monsieur, c'est la seule raison, veuillez le croire. »

Ses absences s'allongent. S'il prend grand soin (bien qu'il soit maintenant libre de lui-même) de prévenir Gatineau, il lui arrive de disparaître des semaines, voire deux ou trois mois d'affilée. Depuis belle lurette, l'équipe d'infirmiers que Gatineau lui avait affectée a cessé de se préoccuper de lui ; une femme de ménage vient trois fois par semaine mettre un peu d'ordre. Il fait sa cuisine lui-même. Sa dernière crise en date remonte à quatre ans. « Tu es sûr ? — Oui, monsieur. — Tu pourrais m'appeler autrement que " monsieur ". Par mon prénom, par exemple. — Seulement si vous insistez. — On t'a vu nager dans le lac, l'autre soir. — J'aime beaucoup nager. » Et de préciser qu'il lui est arrivé, plusieurs fois, de traverser le lac Saint-Jean de part en part. Avec, disant cela, une bizarre expression de tristesse au fond des prunelles. « Il y a quelque chose que je peux faire pour toi, mon garçon ? — Vous avez fait énormément, monsieur. Depuis des années. — Je peux te poser une question ? — Je vous en prie. — Jusqu'où es-tu allé, dans tes balades ? »

Pas de réponse. Mais chez Gatineau, le sentiment inexplicable que ce silence de son jeune interlocuteur est involontaire.

« Tu es allé vers le nord ? — Oui. Souvent. — Je peux le comprendre : quand on a comme toi le goût ou le besoin du silence... »

Le jeune Saorge marche entre les entassements de livres, qui bientôt seront méticuleusement rangés sur des étagères. Il y en a déjà de ces livres, trois ou quatre mille et Anne Desjardins ne cesse d'en expédier, par caisses entières, sur les sujets les plus variés. La tête de Saorge ne bouge pratiquement pas, quand Saorge marche — ou glisse, semble glisser ; ses mouvements sont contenus et lents. J'aime ce morveux, pense Gatineau, tout autant sinon davantage que mes propres enfants. S'il possède vraiment cette faculté étrange que je lui prête, il est monstrueux ; et il le sait, quelle tristesse.

« Je n'aime pas aller vers le nord, monsieur. Je ne m'y rends que... contraint et forcé. Comme d'autres boivent, ou s'adonnent à la drogue. — Je ne pensais pas que c'était dur à ce point, fils. — C'est dur à ce point, monsieur. C'est comme d'être au bord d'un profond précipice et d'avoir horriblement envie d'y sauter. — Pour t'engloutir dans le grand silence. — Oui, monsieur. C'est exactement cela : « Le grand silence. »

Et encore ceci :

« Je suis encore allé à Chicoutimi, l'autre nuit. Ce n'est pas une grande ville mais c'est encore très grand pour moi. Les premières fois que j'y suis entré, je n'ai pu y demeurer que quelques minutes. La nuit dernière, plus d'une heure. Je vais guérir, monsieur. C'est une question de temps. »

Sous son chandail bleu nuit à col échancré, Jordaan portait une chemise d'homme, blanche. A poignets mousquetaire que parfois mais pas toujours elle liait par des boutons de manchette. A l'origine de cette habitude, il y avait eu ce jour à Berlin, à l'époque où la ville était divisée en deux, où elle n'avait pu trouver de chemisier à sa taille — elle dépassait légèrement les six pieds.

Elle posa sur le plateau du bureau le chandail et demanda :

— Je reste debout, Saorge ?

— Pour le moment.

— Le pantalon, ou la chemise ?

Une hésitation, qu'elle nota. De la satisfaction lui vint : Saorge craquait un peu.

— La chemise, je vous prie, dit la voix de Saorge sortant du haut-parleur du téléphone.

Jordaan fixait l'œil de la caméra vidéo que Jardel avait posée sur son épaule :

— L'image est bonne ?

— Elle ne saurait être meilleure. Je suis sensible à votre sollicitude.

— Si le cadrage ne vous convient pas, n'hésitez pas à me le dire. Je n'ai d'autre souhait que de vous être agréable.

(Nom de Dieu, voilà que tu te mets à parler, toi aussi, comme un personnage de George Bernard Shaw !)

— Le cadrage convient tout à fait, dit la voix de Saorge. Sauf peut-être...

— Oui ?

— Il me serait agréable de mieux voir votre bouche.

— Tu ne vas pas être déçu, Saorge. Voilà quelques années que je sais à quoi pensent les hommes, quand ils sont hypnotisés par mes lèvres...

Elle ôta sa chemise. Sous laquelle elle ne portait rien. Elle avait été sur le point de mettre un soutien-gorge, affriolant. Non. Elle n'en portait jamais et n'avait pas vu qu'elle dût modifier sa nature profonde. Elle venait à Saorge avec la détermination d'être sincère. Il lui fallait rester elle-même.

De lui-même (c'est qu'il est fort ému, ce brave docteur), Jardel serra sur les seins. Jordaan pivota un peu, venant de profil.

— Le pantalon, Saorge ?

— Je vous en serais reconnaissant.

Elle se débarrassa de ses bottes, se mit pieds nus, fit glisser le jeans. Sans en rajouter dans les effets. Le pantalon alla rejoindre, soigneusement plié lui aussi, le chandail et la chemise sur le plateau du bureau. Elle demanda :

— Un souhait quelconque ?

Les trois bracelets d'or cliquetaient, avec ce tintement délicat des girandoles en écaille que fabriquent les pêcheurs en Asie du Sud-Est.

— La caméra peut-elle tourner autour de vous ?

Cette fois, aucun doute n'était plus permis : l'intonation dans la voix de Saorge était caractéristique. Tu as gagné, Jordaan.

— Je peux tourner devant elle, proposa Jordaan.

Pas de réponse. Jordaan bougea. Avec lenteur. Elle s'immobilisa, dos tourné, bras dressés au-dessus de ses épaules, relevant ses cheveux ; consciente du spectacle qu'elle offrait ; de sa nuque un peu ployée, de ses épaules exactement musclées, de l'étranglement de sa taille, du long et doux sillon entre ses reins, remontant presque jusqu'aux omoplates.

— La culotte, Saorge ?

— Je vous en prie.

Elle se défit de la minuscule pièce de dentelle et la descendit au long de ses jambes, avec naturel. Puis attendit, bras mollement le long du corps, sans crispation aucune. Elle se sentait bien, détendue. Du plaisir lui venait, auquel elle s'était attendue et qu'elle ne se reprocha pas, il était dans l'ordre naturel des choses.

Tu as complètement oublié ce pauvre docteur Jardel.

— Auriez-vous l'obligeance de vous retourner ? demanda la voix de Saorge.

Elle prit son temps, comme si elle n'eût pas entendu, mais fit finalement face à la caméra.

— Je serais heureux que vous preniez place dans le fauteuil derrière vous.

Jusque-là Saorge s'était laissé conduire, avait subi en quelque sorte. La tendance s'inversait : c'était lui maintenant qui dirigeait. Jordaan s'assit dans le fauteuil de cuir noir à oreillettes, paumes des mains posées à plat sur les accoudoirs, doigts allongés. Son propre plaisir était de plus en plus fort, les douces brûlures ordinaires lui venaient.

... Et lui ne vaut guère mieux. Tu le sens à sa voix.

— Je peux croiser les jambes, Saorge ?

— J'apprécierais que vous fermiez les yeux.

Elle s'exécuta. Nuque appuyée et visage venant presqu'à l'horizontale, gorge offerte.

— Veuillez croiser vos jambes, je vous prie.

De même.

— Veuillez placer vos mains au-dessus de votre tête, je vous prie. Et tendez-vous un peu.

— Comme ceci ?

— Oui. Cela convient tout à fait. Pourriez-vous entrouvrir vos lèvres ?

De même. Jordaan yeux clos se sentit frôler par la

caméra remontant le long de son corps. Plaisir en fin de jusant, à l'étale, pensa-t-elle.

— Je ne saurais trop vous remercier et ne peux que souscrire à votre jugement : vous valiez d'être vue.

Aussitôt après la communication téléphonique fut coupée. Jordaan rouvrit les yeux, se leva, entreprit de se rhabiller. Jardel n'existait plus.

Et tu te sens drôle.

Ça ne t'est jamais arrivé.

Le harfang happa, tua, mangea sa neuvième souris blanche. Sa proie favorite, celui qui lui avait été affectée en priorité par la nature (au point que les harfangs au gré des saisons ne se reproduisaient qu'à proportion de la population de ces rongueurs de l'Arctique), sa proie préférée était le lemming. Le harfang pouvait en engloutir une quinzaine et plus par jour. Dans son acceptation des souris qui lui étaient offertes, chaque année à la même époque, il y avait comme un rite. Quoique le concept de rite fût étranger au harfang. Il aurait pu chasser pour se nourrir. D'ailleurs il allait le faire, le lendemain ou le jour d'après, ou plus tard, selon le nombre des souris qu'il aurait à engloutir — et qui lui convenaient.

Dans le même temps qu'il demeurait perché sur l'épaule gauche de Saorge, prenant les souris gigotantes tendues l'une après l'autre, les sens de cette formidable machine à guetter restaient en alerte.

Un certain temps plus tôt — dans son passé, il n'était pas sûr que le souvenir fût encore dans sa mémoire —, un bruit l'avait incité à se crisper. Le bruit s'était répété, régulier. L'Homme avait alors interrompu son nourrissage ; le harfang avait dû aller se percher sur une branche mais sans s'éloigner, son repas n'étant pas terminé et son nourrisseur ayant produit le sifflement de paix. L'Homme était entré dans la maison, il avait parlé — un certain temps. L'homme venait de revenir et avait recommencé à lui tendre de la nourriture, tout était bien.

Le harfang n'était jamais entré dans la maison. L'Homme ne l'y avait jamais invité.

L'Homme savait qu'un harfang ne supportait pas qu'il y eût un obstacle, entre le ciel et lui.

L'Homme savait tout.

— Pas tout, dit Saorge dans le silence de la clairière au milieu de la forêt, et ne s'adressant en somme qu'à lui-même.

En janvier de cette année-là, le docteur Henri Gatineau rentre d'Europe, où il a participé à un congrès. Sa femme vient le chercher à l'aéroport de Montréal. Le couple passe la nuit dans son appartement d'Outremont, après un dîner en compagnie du deuxième de ses enfants, un fils, qui vient de commencer ses études à l'école polytechnique de l'université de Montréal. Le lendemain en fin de matinée, les Gatineau prennent la route de Québec. Madame Gatineau tient le volant — à l'inverse de son mari, elle aime conduire. Moins d'une heure plus tard, le 12 janvier donc, la Mercedes est littéralement broyée par un camion semi-remorque dont les freins ont lâché. Henri Gatineau est tué sur le coup, sa femme lui survit une dizaine d'heures puis succombe à son tour.

Des trois enfants qu'ont eus Henri et Jeanne Gatineau, l'aîné est une fille, Catherine. Elle entame la quatrième année de ses études de médecine. C'est à elle et à ses deux frères que, le 21 janvier, on remet le contenu d'un coffre dans lequel se trouve, entre autres documents plus conventionnels, un curieux dossier portant la mention manuscrite : *A détruire après ma mort*. Chez Catherine Gatineau, qui vouait à son père une admiration sans bornes, la curiosité l'emporte. D'autant que tentant de déchiffrer un texte très visiblement chiffré, elle note le nom de Saorge. Elle a rencontré Saorge, à l'instigation paternelle, et a conservé de ces rencontres un souvenir très fort : le garçon lui a paru chaque fois beau et outre cela l'a considérablement intriguée. En sorte que, se donnant à elle-même comme prétexte que la trop grande modestie de son père a toujours empêché qu'il fût plus connu qu'il eût dû l'être, elle passe outre à la demande de destruction et décide d'essayer un déchiffrement. Vers le 15 février, tenue en échec par l'hermétisme du manuscrit en pattes de mouche, elle fait appel à un certain John Pierce — un an plus tôt, elle a eu avec lui une liaison qui s'est terminée dans l'amitié. Pierce est Canadien et Québecois comme elle. Il a achevé l'année précédente des études de biologie et de chimie et vient de trouver un emploi dans un laboratoire de biologie marine en Floride. Catherine Gatineau ne va pas jusqu'à lui confier la totalité du dossier ; elle se contente d'en photocopier quelques pages au hasard et de remettre ces extraits dont elle estime qu'ils ne suffiront pas à révéler le contenu du dossier d'ensemble. Pierce l'appelle quelques semaines plus tard : il a déchiffré le code, fondé sur la formule de l'acide ribonucléique, et annonce qu'il semble s'agir de notes prises par Henri Gatineau sur l'un de ses patients ; notes confidentielles mais sans grand intérêt scientifique, selon lui, « Kathy, je t'envoie assez d'éléments pour que tu puisses déchiffrer le manuscrit de ton père, si ça t'amuse. Qu'est-ce que je fais des extraits que j'ai ? »

« Détruis tout. » Catherine Gatineau a été quelque peu prise de remords ; absorbée par des examens, elle finit par accomplir les dernières volontés de son père et brûle l'original du dossier.

Pierce a menti. Il y a suffisamment dans ces pages qu'il a traduites pour lui ouvrir les portes d'une carrière. Ce laboratoire de Floride où il a été engagé comme chercheur appartient à l'empire d'Aloïs Brubaker, dont nul n'ignore qu'il est obsédé par les communications avec le monde animal — des dizaines de millions de dollars ont été investis dans d'interminables études du comportement et du langage des dauphins. A force d'insistance, Pierce finit par se retrouver sur l'île privée dans l'archipel des Vierges, aux Caraïbes. Les extraits qu'il détient suffisent à établir qu'un certain docteur Henri Gatineau a cru établir qu'un dénommé Saorge, quelque part dans le fin fond du Québec, peut lire dans le cerveau des animaux. N'importe qui d'autre que Brubaker aurait reçu l'information avec scepticisme ou plus encore indifférence. Mais le vieux milliardaire éprouve pour ce sujet précis une passion féroce, qu'aucune considération morale ne peut réfréner. Et Brubaker dispose de tous les moyens du monde.

La traque est dès lors lancée.

Judith Jordaan avait décliné une fois de plus l'invitation à déjeuner du docteur Jardel. Cette seconde invitation lancée avec gêne et comme à regret. Le médecin était plus que troublé par ses performances en tant que cadreur et manieur de caméra.

Elle était repartie de la clinique. Elle rentra directement à son hôtel de Chicoutimi, gagna sa chambre — non, pas de messages, mais elle n'en attendait pas —, se fit monter des sandwiches, les accompagna d'une bière prise dans le petit réfrigérateur, s'allongea sur le lit, ayant ôté ses bottes. Télévision allumée.

Elle se sentait tendue. Ce n'était vraiment pas d'elle. Rien à voir avec cet effeuillage. Son corps lui avait toujours été une arme et un atout. En plus de neuf années de renseignement, elle l'avait employé avec une indifférence croissante au point d'en être totale, voire avec du mépris pour ceux que cette arme pouvait atteindre.

C'était autre chose.

De l'appréhension ? Il ne manquerait plus que ça. A plusieurs reprises, quatre selon son décompte personnel, elle s'était trouvée en très grand danger. L'avait chaque fois pressenti. Ne s'était pas trompée. Au Moyen-Orient, en Italie, en Allemagne anciennement de l'Est deux fois. Elle n'avait pourtant pas connu alors cette tension-ci.

Elle attira à elle le gros sac de cuir noir qui ne la quittait jamais et en retira les quelques clichés, assez médiocres, pris de Saorge par les guetteurs de Brubaker. Tous au téléobjectif.

Il doit être plus grand que moi.

Et il n'a que vingt-cinq ans, merde ! Ce n'est qu'un gamin. Tout homme étant un gamin, tu le sais depuis tes six ans et jamais tu n'en as rencontré un pour te démontrer le contraire. Même Nick.

Les années de missions secrètes de Jordaan l'avaient peu aguerrie. Elle était en quelque sorte aguerrie de naissance, au vrai sens du terme : accoutumée aux fatigues, aux tensions, aux dangers de la guerre sous toutes ses formes. De tous les amants qu'elle avait eus, il ne s'en était pas trouvé un pour tenir plus d'une semaine, au meilleur des cas. Venait un moment où le postulant craquait, devant cette constante et glaciale lucidité, insupportable (sauf à ne pas la déceler mais alors l'autre était un crétin, qu'elle rejetait vite).

Deuxième bière. Elle reprit une douche.

Le téléphone sonna trois heures après qu'elle était entrée dans sa chambre.

Il ne se nomma pas :

— Ce me serait un honneur et une joie de vous recevoir, dit-il. A toute heure qui vous conviendra.

III

A la lumière des phares, le portail à double battant dans le grillage lui parut d'abord fermé. Il ne l'était pas : une poussée suffit à l'ouvrir. Elle referma la Mercedes qu'elle laissa à quelques mètres, alluma sa torche électrique, franchit la clôture, referma après son passage. Le bruit sec du double pêne qui s'enclenchait. Pour que je puisse ressortir, il faudra qu'il vienne m'ouvrir sauf s'il a fait installer une commande à distance.

Aucune trace sur la neige du chemin. Un dispositif d'ouverture à distance existait bien. Des caméras peut-être aussi ?

Mais un être humain capable d'entrer dans la tête de quiconque pénétrait dans son périmètre de défense avait-il besoin de caméras ?

On se calme, Jordaan.

La Cabane apparut après quelques minutes de marche. Jardel avait raison : c'était une vraie maison, bien que construite en bois. Un bâtiment à un étage long d'une vingtaine de mètres. Sept fenêtres en façade, dont six éclairées — une seule semblait obscure. Jordaan s'immobilisa à quelques mètres de ces fenêtres. *Une porte fermée n'empêche rien*, avait écrit Gatineau, *des murs non plus, mais dans une moindre mesure*. Jordaan se tenait immobile, la torche électrique abaissée, braquée vers le sol et inscrivant un cercle de lumière sur la neige que marquaient maintenant des traces de pas, et un petit piétinement. *Il* est sorti aujourd'hui, après la neige de la dernière nuit et de ce matin ; il a fait quelques pas dehors et est venu se poster au centre de cette espèce de clairière, sans pousser plus loin. Pour mieux surveiller mon approche ? Il n'y a pas d'autres traces que les siennes.

Comme toujours consciente de ses attitudes, Jordaan réalisa que se tenant ainsi qu'elle le faisait, la torche à bout de bras et légèrement écartée d'elle, un peu en retrait, elle avait la position d'un duelliste qui s'apprête à un assaut d'escrime et amorce le salut à l'adversaire. Si Gatineau n'était pas complètement fou, Saorge *sait* que je suis arrivée, il n'aura même pas eu besoin de regarder par une fenêtre ; il est déjà entré dans ma tête et sait tout de moi. Quelle peut être sa distance maximale de perception ? Mille mètres ?

La clôture ?

Elle entra sans frapper — à quoi bon ? Et d'ailleurs le battant de la porte n'était qu'appuyé sur le chambranle. Elle se retrouva dans une vaste pièce qui occupait la longueur de la maison. Les murs garnis d'étagères supportaient des livres, des alignements de disques compacts, des cassettes vidéo ; ces étagères parfois venaient à la perpendiculaire, barrant la salle et y dressant des chicanes ; dans l'angle droit notamment, ce qui expliqua que la septième fenêtre fût apparue obscure du dehors. Jordaan estima aux alentours de dix ou douze mille le nombre des livres et peut-être deux mille cinq cents celui des cassettes. Un aquarium de quatre mètres s'allongeait, parallèlement à la façade ; il avoisinait une sorte de salon où se trouvait le seul vrai siège : un fauteuil de cuir fatigué disposé en face de huit écrans de télévision dont un de cent dix centimètres.

— Merci de m'avoir reçue.

— Puis-je prendre la liberté de vous offrir du café ?

Toute voix est déformée au téléphone. Celle de Saorge l'avait été, et se révélait un peu moins grave mais plus rauque. Saorge se tenait debout devant la grande cheminée de pierre, son dos tourné au feu dans l'âtre. Jordaan estima sa taille à un mètre quatre-vingt-sept ou huit, mais les photos qu'elle avait vues de lui le montraient engoncé dans des vêtements d'hiver (elles avaient été prises en février). En réalité, il était très mince. Et fort mal habillé : sa chemise à carreaux rouges et verts, son pantalon de velours châtaigne ne lui allaient guère ; trop larges pour lui, ils flottaient au point que la silhouette avait quelque chose de celle — mais le mot est un peu fort et tu le sais — d'un épouvantail.

— Je prendrais bien du café, dit-elle.

Ce que les clichés n'avaient pu montrer était le regard. Noir. Et quand il se fixait, très lourd. Presque oppressant. Et Saorge s'en rend compte, il en est gêné. Il se détourne, il y a de la timidité chez lui, tu l'as noté au premier coup d'œil (déjà avec sa voix au téléphone) mais cela va plus loin. Il sait que son foutu regard est impressionnant — avec ou sans lecture de pensée.

Saorge tenait dans ses mains, comme y chauffant ses paumes, une hideuse chope de grès que, répondant à une de ses commandes, un magasin avait dû lui livrer en puisant dans ses stocks de rossignols invendables. Saorge bougea, posa la chope sur le manteau de la cheminée, alla en prendre une autre, l'emplit à une cafetière plus laide encore, la tendit à Jordaan.

Ses mains en revanche sont très belles. Tu as toujours aimé les belles mains chez les hommes.

— Dois-je y adjoindre du sucre ?

Cette façon de s'exprimer ! Qui plus était, si Saorge lit dans mes pensées, il connaît la réponse.

— Pas de sucre, je vous prie, dit-elle.

Le café était innommable. Elle feignit de ne pas entendre l'invitation à s'asseoir dans le fauteuil de cuir et choisit de marcher le long de quelques étagères. Cette partie-là au moins de la bibliothèque contenait des livres consacrés à des études sur le comportement animal. En anglais et en français. *La Vie des animaux* de Brehm, *l'Intelligence animale* de Thorndike, les trois volumes de Grzimek sur le comportement animal, des travaux multiples de gens appelés Vitus B. Dröscher, Marler, Schwartzkopff, Davis, Seton-Thompson. Des centaines d'ouvrages sur le sujet.

— Je n'en ai lu aucun, remarqua Jordaan. Sauf *Never Cry Wolf* de Mowat.

Elle lui tournait le dos. Ce que tu fais est ridicule mais vas-y quand même ; et de penser : tu lis dans ma tête, Saorge ? Si oui, écarte-toi de cette foutue cheminée et viens vers moi. Demande-moi, par exemple, si j'ai faim et souhaiterais manger quelque chose. La réponse étant : j'ai faim et je boufferai un chevreuil.

Un fort épais silence. Elle demanda :

— Vous croyez à l'intelligence animale ?

— Je crains de ne pouvoir émettre une opinion autorisée.

— J'ai lu des choses sur les dauphins, étonnantes.

— Il ne me semble pas que nous voyions beaucoup de dauphins, dans nos forêts.

Il se paie ma tête ? Jordaan n'aurait pu conclure. Gatineau avait écrit : « KH a été d'une intelligence très remarquable dès son plus jeune âge. Mais son âge physique ne fait rien à l'affaire. Il n'a pas besoin d'apprendre les choses par expérience personnelle. Il absorbe toute pensée qu'il capte, y trie les éléments qu'il juge dignes d'être retenus. Il sait ce que ses interlocuteurs savent. Au vrai, on ne peut même pas parler d'intelligence à son propos. Il s'est enrichi du savoir de sa mère, du mien, de celui de ceux qui l'ont approché (souvent sans le savoir, étant simplement passés à sa portée). Il lit les pensées les plus secrètes, les intuitions à peine formulées et quasi inconscientes. Les mensonges... » Et des pages, donc sans doute des années plus tard : « KH est sorti, il me l'a avoué. Il m'a parlé de randonnées qu'il avait faites. *Assez loin*, je n'ai pu lui en soutirer davantage. Il sait parfaitement se taire, se murer. Tout comme il sait l'effet que produit son regard, presque hypnotique. Sans en avoir la moindre preuve, je suis certain qu'il a quitté son territoire, à maintes reprises. Il ne risque pas de mauvaise rencontre, ne risque en réalité aucune rencontre qu'il ne souhaite pas. Au plus profond d'une forêt, de jour ou de nuit, il sent si quelqu'un d'humain se trouve dans ses parages, à l'intérieur de ce que j'ai appelé devant lui le Cercle — disons son périmètre de défense et de réception. Il n'a pas réagi à ce mot... »

Ou plus loin, de Gatineau : « C'est un monstre. Il le sait. Et il en est très malheureux. On l'est déjà, quand on est un individu normal, lorsqu'on atteint à un certain degré de lucidité. Dans son cas, il s'agit de mille fois plus que notre banale lucidité. Il ne peut pas se tromper. Je n'arrive même pas à imaginer ce qu'il peut éprouver. Une chose est sûre : c'est horrible. Et toute l'explication de ses crises effroyables est là. Chaque flux mental qu'il capte lui est une agression. Si ces flux se multiplient, c'est le court-circuit de la surcharge... »

— Quelqu'un vous aurait-t-il envoyée ici ? Si je puis me permettre une question aussi directe ?

Elle pivota et lui fit face. Loin de venir vers elle, Saorge s'était au contraire replié vers la cheminée.

— Un homme du nom de Brubaker.

— Je crains de vous offusquer par mes questions.

— Je suis assez difficile à offusquer, dit Jordaan. Posez toutes les questions qui vous viendront en tête.

Il s'inclina avec courtoisie. Mais son mouvement fut assez gauche. Peut-être jouait-il la comédie (auquel cas il avait bien du talent) ou alors était-il, plus simplement, maladroit et mal à son aise. Jordaan inclinait pour la seconde explication ; elle avait le sentiment d'avoir devant elle un adolescent trop vite grandi, encore teinté d'enfance.

S'il n'y avait pas eu ce regard...

Les questions vinrent, posées avec ces mêmes tournures de phrases désuètes. Travaillait-elle pour ce monsieur Brubaker ?

— En général, non. C'est la première fois. Il m'a engagée pour cette seule mission.

Quelle mission ?

— Vous convaincre de collaborer avec ses experts.

Qui donc était ce monsieur Brubaker ?

— Un homme extrêmement riche et puissant. Il a accumulé une immense fortune en exploitant des brevets déposés par lui en divers domaines de la physique et de la chimie.

En quoi lui Saorge pouvait-il intéresser un monsieur Brubaker ?

— Il pense que vous lisez dans la tête des animaux.

Nous y sommes, tu y es, Jordaan. Selon la stratégie définie par Aloïs Brubaker, à laquelle elle avait souscrit, Jordaan avait été du dernier sincère. Le risque eût été trop grand, Saorge lisant vraiment dans ses pensées, qu'il se braquât et se fermât définitivement. La vérité pure était moins dangereuse.

Donnant sa dernière réplique, elle avait tenté de croiser le regard de Saorge. Mais il conservait la tête baissée, considérant ses propres pieds — toujours l'adolescent gauche — et dissimulait ses mains derrière son dos.

Il demanda enfin :

— Quels animaux, je vous prie ?

— Tous, répondit Jordaan. Tous ceux que votre vie ici vous a permis de rencontrer. Tous, les humains compris.

Il se détourna, alla vers le foyer, s'agenouilla, se mit à tisonner le feu, qui n'en avait nul besoin :

— Voudriez-vous dire que ce monsieur Brubaker pense que je suis capable de lire dans vos pensées, en ce moment même ?

— Oui.

Silence. Je jurerais que ses mains tremblent, pensa Jordaan. Je jurerais qu'il a conduit délibérément son interrogatoire, qu'il connaissait par avance les réponses que je lui ai faites, qu'il les connaissait avant mon entrée ici (Dieu sait comment, tu ne peux pas croire qu'il ait lu en toi tandis que tu approchais de sa maison), que pourtant il est ému. Mais on peut éprouver une dure émotion à une nouvelle déjà pressentie, voire connue, dès lors qu'elle devient officielle et avérée. Peut-être est-ce ce qui se passe en lui. Pour la première fois de sa vie, il est obligé de, comment dire ? se regarder, ou de faire front ; ce que n'a pas osé Gatineau, je viens de le faire.

Et elle pensa, s'obligeant à se concentrer fortement : Saorge, ni moi ni moins encore un Brubaker n'abandonnerons la partie, tu ne t'en tireras pas par des faux-fuyants ; j'ignore si tu joues ou non les gamins intimidés, ou effrayés, mais nous perdons du temps. Je peux t'aider.

Avec moi, les choses te seront plus faciles. Tu ne vas pas passer ta vie entière à te terrer. Saorge ?

— J'aurais horreur d'être indiscret, dit-il, toujours ne montrant que son dos. Pourriez-vous me parler un peu de vous ?

— J'étais espionne, dit-elle.

Il tourna un peu la tête, en sorte qu'elle put découvrir son profil :

— Je vais pousser horriblement loin mon indiscrétion, je vous supplie de me le pardonner. Avez-vous tué des gens ?

— Oui. Est-ce que vous lisez dans ma tête ?

Il se redressa, monta et posa ses longues mains sur le manteau de la cheminée, à hauteur de ses épaules.

— Non, dit-il. Evidemment non. Je suis affreusement désolé mais vous êtes venue me voir pour rien.

— Que signifient les initiales KH ?

— KH ?

— K comme cataclysme et H comme ornithorynque.

— Puis-je me permettre de vous faire remarquer qu'ornithorynque ne prend pas d'h ?

— Pas plus que cataclysme ne prend de k. Cadavre, non plus. Je plaisantais.

Bordel de merde, pensait Jordaan, je n'ai jamais eu besoin d'agiter des fanions à la façon des sémaphores ou des timoniers de la marine pour susciter l'intérêt d'un homme. Mais elle était chez Saorge depuis quinze bonnes minutes et, pour parler marin, elle était en pleine bonace. Le calme plat.

— KH ? Par exemple appliqué à quelqu'un qui vit cloîtré.

Très clairement, la question prenait Saorge par surprise — Il n'aurait jamais lu les notes de Gatineau ?

— Kaspar Hauser, dit-il enfin. C'était un garçon sauvage que l'on a retrouvé en Allemagne, il peut y avoir cent quatre-vingts ans ou davantage. Il avait vécu enfermé, ne savait pas marcher sur ses jambes, ni écrire ni lire. Nul n'a jamais su d'où il venait. Certains ont cru voir en lui l'Enfant du Temple. Le fils du roi de France Louis le Seizième. Me ferez-vous l'honneur de souper avec moi ?

Il disait « souper » pour « dîner », à la québécoise.

— Je serais honorée de vous faire cet honneur dit Jordaan. Quelqu'un a employé ces initiales à votre propos.

Pensif, il ne sembla pas avoir entendu — tu parles qu'il m'a entendue ! Il se caressait le menton. Ses ongles étaient coupés ras, et très propres. Des doigts de pianiste, comme l'on dit. J'aime.

— J'avais prévu de la cipaille et une tarte aux bleuets.

— Je n'ai aucune idée de ce que c'est.

— La cipaille est une tourte. De la pâte qui enrobe de la viande ou du poisson. Ce soir, du poisson. De la truite mouchetée.

— Vous êtes pêcheur ?

Il ne pêchait et chassait que pour manger, dit-il. Et des bleuets étaient des myrtilles. Il partit vers la cuisine et elle nota pour la première fois ce que ses mouvements avaient de félin, de coulé. En dépit de son accoutrement, avec son pantalon trop large que le ceinturon de cuir faisait bouffer. Elle l'imagina nu. Qu'est-ce qu'il t'arrive ?

— Il y a de la bière dans le réfrigérateur.

Elle fut saisie. Il venait de se trahir. Elle avait justement le goût de la bière sur sa langue.

Mais il s'arrêta sur le seuil, se retourna à demi :

— Mon hospitalité est déplorable. Il se trouve que je n'ai que de la bière. J'ose croire que vous voudrez bien me le pardonner.

Il parlait, évitant le regard de Jordaan. Il avait pris place sur le vieux pouf qui, à l'accoutumée, devait lui servir à poser ses jambes, quand il regardait ses huit écrans de télévision, seul. Il avait laissé le fauteuil à Jordaan. Et parlait, donc. Savait-elle que des oiseaux de la même espèce, comme les mouettes et les goélands, ne parlaient pas nécessairement la même langue ? Qu'une mouette des côtes de France, par exemple, ne comprenait pas une de ses consœurs canadiennes ? Les bases de leur langage étaient les mêmes, mais des dialectes régionaux existaient.

Deux heures, pensait Jordaan. Je suis ici depuis deux heures et j'ai goûté de la cipaille. Point final. Elle se sentait déconcertée. Presque nerveuse — il ne faudrait plus grand-chose pour que tu le deviennes.

Et le voilà parti sur les phalaropes, ou poules d'Odin. Je m'en tape. Je serais une dame phalarope, il me surprendrait beaucoup que j'allasse — tu entends ça, Saorge, tu entends comme je pense ? — que j'allasse au Canada d'un seul coup d'aile après avoir hiverné sur les bords du rio de la Plata. Je resterais chez les gauchos vite fait.

Bon.

— Est-ce que quelqu'un d'autre à part moi est déjà entré chez vous ?

Des tas de gens. Les ouvriers qui avaient construit la maison, pour commencer par eux. Et les divers techniciens. Ceux de la télévision par exemple. Et les plombiers pour installer ou réparer la salle de bains. Et...

— Et Henri Gatineau, dit Jordaan.

Oui, « le docteur Gatineau » était venu. Souvent. Une fois même avec son assistant de l'époque qui maintenant dirigeait la clinique, le docteur Jardel.

— Des femmes ?

Non.

Tu as envie de lui, Jordaan, c'est l'évidence. Ça ne t'est pas arrivé si souvent mais enfin, ce n'est pas un miracle pour autant. Tu as voulu d'autres hommes avant. Et tu les as eus.

Et c'est toi qui dois le séduire, souviens-toi.

— Quelqu'un doit bien venir pour faire le ménage, dit-elle.

— Une femme vient quatre heures tous les deux jours. Elle sera là demain.

Jordaan le savait, et plutôt deux fois qu'une. Entre autres dossiers et rapports qu'elle avait dû lire, il s'en était trouvé un qui dressait une liste exhaustive (en principe) de ceux qui, à quelque titre que ce fût et depuis les neuf ans que la maison existait, y étaient entrés. Tous avaient fait l'objet d'une enquête minutieuse. La femme de ménage s'appelait Charpentier Marie-Jeanne. Cinquante-trois ans, quatre enfants dont deux mariés, cinq petits-enfants. Ordinairement acariâtre et le reste du temps de mauvaise humeur. Mais Charpentier n'avait vu, réellement vu Saorge que trois fois en neuf ans. Saorge s'absentait presque toujours, partait avant son arrivée, revenait après son départ.

Jordaan acheva son morceau de tarte aux myrtilles, ne put se résoudre à finir son café, imbuvable. Elle posa son assiette sur le sol et se leva.

— Il me faut rentrer.

Saorge s'était dressé en même temps qu'elle. Une demi-seconde, elle croisa son regard, qui se détourna aussitôt. Elle dut se rabattre sur ses mains et sur ses avant-bras que découvraient les manches retroussées de la chemise à carreaux. Muscles longs et secs. Ceux des coureurs de fond. Te voilà encore à l'imaginer nu — ventre plat aux abdominaux ciselés, je te parie. Saorge, n'attends pas. Ne me laisse pas partir. Veux-tu savoir ce dont j'ai envie ? D'une bataille entre nous, corps à corps. Et nus évidemment. Dans la violence. Ce qu'il faut.

— Puis-je me permettre de vous dire l'immense plaisir que j'ai pris à votre visite ?

Il ne lit rien du tout. J'étais folle.

Elle renfila son chandail, secoua ses cheveux, arrangea son col de chemise d'homme. Ses seins bougeant mais à quoi bon. Saorge lui tendait sa parka, l'aida à la passer.

— Souhaitez-vous que je vous accompagne jusqu'au portail ?

Surtout pas, pensa-t-elle. J'adore marcher la nuit dans la neige avec au ventre une envie d'homme insatisfaite. J'espère qu'il y aura des loups, sur le parcours. Je vais te les retourner comme des gants.

— Non merci, vraiment pas, dit-elle en souriant. Je vous en prie.

Il lui ouvrit la porte.

— Je suis navré, vous avez failli oublier votre torche.

Il lui présentait la lampe, elle allongea la main et le bras pour la prendre, sur le point de passer le seuil. A la seconde suivante, elle se sentit agrippée, tirée, emportée. Sur les cinq premiers mètres, elle n'eut même pas le temps de songer à se débattre. Dut rouler sur elle-même pour retrouver un semblant d'équilibre. Fut à nouveau happée mais cette fois frappa, à la volée, du tranchant de la main. Dans le vide. Il n'était déjà plus là. Comme s'il eût deviné son geste. *Et il a deviné mon geste !*

Elle put se remettre debout, et en garde. D'accord, Saorge, il paraît que tu m'as comprise ?

— Je peux vous casser la gueule, Saorge.

Elle feinta une attaque à gauche, se fendit pour un coup de savate au ventre. Il toucha son talon au passage et ce fut elle qui s'envola, ratant l'aquarium de peu. Où est passée ma parka ? De nouveau, il la tirait, la tenant aux aisselles. Elle voulut l'étrangler mais à nouveau ce fut comme de combattre son ombre. Ou il est le bonhomme le plus rapide qui soit sur terre, ou bien il sait à l'avance ce que je vais entreprendre. Ou les deux.

Ils passaient un seuil.

Mon chandail ! Il le lui avait arraché, dans les secondes où elle s'allongeait pour le saisir à la gorge — si je pense ce que je veux faire, je suis fichue ! De la fureur lui vint, réelle, qu'elle ne chercha pas à réfréner. Un deuxième coup qu'elle donna du tranchant de la main effleura la crête de l'épaule de l'homme. A ceci près qu'il put prolonger son tournoiement et la faire partir vers le lit. L'y rejoignant dans la même seconde. Elle était tombée à plat ventre. Il l'y maintint juste assez pour commencer de lui ôter ses bottes. Jusqu'à ce qu'elle pût s'arquer, glisser ses bras sous elle, le repousser. Elle frappa trois fois, le touchant une fois malgré son retrait vif. Un peu de sang perla sur une lèvre de Saorge. Ruades, qu'il évita — je les pense trop, sois plus instinctive !

Pareil pour la tentative qu'elle fit de filer sous lui, enfin sous ses bras, à seule fin de prendre du champ et d'employer son karaté. Il la bloqua, tourna sur lui-même, la maintenant encore, ce coup-ci par la gorge, l'étranglant à demi. Et son autre main défaisant la ceinture du jeans. Comme par magie, il contrebalança la bascule qu'elle essaya, pivota pour contrer les coudes de Jordaan.

— Je serais au désespoir de vous faire mal, lui dit-il à l'oreille — forcément, il colle son visage dans mon cou, pour éviter mes fourchettes, je veux dire mes doigts dans ses yeux.

— Va crever, dit-elle, haletante.

Elle se retrouva à nouveau sur le lit et le pantalon aux chevilles. Mais Saorge était sur elle, ses grandes mains lui serrant les poignets. D'accord. Elle lutta, force contre force. Put se soulever...

Feinta un abandon...

Suivi d'un coup de genou au bas-ventre...

Qui précéda deux autres fouettés en direction de la gorge.

Autant d'échecs. Et il ne lui restait que sa chemise en tout et pour tout. Et toi qui le voyais gauche ! Mes félicitations, Jordaan.

— Vous serait-il loisible de vous arrêter ?

— Nom de Dieu, parlez normalement !

La réaction de Saorge fut surprenante : il s'immobilisa. Sans pour autant cesser de la tenir écartelée.

— Parler comment ?

C'était bien de l'étonnement, dans ses yeux.

— Laissez tomber.

Il ne ment pas. Il ne joue pas la comédie. Oh mon Dieu !

— La vérité, Saorge.

— Je crains de ne pas comprendre.

— Vous lisez vraiment dans mes pensées, n'est-ce pas ?

Ce voile qui vint sur les yeux noirs, légèrement fendus, par quelque souvenir d'une lointaine ancêtre indienne.

— Je ne peux que me répéter. Je ne comprends pas.

Espèce d'enfant de salaud.

— D'accord, dit-elle. Je n'ai qu'une chemise, ici. Inutile de la déchirer. Lâchez mes poignets.

Il ne bougea pas, la tête un peu inclinée, avec une expression et une mimique d'étonnement presque enfantines. Jordaan pointa sa langue et lécha la lèvre blessée.

— Lâchez mes poignets, je vous prie.

Il la libéra. Une main. Elle déboutonna la chemise et, se tordant sans qu'il l'aidât beaucoup, autrement qu'en la laissant faire, dénuda son torse.

— Puis-je me permettre de vous embrasser ?

Pauvres de nous. Et le plus étonnant est que je le crois sincère !

— Vous avez posé cette question à chaque femme ?

— Mais oui, dit-il, avec le même étonnement.

Jordaan le fixait, étudiait son visage si proche, intriguée comme jamais elle ne l'avait été.

— Et vous sautez toujours de la même façon sur les dames ?

Non. Il avait cédé à une impulsion. Inexplicable, l'impulsion. C'était la première fois qu'il se laissait aller de la sorte. Il voulait de toutes ses forces espérer qu'elle ne lui en tiendrait pas rigueur.

— Embrassez-moi, Saorge.

Il se pencha et leurs lèvres se touchèrent.

— Ce n'est pas un baiser, Saorge. Un contact d'ours, au mieux.

Une idée se forma dans le cerveau de Judith Jordaan, accompagnée d'images. Evidemment. Elle aurait dû y penser plus tôt. Tu as devant toi — enfin, sur toi serait plus exact — un garçon sauvage qui peut être sait fort bien tenir sur ses jambes, et écrire et lire, d'accord. Mais à part ça ? Il a connu sa mère et Gatineau, personne d'autre en vingt-cinq ans ; il s'est glissé hors de son territoire, tel un jeune animal qui sait confusément qu'il doit trouver une femelle, quoiqu'il n'en eût jamais vu. Il sort et en voit une, lit dans sa tête, constate qu'il lui plaît (ce qui n'est pas à proprement parler une surprise, il est joli garçon, voire davantage... d'accord : davantage ; il est beau). Il approche de la femelle, avec son pantalon de zouave, il lit à quel moment et où et comment il peut la toucher, la touche, puis-je me permettre de vous embrasser, m'accorderais-je la privauté de vous sauter, Madame ? et paf, il est dans la place. C'est dingue.

Jordaan, tu es dans une situation que même un Brubaker n'avait pas prévue, et que tu n'attendais pas. Saorge ne sait rien et il sait tout.

Et tu as très envie (le mot est faible) de tout lui apprendre, et de savoir s'il sait.

On y va, Jordaan ?

On y va.

— Il vaudrait mieux que vous vous déshabilliez aussi, Saorge. Je peux le faire ?

Il hésita encore, lui tenant toujours un poignet, pesant de

tout son poids sur elle qui n'avait plus que sa culotte. Mais il relâcha sa prise, s'écarta.

— Debout, dit-elle.

Elle le mit nu. Ce même corps qu'elle avait imaginé, tout à fait le même, avec le damier de l'abdomen, et des cuisses étonnamment puissantes.

— Allongez-vous, je vous prie, dit-elle (notant le léger épaississement de sa propre voix, et ses agréables brûlures revenues plus fortes). Elle hasarda un coup de langue, le caressa de la pointe de ses seins, se dévêtit entièrement elle-même (il me restait quand même une chaussette, à part la culotte), il ne bougeait pas, yeux clos — n'oublie pas, n'oublie jamais qu'il n'a pas besoin de voir pour savoir —, et justement elle ne voulait pas qu'il bouge, enfin un certain temps, pas trop. Il faudrait bien qu'il prenne l'offensive, vois-tu j'ai toujours envie d'une sombre mêlée qui n'irait pas sans quelque paroxysme (elle le caressa encore, plus nettement cette fois) et maintenant nous y sommes, je ne serais plus ennemie d'un paroxysme...

Maintenant.

A peine eut-elle le temps de penser le mot. Elle ne vit rien venir, il se déchaîna soudain. Du paroxysme, hein ? En veux-tu en voilà. Elle se sentit doucement broyée. Et il y eut un moment où elle put encore penser. Se dire que non, ce ne pouvait lui arriver, pas à elle, tu n'as pas un seul souvenir d'une seule seconde où tu aies perdu ton contrôle de toi, même que les plus intelligents d'entre eux, les autres hommes avant cet oiseau rare, s'en sont rendu compte et ça les a tourneboulés, forcément, de te deviner impassible au fond de toi.

Oh non ! Il y eut encore ces longues, très longues minutes où elle joua ce jeu délicieux de *penser* ce qu'elle voulait qu'il lui fît, telle caresse à tel endroit de son corps avec telle intensité et de telle durée, de choisir mentalement les rythmes, au pas à pas de leur progression amoureuse. Il ne commettait pas la moindre erreur, la sensation était extraordinaire, un rêve, un...

— C'est impossible, Saorge. Personne ne peut le faire. Aucun homme...

— J'ai grand-peur de ne pas comprendre de quoi vous me parlez.

Et il l'attendit, dans ses montées successives si délicatement provoquées, au centième de seconde qui convenait, se déchaînant dans les proportions idéales. Je deviens folle. Affolée. Affolée, je perds mon contrôle. Elle plongea, s'entendit bel et bien gémir, crier, hurler, supplier (d'ordinaire, elle feignait). Elle en vint à vouloir lui échapper, avec la volonté peu consciente d'être reprise.

Tout cela jusqu'au paroxysme.

Le harfang avait chassé une partie de la nuit. Puisqu'il n'avait pas reçu son contingent de souris blanches. Et surtout parce que, un certain temps plus tôt, l'Homme avait modulé le signal de la fin du jeu, *Ne viens plus près de moi, repars, danger-danger* ; et peu de temps après ce signal, l'Homme étant rentré sous la chose qui cachait le ciel, une autre créature était apparue, allant dans la neige, approchant, sa marche accompagnée d'un cliquetis léger — bracelets d'or s'entrechoquant. L'autre créature avait rejoint l'Homme. Le harfang s'était envolé ; il était allé planer sur des kilomètres d'ombre et, la faim réapparue, avait chassé. Lièvres blancs apeurés et trop confiants dans la nuit noire sous leur abri de branches. Retour à l'épicéa, attente.

Le jour qui se leva était grisâtre et froid, plombé par un ciel très bas. La neige s'était remise à tomber en silence un certain temps avant les premières lueurs de l'aube.

Le harfang dormait, ses yeux immenses refermés. Il dormait d'un sommeil profond mais que le bruit le plus infime pouvait immédiatement interrompre.

Qu'un bruit infime interrompit. Les grandes prunelles phosphorescentes s'élargirent au centre des deux colliers évasés de plumes fines. Le bruit était familier, connu. Et d'autres arrivèrent : pas sur la neige fraîche qui craquait, respiration. Le harfang vit l'Homme qu'il aimait d'un amour définitif. L'Homme s'engagea sous les arbres.

Le harfang guetta le signal, le claquement de doigts sec l'invitant à venir se percher sur l'épaule gauche.

Rien.

Le harfang ne bougea pas, suivant avec presque de l'avidité la silhouette ourlée de rouge qui s'éloignait. Il ignorait l'amertume, la fureur, la déception. Peut-être.

Puis soudain, un autre signal lui parvint. Un sifflement particulier presque oublié, *voler-voler-me survoler.*

Les grandes ailes se déployèrent, le harfang prit l'air de toute sa puissance, ses sens plus que jamais en alerte. Il monta quatre cents mètres, à la limite des nuages.

Il plana ensuite, à la verticale de l'Homme.

IV

Je suis Saorge, je suis un monstre. Je suis malheureux. Saorge marchait sous les arbres, dans cinq centimètres de neige fraîche. Il recevait, entre autres, les images mentales du harfang, claires et nettes. Les recevait distraitement ; pour le moment, elles ne signalaient rien qui valût. Je suis Saorge, je suis un monstre, je suis malheureux ; les trois propositions scandaient sa marche de grand coureur de bois.

Il avait toujours su qu'Henri Gatineau rédigeait des notes à son sujet. Il lisait Gatineau à livre ouvert, de près ou de loin ; combien de fois avait-il lu Gatineau pensant en son for intérieur, se disant à lui-même : tiens, à propos de Saorge, je devrais noter ceci ou cela, et de telle manière, voici la formulation la plus précise...

Il l'avait toujours su. Et su également qu'Henri Gatineau, parfois, pensait à lui comme à un monstre — mais avec tant d'apitoiement, de tendresse, d'amour que le concept en devenait inoffensif, anodin. Et puis c'était Gatineau, ce n'était pas n'importe qui.

Apprendre que les notes secrètes de Gatineau avaient été découvertes et lues, voilà qui était autre chose. Saorge hier encore ignorait ce développement, l'avait appris en lisant cette femme, les souvenirs qu'elle avait de sa lecture des notes du médecin.

Un monstre. Le pis étant que c'était vrai. Des envies de pleurer lui vinrent. Je suis malheureux. A quoi ça sert de vivre ?

Saorge marchait ayant encore dans ses narines le parfum du corps de Judith Jordaan. Qui n'était pas la première femme avec laquelle il eût fait cette chose que la nature le poussait à faire, comme il en est de tous les animaux. Judith Jordaan était différente ; avant, rien de comparable. Les autres acceptaient, elles pensaient qu'elles acceptaient et il faisait la chose et ça ne prenait guère de temps et elles étaient douces, lui souriaient, parfois demandaient s'il voulait le faire encore, ce jour-là ou plus tard.

Rien de comparable. Il avait lu dans Jordaan des pensées qui étaient très surprenantes, un peu effrayantes même. Pas seulement sur la façon dont elle souhaitait que la chose fût faite (et cette façon déjà était bizarre, pas loin d'être honteuse, il avait fallu qu'il se forçât un peu, à seule fin de la contenter — sans parler de ces caresses qu'elle lui avait données, très anormales ; enfin, qui devaient l'être. Possiblement, elles étaient d'un usage courant, dans les villes, ailleurs, loin). Non, ce n'était pas seulement cela. C'était surtout ce qu'il y avait dans la tête de Jordaan. Cette violence incroyable, ces deux hommes qu'elle avait tués, ces autres hommes qui l'avaient poursuivie et frappée, ces images de haine, de peur, de mort qui constamment lui revenaient, remontaient à la surface de sa mémoire — et c'était sa seule manière, à lui Saorge, de lire les secrets ; quand ils venaient à la conscience, uniquement dans ce cas ; sinon, le noir. Il ne pouvait pas déchiffrer un souvenir que l'autre aurait oublié ou auquel il ne pensait pas.

Il avait lu que Judith Jordaan s'étonnait et même souriait de sa façon de parler. Il ne comprenait pas. Il parlait correctement, pourtant. Poliment. Bien sûr, dans les films ou à la télévision, les gens s'exprimaient d'une façon différente. Mais le cinéma des cassettes et la télévision, c'était du théâtre, on y fait semblant, quel était le mot exact, déjà ? Ah oui, *idiosyncrasie* — c'est-à-dire, à en croire le Robert et l'Encyclopaedia Britannica, par extension d'un terme médical, l'agissement personnel, typique, d'un individu ou d'un groupe d'individus en réponse à l'action d'agents extérieurs. Le langage du théâtre était idiosyncratique, je ne peux pas parler comme au théâtre.

Il ne comprenait pas pourquoi Judith Jordaan trouvait curieuse sa façon de parler.

Il se retourna sans cesser de marcher. Il avait parcouru cinq kilomètres. En quarante minutes. Pas mal. Il examina les images transmises par le harfang — transmises n'étant pas le mot, puisque le harfang ignorait qu'il émettait.

Toujours rien.

Saorge s'ouvrit à la réception, comme l'on prête l'oreille à la rumeur d'une circulation, à tel bruit familier relégué au fond de sa conscience et que l'on choisit. Des centaines d'images lui parvenaient ; dresser la liste des animaux dont il captait les émotions, les affûts, les besoins, dresser cette liste fût revenu à énumérer les habitants vivants de la forêt. Saorge y parvenait, ce lui était désormais supportable. Il lui avait fallu des années pour y réussir.

Sa dépression se dissipant un peu, comme à chaque fois qu'il s'engloutissait dans la forêt et son relatif silence, un peu d'optimisme se fit jour. Ce qu'il avait entrepris pour les animaux, il pourrait le faire pour les humains. Déjà, il arrivait à supporter le choc de plusieurs flux mentaux simultanés.

Judith Jordaan. Il avait tenu. Quelqu'un qui n'était pas Henri Gatineau était demeuré à proximité, à l'intérieur du premier cercle où les émissions étaient les plus agressives, sans qu'il eût de crise. Et il aurait pu tenir davantage, s'il en avait été besoin.

Ainsi tout n'était pas si noir et désespéré. Il faisait des progrès. Un jour viendrait où il pourrait recevoir trois, peut-être même cinq ou dix émissions dans le seul Premier Cercle. Pour la dix millième fois peut-être, il se remit à rêver d'une promenade dans les rues d'une ville. Québec. Ou Montréal, même. Ses incursions (il est vrai nocturnes) à Mistassini ou Péribonka ne s'étaient pas si mal passées. Presque supportables. Pas les premières fois, quand il avait dans les quinze ou seize ans. Il avait dû fuir. Les crises l'avaient pris sur le chemin du retour. Eveils de conscience dans quelque fourré où il était venu se tapir, au terme d'une course folle, pour s'éloigner. Au fil des années, il avait progressé. Une fois devant Chicoutimi...

Judith Jordaan. Sa pensée revenait à cette femme. Elle était d'une beauté extraordinaire. Même les femmes sur l'écran, certaines nues, étaient de loin moins belles. Elle avait gémi et crié. Hurlé même. Le plus surprenant étant cette stupeur qu'il avait lu en elle, ensuite. Il ne comprenait pas non plus. Tout s'était passé comme si Judith Jordaan ressentait pour la première fois du plaisir et ne pouvait y croire. Voilà qui était incompréhensible. Saorge n'imaginait pas qu'il pût y être, lui, pour quelque chose. Il n'avait rien fait d'extraordinaire, sinon lui donner ce qu'elle attendait. C'était d'autant moins compréhensible que, lisant en elle, il avait pu se faire une idée précise du nombre d'hommes avec lesquels elle avait fait la chose. Des dizaines (Saorge ignorait si ce chiffre était au-dessus ou au-dessous de, disons la moyenne sur le continent nord-américain ; aucune statistique dans aucun livre, sur ce point). Il avait lu Judith Jordaan se souvenant d'elle-même dans les bras d'autres hommes, des images lui avaient été retransmises : par exemple ces cyprès en Italie, en Toscane, le blanc des murs, les poutres du plafond, les boiseries somptueuses des portes et des fenêtres avec leurs volets intérieurs mi-clos ; les coquelicots dans des champs chevauchant des collines, la façade ocre d'une maison, les volets rouge toscan ; ou ce fleuve en Irak appelé l'Euphrate... Judith Jordaan s'était aussitôt mentalement reprise, et, connaissant sa géographie à force d'avoir tant parcouru ses atlas, Saorge savait qu'à Bagdad, c'était le Tigre qui coulait, pas l'Euphrate.

Contact.

Contact à deux heures. Un effleurement. Rien de très distinct. Il repartit, modifiant sa route, au travers d'un groupement d'érables que personne n'avait jamais saignés et pour cause, je suis sur mon territoire.

Il gagna deux-trois cents mètres dans la direction convenable et le contact s'établit plus net. *Froid-froid-putain de merde-je me gèle* fut la première pensée complète qu'il reçut. Il entra dans la tête, enregistra les images. Un homme. Saorge voyait ses mains, une de ses mains avec laquelle l'homme retirait une cigarette d'un paquet, s'étant déganté pour ce faire. L'homme était dans le Troisième Cercle, celui où les émissions étaient supportables. Nettes mais supportables.

Flot de pensées, se bousculant les unes les autres. Comme toujours quand Saorge entrait dans un cerveau de qualité médiocre, pas très bien organisé — Gatineau, lui, était (quand il se trouvait dans le Troisième Cercle) un vrai plaisir à lire : tout en ordre, intéressant, passionnant même. Tu ne vas pas rencontrer des Gatineau tous les jours.

Saorge poursuivit sa marche. Deuxième contact et donc deuxième homme, à midi. A la lisière du Troisième Cercle, à peine perceptible. Nouvelle progression, qu'il conduisit en sorte de recevoir les deux flux mentaux en même temps. Le premier guetteur repéré était Jo MacNulty, le deuxième Franck Cassiter. Saorge les connaissait. Il ne les avait jamais vus, mais ce devait être la huitième ou neuvième fois qu'il les lisait. Depuis le temps qu'ils l'épiaient.

MacNulty se tenait à quatorze cents mètres, à deux heures, ou deux heures trente, en raison du mouvement tournant que Saorge avait effectué. Cassiter plus loin. Image d'une voiture, Land Rover jaune, garée en bordure d'une piste. Image de la bouteille de whisky à l'arrière des sièges. Image de femme, de...

Saorge faillit sursauter. Le nom de Maxie venait de monter à la surface de la conscience de Jo MacNulty. *Prendre ce foutu Indien et lui chauffer les pieds, Dawlish en a de bonnes...*

Maxie ? Ils allaient s'en prendre à Maxie. La peur lui vint. Il repartit, cette fois en courant.

Quatre kilomètres plus loin, alors qu'il courait toujours, il reçut les images enregistrées par les yeux du harfang, qui l'avait suivi au bruit de ses pas et maintenant l'avait en vue directe, en cet endroit où la forêt était plus clairsemée. Saorge se vit lui-même, en train de courir ; il aperçut aussi, à plus de deux mille mètres dans son nord-est, l'homme qui braquait sur lui des jumelles.

Et il discerna l'hélicoptère qui prenait l'air et atteignait la même altitude que l'oiseau.

Saorge avait eu le temps de réfléchir et n'imaginait qu'une solution : mettre à l'abri Maxie le Mohawk.

Judith Jordaan s'éveilla une première fois vers huit heures et constata qu'elle était seule. Dans la chambre et dans la maison. Elle se sentait brisée et languide, délicieusement. Elle dut prendre sur elle-même pour s'arracher à la tiédeur du lit, passer sa chemise, quitter la chambre.

La maison était glacée, le froid semblait s'y être installé en strates. La salle de séjour-bibliothèque s'éclairait d'un feu dans la cheminée, où des bûches crépitaient.

Où est-il allé, cet olibrius ?

Dans la cuisine la cafetière était presque tiède. Des tranches de pain avaient été disposées en évidence, de même que du beurre et un pot de sirop d'érable. Pas faim. Elle ne petit-déjeunait qu'à l'occasion. Elle but un peu d'eau et alla se rencogner sous la couette, transie, assez mal à son aise. Son incrédulité de la nuit précédente persistait. Ne portant guère sur les exceptionnelles facultés de Saorge en matière de lecture de pensée — sur ce point, à la faible lumière du jour, son opinion n'était pas formée — mais sur ses réactions, à elle. Tu as bel et bien perdu le nord, cette nuit. C'était comme de se découvrir une maladie. Il t'a peut-être droguée ? Avec sa saloperie de café, par exemple.

Mais elle avait goûté de la drogue, un peu de tout, au temps de ses études universitaires en Californie. Jamais, au grand jamais, ce sentiment de n'être plus elle-même, de perdre son contrôle. Elle avait cessé de prendre quoi que ce fût pour ne rien perdre de sa lucidité.

A neuf heures, on frappa à la porte du dehors. Quelqu'un entra, sans attendre de réponse, qui se révéla être une forte femme à la poitrine en console. C'était Charpentier Marie-Jeanne, Jordaan la reconnut d'après les photos qui lui avaient été montrées. La femme dit s'appeler Charpentier, *madame* Charpentier. Elle ajouta quelque chose dans une langue qui eût pu aussi bien être du mongol. Du français, mais pas celui que Jordaan avait appris à Paris.

— J'allais me lever.

La Québécoise hocha la tête, de l'air du plus extrême dégoût. Elle donna un coup de pied au chandail de Jordaan qui traînait par terre et repartit vers la salle de séjour. Jordaan ressortit du lit et, dans le seul dessein d'enquiquiner au maximum la femme de ménage, resta nue. Quoique claquant des dents.

— Non.

Réponse de Charpentier Marie-Jeanne à la question : était-ce la première fois que, entrant pour sa séance de nettoyage, elle trouvait une femme dans le lit de Saorge ?

— Non.

Madame Charpentier ici présente avait-elle souvent vu Saorge avec une femme (nue ou habillée) ?

— Non.

Jordaan fila s'asseoir dans le fauteuil de cuir, le plus près possible du feu. Elle se sentait guillerette. Une chaleureuse amitié vient de naître ; nous voici, Charpentier et moi, devenues amies d'enfance. Elle alluma les huit écrans de télévision et reçut dans la figure huit programmes différents en huit langues différentes. L'anglais, le français, l'allemand, l'italien, l'espagnol et l'arabe se mélangèrent sans trop de cacophonie ; Jordaan savait ou comprenait plus ou moins ces langues. Le suédois, le russe et le japonais, en revanche, la gênaient beaucoup. Saorge parlait-il ces langues ?

Il n'a pas besoin de parler des langues étrangères, remarque. D'abord parce qu'il doit rencontrer très peu de Russes ou de Japonais. Ensuite et surtout parce que, lisant dans les pensées, peu lui chaut qu'on prononce des mots inconnus, il n'a pas à se préoccuper de ce qu'il entend.

Nom d'un chien.

Elle pianota sur la télécommande et coupa les sons des écrans 7, 8, 9 — en japonais, en russe, en suédois. Réflexion faite elle cloua le bec à une Espagnole, à deux

Italiennes ravissantes, à un Tudesque qui avait de beaux yeux mais l'accent de Prusse orientale.

Le téléphone sonna à dix heures trente. L'adjoint de Brubaker se nomma.

— MacKenna.

— J'avais reconnu votre voix. Je suis seule. Il est peut-être aux alentours.

— On vient de m'apprendre que ce n'est pas le cas, dit MacKenna. Je ne vous aurais pas appelée, sans cela. Vous lui avez dit la vérité ?

— La vérité nue.

— Réactions ?

— Nulles.

Il y avait dans l'air de la salle de séjour, dans ce coin-ci du moins, comme une odeur de chair grillée. Jordaan constata que le bras du fauteuil de cuir, tiré trop près du feu, n'était pas loin de s'enflammer ; et quant à elle, son flanc gauche était en train de cuire. Sans lâcher le téléphone, elle écarta le siège des flammes et, pour offrir son côté droit à la chaleur, s'assit à l'envers, tête en bas et jambes en l'air.

Je ne t'ai jamais vue ainsi, Jordaan. MacKenna :

— Du nouveau sur le *Roi Salomon* ?

En clair : où en êtes-vous des vérifications que vous devez opérer, quant au pouvoir extraordinaire de Saorge ?

— Des approximations, rien de plus, dit-elle.

— Je reprendrai contact dès que j'aurai des éléments plus précis.

Elle raccrocha la première, quitta le fauteuil, alla se mettre sous la douche, s'habilla. Elle ne doutait pas que cet appel du premier lieutenant d'Aloïs Brubaker était une mise en garde. Ses raisonnements lui revinrent en mémoire, qu'elle avait faits, sur l'île dans l'archipel des Vierges, après sa rencontre de Brubaker, puis dans l'avion la transportant au Québec.

Tu joues ta peau. Comme jamais.

Elle regardait par une fenêtre. Le jour s'était levé, il neigeait un peu, l'épaisseur de neige atteignait dix ou douze centimètres. Où était Saorge ?

Il allait revenir. Evidemment.

L'homme que Saorge rencontre ce matin-là est un Indien mohawk, qu'on appelle depuis toujours Maxie. Il a dépassé les soixante-dix ans. Comme son grand-père et son père avant lui, il a travaillé aux Etats-Unis pour des entreprises de construction. Les Mohawks sont réputés pour ne pas avoir le vertige, ils peuvent marcher sur une poutrelle d'acier de quinze centimètres de large à des hauteurs dépassant deux cents mètres ; ils se sont fait une spécialité de travailler sur des échafaudages inaccessibles à d'autres. Les ancêtres de Maxie ont construit la Golden Gate de San Francisco, ou l'Empire State Building de New York ; Maxie lui-même, après quelques années à Chicago, a opéré sur le pont de Verrazano et les tours jumelles du World Trade Center de Manhattan. Après quarante-cinq années passées dans le ciel, après être tombé, (une fois une seule, pour avoir un peu bu, chute de trente-cinq mètres, écrasement juste sur un chargement de ciment frais), il est revenu sur le territoire de ses ancêtres et à l'autre spécialité de sa tribu : la préparation des peaux d'animaux pris à la chasse, destinées aux touristes. Des deux douzaines de fractures provoquées par son unique perte d'équilibre, plus de quinze ans auparavant, il a conservé des distorsions de tout le corps, une claudication des deux jambes, une curieuse façon de pencher la tête comme quelqu'un qui entend mal et prête l'oreille à son interlocuteur.

Maxie le Mohawk connaît Saorge depuis une quinzaine d'années. Cet hiver-là, au plus fort de l'hiver, sur une piste oubliée, un gamin surgit devant lui. Maxie le croit perdu. C'est-à-dire qu'il pense qu'il est perdu. Maxie est un taiseux ; sauf peut-être une fois l'an et encore, il n'ouvre la bouche que pour manger et surtout boire. Il aperçoit le gamin et pense que le gamin est perdu. Le gamin secoue la tête et dit « non, je ne suis pas perdu, je sais très bien où je suis, je suis sorti de chez moi pour faire un tour et ces chevreuils que vous cherchez sont à trois cents yards sur votre gauche. Ils vous ont entendu tout à l'heure mais à présent ils vous ont oublié. Contre le vent, vous pouvez les avoir. Et je suis désolé pour votre dos mais vous avez raison de vous consoler ainsi : normalement, après trente-cinq mètres, vous devriez être mort ».

Maxie est surpris mais pas trop. Un loup viendrait lui demander du feu pour son cigare qu'il sortirait son briquet et n'y penserait plus. Reste qu'il n'a pas dit un mot pas un seul et ce foutu gamin, c'est comme s'il avait lu dans sa tête.

— Mais je lis dans votre tête, dit le gamin. Je lis ce que vous pensez. Faites un essai pour voir.

Maxie s'en fout. Le gamin a des yeux noirs, un peu fendus, si ça se trouve il a du sang mohawk ou montagnais, des cils sacrément longs, des cheveux noirs. Il doit avoir dans les onze ans. Par moments, c'est bizarre, il ferme les yeux, il se met à respirer très fort, tu dirais qu'il s'étouffe ; et même il devient tout blanc, de la sueur lui vient sur le visage, ses mains tremblent. Et puis ça va, ça passe. Il sourit et c'est tant mieux, parce qu'il a vraiment un foutu regard qui te transperce et ressort de l'autre côté, gênant si tu vois ce que je veux dire.

— Excusez-moi, monsieur Maxie, je ne le fais pas exprès, pour mes yeux. Je suis tout à fait navré, je vous supplie d'accepter mes excuses.

Mais comment qu'il cause, ce gamin ?

— Et pour vos chevreuils, je ne saurais trop vous conseiller d'aller les tirer. Ils pensent à se déplacer. Ils vont aller vers l'ouest. Ils ont l'image d'eau, dans la tête.

Le gamin dit que non seulement il peut lire dans la tête de Maxie mais dans celle de tous les animaux dans le Cercle. Et se trouverait-il d'autres hommes, ou femmes (c'est bien ainsi qu'il cause : *se trouverait-il*) dans ce Cercle, il recevrait leurs pensées à eux aussi. Et c'est très dur, c'est horrible, il voudrait être mort, souvent, ce serait mieux, au moins aurait-il la paix.

— Je suis parti ce matin de la clinique. Le docteur Gatineau — je lis que vous ne le connaissez pas — doit me chercher partout. Il m'aime. C'est le seul. Il sait comment je suis, j'ai honte de ne pas lui dire qu'il a raison mais je ne peux pas. C'est plus fort que moi. A vous, je vous parle parce que depuis une heure aujourd'hui, et des heures la semaine dernière, j'ai lu dans votre tête. Ça ne vous étonnera pas et vous ne direz rien. J'avais besoin d'en parler à quelqu'un, c'est tout.

Le gamin s'accroupit. Il a une façon à lui pour ça : il se met en équilibre sur la pointe de ses pieds, il pose ses bras sur ses genoux, il laisse pendre ses mains — qui sont nues, malgré qu'il gèle. Et il baisse ses yeux, il ne regarde pas Maxie le Mohawk qui n'a pas prononcé le moindre mot, mais qui, va savoir pourquoi, est sacrément attiré par ce morveux. Le gamin dit que les réponses aux questions qui passent par la tête de Maxie en ce moment même sont, dans l'ordre, oui, oui, et non. Oui, il est malade, d'une maladie qui est si vous voulez, monsieur Maxie, comme d'être trop intelligent, de tout savoir, de tout comprendre. On ne peut pas me mentir, c'est horrible ; mais ce n'est pas une maladie mortelle. Et oui à la deuxième question, c'est vrai qu'il n'est pas perdu mais très loin de chez lui, de la clinique qui est son seul chez-lui, monsieur Maxie vous avez raison : je suis parti droit devant moi sans intention de revenir en arrière, je voulais aller dans le Grand Nord où il n'y a personne, où règne le silence, où je serais seul sans pensée pour me vriller la tête. Une fois très fatigué, ne pouvant plus mettre un pas l'un devant l'autre, je me serais couché et endormi et je serais mort en m'endormant dans le froid, mais tranquille. Vous avez raison, c'était ce que je voulais faire, vous êtes plus intelligent que vous ne le pensez vous-même.

Et non à la troisième pensée : il ne va pas continuer d'aller vers le grand silence du Grand Nord. Pour vous faire plaisir, c'est entendu. Promis.

— Je vous prie humblement d'accepter mes excuses pour l'embarras que je vous ai occasionné, monsieur Maxie. C'est que je suis très triste. Ma maman vient de mourir, elle est morte et c'est très dur. J'avais pour elle un amour immense. Comme celui que vous aviez pour votre fils qui s'est tué il y a quarante ans, c'est cela même.

Pour avoir reçu les pensées de Maxie le Mohawk pendant ces derniers jours, sans en être malade (il a menti tout à l'heure, une fois de plus je vous prie d'accepter mes excuses, en disant qu'il était parti de la clinique le matin même, cela fait déjà six jours), pour avoir fait entrer Maxie le Mohawk dans le Cercle. Près du centre du Cercle, il a constaté qu'il lui était possible d'approcher d'autres gens.

Peut-être le Cercle va-t-il finir par disparaître, avec le temps. Ou en grandissant changera-t-il lui-même, sera-t-il moins malade.

Le gamin se relève, se détourne.

— Au revoir, monsieur Maxie. J'ai lu l'image de votre cabane. Je sais où elle se trouve. Puis-je prendre la liberté de vous y venir voir, si cela ne vous incommode pas trop ? Merci. Merci infiniment. J'accepte avec joie votre invitation à déjeuner, la prochaine fois. Non, je n'ai pas peur que vous parliez de moi. Pour les chevreuils, vous pouvez les avoir. Ils se sont de nouveau arrêtés. Je ne lis rien de spécial dans leur tête. Il y a très peu à lire, dans la tête d'un chevreuil. Ne tuez pas la femelle, s'il vous plaisait de m'être agréable. Non, je n'ai jamais vu ces chevreuils. Je sais qu'ils sont là, c'est tout.

Le gamin s'en va bel et bien, ses mains nues tenant à deux mains l'espèce de sacoche dans laquelle il a dû ranger ses provisions de route. Comment a-t-il pu s'arranger, pour aller six jours dans la forêt tout seul sans un endroit où s'abriter pour dormir par ce froid ?

Le gamin repart sur ses propres traces. Il disparaît, ça se voit qu'il est sacrément entraîné à marcher, foutu gamin va. Pas ordinaire et je m'y connais.

Et il revient. Des mois plus tard, Maxie le Mohawk ayant tu dirais oublié son existence — enfin presque. Ce coup-ci c'est l'été, les foutues fleurs foisonnent, trilliums rouges-blancs-roses portant des fruits, tradescantias bleus, dernières anémones blanches du foutu printemps passé, kalmias roses, orchidées aux lèvres rayées de pourpre sur des souches moussues ; et des lupins aux lisières. Qu'est-ce que j'aime les fleurs, c'est pas croyable !

Sauf que Maxie le Mohawk imagine ces fleurs mais ne les voit pas. Voici dix jours qu'il est couché, son dos lui fait un mal de chien. Crève donc salope. Tu ne pourras bientôt plus te traîner par ta cabane pour manger et boire. Maxie n'a vu âme qui vive depuis quatre semaines et ma foi, se dit que cette fois est la bonne, son vol plané depuis le tout en haut des foutues poutrelles a quand même fini par avoir sa peau, qu'il va crever.

— Pas cette fois, dit le gamin en entrant et sans que le moindre bruit ait annoncé son approche. Je lis que vous n'avez pas tué la femelle, c'est bien.

A son entrée, monsieur Maxie a pensé aux trois chevreuils, et pensé qu'il n'avait pas tué la femelle.

— Et il me semble, sans vouloir vous importuner, que vous devriez prendre ceci et cela.

Le gamin tend des trucs, des comprimés. Il en a des boîtes et des boîtes. Volées à la clinique, dit-il. Pour vous monsieur Maxie. Qui d'autre ? Je n'en ai pas l'usage. Maxie avale ce qui lui est tendu, Il croque les pilules en se foutant que ce soit du poison ; de la mort-aux-rats je boufferais, avec ce foutu dos. Le gamin ressort et rentre, portant un sac plein de conserves, de pain et de fruits frais, des œufs par douzaines. Il aurait transporté tout ça de la foutue clinique sur son dos ? c'est pas croyable !

— J'ai fait des étapes, comme Amundsen au pôle. Mon dernier relais est à quelques milles d'ici. J'ai failli faire irruption chez vous dès avant-hier, mais j'ai lu dans votre tête à distance et suis retourné prendre les cachets pour votre dos. Ces cachets vont vous faire dormir puis vous aurez moins mal. Au moins est-ce que le vœu que je formule. Ensuite, sans doute pourrez-vous vous lever, faire votre toilette et manger. Nous devions déjeuner ensemble, vous en souvenez-vous ? Si vous voulez me le permettre, je ferai la cuisine.

Il se passe alors une chose très étrange chez Maxie le Mohawk. Pour être dur, il l'est ; peu d'hommes auraient quitté l'hôpital de New York à sa place, estropié comme il l'était. Voilà des années qu'il traîne sa misère et les plus insoutenables souffrances, sans que lui soit venue l'idée de pleurnicher sur lui-même. Mais bon, là, il craque. Il n'a jamais pleuré, c'est fait. Il pleure sous ses paupières closes. Le gamin le sait, Maxie ne doute pas, n'a jamais douté, ne doutera jamais de ce que le gamin peut lire dans toutes les foutues têtes, animaux et hommes. Le gamin rit gaiement. Il est foutument gai, ce jour-là. Comme quelqu'un qui a fait le tour de lui-même jusque dans les recoins, et en a pris son parti. D'une vraie gaieté, lorsque tu sais que la vie est une foutue saloperie, que c'est déjà un crime de naître (à preuve que tu en meurs), mais que ça ne fait rien, que l'essentiel est un bon parcours, sans paradis ni médaille à l'arrivée, juste la mort et rien d'autre, rien ne compte que l'opinion que tu auras alors de toi-même (à qui tu ne peux rien cacher, ne te raconte pas d'histoire), déjà beau qu'au moment de prendre le break final, tu puisses te dire que tu as fait ton possible. C'est la philosphie de Maxie le Mohawk. Qui ne s'y trompe pas : il reconnaît la gaieté du gamin.

Il commence à drôlement l'aimer, à vrai dire.

Maxie s'endort. S'éveille à la nuit tombée et le gamin est toujours là, son regard de loup un peu voilé, tu dirais de la brume dessus. Il a mis les œufs à cuire, il aura lu l'ordonnancement progressif des pensées dans la tête de Maxie le Mohawk, et pressenti son éveil, si ça se trouve il aura lu mes rêves. Ils mangent ensemble. Maxie va mieux. Les douleurs n'ont pas disparu, il ne faut pas rêver, mais elles ont reculé, les garces. Ne m'appelle pas monsieur Maxie, gamin. Je suis Maxie le Mohawk, pas un monsieur, et toi on t'appelle comment ?

Va pour Saorge-c'est-tout. Pas courant, comme nom.

Oui d'accord je me lave un peu. Pas apporté de whisky, hein ? Dommage.

Tout cela pensé, Maxie ne parle pas. Il n'a toujours pas prononcé le moindre mot.

Le gamin repart dans la nuit. Sa façon de disparaître ! Tu tournes ton regard, tu penses à quelque chose, n'importe quoi, et brusquement il est hors de vue, léger comme une légende, reviens quand tu veux, gamin.

Reviens. *S'il te plaît.*

Il revient encore, il va revenir deux-trois fois l'an, pendant les treize-quatorze années qui suivent. Maxie le voit grandir. Changer. Pour le corps du moins car quant au reste le gamin a mille ans depuis toujours. Peut-être bien qu'il les avait déjà à la première rencontre, quand il voulait s'en aller crever dans le Grand Nord, rapport à sa mère qui était morte.

C'est quoi, le Cercle, gamin ?

Le périmètre de perception. L'espace dans lequel je perçois les pensées des gens et des bêtes, monsieur Maxie. C'est circulaire. Sauf lorsqu'il y a des murs, des accumulations de murs très épais ou des montagnes, et encore. Monsieur Maxie, imaginez une ligne circulaire tracée autour de vous, à distance, à une distance assez grande. Quelqu'un passe cette ligne et aussitôt Saorge commence à recevoir ses pensées, peu distinctes à la distance maximale, de plus en plus nettes quand quelqu'un se rapproche.

— Comme quand vous entendez un bruit, monsieur Maxie. Un loup qui hurle au loin, une musique.

Il n'y a pas qu'un seul cercle, mais trois. Ils sont pareils et différents. Concentriques. Le Premier Cercle au plus près du centre — de lui Saorge. Dans le Troisième Cercle, Saorge reçoit mais supporte, même s'il y a du monde, plusieurs personnes en même temps ; longtemps la clinique a été dans le Troisième, avant que le docteur Gatineau ne l'éloigne un peu plus. Deuxième Cercle : le nombre des émissions doit être réduit, parce que cela devient très très dur de les recevoir, il y faut un effort que je ne puis soutenir longtemps ; c'est un peu moins difficile de nuit, quand les gens dorment.

Et le Premier Cercle. Le plus dur. Une émission ça va, quelques heures ; deux émissions, ça peut aller pour vingt minutes ; trois et plus c'est impossible, je deviens malade.

— Je vous ai apporté d'autres comprimés, monsieur Maxie. Ils sont plus forts que les précédents. Je ne saurais trop vous conseiller de vous limiter à un comprimé par jour. Doublez la dose dans les seuls cas d'urgence. Je vous en prie, faites attention.

... Et bien sûr la question que Maxie le Mohawk ne peut pas ne pas poser, qu'il ne pose qu'à lui-même, dans sa tête, mais avec le gamin ça ne fait aucune différence, tu me diras : à quelle distance, le Cercle ? Le plus grand, le troisième, celui où arrivent les réceptions comme tu dis, gamin, il commence où ?

Le gamin ne répond pas à cette question-là. Il fait celui qui n'a pas entendu la pensée. Son regard un instant braqué comme un fusil te dit qu'il l'a entendue.

... Ce n'est que bien plus tard, des années et des années après, alors qu'il a atteint sa taille d'adulte, qu'un jour, comme ça, sans prévenir, il se remet à reparler du Cercle. Dit que la distance change, augmente avec le temps, « sans atteindre à des dimensions extravagantes, je vous prie de le noter ». Mais que pourtant elle se stabilise, semble se stabiliser. Son extension se ralentit.

— On commence à vieillir à vingt ans, le saviez-vous, monsieur Maxie ?

Autre chose arrive à Saorge, qui compense l'agrandissement du Cercle. Une chose que même le docteur Gatineau ignore, Maxie le Mohawk étant le seul être au monde auquel se confie Saorge : Saorge se blinde, il résiste mieux au flot infernal des images mentales provenant simultanément de plusieurs sources. Il dit qu'il a fait des progrès, qu'il attend et espère des progrès plus grands encore. Peut-être viendra-t-il un jour où le blindage sera suffisamment fort pour lui permettre une existence à peu près normale. Vous allez rire monsieur Maxie mais certaines nuits je me prends à rêver l'impossible : que ma maladie va disparaître, et la malédiction cesser. Comme dans les contes de fées, je rencontrerai une fée, qui me guérira. Vous allez rire encore plus : je suis allé jusqu'à me convaincre qu'en faisant la chose avec les femmes, je ferai tout disparaître et redeviendrai comme les autres.

— C'était sot, monsieur Maxie. Agréable, mais sot : faire la chose n'a rien changé.

Au moins a-t-il appris à faire le tri. Comme d'écouter plusieurs musiques en même temps. Tu reçois en même temps Beethoven et Mozart et Pink Floyd et par exemple Gilles Vigneault et ça cacophone mais bon on fait aller. Je résiste de mieux en mieux au fil du temps qui passe...

— Monsieur Maxie, je suis entré en août dernier dans Chicoutimi. De nuit, trois heures du matin. Monsieur Maxie, je lis chez vous les douleurs de votre dos, l'affection que vous me portez et dont je ne saurais vous remercier. A Chicoutimi pour moi, il en allait de même. J'avais très très mal et j'éprouvais tant d'affection et d'amitié pour ces gens endormis. J'ai tenu une heure, ainsi que je me l'étais promis mais à quel prix ! La crise est venue et je n'ai rien pu faire.

Au fil de ses visites, Saorge a changé. La taille. Mais il reste maigre. Et du loup, pas seulement le regard ; les muscles aussi, pas de graisse. Tu as déjà vu courir, trottiner un loup ? Pareil. Pas de bruit sur la neige ou sur les feuilles craquelantes des automnes ; le loup est là, il n'y est plus ; et de trottiner à n'en plus finir. Saorge dit qu'il a allongé ses randonnées — toujours ce mot : randonnées. Il t'annonce qu'il a poussé jusqu'à la baie James, puis plus loin encore au nord ; la Grande Rivière de la Baleine. L'été suivant, descente du cours de la Canispiscau, escalade des monts Torngat du Labrador, rien que ça, d'où il a vu l'Atlantique. Mais une année il marche plus vers son Grand Nord. De la mi-mars aux premiers jours d'octobre, il monte nord plein nord, foule la terre de Baffin, dépasse Frobisher Bay, atteint la péninsule de Cumberland et le mont Odin.

— J'ai passé sur la glace le détroit d'Hudson, dit-il, répondant à la question informulée de Maxie.

Il se tait longtemps. Dans ces cas-là, à son habitude, il est accroupi, à sa façon indienne. Il y a du rêve dans ses yeux, de la brume.

Aller dans le Grand Nord est pour lui un vertige. Comme une envie de tomber. Il doit y résister, quelque puissant que soit l'appel. C'est la fin de la fin du monde, là-bas. Sans arbres ni rien sauf le grand silence. Pas une terre pour les hommes. Et il est un homme. « Oh mon Dieu, monsieur Maxie, je vous supplie d'accepter mes excuses si je pleure devant vous, je ne peux m'en empêcher. Je suis un homme et veux vivre avec les autres hommes. J'en ai le droit, je ne veux pas tomber dans le grand silence. Même si pour le moment, entrer dans Chicoutimi, Mistassini ou Péribonka, est une torture. Je dois essayer encore et encore. »

(A noter que contant ses randonnées vers et dans le Grand Nord, à aucun moment il ne parle, même à Maxie le Mohawk, de cet autre homme dont il ne prononce pas le nom : Ullikattak. A croire qu'il a parcouru ces solitudes sans rencontrer quiconque.)

Pas d'allusion à cet affût dont il est l'objet. Il n'en dit pas un mot quand il vient voir Maxie au début de septembre.

Et voilà ce jour-ci qu'il en parle. Un hélicoptère est passé, repassé, qu'est-ce qu'il fout là ce foutu engin ? Maxie est sorti de sa cabane pour voir. Il a alors aperçu le gamin qui arrivait, tirant droit au travers des arbres et sur la neige, courant à sa façon de loup. Je ne l'attendais pas si tôt en saison, d'habitude il vient plus en hiver. Tu vas voir qu'il t'annoncer que vous ne passerez pas Noël ensemble cette année, oh merde, si je n'ai même plus ça...

— Nous passerons Noël ensemble, monsieur Maxie. Cette année comme les six précédentes. Ce m'est à moi aussi une joie.

L'hélicoptère avait disparu, il sera reparti.

— Il ne l'est pas, dit Saorge. Celui qui s'appelle Dawlish et qui est à côté de Zake Pender, le pilote, nous a longtemps observés vous et moi dans ses jumelles. Il a obéi à l'ordre du Chasseur, et se tient à plus d'un mille, pour que je ne lise pas leurs pensées.

C'est ça, la distance, gamin, un mille ?

— Je n'aurais jamais pris la liberté de vous en parler, monsieur Maxie, mais depuis quelque temps, des hommes m'épient. Ils veulent me prendre, pour que j'aille travailler dans un laboratoire, et m'utiliser ensuite. Parce que je lis dans les pensées.

Oui, ces hommes-là que Maxie avait vus deux semaines plus tôt dans une Land Rover jaune. Enfin, pas les mêmes, mais des équipiers des hommes dans l'hélicoptère. Le gamin dit qu'il en avait repéré une vingtaine. Et qu'il n'y avait pas un seul hélicoptère, mais trois, se relayant. Et que tout indiquait qu'ils allaient passer à l'attaque.

Et tu vas te laisser faire, gamin ? pensa Maxie.

— Je ne vais pas me laisser faire, monsieur Maxie. Surtout qu'ils n'ont pas en tête de me prendre. Ils savent que ce ne serait pas facile. Mais ils savent aussi que je vous connais et que je vous aime beaucoup. En sorte que c'est à vous qu'ils vont s'attaquer. Ils essaieront de vous faire parler et se serviront de vous pour m'obliger à leur céder.

L'homme qui me fera parler et dire ce que je ne veux pas dire n'est pas encore né, gamin.

— Je sais. J'en suis sûr. Mais ce serait horrible pour moi de savoir que l'on vous fait du mal par ma faute.

En sorte, dit le gamin, qu'il n'y avait qu'une solution : que lui Maxie le Mohawk quittât le champ de bataille, allât s'abriter, hors d'atteinte de ces hommes et de leur chef le Chasseur, restât à l'écart le temps nécessaire, le temps que Saorge réglât cette affaire, afin qu'ils pussent le gamin et lui passer leur septième Noël ensemble, dans la paix.

— Je vous prie, monsieur Maxie, je vous en supplie. Au nom de la si grande affection que je lis en vous, et de celle que je vous porte. Je vous supplie d'accéder à ma demande.

Le lendemain à l'aube, pour le départ. Non, ce ne serait pas difficile de se glisser au travers du réseau des sentinelles.

— Monsieur Maxie, je vous en supplie.

Qu'est-ce que tu veux répondre, hein ?

La neige s'était interrompue.

— Je ne peux vous en empêcher, monsieur Maxie, dit Saorge, et n'en ai pas l'intention.

Maxie pensait — si fort qu'il avait l'impression que sa pensée devait rebondir de collines en collines jusqu'à, pour le moins, la rivière des Outaouais —, pensait à l'une des cinq flasques de whisky qu'il avait glissées, en cachette avait-il cru, dans son sac. Une bonne goulée fait du bien par où elle passe.

J'y pensais sans y penser, gamin, juste comme ça.

Saorge riait doucement, devant lui, dos tourné. C'était un foutu plaisir de le suivre. Il traçait la piste droit autant que le bon Dieu le faisait possible, un trappeur de l'ancien temps ; ralentissant où il fallait, quand il fallait, quand les vieilles jambes torses de Maxie s'alourdissaient ; et il ralentissait tant qu'il s'arrêtait, la minute suffisante pour reprendre du souffle — pas lui : lui aurait pu aller sur des centaines de milles, à le voir. Ils étaient partis de la cabane avant l'aube. Dans la cabane, pas un mot, le gamin n'était pas ce soir-là d'humeur causante ; ou alors des trucs comme : « Vous voulez encore un peu de lard, monsieur Maxie ? Il reste des patates. » Et comme ce n'était pas le truc du Mohawk d'entretenir la conversation, le silence. Rien contre le silence, moi. Moins tu causes, moins tu dis de conneries, les mots c'est inventé pour changer tes pensées. Ils avaient marché dans les deux-trois heures. « Contact », disait parfois le gamin. Et d'obliquer pour éviter, contourner les foutus guetteurs. Cinq fois au moins. Ils avaient passé des ruisseaux, une rivière gelée, des étangs gelés, un lac gelé. Faisait froid mais bon, si tu vois ce que je veux dire, des froids pareils tu en redemandes, ça te nettoie les poumons et fait circuler ton sang. Suis pas si vieux en somme.

— Carcajou, dit Saorge en stoppant.

Maxie tendit l'oreille dans la direction indiquée par l'index nu et capta un grognement. Le gamin reprit, de sa voix lente et rauque :

— Carcajou : je vois ses pattes par ses propres yeux. Un carcajou blessé, très fatigué, près de la mort. Il souffre beaucoup, il a faim. De ses pattes, l'une est cassée, l'autre est entaillée. Morsures de loups. Image d'un lagopède qu'il a raté, je ne lis pas quand, dans une clairière, peut-être la clairière de l'Erable Double. Il souffre beaucoup, il nous a entendus, il veut nous tuer, il n'en a pas la force, il ne peut plus bouger.

Eh bien, tant mieux s'il souffre, ce fils de pute, pensa Maxie. Comme tous les chasseurs, indiens ou non, Maxie le Mohawk haïssait les carcajous, que lui appelait des gloutons. C'était surprenant d'en rencontrer un si loin dans le sud. D'ordinaire, pour en trouver il fallait aller au nord, sur la péninsule d'Ungava. Qu'est-ce qu'il foutait-là, cette ordure ? Le glouton se tenait à mi-chemin d'un très gros chat et d'un petit ours. Dans les vingt kilos en général, foutument ingénieux, rusé comme un curé, diabolique autant dire, se nourrissant de bêtes mortes mais capable de te bouffer les appâts que tu as mis des pleins jours à poser, et tu en as ton voyage, de cette saloperie de bestiasse.

Il est loin, gamin ?

— Dans les soixante mètres à une heure.

Piéger les gloutons et les capturer était interdit au Québec depuis des années. Comme ils disaient, c'était une espèce en voie de disparition (pas une perte). Sa fourrure était douce et chaude, le givre n'y adhérait pas, elle était idéale pour garnir le capuchon des parkas.

— Oui, vous pouvez le tuer, monsieur Maxie. C'est même un service à lui rendre, il ne souffrira plus et n'agonisera pas pendant des jours. Pas de fusil, je vous prie.

Le Mohawk s'engagea sous le couvert, faisant crouler la neige des ramures. Soixante-cinq pas. Et le glouton y était, où l'avait dit le gamin, caché-tapi dans un creux, tu aurais pu passer à un yard sans le voir. Sa patte gauche faisant un angle anormal, et l'autre, à l'avant, ne valait guère mieux. Les petits yeux fixant Maxie avec une férocité désespérée, l'est aussi dur que moi en fin de compte, ce fumier. Je vais te tuer en te respectant, tiens. Le couteau entra dans le poitrail et trancha, s'ouvrit un passage jusqu'au cœur. Maxie détacha la peau, la roula, en route.

Mourir comme ça ne me ferait pas peine, pensa le vieil homme.

Là, je pense pour moi, je me cause à moi-même. Quand je pense, c'est comme ça que je pense, d'habitude. Mais d'autres fois, je pense pour causer avec le gamin. Lui ai jamais dit un seul mot de toute ma vie, en quinze ans, au gamin. C'est marrant, non ? C'est pas marrant, gamin ?

— Si, dit Saorge. Si vous voulez.

Les deux hommes progressèrent une heure encore. En deux occasions, ils croisèrent une piste carrossable, marquée de traces fraîches de véhicules à chenille ; le couvert était dense. A marcher droit de la sorte sans le moindre repère, même Maxie eût hésité. Pas le gamin. Un loup, je te dis.

— On arrive, dit Saorge.

Quelques centaines de mètres plus loin en effet, ils parvinrent au sommet boisé d'un monticule. L'horizon se dégagea. Un foutu lac, que Maxie finit par reconnaître, en raison de la présence, sur la rive opposée, de la cabane Marcotte. A la belle saison, à bord d'hydravions loués, des touristes, le plus souvent des Etats-Unis, venaient y séjourner, pour chasser et pêcher. La cabane aurait dû être vide et ne l'était pas. À neuf cents mètres, Maxie aperçut des silhouettes.

— Le grand homme roux au centre.

Maxie prit les jumelles qui lui étaient tendues et mit au point. Le visage lui sauta à la figure. Blond-roux, l'homme, mais attention : une bête. Dans les cent vingt kilos et l'épaule large, ça ne devait faire pas loin de deux mètres, ce truc.

— Oui, c'est lui, monsieur Maxie. Dawlish. Je lis ce qu'il pense en ce moment même. C'est un homme d'une extraordinaire violence, il est fou. Il a tué très souvent, il aime cela. Il est en fureur parce qu'il ne sait pas où nous sommes, il croit possible que nous nous trouvions non loin de lui, il est aveuglé par l'opinion qu'il a de lui-même, de la peur qu'il inspire à ses propres compagnons. Qu'il méprise. Tout comme il vous méprise parce que vous êtes un Indien. Il me méprise aussi, il vient de penser à moi, il y pense encore. Il est d'avis de me prendre, par la force, en lançant une attaque en masse. Il en veut à quelqu'un appelé Nick Cassetti de ne pas lui en donner la possibilité. Mais il a peur de ce Nick Cassetti, c'est le seul être humain dont il ait peur. Vous l'avez vu, monsieur Maxie ?

Il fallut abandonner la crête sous les arbres, qui avait servi de point d'observation. Saorge et Maxie revinrent quelques dizaines de mètres en arrière, quittant la pointe rocheuse avançant dans le lac, à neuf cents mètres environ de la cabane Marcotte.

Ils reprirent leur route vers l'ouest-sud-ouest.

— Oui, moi aussi je commence à avoir faim, dit Saorge. Nous allons bientôt faire halte.

En arrière d'eux ils entendirent l'hélicoptère qui reprenait l'air. Mais à avancer comme ils le faisaient sous les arbres, ils étaient invisibles.

Au deuxième matin, Jordaan s'éveilla vers dix heures. Le même silence.

Téléphone. C'était Jardel. Le médecin venait aux nouvelles :

— Une de mes infirmières vous a vue entrer chez monsieur Saorge et je me demandais...

— Tout va bien, docteur. Merci de votre sollicitude.

Saorge se trouvait-il avec elle ?

— Bien entendu, dit-elle. Où voulez-vous qu'il soit ? Voulez-vous lui parler ?

Jardel hésita puis dit non, merci. Jordaan le laissa raccrocher. Pourquoi as-tu menti ? Parce que ça t'enquiquine d'avouer qu'un homme t'a plantée là ?

D'accord, ça t'enquiquine.

Dix contre un qu'il ne rentrera pas avant un jour ou deux. Tu peux espérer que c'est votre corps-à-corps qui l'aura tourneboulé et qu'il a été obligé d'aller prendre un peu l'air.

Tu n'es pas amoureuse de Saorge.

Ça ne t'est jamais arrivé et ne t'arrivera jamais.

En début d'après-midi, une heure et demie après leur halte pour déjeuner, Saorge et Maxie le Mohawk avaient franchi la rivière aux Saumons et marchaient au sud-sud-est. Ils traversèrent la voie ferrée qui allait à Chibougamau. Saint-Félicien se trouvant à une trentaine de kilomètres derrière eux. Et le lac Saint-Jean.

Tu n'es pas obligé d'aller plus loin, gamin. Je peux me débrouiller seul.

— Je n'en doute pas. Il se trouve que j'ai envie de prendre l'air.

Tu n'as rien de mieux à faire ?

— Peu de choses me procurent autant de plaisir que de cheminer avec vous, monsieur Maxie. Veuillez m'excuser mais je lis en vous que ma façon de parler vous surprend.

A penser franc, gamin, oui.

— C'est que quelqu'un d'autre m'a fait une réflexion identique, voici peu.

Laisse dire, gamin, parle comme tu veux. C'est vrai que c'est foutument bon de marcher ensemble. Je marche bien, hein, pour un vieux comme moi ?

— Vous marchez remarquablement, monsieur Maxie.

Mais tu ne devrais pas aller si loin, gamin. Sûrement que

tu as des choses à faire. Et pendant que j'y pense, ce ne serait pas une femme, ce quelqu'un d'autre dont tu me parlais ?

Saorge sourit mais ne dit rien. Maxie le Mohawk et lui avançaient côte à côte, le terrain s'y prêtait. Ils s'enfonçaient dans un paysage superbe, lacs succédant aux lacs. Le froid figeait cela, mais l'un pas plus que l'autre n'avaient à redire à ce froid, cette neige, cette glace et ce givre. C'était leur pays, ils n'en eussent pas voulu d'autre. Saorge parlait, ainsi que cela lui arrivait souvent, il signalait des chevreuils, des orignals, des castors, voire des poissons sous la glace, disait ce qu'ils avaient en tête, les recevait. Il en parlait comme jamais il ne l'avait fait et le mot communion, c'était ça, *communion*, venait à l'esprit du Mohawk, c'était un moment inouï, rare. Ils entraient dans cette nature dont ils faisaient étroitement partie.

Je suis heureux comme jamais, gamin.

— Moi aussi. C'est bien de pouvoir partager.

Je pourrais marcher pendant des mois, tu sais. Je voudrais que ça ne finisse jamais. Quand je pense que déjà je me voyais mort, fini, et il me restait encore ça à vivre. Putain de moi, ça en vaut la peine !

Saorge souriait. Ils allèrent sans désemparer bien après la venue de la nuit et seulement alors s'installèrent, s'enfonçant dans leurs sacs de couchage sous leur tente, ayant fait un feu qui ne risquait pas de les trahir, s'étant restaurés et Maxie ayant tété le goulot d'une flasque, rien qu'un peu parce qu'il ne voulait pas s'abrutir et perdre quoi que ce fût de ces moments.

Tu veux me parler de cette femme, gamin ?

— Elle est très belle, vous ne sauriez imaginer à quel point.

Tu vas retourner la rejoindre ?

— Il faut que je le fasse, monsieur Maxie. Pour des quantités de raisons. Non, ne riez pas je vous prie. Ce n'est pas tellement à cause de la chose. Même si... enfin quoique ç'ait été extraordinairement agréable, et comme un autre monde que je ne connaissais pas. Mais ce n'est certes pas la raison principale. Je ne peux vous expliquer. Il me faut m'en retourner pour, notamment, régler le problème, ces hommes qui me poursuivent.

Tu as trouvé un moyen de leur botter le cul, gamin, de t'en débarrasser ?

— J'ai pensé à un expédient... Excusez-moi, je veux dire un moyen. C'est le seul auquel je puisse recourir. Il est assez affolant pour moi. Je vais devoir faire une chose que jamais je n'ai faite. Qui me fait un peu peur. Qui me fait très peur. Est-ce que je peux dire cela sans vous paraître manquer de courage ?

Y a aucun type au monde plus courageux que toi, gamin. Pour les avoir bien accrochées, tu les as. Si j'ai bien compris ce que tu m'as dit, tu n'as pas d'autre solution ?

— J'ai grand-peur que non.

Alors fais-le, gamin. Le bon Dieu sait que tu as la tête foutument bien pleine, tu es foutument plus intelligent que cinquante-trois Maxie mis ensemble. Si tu penses que c'est ça que tu dois faire, fais-le.

— Bonne nuit à vous aussi, monsieur Maxie.

Maxie s'endormit en tentant d'imaginer ce que ça pouvait être, une femme si belle qu'on ne pouvait, justement, l'imaginer. Sûr qu'elle ne devait pas être ordinaire. Mais le dogme de l'infaillibilité du gamin, tu as beau dire, s'en trouva un rien ébréché : si ça se trouvait, le gamin, sur ce point précis des femmes, en savait un peu moins que sur les caribous.

Tu ne serais pas un petit peu amoureux de cette femme, gamin ?

— Il me faudrait savoir ce que c'est, être amoureux, monsieur Maxie. Je n'ai pas d'expérience, en ce domaine particulier.

On était le matin (celui du mercredi), bien que la nuit fût plutôt noire. Le gamin levé en premier avait déjà rallumé le feu, mis à chauffer l'eau, fait du café, et même s'était rasé, lavé, torse nu dans ce brouillard givrant comme si de rien n'était. Et de se remettre en route. L'itinéraire qu'allait suivre Maxie le Mohawk quand il aurait à marcher seul (mais il était déjà venu dans ces parages) contournait Chibougamau par le sud en évitant les lieux habités, si peu que ce fût ; ensuite il fallait atteindre et dépasser, en gros, le lac Malartic, descendre au sud jusqu'à Témiscamingue, traverser la rivière des Outaouais, en descendre le cours, entrer en Ontario, aller plein est en direction de Gowganda, où le Mohawk avait un copain de quarante ans, à peine moins sauvage que lui, et qui peut-être n'était pas mort de vieillesse.

Six heures de marche à belle cadence, Maxie sentait bel et bien la fatigue.

— Je sais, monsieur Maxie. Mais vous êtes à présent hors d'atteinte.

T'inquiète pas. Je vais placoter* avec les orignals là-bas, leur faire un brin de causette, et puis je remettrai un pied devant l'autre. T'inquiète pas.

Saorge s'était accroupi, baissait la tête, effritant un peu de glace entre ses longs doigts.

Fallait qu'on se quitte à un moment ou un autre, gamin. Eh bien, le foutu moment est venu, même si ça ne me fait pas chanter. Sûr que tu ne veux pas me dire ce que c'est cette chose que tu vas faire et qui te fait peur ?

— Cela me fait un peu moins peur aujourd'hui, monsieur Maxie. Et à vous dire franchement ce que j'ai en tête, il y a assez longtemps que je rêvais d'entreprendre ce projet. Les événements actuels ne font que précipiter les choses. Tout cela est moins inopiné et fortuit qu'il y peut paraître.

Tabarnak, pour ce qui est de causer pas comme tout le monde, tu causes. Mais je m'en fous. Fiche le camp, gamin, je suis bien où je suis, sur mon derrière à contempler les orignals. J'ai une foutue confiance en toi. On se verra pour Noël, puisque tu l'as dit. Tu sais où me joindre à Gowgonda.

— Je sais. A très bientôt, monsieur Maxie, et qu'il me soit permis de vous souhaiter la meilleure route possible.

Le gamin était accroupi et voilà qu'il était debout, s'étant dressé presque en sautant, ses paumes en bas à hauteur de sa poitrine, comme pour assurer l'équilibre de ce mouvement si souple. Le bond que font parfois les chats au sortir d'une immobilité et tu sens la détente, comment

* Bavarder.

dire ? la félinité, le besoin de l'action. Il était parti, de son allure preste et rasante de loup.

— Le bon Dieu te garde, gamin.

Saorge était déjà à quatre cents mètres mais Maxie le Mohawk ne doutait pas une seconde que cette dernière pensée pût atteindre le gamin. Et seulement alors il s'aperçut qu'il avait parlé, parlé vraiment ; pour la première fois en quinze années, il avait ouvert la bouche et dit de vrais mots, ceux qu'on entend, au gamin.

Tu vas voir qu'il va croire que tu parles de trop, espèce de vieux débris, tu pouvais pas fermer ta gueule ?

Saorge avait couru pendant les heures qui avaient suivi sa séparation d'avec le Mohawk. Il ralentit. Pas seulement parce que la nuit était venue ; même dans l'obscurité, il aurait pu marcher, progresser, et à défaut de courir, reprendre ses traces de l'aller en s'appuyant sur, comment dire ? les émissions des animaux de la forêt telles qu'il les avait enregistrées à son premier passage. Autre chose le retenait, son ardent besoin de voir clair en lui-même. Il s'était ouvert à Maxie le Mohawk de ce projet qu'il rêvait depuis longtemps d'entreprendre. Et qui lui faisait peur.

Il s'arrêta. Non loin des berges glacées de la rivière aux Saumons ; Saint-Félicien et le lac Saint-Jean se trouvant sur sa droite, à environ vingt milles. Il recevait-lisait encore des orignals, et quantité d'autres bêtes.

Mais pas les arbres. Pas les plantes ni rien du monde végétal ; qui pourtant vivait, souffrait, mourait — pour autant que ces mots conviennent, mais je n'en connais pas d'autres. Saorge en était à s'étonner de ne jamais rien recevoir d'un érable saigné, d'un arbre abattu par la hache. Jamais n'étant pas le mot ; il y avait eu quelques cas où il lui avait bien semblé que...

Je deviendrais fou, c'est ça.

Il s'accroupit, subissant un moment de dépression très profonde ainsi que l'on reçoit une vague de la mer. Je suis un monstre. Et comme à chaque fois lui revint le surpuissant et terrible désir. Le vertige. Traversant la rivière aux Saumons et parvenu sur l'autre rive, au lieu d'aller à l'est en sorte de rentrer chez lui, il pouvait poursuivre plein nord. Vers le Grand Nord et son silence. En laissant tout derrière toi, et à jamais, tu t'enfonces dans le grand silence et permets à ta folie de te prendre tout entier, à jamais.

Du temps passa, dont il n'aurait pu dire la durée, tandis que, littéralement, il s'accrochait à la terre gelée, y plantant ses doigts. La vague continuait de le rouler mais s'affaiblit. Il repartit, doucement, peu assuré de lui-même. Quelques centaines de mètres plus loin, il marcha sur la croûte glacée de la rivière et tourna à droite plein est. Pense à cette femme, Judith Jordaan, qui est si belle ; au moins cela t'occupe l'esprit ; même si ce monde fou que tu as lu dans sa tête est préoccupant.

Contact.

Contacts, même. Un torrent de flux mentaux humains lui parvenait, arrivant sur lui avec des façons de tornade. Sud-ouest, sept heures. Encore assez loin. Suffisamment loin pour effleurer la frange du Troisième Cercle.

Le train de Chibougamau avec ses passagers. Saorge pressa le pas en sorte de se mettre hors de portée. Les contacts s'affaiblirent puis s'éteignirent, ne subsista plus, durant quelques secondes, que le son du convoi roulant dans la nuit, qui s'estompa, pour cesser.

Je vais mieux. Je vais aller jusqu'au bout.

Dans la soirée du jeudi, à la tombée de la nouvelle nuit, il arriva en vue de sa maison. Chacun des guetteurs qu'il avait sondés, lors de son franchissement du cordon de sentinelles, lui avait transmis les mêmes pensées : on les recherchait, monsieur Maxie et lui, on estimait qu'ils étaient allés faire un tour ensemble, soit à l'ouest, soit vers le nord ; on attendait leur retour ; on s'étonnait de ne les avoir nulle part repérés.

C'était sans importance. Monsieur Maxie était hors d'atteinte de ces gens dont le plan avait été de le capturer pour s'en servir comme otage ; afin de l'amener, lui, Saorge, à se rendre et à se conformer à leurs désirs ; si Judith Jordaan échouait.

Saorge stoppa à deux cents mètres environ de sa maison. Dont les lumières étaient allumées. Il recevait depuis plusieurs minutes déjà les pensées de la jeune femme.

Pour le moment, elle regardait un film. Dont il reçut les images par ses yeux à elle, et qu'il reconnut : une œuvre de Franck Capra, avec Gary Cooper, l'une des préférées de Saorge ; au moins y parlait-on correctement et c'était très beau, comme histoire.

... D'autres pensées de la jeune femme Judith Jordaan. Un homme appelé Morag MacKenna avait appelé, le docteur Jacques Jardel aussi ; des phrases prononcées par l'un et par l'autre flottaient à la surface de la mémoire. Saorge les lut aisément. Il s'attarda quelques instants. A une aussi faible distance, c'était comme si la jeune femme eût été tout près de lui, et eût pensé à voix haute (sauf que les pensées vont infiniment plus vite que les mots, personne au monde n'aurait le temps matériel d'exprimer tout ce qui lui passe en tête ; en parlant, on réduit, on met un semblant d'ordre, on se soucie des enchaînements ; parler, c'est photographier une rivière, par intervalles, on ne rend pas compte du courant — et souvent on en travestit la réalité, jusqu'à la transformer). Dans le flot mental qu'il recevait, Saorge lut de la nervosité, un peu de peur, la jeune femme m'attend, attend mon retour, s'inquiète de savoir si les Autres ne m'auraient pas pris — elle n'est pas sûre de la présence des Autres autour de nous —, elle regarde le film et trouve que j'ai quelque chose de Gary Cooper. A qui je ne ressemble pas, se dit-elle, pas physiquement, surtout pour les yeux, mais dont j'aurais la douceur ; c'est curieux de la lire penser cela de moi. Elle a faim mais elle décide d'attendre, pour dîner elle-même, au cas où je reviendrais cette nuit. Elle a envie d'une autre bière mais en a déjà bu deux et ne veut pas être ivre (dans l'éventualité de mon retour), elle a aussi envie — oh mon Dieu — elle a envie de faire la chose avec moi, elle forme des images d'elle et de moi nus, elle vient de décider d'aller se laver les cheveux, elle emploie de gros mots, elle est en colère contre elle-même.

Saorge se remit en marche et contourna sa maison, sous le couvert des arbres, évitant le chemin. Les pensées de la jeune femme Judith Jordaan le poursuivaient. Il atteignit et passa la double porte dans la barrière de grillage.

Les pensées de la jeune femme brouillées, à présent. Non

que la distance fût devenue si grande mais parce que d'autres émissions se superposaient, nombreuses, de plus en plus fortes, ainsi d'une musique qui en couvre une autre. Saorge recevait l'assaut d'autres cerveaux : médecins, infirmiers et infirmières, personnel des services. Tout cela s'insérant dans le Troisième Cercle à mesure de son avance, y pénétrant à chaque pas plus profondément, jusqu'à frôler le Deuxième et se presser à la limite de celui-ci, en essaim bourdonnant. Des années plus tôt et pendant des années, Saorge avait essayé pareille approche. Que cela avait été dur ! Toujours repoussé et contraint à la dérobade mais gagnant mètre après mètre. S'aguerrissant, progressant au prix d'affolants supplices.

Cette nuit-là, il alla plus loin que jamais. Et faillit le payer. Les spasmes d'une crise commencèrent à le secouer, à la seconde où il reçut l'insoutenable déferlement des pensées émises par les dépressifs profonds du pavillon Quatre. Il s'écarta, courant presque, reprit du large. Suffisamment pour retrouver une relative maîtrise.

Il attendit.

— Puis-je me permettre de vous entretenir quelques instants ?

Des années plus tôt, Henri Gatineau avait fait édifier un garage réservé aux voitures du personnel. La clôture délimitant le territoire de Saorge se trouvait à trois cents mètres, sur la gauche.

Il était un peu plus de huit heures du soir. Jardel entendit la voix, eut le sentiment qu'elle lui était familière, tourna la tête et découvrit la silhouette dans l'ombre, à cinquante pas de lui. Il n'en crut pas ses yeux :

— Monsieur Saorge ?

— Je ne voudrais en aucun cas abuser de votre temps, docteur.

— J'ai tout mon temps, dit le médecin, que la curiosité envahit. Quelque chose que je peux faire pour vous ?

Saorge s'avança d'un pas mais ce fut comme s'il se refusait à franchir une certaine ligne imaginaire. Jardel fut frappé par l'accoutrement de son interlocuteur : sur un blouson de cuir fauve qui semblait élimé, il portait quelque chose d'assez innommable, une parka dans un état épouvantable, rapiécée, et qui, trop étroite pour lui, accentuait l'effet d'un pantalon trop large et un peu trop court. Une caricature, pensa Jardel. Il a pourtant assez d'argent pour se vêtir correctement.

— Il y a quelque chose que vous pouvez faire pour moi, dit Saorge de sa voix rauque et si courtoise. Quelqu'un a-t-il racheté la clinique, récemment ?

La question surprit Jardel. Surtout posée à pareille heure et dans les circonstances d'une apparition qu'il estimait un peu mélodramatique. Elle le surprit parce que Saorge détenait des parts de la clinique, douze pour cent si sa mémoire était bonne ; un coup de téléphone à ses avocats eût suffi à le renseigner.

— Racheté est un grand mot, dit Jardel. Un groupe américain a repris les parts de la compagnie d'assurance, et de la banque.

— Je connais mal ces choses, docteur, et vous prie d'excuser mon ignorance. Combien de parts ce groupe a-t-il acquises ?

A croire qu'il lit dans ma tête, pensa le médecin. Et quelle curieuse façon de parler !

— Environ cinquante pour cent. Cinquante-six, je crois.

Jardel possédait cinq autres pour cent. En soustrayant la participation de Saorge, le reste était la propriété de la famille Gatineau.

— Qui a racheté, je vous prie ?

— Une société d'investissement ayant son siège dans l'Etat américain du Delaware.

— Je suis navré de vous importuner ainsi, mais sait-on qui est le propriétaire réel de cette société ?

Officiellement non. Mais Jardel avait cru comprendre que ce pouvait bien être un homme du nom de Brubaker. Aloïs Brubaker, le milliardaire.

— Mais ceci à titre officieux, précisa Jardel. C'est un bruit qui m'est parvenu aux oreilles.

Saorge fit à ce moment-là quelque chose d'étrange : il s'accroupit, laissant pendre ses mains, nues en dépit du froid vif. Jardel eut l'impression qu'il revenait d'une longue marche en forêt ; le bras de son pantalon était trempé et taché de boue ; la parka grotesquement courte portait de ces mêmes taches. Voici un homme, pensait Jardel, plus ou moins officiellement mon patient depuis des années (encore qu'au regard de la loi il soit responsable de ses actes), et je ne l'ai jamais tant vu.

— Une autre question, docteur, au risque d'abuser : avez-vous rencontré monsieur Brubaker ?

— Non. On dit qu'il ne quitte plus sa propriété, quelque part aux Antilles.

— Connaîtriez-vous les relations de madame Judith Jordaan avec ce monsieur Brubaker ?

— L'un des représentants de la société actionnaire principale de la clinique, m'a demandé de me mettre au service de madame Jordaan. J'avoue ne pas en savoir davantage.

Depuis que Saorge était apparu, le médecin brûlait de poser des questions sur la belle Judith Jordaan — qui à sa connaissance se trouvait dans la cabane du même Saorge à un mille et quelque de là. Il profita de l'occasion :

— Sans vouloir être indiscret, monsieur Saorge, est-ce que madame Jordaan est chez vous ?

— Oui. Elle va très bien. Docteur, auriez-vous par hasard lu des notes écrites par le docteur Gatineau, me concernant ?

— J'ai lu votre fiche. Je ne suis pas le seul à l'avoir fait. Le pauvre Gatineau vous avait... s'était occupé de vous. Il a rédigé sur vous des fiches comme pour ses autres... patients.

Jardel aurait voulu éviter toute allusion à la maladie de Saorge, mais en fin de compte n'avait pas réussi à s'en sortir.

Où diable veut-il en venir avec ses questions ?

— Monsieur Saorge, mieux vaudrait joindre vos avocats. Qui pourraient vous informer mieux que je ne peux le faire.

— Je ne saurais trop vous remercier de votre affabilité, docteur. Puis-je me permettre de vous féliciter de votre désignation à la direction de la clinique ? Je suis convaincu que vous étiez le meilleur choix possible.

— Merci, répondit Jardel de plus en plus déconcerté et

pris d'une sorte de gêne inexplicable. Comme s'il s'était trouvé en face d'un examinateur.

— Bonne nuit, docteur.

— Bonne nuit, monsieur Saorge.

Saorge ne disparut pas. Il fit deux ou trois pas en retrait et s'enfonça dans l'ombre, hors du halo dessiné par le faible éclairage de la galerie. Jardel partit vers sa voiture. Se retourna. Saorge était hors de vue. Mais la gêne persistait. Et le médecin eut besoin d'une bonne minute pour se souvenir d'un point curieux : à aucun moment de l'entretien, il n'avait vu les yeux de Saorge.

Il arriva à la double porte dans la clôture, la franchit, la referma à clé derrière lui, regagnant son territoire. Il suivit un instant, par la pensée, Jardel qui s'éloignait au volant de sa voiture et finit par sortir de son champ de réception. Il aurait pu se contenter de lire le médecin à distance. Mais à sonder quelqu'un en ne dirigeant pas ses pensées par des questions, le risque existait de laisser passer des informations, qui sans ces questions ne seraient pas montées à la conscience et donc n'auraient pas été lisibles.

Une chose était avérée : Jardel ignorait tout du dossier constitué par Gatineau, dont il ne connaissait que les fiches ordinaires. Jardel ne connaissait pas davantage la nature de la mission de la jeune femme Judith Jordaan, et il n'avait d'aucune manière partie liée avec les Autres.

Tout était clair, maintenant : trois personnes dans le monde savent en toute certitude que je peux lire dans les pensées. Ma mère et le docteur Gatineau sont morts, et j'ai mis monsieur Maxie en sécurité — on ne pourra pas se servir de lui, et de l'affection que je lui porte, contre moi.

Saorge regagnait sa maison, la contournant sous le couvert des arbres afin d'y revenir par le nord. Il captait les émissions de ces gens dans la clinique de moins en moins distinctement, à mesure qu'elles allaient vers la limite extérieure du Troisième Cercle et, pour certaines d'entre elles, en sortaient. Il y avaient eu un temps, en 1976 et durant les quelques années suivantes, où la clinique était hors de portée. Ç'avait été la raison pour laquelle

Marie Saorge avait choisi cet emplacement-là, pour faire construire la Cabane. Sauf que la distance s'était accrue — elle était stable, maintenant.

Les pensées de la jeune femme Judith Jordaan arrivaient, claires et nettes. Des noms, des visages et d'autres souvenirs remontaient de la mémoire, défilaient sans ordre à la surface de la conscience, assorties de la même et constante violence.

Contact.

Cela provenait de deux hommes montés sur un véhicule tout terrain. Saorge les sonda. Des assistants de celui appelé Dawlish. Saorge vit par leurs yeux : les phares de leur Land Rover éclairant une piste enneigée, la voiture qui ralentissait et stoppait. Et dans le cerveau des hommes, les ordres qu'ils venaient de recevoir de leur chef : ils devaient attendre, ne pas se montrer au *Roi Salomon* (c'est moi, évidemment, ce n'est pas la première fois qu'ils utilisent un tel nom de code pour me désigner), ne pas s'en approcher à moins d'un mille (c'est la distance qu'ils pensent être celle de ma perception maximum), ne passer à l'attaque que le lendemain à midi — « si Jordaan n'a pas réussi à le sortir de son terrier d'ici là ».

Saorge s'accroupit. La Cabane sur sa gauche au sud, à quatre cents mètres ; il avait terminé son contournement. Il s'accorda quelques secondes pour penser à ces choses de peu d'importance — ces gens qui le traquaient — mais revint à sa préoccupation essentielle.

Ce qu'il allait faire le lendemain.

Qui était mille fois plus important à ses yeux.

Ne recule plus, tu as déjà trop attendu.

Il se redressa et siffla le harfang. N'entendit rien sinon, au dernier moment, un infime froissement d'ailes. Les serres du rapace vinrent se poser sur son épaule gauche.

— Oui, moi aussi, je t'aime, dit-il au harfang dans un chuchotement si ténu qu'aucun être humain n'eût pu le percevoir. Il caressa l'animal sur la gorge, suivit de la pointe de son index les bords du bec acéré qui aurait pu lui déchiqueter la main. Il lisait les images mentales du harfang, recevait sa propre silhouette, vue du ciel, que l'oiseau reconnaissait à tous coups ; recevait aussi, à mesure qu'elles étaient enregistrées par la vue nocturne, des visions de la forêt avoisinante, plus pénétrantes que celles d'un œil humain. Le harfang cadrait tel fourré, tel entassement de neige à des centaines de mètres de là dans la plus noire pénombre et à quelque détail infime, que son œil grossissait comme l'aurait fait un appareil d'optique perfectionné, déduisait la présence d'un lapin. L'image du lapin entier, sous divers angles, se formait alors dans un coin du cerveau ; un ordinateur aurait moins bien fait. Le monde vu par le harfang était binaire : ça se tue et ça se mange, ou ça n'a aucun intérêt. Somme toute, les seuls sentiments — pour autant que l'on pouvait user de ce mot — éprouvés par le harfang et n'entrant pas dans ce système binaire, étaient l'amour du harfang pour Saorge. Un monde de machine, à part cela.

Un monde des millions de fois plus excusable, compréhensible et pur que celui dont les pensées de la jeune femme Judith Jordaan restituaient les laideurs.

— Ferme les yeux, harfang, s'il te plaît.

Les mots chuchotés n'ayant aucun effet — le rapace ne les comprenait pas, lui dont le langage se limitait à quelques sifflements et stridulations. La main de Saorge passa devant les yeux et le harfang ferma ceux-ci. Ne recevant plus les images de cette nuit-là, le cerveau de l'oiseau fit jouer celles enfermées dans sa mémoire. Saorge lut ces images. Il n'en demandait pas davantage. Lui parvinrent des horizons et des paysages, images-souvenirs en succession, sans ordre, machinales ; certaines remontant probablement à des années en arrière, d'autres datant du printemps et de l'été dernier peut-être ; enregistrées au-dessus des lents survols de la terre de Baffin, des îles gelées pour l'éternité par-delà les détroits de Lancastre ou de Melville, tous les territoires du nord-ouest figés par le froid, pays du grand silence.

— Ne bouge pas. Ne bouge pas. Calme. Calme, harfang.

La voix de Saorge qui n'était qu'un infime murmure prenait des accents d'une extraordinaire douceur, et sans doute étaient-ce ce ton, cette douceur qui apaisaient le harfang et le faisaient à ce point se plier à la volonté de l'Homme et pareillement demeurer immobile (même si, à ces images-souvenirs attendues par Saorge, il venait s'en adjoindre d'autres, plus fraîches, suscitées par l'ouïe restée en éveil). Le hasard conduisait la remontée des images anciennes. Venant aussitôt après une saisissante photo aérienne de la mer d'Hudson couverte de glaces bleues et blanches, vinrent des moutonnements verts, de toutes les nuances de vert. Il fallut à Saorge plusieurs secondes pour reconnaître, grâce aux heures passées sur ses propres atlas, les contours du lac Huron avec l'île de Manitoulin, le détroit de Mackinac marquant l'entrée du lac Michigan ; les images-souvenirs avaient été prises de nuit, les sources de chaleur s'ourlaient d'une admirable frange rouge pour l'essentiel et pourtant irisée. C'était son Canada que lisait Saorge, envahi par une âcre jouissance et infiniment de chagrin. Il retira sa main.

— Merci, harfang. Laisse-moi, à présent. Le moment est venu.

L'index tapota les serres, l'ordre fut compris. Le harfang prit son envol, avec une lourdeur qui n'était qu'apparente. Et sans le moindre bruit.

Saorge se retrouva plus seul que jamais.

Mais le moment était venu.

Le téléphone avait sonné dans l'après-midi du mercredi, la veille et, décrochant, Jordaan avait eu en ligne un homme qui avait dit s'appeler Desjardins et, d'évidence, avait eu beaucoup de mal à se remettre de sa surprise, à entendre une voix de femme lui répondre. Il avait raccroché avec précipitation, annonçant qu'il rappellerait plus tard.

Ce qu'il n'avait pas encore fait.

Qu'il aille au diable !

Et depuis, le silence. L'attente avait commencé de ronger Jordaan. Envie de partir, de fuite en vérité. Un peu par orgueil blessé, beaucoup par peur de ce qui allait se passer si Saorge ne revenait pas. Combien de temps Nick (si Nick dirigeait vraiment en personne l'opération) allait-il encore lui accorder ? Elle avait trop vu Nick à l'œuvre. Il était d'une implacable logique et déconcertant. Et dans le passage à l'acte, rien ne l'arrêtait.

Il ne t'enverra pas Dawlish, puisque tu t'y attends. Il trouvera mieux.

Au bord de la panique, hein Jordaan ? Elle se choisit un film dans la vidéothèque et opta pour un Capra avec Gary Cooper. J'ai faim mais j'attends. Il peut encore rentrer. Le film s'acheva. Quelque chose de Saorge chez Gary Cooper. Ou plutôt le contraire...

On se calme, Jordaan, c'est juste un peu de vent dehors. Pense plutôt au corps de Saorge. A Saorge lui-même considéré dans son ensemble. Du Gary Cooper du film, l'innocence, la gentillesse, la douceur ; rien d'étonnant à ce qu'une femme ait envie de le materner.

Tu n'es pas amoureuse de lui, tu te souviens ?

D'accord.

Tu pourrais filer d'ici, foutre le camp, ne surtout pas retourner aux Etats-Unis mais par exemple gagner Vancouver. Et de là l'Australie ou la Nouvelle-Zélande. Ou la lune. Tu connais Nick. Rien ne le met plus en fureur qu'un échec de celui ou celle à qui il a confié une mission. S'il juge que tu as échoué — ne parlons même pas d'une trahison —, il mettra deux ans à te retrouver mais il t'aura et surgira devant toi le jour où tu t'y attendras le moins.

Reste où tu es, Saorge va revenir.

Non, attends pour dîner. Ça le fera venir. Aussi bien il est dehors à lire dans ta tête. Ce qui serait superbe : tel qu'il est, il ne résisterait pas à la saloperie de trouille qui te tient et te donne envie de vomir. Et il viendrait.

Qu'il lise dans ma tête, nom de Dieu, qu'il y lise !

Et à propos de tête, va te la laver. Ça te changera les idées.

Elle n'entendit rien mais d'un coup il fut là, sur le seuil de la porte de la salle de bains, dans sa tenue ridicule de gamin trop vite grandi. *Oh mon Dieu, ne bronche surtout pas.*

— Je me rince les cheveux et j'arrive, dit-elle aussi nonchalamment qu'elle le put. Je ne vous attendais pas si tôt.

— Faim ?

Elle avait pris son temps, s'était enturbannée d'une serviette, s'y reprenant à deux fois, s'était un peu limé un ongle qui n'en avait pas besoin. Elle revint dans la grande pièce et trouva Saorge en chemise — à carreaux noirs et blancs, mais pour avoir jeté un coup d'œil sur sa garde-robe, elle savait qu'il avait en tout et pour tout trois chemises, à manches longues.

— Il me faut convenir que j'ai assez faim, dit Saorge.

— Je peux vous préparer quelque chose, proposa Jordaan. Une côte de bœuf par exemple ? Je sais faire griller la viande dans une cheminée.

— Vous êtes trop aimable mais je m'en voudrais de vous faire prendre quelque peine que ce soit.

— Il se trouve que je n'ai moi-même pas encore dîné. Je n'avais pas faim. Je n'ai pas vu passer l'heure.

N'en fais pas trop, Jordaan.

— Et une idée me vient, reprit-elle. Si vous aimez les pâtes.

— J'aime beaucoup les pâtes.

— J'ai vu que vous aviez du crabe congelé. Je peux nous préparer des pâtes au crabe. Il m'est arrivé de les réussir. Pas souvent, c'est vrai. C'est un risque à prendre.

Elle attendit un commentaire qui ne vint pas. Saorge avait allumé une lampe, du côté des étagères par-delà l'aquarium et semblait consulter un ouvrage.

— Si ma mémoire est bonne, dit Jordaan, on y met de l'huile d'olive. Vous aimez ?

Il craignait de n'en avoir jamais goûté, dit-il.

— Il y en a ici. On met de l'ail, du persil quand il y en a. Puis sel, poivre, origan et crabe, un peu de piment rouge. Le tout haché finement. Mettre à feu doux et ajouter de la crème fraîche.

Silence.

— Sans faire bouillir, c'est capital.

— Je note, dit Saorge. Et j'aurais ces choses dans mon garde-manger ?

— La preuve.

Il refermait l'ouvrage qu'il venait de consulter, il éteignit la lampe, revint vers elle.

— Dix minutes, dit Jordaan.

Ce « je note » de Saorge avait attiré son attention. Une pointe d'humour ? Saorge, pour la première fois, en venait à un langage plus direct, la chose était neuve.

Et si tu lis dans ma tête, Saorge, et te demandes de qui je tiens cette recette, sache qu'elle me vient d'un bel Italien, qui faisait moins bien l'amour que toi, mais beaucoup mieux les pâtes.

— Vous devriez changer de pantalon, le vôtre est trempé. Si je puis me permettre, vous avez le temps de prendre une douche et de vous changer.

Il acquiesça, tête baissée et contemplant ses pieds. Il paraissait découvrir les traces qu'il avait laissées partout. Une attitude de gamin. Ou de quelqu'un jouant les gamins pour séduire, tu serais bien incapable de faire ton choix.

Il est revenu. *Il est revenu !*

— Votre promenade dans les bois s'est bien passée ?

Jordaan s'était promis de n'aborder la première aucun sujet qui ne fût strictement domestique, mais la question avait jailli.

— J'aime les randonnées dans la forêt.

— Quelqu'un a téléphoné en votre absence. Un monsieur Desjardins.

— L'un de mes avocats.

— Il a dit qu'il rappellerait.

— Je vous sais extrêmement gré d'avoir pris cet appel pour moi. Comment ce monsieur Brubaker en est-il venu à penser que je pouvais lire dans l'esprit des animaux ?

La question fut si soudaine et prononcée avec tant de naturel que Jordaan manqua d'en être saisie. Elle acheva son café et se servit une deuxième tasse — qu'il refusa.

— Le docteur Gatineau a laissé des notes à votre sujet. Brubaker les a lues.

— Les avez-vous lues aussi ?

Ne mens surtout pas, Jordaan.

— Oui. Enfin, les quelques extraits qui ont été déchiffrés.

— Des extraits ?

Elle dit l'histoire : comment la fille aînée de Gatineau avait confié une trentaine de pages d'un dossier dont à part cela elle ignorait tout.

Un silence. Puis Saorge demanda :

— Est-ce que le docteur Gatineau, dans ces extraits, a écrit que je reconnais lire dans la pensée des animaux ?

— Il a écrit que vous l'aviez toujours nié.

Saorge regardait le feu.

— Madame Jordaan, nous avons passé vous et moi toute une soirée ensemble, voici quatre jours. Ai-je fait ou dit quelque chose confirmant les conclusions du docteur Gatineau ?

Prends ton temps, Jordaan. Quelque chose est en train de se jouer. Et tu ne sais pas trop quoi, même si tu commences à avoir une idée de sa stratégie.

— Quand un homme fait l'amour pour la première fois à une femme, dit-elle enfin, mais la réciproque est vraie je suppose, les chances qu'il soit parfait sont quasiment nulles.

— Voudriez-vous sous-entendre que j'ai été... parfait, comme vous dites ?

— Je ne sous-entends fichtre rien. Vous avez été parfait.

Nom de Dieu, quelle femme a jamais dit ça à un homme en étant sincère (surtout si elle possède l'expérience que je me flatte d'avoir) ?

Saorge ne réagissait pas.

— Vous avez été d'une perfection absolue, dit Judith Jordaan. Au millimètre près et au dixième de seconde près. Je souhaitais telle caresse, avec tel degré de douce violence, à tel endroit de mon corps. Et la caresse venait.

— Chaque fois ?

— Chaque fois.

Ce n'est pas vrai ! Il rougit !

Mais il demanda, avec ce ton et cette expression du visage de quelqu'un décidé à aller jusqu'au bout de ses questions, quoi qu'il en coûte :

— Est-ce que cela vous est déjà arrivé ?

— Jamais. Et je sais de quoi je parle. Je doute qu'aucune femme ait connu cela.

Les longues mains de Saorge s'agitaient. Il dut s'en

rendre compte, puisqu'il les croisa, emmêla ses doigts, recroquevillé sur lui-même, fixant le feu. Jordaan, pour la première fois, tu le domines. Il est troublé. Il y a énormément de pudibonderie en lui, ce qui n'est pas surprenant ; et tu es la première vraie femme qu'il rencontre. Qu'il lise ou ait lu ou non dans ta tête, il a besoin de poser ces questions-là.

Il n'était pas impossible que parmi les raisons de l'absence de Saorge il y eût le choc de cette rencontre amoureuse.

Tu n'y es pas allée de main morte ! Toute la gamme. Tu lui as fait de ces choses dont sûrement il ignorait qu'elles sont possibles.

— Puis-je vous demander ce que vous en concluez ?

Question de Saorge. Pèse tes mots et dis la vérité :

— Tout s'est passé comme si vous étiez dans ma tête, éprouvant les émotions que j'éprouvais. Simultanément. Pendant un long moment, j'ai dirigé ma propre pensée sur ce que je voulais que vous me fassiez. Et vous l'avez fait exactement.

Jordaan, il est en train de t'arriver, en ce moment même, ce qui devait t'arriver, à parler de la sorte sur la foi de souvenirs si précis. Envie de lui.

Il se leva et, sur ses affreuses chaussettes moutarde, trop grandes, partit vers la cuisine. Elle l'entendit ouvrir le réfrigérateur. Peut-être était-ce le café italien qui ne passait pas ? Ou il avait eu besoin d'une pause. Il revint et se tint derrière elle :

— Vous avez dit : « pendant un long moment ».

La vache, il a tout noté !

— D'accord, dit-elle, j'admets avoir un peu perdu la tête. En effet. Après un long moment pendant lequel j'ai assez bien réussi à contrôler.

— Mais pas ensuite.

— Pas ensuite, non. Vous m'avez mise dans tous mes états.

— Ce qui ne vous était jamais arrivé.

— C'est vrai.

Tu lis dans ma tête, Saorge ? En ce moment même ? Tu sais que je mens pas, et suis sincère comme je ne l'ai pas été depuis le biberon. *Espèce d'enfant de salaud, tu lis vraiment ?*

Il ne répondit pas. Elle se retourna sur le fauteuil et reçut le regard noir si lourd. Il la fixait avec une extraordinaire intensité.

Il va craquer !

Elle y crut pendant quelques secondes, tandis que les secondes s'égrenaient dans le silence. Mais le moment passa, s'il avait existé.

— Je ne lis pas, je n'ai jamais lu dans les pensées des gens, dit Saorge. Dans ma jeunesse, j'ai souffert d'une forme d'épilepsie. Je ne supportais aucune présence, sinon celle de ma mère, puis celle du docteur Gatineau. Je n'ai aujourd'hui plus de crises. Je n'en ai plus eu depuis des années. J'aime vivre seul, c'est tout. Je suis atterré d'apprendre que le docteur Gatineau s'est si extraordinairement trompé sur mon compte ; c'était un homme que j'aimais beaucoup. Je n'ai jamais nié ces possibilités qu'il me prêtait, puisqu'il ne m'en a jamais parlé. Et je regrette que ce monsieur Brubaker vous ait envoyée ici pour rien.

— Je ne vous crois pas, dit Jordaan.

— Je ne lis pas davantage dans les pensées des animaux. Je ne suis pas un monstre.

— Vous n'êtes pas monstrueux. Mais je ne vous crois pas.

— Vous m'en voyez au regret. Et j'ignore ce que vous éprouvez en ce moment, je n'en ai pas la moindre idée.

Il baissa la tête. Dans chaque main il tenait une boîte de bière. Et s'il jouait la comédie, il le fit à merveille sur sa dernière phrase, qu'il prononça avec ce qu'il fallait de timidité :

— Et qu'il me soit permis de dire que je le déplore.

Je lui fracasserais volontiers le crâne à coups de tisonnier, pensa Jordaan.

Mais la signification de la dernière phrase de Saorge lui apparut — il te faudra te contenter de ça, qui n'est pas si mal :

— Vous le déplorez parce que vous avez envie de faire l'amour, Saorge ? Et parce que vous ignorez si j'y suis disposée ou non ?

A nouveau, il se mit à contempler ses pieds.

— J'y suis très disposée, Saorge. Je pourrais difficilement l'être davantage.

Il ne bougeait pas, ses bières dans les mains comme un imbécile, qu'il était ou faisait semblant d'être. Elle déposa sa tasse de café sur le parquet de bois, ôta son turban d'éponge et ses cheveux à peu près secs croulèrent. Elle dut aller à lui.

Jordaan quitta la chambre, enveloppée dans une couverture, et alla se rasseoir dans le fauteuil. Le feu avait faibli. Elle ajouta une bûche ou deux et tisonna sans trop de soin.

Elle l'entendit entrer derrière elle, pieds nus.

— Vous l'avez fait exprès, dit-elle enfin.

— Je crains de ne pas vous comprendre.

— Vous vous êtes montré normal.

— Mais pas parfait.

— Pas vraiment. Et nom de Dieu, ne me suppliez pas de vous permettre d'oser dire que vous le regrettez. Ou pis encore, que vous avez fait de votre mieux.

Un silence.

— A mon entrée, dit-il, je suis allé consulter un atlas. Le docteur Jardel m'a appris certaines choses sur monsieur Brubaker. Notamment qu'il habitait dans une petite île de l'archipel des Vierges, aux Antilles. J'ai voulu savoir où cela se trouvait. Etes-vous allée là-bas ?

— Vous le savez très bien.

— Comment pourrais-je le savoir ?

— Ne m'énervez pas plus que je ne le suis déjà, Saorge.

— Je ne lis pas dans vos pensées. Personne ne peut le faire.

Jordaan se releva brusquement, partit vers la salle de bains. N'eut pas le temps de franchir le seuil :

— Je voudrais la vérité, dit Saorge.

Elle s'immobilisa, puis se retourna.

— Sur quoi ?

— Sur vous, dit-il calmement. Pourquoi est-ce à vous que ce monsieur Brubaker a demandé de venir chez moi, par exemple ?

Ne mens pas, Jordaan.

— Quelqu'un m'aura recommandée à Brubaker.

— Qui ?

— Cette agence du gouvernement pour laquelle je travaille en temps ordinaire.

— Une personne en particulier ?

— Il s'appelle Nicholas Cassetti. Nick.

— Voudriez-vous me parler de ce monsieur Nick Cassetti ?

Le ton de Saorge avait changé. Toute indolence en avait disparu. Et le regard noir fixait Jordaan. Cet enfant de salaud, pensa-t-elle, m'a joué depuis le début la comédie de la timidité.

— Nick Cassetti est l'homme qui m'a recrutée, voici dix ans. Il m'a entraînée.

— Comme espionne.

— Comme espionne. Mais j'ai utilisé ce mot en manière de plaisanterie. Je suis un agent de renseignement.

— Il a quel âge ?

Quel âge a donc Nick ? Je sais si peu de choses de lui...

— Dans les quarante-cinq ans. Voulez-vous que je vous le décrive ?

Le regard de Saorge constamment posé sur elle finissait par la gêner. Et elle s'agaçait de cette gêne. *Réfléchis : s'il lit en toi, il t'oblige, par ses questions, à faire remonter des images de Nick dans ta mémoire. Et tu es en train de lui présenter un album-photo !*

— Je crois la description inutile, dit Saorge. Les chances que je rencontre ce monsieur Nick Cassetti me semblent faibles. En quoi consiste la mission qui vous a conduite chez moi ?

— Vous convaincre de sortir de cette maison et de m'accompagner.

— En me séduisant.

— Puisque l'argent ne vous intéresse pas.

— Et où devez-vous m'amener ?

— Un laboratoire dans le Massachusetts.

— En avion ?

— Pourquoi pas ? Par exemple en avion privé. Pour

vous éviter tout contact avec une foule de plus de deux personnes.

— Dans le cas où je lirais vraiment dans les têtes des gens.

— Voilà.

— Et pourquoi accepterais-je de vous suivre ?

— Parce que vous n'avez pas le choix.

— On utilisera la force contre moi ?

— Oui.

— Je pourrais faire appel à la police.

— Pas si vous êtes télépathe. Etre entouré de policiers pour votre protection vous ferait souffrir tout autant et surtout rendrait public votre... état. Le monde entier apprendrait ce que vous êtes. Vous n'y tenez pas. Même à Henri Gatineau vous n'avez jamais fait la moindre confidence.

Jordaan, même s'il n'avait pas déjà lu ce raisonnement dans ta tête, il l'avait formé par lui-même. Il s'attendait à ta réponse, nul besoin de lire dans ses pensées pour le deviner.

Saorge demanda :

— Est-ce qu'un dispositif est d'ores et déjà en place pour me capturer ?

— Je n'en sais rien, dit-elle.

— Mais vous pensez qu'un tel dispositif existe ?

— Oui.

— Conçu par monsieur Nick Cassetti ?

— Je ne sais pas. J'ignore où il est.

— Où se trouvait-il la dernière fois que vous avez eu de ses nouvelles ?

— En Europe.

A Vienne. Sur les traces d'un réseau terroriste moyen-oriental.

— Je souhaiterais, dit Saorge, que vous choisissiez dans les souvenirs que vous avez de monsieur Nick Cassetti celui qui vous paraît le mieux illustrer sa personnalité.

Jordaan prit le temps de réfléchir. N'eut pas à chercher longtemps :

— En Italie. Il y a trois ans. Deux hommes de Nick n'ont pas suivi à la lettre les ordres qu'il leur avait donnés. Et ils ont échoué dans la mission qui leur avait été confiée. Nick les a invités à déjeuner. Puis il les a fait placer face à face dans un seul et même cercueil. Le cercueil a été plombé, lesté et immergé dans un lac. Son poids avait été calculé pour qu'il mette plus de dix minutes à atteindre le fond du lac. Et Nick avait ajouté une bouteille contenant vingt minutes d'air. Une pour deux.

Saorge détourna les yeux. Mais son regard revint très vite dans celui de Jordaan.

— Et si monsieur Nick Cassetti n'est pas au Canada, qui pourrait le remplacer ?

— Une femme du nom de Corrie Corlington.

— Etes-vous liée avec elle ?

Jordaan faillit presqu'en rire :

— Pas exactement.

— Voulez-vous dire que cette dame et vous-même êtes en mauvais termes ?

— Je crois que l'on peut parler de haine, dit Jordaan en souriant.

— En sorte que vous seriez en danger, vous-même, au cas où vous échoueriez à me convaincre de vous suivre ?

— Non.

Tu lui mens pour la première fois.

Le regard de Saorge s'écarta à nouveau et une intuition inexplicable vint à Jordaan : cet interrogatoire auquel il me soumet est de peu d'importance pour lui. Il s'en acquitte comme d'une corvée. Ça veut dire quoi ? Que je ne compte pas ?

Jordaan s'écarta du chambranle de la porte et à nouveau, pivota pour gagner la salle de bains, tenant à deux mains la couverture dont elle s'était enveloppée au sortir du lit.

— Je ne lis pas dans les pensées des gens, dit alors Saorge. Je n'en ai jamais été capable. Je conçois que ma façon de vivre jusqu'à ce jour a permis bien des suppositions. Mon intention est de vous prouver que je ne dispose d'aucune faculté particulière. Et que je veux vivre en société. Comme n'importe qui. Je pars demain pour Montréal.

Elle le fixa, stupéfiée.

— Ensuite, dit-il, je me rendrai sans doute à New York,

puis en Europe. Je serais flatté, et très heureux, que vous acceptiez de m'accompagner, au moins jusqu'à Montréal.

Elle ne trouva rien à répondre. En fait, ce ne fut qu'une bonne minute après s'être placée sous la douche qu'elle constata qu'elle avait oublié de se défaire de la couverture.

V

Elle conduisait, il se taisait. Ils dépassèrent Péribonka. La route s'éloigna du bord du lac Saint-Jean.

— Déjà monté dans une voiture ?

Non, jamais.

Jordaan ne pouvait voir les mains de Saorge, plongées dans les poches du blouson de cuir fauve, et le regrettait : elle aurait aimé savoir s'il commençait à réagir. Ils avaient pris la route de bonne heure ; elle-même s'était éveillée pour une raison obscure et avait constaté qu'il ne se trouvait plus dans le lit ; cette fois enveloppée dans la couette, elle était sortie de la chambre, l'avait découvert immobile, yeux clos, assis dans le fauteuil, mains allongées sur les accoudoirs ; ne dormant pas et en fait déjà habillé, prêt au départ ; tel un enfant trop excité par une visite au zoo (ou à quelque autre endroit que les enfants aiment), à moins qu'il ne fût au contraire terrorisé par le programme du jour ; il ne dormait pas ; elle avait fait remarquer que le jour était fort loin d'être levé, que l'on pouvait difficilement prendre la route si tôt, après le gel de la nuit. « J'attendrai » ; si bien qu'elle s'était habillée à son tour, découvrant qu'elle éprouvait une excitation, ou une appréhension réelle · ils avaient marché jusqu'à la porte dans le grillage, l'avaient refermée, avaient en voiture longé la clinique endormie, elle. Sans un mot.

— Vous sauriez conduire ?

— Je l'ignore. Est-ce difficile ?

— Pas vraiment, dit Jordaan. Un gamin de six ans s'en tire très bien.

Il dit qu'en pareille occurrence, il était possible qu'il pût lui aussi apprendre.

— Saorge ?

— Oui ?

— Parlez plus simplement. Moins de phrases. Et moins de mots recherchés.

— Excusez-moi.

— Et ne vous excusez pas sans arrêt.

— Comment dois-je parler ?

Elle espéra qu'il allait se couper et faire une allusion, non pas au langage qu'elle employait, mais à celui dont elle se servait pour penser, nettement moins châtié.

Tu parles !

— Comme vous voudrez mais plus simplement, dit-elle.

— Est-ce que le langage qu'ils emploient à la télévision ou dans les films récents conviendrait ?

Elle regardait derrière eux par un rétroviseur intérieur — suite à un freinage, une autre voiture derrière eux avait manqué de fort peu de les emboutir par l'arrière.

— Ce serait super, dit Jordaan.

— Bordel de merde, dit Saorge, ça va nous changer un brin, la môme. Et ce putain de con avec sa caisse a bien failli nous casser le cul.

— Ça, c'est un peu exagéré, dit Jordaan.

— Je vais m'efforcer de moduler.

— Voilà, vous modulez. D'où avez-vous sorti ces mots ?

Un film qu'il avait reçu par erreur. *Quarante-huit heures*, avec Nick Nolte et Eddy Murphy. Un film très grossier.

— Modulez à tout va, dit Jordaan.

Très grossier et extraordinairement violent, ce film. Mais intéressant.

— Parlons d'autre chose, dit Jordaan. Vous n'avez jamais conduit de voiture. Vous n'êtes pas monté dans un avion. Ni entré dans un magasin. Ni dans un restaurant ou un bar.

— La liste serait longue des choses que je n'ai jamais faites.

Judith Jordaan ressentit un pincement au cœur. Le ton sur lequel Saorge avait parlé était calme ; nul apitoiement sur lui-même.

Ils entraient dans Alma.

— Je suis venu jusqu'ici, dit Saorge.

— A pied ?

— A la nage, une nuit de juillet.

— En partant d'où ?

— De la rivière Mistassini, descendue avec le courant ; des kilomètres avec Péribonka.

— Ça fait très loin pour un nageur, non ?

— J'ai traversé plusieurs fois le lac Saint-Jean, jusqu'en face, près de Robertval. Il y a une course, tous les ans en été, sur le même parcours. Mais je nage moins vite que les coureurs.

Oui, il avait appris à nager par lui-même. Pas très bien mais longtemps.

— Et qui vous a appris à lire et à écrire ?

— Ma mère.

— Quel est le point le plus lointain que vous ayez atteint, dans vos excursions ?

Il ne va pas me répondre.

— Dans ce sens je suis allé jusqu'à Chicoutimi.

— Et vers le nord ? La baie d'Hudson ?

— C'est une mer, pas une baie.

Jordaan n'insista pas. Lors de son absence de six mois et davantage, cinq ans plus tôt, Saorge avait dû voyager plein nord, et très au nord. Les enquêteurs de Brubaker (ou ceux de Nick ?) avaient relevé son passage à une dizaine de milles au-delà de la Grande Rivière ; Saorge avait abordé un poseur de lignes téléphoniques, qui s'était souvenu de lui. Les mêmes enquêteurs estimaient possible qu'il fût remonté au long de la péninsule d'Ungava, pour atteindre le détroit d'Hudson ; ils étaient moins sûrs qu'il eût franchi ce détroit et gagné la terre de Baffin, le kilométrage était considérable ; quant à aller plus loin, au point d'atteindre et de dépasser le Cercle Arctique, impossible ; surtout avec l'obligation d'effectuer le retour dans le laps de temps connu.

Ils ressortaient d'Alma avec ses bateaux d'excursion à quai et sa centrale. Jordaan avait choisi de piquer au sud, par Hebertville, La Tuque et la Mauricie. Evitant la traversée de Québec. En somme, tu le prépares progressivement à l'épreuve qu'il va devoir affronter.

— Ça va ?

Sans en être certaine, il lui semblait que Saorge se tassait sur son siège.

— Ça fait drôle, dit-il.

Durant la traversée d'Alma, même lorsque Jordaan avait dû stopper derrière un autobus scolaire, il n'avait rien manifesté, regardant autour de lui avec une évidente curiosité et, une fois de plus, l'étrangeté de la situation était apparue à Judith Jordaan : près d'elle se trouvait un jeune homme de vingt-cinq ans, d'une intelligence au-dessus de la moyenne, mais qui n'avait jamais vu une agglomération humaine, en plein jour.

— Je me trompe, Saorge ?

— Je n'ai pas entendu votre question.

Pas moyen de le piéger.

— Vous avez déjà marché dans une rue dans la journée ?

Non. Il lui était arrivé de s'infiltrer dans Mistassini ou Péribonka, et un peu dans Chicoutimi, mais de nuit.

— Les gens me faisaient peur.

— Plus maintenant.

— Non. J'éprouve... (il chercha le mot). J'éprouve comme de la tendresse pour eux. Ma phrase est simple ?

— Bien assez.

— Je fais des progrès.

Il se redressait, en venait à pivoter sur son siège pour suivre un camion des yeux, ou pour — crut-elle — observer soit un avion soit un hélicoptère dans le lointain, qu'elle-même ne vit pas. Il semblait à son aise ; la crispation qu'elle avait pensé déceler chez lui s'était effacée. Ils traversèrent Hebertville. Elle s'engagea sur la route de La Tuque, Trois-Rivières, Montréal.

— Pourriez-vous vous arrêter, je vous prie ?

Elle stoppa aussitôt, se rangea sur le bas-côté. D'autres véhicules les croisèrent ou les dépassèrent. Des arbres de part et d'autre de la route. Saorge s'enfonçait sous le couvert, tu vas voir qu'avec sa pudeur de jeune couventine, il va parcourir cinquante kilomètres pour faire son pipi.

— Votre parka !

Il ne sembla pas entendre et continua d'avancer, mains dans les poches de son blouson, d'un pas rapide et léger. Jordaan prit les jumelles dans sa boîte à gants mais Saorge bientôt fut hors de vue. Elle descendit à son tour et faillit s'étaler sur la couche de verglas. Le froid était glacial, une bise n'arrangeait rien. A nouveau, elle braqua ses jumelles, en vain. Elle cadra par jeu la cime des arbres, puis le ciel. Un point noir dans le lointain qui pouvait être, qui était sans doute un hélicoptère.

Salut Nick. Si c'est toi. Ou, plus exactement, si ce sont tes hommes qui se trouvent à bord de cet engin.

Rien d'autre en vue, sinon un gros oiseau blanc qui s'éloignait, prenant de la hauteur par de puissants coups d'ailes, en route vers le Grand Nord qui devait être sa place.

Saorge revenait.

Le harfang avait souvent suivi Saorge dans ses marches ; pour la première fois cinq ans plus tôt, dans le Grand Nord. Parfois des jours durant, moins souvent des semaines entières.

Un certain temps auparavant, ce jour-là, rentrant de sa chasse nocturne, il avait entendu s'ouvrir la porte de la Cabane. Il avait vu l'Homme paraître, avec l'autre créature. L'Homme n'avait pas émis le sifflement ordinaire mais avait fait le geste convenu, dressant le bras droit. Le bras n'était pas venu tapoter l'épaule gauche, mimique qui signifiait : viens te poser. Un bras droit levé voulait dire : suis-moi.

Le harfang avait silencieusement pris l'air. L'Homme avait un peu marché puis était monté dans une chose bleue, un peu comme une cabane, mais qui bougeait.

Un long vol ensuite, à cinq ou six cents mètres au-dessus de la chose bleue. Quelquefois à plusieurs kilomètres de distance, quand la chose bleue allait trop vite. Mais le harfang pouvait revenir — lui allait tout droit.

Un temps plus tard, à la verticale d'une forêt, la chose bleue stoppa. L'Homme réapparut, entra sous les arbres. Le harfang hésita puis descendit par ses habituels cercles concentriques.

Bien lui en prit : il capta la stridulation. *Danger-danger-partir.*

Deuxième passage, pour s'assurer que le signal était celui-là. L'Homme répéta le signal. Dès lors, tout fut clair pour le harfang.

Qui reprit de l'altitude en spirales. Remonté à mille mètres, il s'orienta et mit cap au nord, vers le lac Saint-Jean et son lieu habituel d'hivernage depuis sa naissance.

Saorge eut sa première crise au milieu de la journée. Rien ne la laissa prévoir. A mesure que passaient les heures, la Mercedes roulant plein sud, il avait paru se tendre, mais rien de plus. Jordaan commençait à croire que rien ne se passerait. Que la réintégration de Saorge dans le monde ordinaire — ou l'intégration — allait s'effectuer sans difficulté [cette réinsertion n'était peut-être qu'une illusion] : Saorge reprenait sa place parce qu'il était normal, l'abandon de sa solitude étant plus aisé qu'il ne l'avait cru, ou fait croire.

La Mercedes avait dépassé La Tuque, était entrée en Mauricie, dans le parc national du même nom. Un paysage d'une extrême beauté ; la route s'y encastrait entre des roches, à suivre le cours de la rivière Saint-Maurice harnachée de barrages ; de minuscules villages s'y succédaient ; certains tel Grandes Piles accrochés à flanc de falaise. On avait traversé Grand-Mère et Shawinigan aux chutes d'eau, et entamé la descente en direction du Saint-Laurent. Jordaan suggéra un arrêt pour manger un morceau.

— J'ai très faim, dit-il.

Et de sourire. Elle gara la Mercedes non loin d'une place que, faute de connaître la ville de Trois-Rivières, elle estima être le centre. Saorge regarda autour de lui :

— Je voudrais marcher un peu dans une rue.

— Facile.

Un parc à droite, Saorge se laissait conduire, parfois tournant sur lui-même pour mieux voir. Quelque chose d'enfantin dans le regard.

— Ce n'est pas une très grande ville.

Ils débouchèrent sur une terrasse qui dominait le Saint-Laurent et qui leur découvrit un superbe pont enjambant le fleuve sur trois kilomètres au moins.

— C'est au boutte, dit Saorge.

— Ce qui veut dire ?

— C'est beau, c'est chouette.

— De l'argot canadien, je suppose.

Il se mit à rire. *Il a failli se couper, Jordaan.* Elle le ramena vers des rues où le vent était moins glacé.

— Votre premier restaurant, dit-elle.

La vitrine proclamait que les plats du jour consistaient en ragoût de pattes de cochon et en gibelotte.

— Saorge, un homme doit s'effacer devant une femme au passage d'une porte. Mais pas dans un restaurant ou dans un lieu public. Dans ce cas-là, c'est le contraire. L'homme entre le premier et prépare l'entrée de la dame.

— Je note.

Nous jouons *My Fair Lady* à l'envers, pensait Jordaan, mais pourquoi pas ? Tu as connu pires situations.

Elle avait envie de lui sourire. Ils avaient à nouveau fait l'amour ensemble, après que Saorge lui avait annoncé son intention de partir pour Montréal. Ç'avait été nettement mieux que lors de la manche numéro deux ; pas exactement à la hauteur (vertigineuse) de la séance numéro un, mais presque. Entre les deux, disons. Il s'est laissé aller un peu. Sans doute parce qu'il était sous le coup de l'émotion de la décision qu'il venait de prendre, et il se sera moins contrôlé. Un coup de chagrin atteignit Jordaan : ce crétin risquait énormément, s'il possédait cette aptitude si singulière. Montréal était autre chose que Chicoutimi ou Trois-Rivières. Il risquait d'y devenir fou.

— Je n'ai jamais bu de vin, dit Saorge.

Elle commanda du vin presque français. Il n'aima pas trop mais dit que ce devait être une question d'habitude. La petite salle du restaurant s'emplit peu à peu, la porte extérieure malgré le sas soufflant à chaque nouvelle entrée un air glacé qui sentait la neige. Saorge commença par pâlir...

— Non ça va, je vous assure.

... Puis il se leva d'un bond, bousculant leur table. A peine eut-elle le temps de jeter quelques billets sur la table. Elle lui courut après, le récupéra dans une certaine rue Laviolette. Il avait l'air de quelqu'un qui étouffe et s'adossait au mur d'une maison, sous la plaque indiquant le nom de la rue.

Ses yeux étaient fermés et pourtant il sut que c'était Jordaan :

— La voiture, je vous prie. Vite.

— Ne bougez pas. Vous n'allez pas disparaître à nouveau ?

Il secoua la tête, conservant ses paupières closes. Elle repartit en courant, se retournant en pleine course pour s'assurer qu'il allait l'attendre. Elle revint au volant de la Mercedes, le fit monter.

— Saorge, on peut rentrer. Je fais demi-tour et nous rentrons au lac Saint-Jean.

— Non.

— Ne me dites pas que c'est ce que vous avez mangé, c'est autre chose.

— Non.

— Saorge, il y avait deux douzaines de personnes dans ce restaurant. Et Trois-Rivières n'est pas une grande ville. Ils sont deux ou trois millions d'habitants, à Montréal.

— Montréal, dit-il. Je vous en prie.

Et puis il commença à se détendre ; il s'était plié en deux en montant dans la voiture, tête presque sur les genoux, ses mains posées sur le tableau de bord et agrippant celui-ci, ruisselant de sueur et agité de tremblements.

— Cela va passer, avait-il dit à plusieurs reprises.

Il avait dit que non, elle ne devait pas arrêter la Mercedes, ne devait pas le conduire à l'hôpital, qu'un médecin ne servirait à rien, qu'elle voulût le croire, il avait l'habitude ; ses tics de langage lui revenant, si bien qu'elle eut le sentiment qu'il s'accrochait à eux et s'en servait comme d'une défense : « Je vous supplie de me faire la grâce de poursuivre vers Montréal. »

Jordaan avait repris la route, partagée entre deux impulsions contradictoires ; l'une qui la poussait à le reconduire quelque part où il y eût moins de monde, en le rendant à sa solitude pour le protéger ; l'autre à aller de l'avant, c'est ce pourquoi je suis payée, tu as vu par trois fois cet hélicoptère, ce n'est pas un effet du hasard s'il est là, Nick est peut-être dedans, ou l'une de ses équipes, tu es sous surveillance, ne fais pas l'idiote, c'est ta vie que tu joues.

— La crise est passée, dit Saorge.

Il se redressa. Dans un premier temps, il s'enfonça dans son siège et posa sa nuque sur le dossier, ses mains se nouant nerveusement. Au fil des kilomètres, le halètement ralentit, Saorge reprit des couleurs.

— C'est fini, je vais bien. Excusez-moi de vous avoir embarrassée de la sorte. Cela ne se reproduira plus.

Ils entrèrent dans Montréal.

Il déploya le plan tant et si bien qu'il faillit l'aveugler, en l'éborgnant.

— Pardon. Le sud est en bas, dans une carte ou un plan de ville ?

— Sauf peut-être en Australie, dit-elle, où ils mettaient le sud au nord.

— Dans ce cas-là, à gauche, je vous prie.

— La rue Sherbrooke est quelque part à droite. Du moins la partie de Sherbrooke où nous allons.

Ils étaient sortis de l'autoroute et du boulevard Métropolitain.

— Je le vois bien, dit Saorge. A gauche.

Ils allèrent droit vers le fleuve, jusqu'en vue du pont Jacques-Cartier.

— Sûr que ça va, Saorge ?

— On ne peut mieux. Je suis content de voir enfin Montréal. A droite.

Il les engageait dans la vieille ville.

— Lentement, s'il vous plaît.

Il était dans les quatre heures de l'après-midi. La réservation faite par les hommes de Brubaker précisait que l'appartement à l'hôtel, payé d'avance, devait être maintenu pendant au moins une semaine ; Jordaan n'avait pas pensé quitter de si bonne heure le lac Saint-Jean.

— On peut s'arrêter pour marcher un peu ?

— Et recommencer Trois-Rivières ?

— Ce qui est arrivé à Trois-Rivières n'arrivera plus. Vous avez ma parole.

Elle se vit courir dans tout Montréal à sa poursuite. Et les hommes de Nick prenant leur part de la curée. Mais tu n'as pas le choix. Elle trouva à se garer et ils partirent à pied. La neige du lac Saint-Jean n'était pas arrivée ici, même s'il avait dû pleuvoir peu de temps auparavant. Le pavé était à peu près sec dans les rues Notre-Dame, Saint-Antoine, Saint-Claude, Bonsecours, Saint-Paul, Berri ou des Commissaires ; la fontaine de la place Vauquelin coulait ; un rayon de soleil perça quelques secondes, sur la place Royale. Saorge citait le nom de chaque rue ; il avait dû avaler un guide entier.

— Ici même sur cette place Royale, l'un de mes ancêtres a été pendu, il y a presque trois siècles. Il avait tué un Anglais dans un mouvement d'humeur compréhensible. Il était l'un des arrière-petits-fils du premier des Saorge canadiens. Lequel est venu d'Europe en 1541. Le matin ou l'après-midi, je l'ignore.

Gai comme un pinson, le Saorge, je n'y comprends plus rien.

Et il parlait, accentuant son accent québécois au point qu'elle avait quelque mal à le suivre, emporté par une sorte d'ivresse : peu de Saorge avaient habité des villes, à peu près tous avaient eu de la misère à s'accommoder du monde et de la foule, ils sy *achalaient à placoter*, ils n'avaient pas *du fun à la jasette*, trouvaient ça niaiseux, *d'la marde*, préféraient être *gelés ben raide* à patauger dans le frazil et la sloche et mieux que tout la poudrerie des grands hivers venteux ; coureurs des bois qu'ils étaient par nature.

— Vous comprenez les mots que j'emploie, Jordaan ?

— Je ne suis pas une *pea-soup*, moi.

Saorge lui sourit, le sourire atteignant jusqu'aux yeux,

cette fois. Oh non, ce n'est pas vrai, tu es amoureuse de ce type !

Saorge voulut visiter la Montagne, le mont Royal. A nouveau ils parquèrent la Mercedes, près du lac aux Castors, sans patineurs, marchèrent jusqu'à la croix de fer, et même firent un tour à bord de l'une des dernières calèches que le froid n'avait pas chassées.

— J'aime autant pas, dit Saorge.

Ils étaient redescendus de la Montagne, elle venait de stopper devant l'entrée de l'hôtel sur Sherbrooke. Sur le moment elle regarda Saorge sans comprendre : il ne voulait pas quoi ?

— Pas cet hôtel, dit-il.

Déjà le portier et un bagagiste du *Quatre-Saisons* s'empressaient. Elle demanda :

— Et où allons-nous dormir ?

— Si vous me montrez comment je peux téléphoner.

— Laissez les bagages où ils sont, dit Jordaan au bagagiste.

Ils entrèrent tous deux dans l'hôtel et elle conduisit Saorge jusqu'à une cabine téléphonique, lui montra où glisser la piécette, s'éloigna. Il appelait Antoine Desjardins. Il ressortit vite, l'air content de lui et consultant son plan de la ville :

— Toujours sur Sherbrooke mais plus au nord.

A quelques blocks de là. Le *Ritz-Carlton.* Où contrairement à ce qu'attendait, sinon espérait Jordaan, on leur donna une suite, et des meilleures, après la leur avoir refusée dans un premier temps, pour cette raison qu'on était complet.

— Votre avocat a des relations, on dirait. Pourquoi avoir changé d'hôtel ?

Durant le gros quart d'heure qu'ils avaient passé à attendre, Saorge n'avait pas paru se rendre compte de l'effet qu'il produisait sur les clients et les membres du personnel, avec son accoutrement, sa parka rapiécée et ses bottes de caribou, sa façon de mettre le nez partout, comme un Iroquois transplanté à Versailles.

— Je suis gai comme un pinson.

Il reprenait l'expression qu'elle avait utilisée elle-même, mentalement. Hasard ou volonté délibérée.

— Saorge, pourquoi cette lubie ?

Pas de réponse. Ils montèrent dans l'ascenseur empli de femmes élégantes, auxquelles il ne cessa de sourire stupidement, quasi hilare.

Il inspecta l'appartement comme s'il en avait vu cinquante dans sa vie, prenant l'air important. On leur apporta leurs bagages, un sac et une valise pour elle, une espèce de baluchon de trimardeur pour lui — une couverture dans laquelle il avait entassé quelques sous-vêtements et nouée par une ficelle. Jordaan dut verser le pourboire, lui se contenta d'une claque sur l'épaule des employés. Mais sitôt qu'ils furent seuls, il se remit à fureter partout, méthodiquement — les récepteurs téléphoniques, les téléviseurs, les lampes, derrière les tableaux, les vases emplis de fleurs, sous les lits, sous les tapis (il essaya de décoller la moquette), derrière les tableaux et les rideaux, dans les appareils de climatisation. Pièce après pièce. Il recherchait des micros.

— Pas de commentaire, dit-elle. Amusez-vous.

Saorge se contenta d'un hochement de tête et d'un sourire de gamin malicieux. Il alla jusqu'à vérifier les plafonniers et sonder les murs.

— Il existe des micros directionnels, remarqua Jordaan. Pas besoin de les installer dans une pièce. On se place par exemple dans l'immeuble en face, de l'autre côté de Sherbrooke, et l'on entend ce qui se dit ici.

Saorge dit qu'il était au courant, il avait vu cela dans un film — et même plusieurs.

Ils avaient pris possession de la suite vers sept heures. Une heure plus tard, Saorge ayant achevé son inspection et finissant de se doucher pour effacer le ruissellement de sueur de Trois-Rivières, on sonna à la porte et ils entrèrent à quatre, surchargés de boîtes et de housses pour vêtements. Ils déballèrent tout et rien ne manquait, des sous-vêtements aux chaussettes en passant par des costumes (d'hiver et d'été, dix en tout), des vestons de sport aux pantalons assortis, des chemises, des cravates, trois manteaux de ville et deux imperméables dont un fourré, des caoutchoucs pour protéger les chaussures, un portefeuille empli de cartes de crédit, une montre qui devait bien valoir cinq mille dollars américains. Tout cela...

— C'est votre avocat qui vous envoie tout ça ?

— Anne Desjardins, sa femme. Elle connaît mes mensurations.

... Tout cela à la taille exacte. Et accompagné de mouchoirs, de pochettes et jusqu'à des boutons de manchette.

— Pour vous, dit-il.

— Des boutons de manchette ?

— J'ai remarqué que vous en portiez.

— Je dois être l'une des rares femmes au monde à qui on a jamais offert des boutons de manchette.

Il lui sourit, de son sourire enfantin, celui d'un gosse ravi des cadeaux qu'il peut faire. Il essayait un veston devant un miroir.

— Il me va bien ?

— A la perfection, dit Jordaan. Essayez le pantalon et les chaussures.

Il partit dans l'une des salles de bains, pour y changer de culotte, avec sa pudibonderie qu'elle commençait à connaître. En ressortit métamorphosé, vêtu en citadin des plus élégants. Sa cravate n'allait pas, nouée de travers. Jordaan y mit bon ordre, le fixa :

— Et pour aller où, ce beau costume ?

— Au restaurant *Les Halles*, dit-il. J'y ai fait retenir une table. Puis-je me permettre de vous inviter à dîner ?

Oh ! nom de Dieu ! pensa Jordaan.

La mission assignée à Judith Jordaan par Brubaker était, par tous les moyens, de faire sortir Saorge de sa forêt pour le conduire, en premier lieu, à Québec ou Montréal. Puis de le convaincre de collaborer avec les gens de Brubaker.

La première partie de cette mission était remplie. Jordaan doutait d'y être pour quoi que ce fût ; allait même plus loin en jugeant que sa visite à Saorge avait au plus coïncidé avec le départ de ce dernier pour de nouveaux horizons.

Un trouble gagnait Judith Jordaan. Se découvrir amoureuse de cet homme était extravagant, et eût suffi à la déconcerter.

Mais il y avait autre chose. Elle aurait juré que Saorge avait comme elle remarqué la présence de cet hélicoptère qui, depuis leur départ du lac Saint-Jean et jusqu'à l'entrée de la Mercedes dans Montréal, n'avait cessé de les survoler. S'il ne l'a pas remarquée par lui-même, il aura lu dans ma tête que cet hélicoptère nous suivait.

S'il lit dans ma tête. Je n'en sais plus rien. Il y a une heure même pas, j'aurais joué ma vie qu'il en était capable. Cette crise ayant renforcé ma conviction. Mais maintenant ? Nous voici à Montréal, en plein centre, il doit y avoir deux ou trois millions de personnes autour de nous. S'il reçoit les pensées de ces gens, s'il les recevait, il deviendrait fou.

— Qu'en pensez-vous ?

— Superbe, répondit Jordaan, tandis que Saorge paradait dans le salon de l'appartement du *Ritz-Carlton* avec fierté (il avait enfilé un beau manteau à col de loup et tournait sur lui-même, pour s'admirer).

... Et le voici qui parle d'aller dîner au restaurant. Qui n'est nullement affecté par cette fourmilière qui l'encercle. Qui ne m'a jamais paru autant à son aise.

Un télépathe, lui ?

La deuxième crise prit Saorge au milieu de la nuit, vers trois heures trente. Très profondément endormi, il eut juste le temps d'en ressentir les premiers effets, la maîtrise suffisante pour sortir du lit sans éveiller la jeune femme, assez de lucidité pour tituber en silence, ne cognant rien, jusqu'à la salle de bains. Fermer au verrou la porte de celle-ci fut plus difficile, il devenait fou, oh mon Dieu je n'y arriverai pas cette fois, des millions de pensées convergeaient, se déversaient sur lui, sa conscience s'effilochait, n'existait plus que par bribes de plus en plus furtives, suis malheureux, malheureux, malheureux...

Il reprit connaissance. De petites choses vertes, dansantes, dans le noir. Et des pensées, par centaines de milliers. Mais déjà refluant, sortant pour la plupart du Troisième Cercle, s'en échappant comme des abeilles.

Refluant encore, elles battaient en arrière, s'éloignaient, étaient moins agressives. La vague reculait. Bientôt certaines de ces pensées commencèrent d'être distinctes, elles se détachaient les unes des autres, ce n'était plus l'horrible concerto. Il put les lire. Ce couple qui passait en voiture sur Sherbrooke, policiers, gens qui dormaient en face, veilleur de nuit, autre veilleur de nuit dans un bureau qui pense à sa petite-fille malade.

Cela refluait, la vague se retirait, devenait lointaine. Gens endormis dans l'hôtel, rêves, couple faisant la chose, employé dans le couloir-mal aux pieds-hockey sur glace.

Le Troisième Cercle se vidait, tout virait vers sa frange, y restait mais cela du moins était supportable.

Les pensées, les rêves de Judith Jordaan, elle va s'éveiller, ne le sait pas encore, n'a pas sa conscience mais va s'éveiller, s'éveille, où est-il ?

Elle va venir ici.

Les choses vertes n'étaient pas dansantes. Elles ne bougeaient pas, c'étaient les chiffres en cristaux liquides d'un radio-réveil, je suis à Montréal dans la salle de bains de l'hôtel *Ritz-Carlton* rue Sherbrooke je suis à Montréal. La crise est passée. C'est fini. Je vais bien.

Il découvrit qu'il était allongé sur le sol, ses mains avaient griffé un tapis de bain. Une veilleuse était allumée. La jeune femme se lève, elle sort du lit et vient, elle va m'appeler.

— Saorge ?

Il se mit à quatre pattes puis se dressa. Du pied, il lissa le tapis de bain. Déchiré.

Le robinet du lavabo coulait.

— Saorge ?

La jeune femme frappait à la porte, elle essaya d'ouvrir.

— Je suis là, dit Saorge.

Il tira la chasse d'eau dans les toilettes puis revint se laver les mains. Il tira le verrou et ouvrit la porte.

— Ça ne va pas ?

— Mais si, pourquoi ?

— Vous n'aviez pas allumé ?

— Il y avait la veilleuse. Je ne voulais pas prendre le risque de vous importuner dans votre sommeil.

Ne parle pas ainsi, ne parle plus ainsi, tu lis dans sa tête qu'elle a associé cette certaine façon de parler dont il paraît qu'elle n'est pas correcte, et tes crises. Ce n'est pas précis mais elle va arriver au rapprochement, elle est fine. Et c'est vrai que tu te servais de cette façon de parler pour te contrôler, pour te garder de te couper ; sans elle tu répondrais à des questions qui ne t'ont pas été posées verbalement, que tu as lues ; tu t'en servais pour garder tes distances. Tu ne peux plus le faire. Et puis elle t'a dit qu'on ne doit pas parler ainsi.

— Je vais me recoucher, dit-il. Vous devriez en faire autant. Il n'est que cinq heures du matin. Ça fait drôle de dormir dans une grande ville, avec ces bruits, on dirait que la ville ronronne.

Bien, Saorge. Tu as dit « ça » et non « cela ». Comme il le fallait. Tu dois faire attention à ces détails. C'est difficile.

Il se remit au lit. La jeune femme avait allumé en se levant l'une des lampes de chevet. La jeune femme resta debout près du lit, à le considérer... non : à me *regarder ; considérer* est trop recherché. Tu devrais lui dire quelque chose qui efface ses soupçons.

— Vous êtes très belle, nue, dit-il. Vraiment très belle. Vous êtes bien plus belle que Kim Novak et même Kim Basinger.

D'accord, dire *nue* est un peu osé. Mais je dois m'y habituer.

La jeune femme bougea, elle s'agenouilla sur le lit, lui caressa le visage de la pointe de ses seins. Il lut ce dont elle avait envie et donc tira sa langue. C'était bon, très bon même. Elle est plus belle et plus sensuelle que Kim Basinger.

La jeune femme écartait le drap et les couvertures qu'il avait remises sur lui, avec une pruderie dont il avait lu, au début, qu'elle la faisait sourire (mais plus maintenant, elle ne se moquait plus de lui, au contraire elle était, comment dire ? émue, troublée). Elle se pencha sur lui et lui fit ces caresses si gênantes. Gênantes mais agréables. Très. Et il s'en voulait du dégoût qu'il éprouvait, et des souvenirs qu'il lisait en elle.

Combien de temps tiendrait-il ? C'était très dur.

Ils dormirent tard le lendemain matin, leur premier jour à Montréal. Jordaan commanda les petits déjeuners et elle qui ne prenait rien sinon du café à son réveil put avaler un œuf.

— Je mène cinq œufs à un, dit Saorge assis dans le lit.

Plus guilleret que jamais, pensa-t-elle. Avait-il eu une nouvelle crise, la nuit précédente ? Il lui avait semblé un peu pâle, à sa sortie de la salle de bains. Mais normal à part ça. Il corrigeait sa façon de parler, modulait, comme il disait lui-même.

Quelque chose s'était passé, la nuit dernière, sur le coup de cinq heures du matin. La façon de faire l'amour de Saorge.

Elle l'avait à peu près retrouvé tel qu'en lui-même à l'occasion de leur première nuit sur les hauteurs du lac Saint-Jean.

— Vous voulez encore du café ?

— On peut se tutoyer, Saorge. Nous commençons à être assez intimes.

Il réfléchit, regard baissé :

— Je n'ai jamais tutoyé personne.

— Même pas ta mère ?

— Non.

— Tu as bien dû avoir des camarades de ton âge, étant enfant.

— Non.

— Et ces filles que tu es allé voir ?

Un temps.

Ils consacrèrent la journée à la ville sous la ville, à tous ces kilomètres de galeries commerciales souterraines ; il voulut prendre le métro, sans avoir en tête une destination particulière ; ils marchèrent dans l'énorme labyrinthe aux mille boutiques, de Bonaventure jusqu'à Ville-Marie.

Il s'acheta une pipe.

— Tu ne fumes pas, à quoi bon ?

— J'avais envie d'une pipe.

Mais elle comprit mieux en le voyant payer avec l'une de ses cartes de crédit : c'était celles-ci qu'il voulait essayer, et il mit plusieurs minutes à recopier sa propre signature, s'y reprenant à plusieurs fois.

— Tu n'avais pas besoin de choisir une signature aussi compliquée. Tu as quand même signé des papiers, non ?

Oui, bien sûr. Les documents que ses avocats lui faisaient parfois parvenir, marqués d'une croix à l'endroit où il devait apposer son paraphe. Mais ce n'était pas pareil : pour une carte de crédit, il fallait quelque chose qui ne pût être imité, non ?

— Non, dit Jordaan.

— Ah bon.

Il s'était remis à transpirer et quand elle lui en fit la remarque, il expliqua que c'était cette atmosphère confinée, à la chaleur étouffante pour lui, qui en était responsable. Il suffoquait un peu. De l'air frais lui ferait du bien. Ils ressortirent sur la rue Sainte-Catherine.

Place Ville-Marie, il s'était arrêté devant Air Canada, était entré et, Jordaan ne se mêlant de rien, s'était enquis des liaisons avec New York, de leur fréquence, fallait-il réserver longtemps à l'avance, pouvait-on acheter les billets ici ou devait-on aller à l'aéroport, et quelle sorte d'avion, pouvait-il avoir une photo de l'appareil pour voir à quoi il ressemblait ?

— Tu veux aller à New York, Saorge ?

— Je te l'ai dit. Et ensuite, j'irai en Europe.

Londres, Paris, Florence et Rome. Et Séville et Vienne.

Pour commencer sa découverte du monde. Il songeait aussi à l'Asie. Ses connaissances en géographie étaient des plus précises ; il avait dû passer un temps considérable sur ses atlas et ses guides de voyage (trois mètres cubes dans sa bibliothèque), savait tout des fuseaux et des décalages horaires, disait qu'il comptait aller contempler Borobudur dans l'île de Java, en autobus depuis Yogya, pour y voir le coucher de soleil.

Je ne sais pas, je ne sais plus, pensait Jordaan ; tu ne peux pas le prouver mais tu es sûre que quelque chose se passe, sous tes yeux ; il te joue une comédie (et pas seulement à toi, d'une façon ou d'une autre les hommes de Nick ou de Brubaker sont quelque part à l'observer, et Saorge le sait, c'est pour eux qu'il fait ça).

Ou alors tous se seraient trompés. A commencer par Gatineau prétendant que Saorge ne pouvait pas vivre dans le monde, supporter la plus petite foule, serait-elle de deux personnes, à l'intérieur de sa zone de perception extra-sensorielle. Parce qu'il allait y avoir cent heures qu'ils avaient quitté le lac Saint-Jean et, à part l'incident de Trois-Rivières, dont il s'était vite remis, en dehors de quelques signes comme cette pâleur ou cette transpiration, et cette impression qu'il donnait de vivre au ralenti, Saorge se montrait normal — surtout pour quelqu'un ayant passé sa vie jusque-là dans la solitude.

Saorge dormait près d'elle. Un air de jeunesse et presque d'adolescence sur le visage.

A nouveau le pincement de cœur chez Jordaan. Que tu sois amoureuse de lui n'est pas stupéfiant, c'est une catastrophe. Dans la rue Sainte-Catherine, elle avait cru identifier l'un des hommes de Nick. Le guetteur, si c'en était un, se trouvait à plusieurs centaines de mètres. Sûrement à portée de Saorge. Mais Saorge n'avait en rien réagi.

S'il lit dans les pensées, comment pourrait-il le faire au milieu de millions de personnes, repérer les pensées d'un seul homme entre tant d'autres ? Un degré de saturation existait, à partir duquel les réceptions se brouillaient.

Auquel cas Saorge se trouvait désarmé.

Privé de sa seule défense.

Tout ceci va finir mal. Tu le sais depuis une semaine au moins.

Antoine Desjardins était un homme d'environ cinquante-cinq ans. De haute taille et blond, élégamment mis. Il arriva flanqué d'un de ses associés qui se nommait Anderson et débordant d'une curiosité qu'il avait du mal à refréner et en convint : c'était la première fois qu'il voyait Saorge ailleurs qu'au lac Saint-Jean ; Saorge était son client le plus important, quant à la fortune à gérer.

Jordaan voulut se retirer, par discrétion, et quitter l'appartement dans l'hôtel.

— Je ne vois aucune raison pour que tu t'en ailles, dit alors Saorge. Voudrais-tu rester avec nous, je te prie ?

Elle alla s'asseoir dans le second salon mais la porte demeurée ouverte lui permit d'entendre ce qui se disait. Desjardins exprimant son plaisir et davantage de constater que Saorge revenait à une vie plus normale. Toutefois...

— Oui ? dit Saorge.

Desjardins avait un peu de mal à comprendre les récentes demandes de son client...

— Puis-je parler en toute liberté, monsieur Saorge ?

— Sans aucun doute.

Desjardins se posait des questions. Notamment sur l'emploi de ces détectives privés chargés de surveiller nuit et jour la suite où l'on était en ce moment même, et de s'assurer que personne n'y pénétrerait — en dehors du personnel de service, mais ce dernier aussi devant être strictement contrôlé...

— J'ai gardé une sorte de phobie des années pendant lesquelles Henri Gatineau m'a soigné pour mon épilepsie, dit Saorge. Je ne supporte plus aucun appareil d'enregistrement.

— Excusez-moi, mais au téléphone vous m'avez parlé de systèmes d'écoute que quelqu'un pourrait vouloir mettre en place.

— Ma phobie, dit Saorge.

— Mais vous n'avez aucune raison de penser que quelqu'un en particulier voudrait, comment dire ? vous espionner ?

— Absolument aucune.

Jordaan, Saorge non seulement ne se fiche pas que tu entendes cette conversation, mais il *veut* que tu l'entendes.

— Venons-en à nos affaires, disait Desjardins. Vous m'avez demandé d'étudier la prise de participation d'une société du Delaware dans la clinique.

— J'ai obtenu du docteur Jardel les informations que je voulais connaître. Elles me suffisent.

Anderson prit alors le relais. Il entreprit d'énumérer les biens de Saorge. Qui étaient considérables, Jordaan en fut surprise.

— Combien en tout ? demanda Saorge.

— Sept millions huit cent cinquante-six mille dollars, répondit Anderson. Vos revenus sont, hors impôt, de deux cent quatre-vingt-quinze mille dollars par an. Sans compter les revenus du capital.

— Vous dépensez si peu, remarqua Desjardins.

— Est-ce que cela fait beaucoup d'argent ?

C'était une fortune coquette. Pour le moins.

— Je pars pour New York bientôt. Est-ce que je pourrais avoir de l'argent à New York et en Europe ?

N'importe où dans le monde. Oui, en Asie aussi.

Oui, Desjardins pouvait s'occuper des détails du voyage, de n'importe quel voyage, de toute opération que Saorge souhaiterait faire :

— J'avais le plus grand respect pour madame votre mère, monsieur Saorge. C'était une femme remarquable. Les dispositions qu'elle a prises pour la gestion de votre patrimoine se sont révélées des plus avisées.

Les avocats s'en allèrent. On était au quatrième jour à Montréal, un mercredi. Saorge reparut sur le seuil.

— Est-ce que vous... Tu aimes la mer, Jordaan ?

— Pourquoi ?

Elle feignait de suivre un film.

— Je vais peut-être m'acheter un bateau.

Où tu seras seul, finalement autant que dans ton Grand Nord, pensa-t-elle.

Sauf que Nick Cassetti pourra t'y attraper plus facilement.

Et d'un coup, comme une vague déferlante, elle se prit à espérer qu'il allait dire quelque chose. Sur elle et lui ensemble, leur avenir commun. *Ne me quitte pas, Saorge.*

Silence. Saorge, ta tentative pour nous prouver, à Nick et à moi, que tu es normal, cette tentative est sans importance. Tu n'arrêteras pas Nick ainsi. Que Nick croie ou non que tu disposes des pouvoirs que te prête un Brubaker ne changera rien. Il te ramènera au même Brubaker. Pas seulement pour toucher son argent, mais plus encore pour le plaisir. Tel que je connais Nick, il doit en être à espérer que tu seras un gibier difficile.

Tu m'entends, Saorge ?

Elle tourna la tête. Il contemplait ses pieds, mains à demi enfoncées dans les poches latérales de son veston.

— Est-ce que je pourrais apprendre à conduire une automobile ?

Rien n'arriva le jeudi. Le vendredi commença de même, sauf qu'ils se levèrent plus tôt que de coutume. Saorge avait eu envie de monter dans un train. Il avait eu l'envie d'embarquer à bord d'un hélicoptère. Pour la destination, il avait son idée : se rendre à Toronto par le train et là-bas louer un hélicoptère qui les transporterait aux chutes du Niagara.

— Peut-être que l'hélicoptère pourrait nous ramener à Montréal ? Ce n'est pas trop loin ?

— Il y a des heures de train. Un avion irait plus vite, entre Montréal et Toronto.

Non, il tenait au train. Il avait fait les réservations, assez excité ou semblant l'être par cette découverte de ce qu'il pouvait faire par lui-même.

Le train parti à l'aube avait longé le Saint-Laurent et à présent c'était au tour du lac Ontario. Saorge s'était endormi moins de trente minutes après le départ de Montréal, il venait de s'éveiller — s'il avait dormi, Jordaan n'en était pas convaincue, elle n'était sûre de rien.

— Nous descendons ici, dit-il soudain.

L'endroit s'appelait Oshawa.

— Je croyais que nous allions à Toronto ?

— Surprise.

Un hélicoptère les attendait à Oshawa. Bientôt ils survolèrent l'Ontario.

— Tu es sûr de savoir ce que tu fais, Saorge ?

Mais oui. Il s'écrasait le nez contre le bulbe de plastique, enchanté de son premier vol, ne cessant de poser des questions au pilote, sur les avantages comparés des moteurs à pistons et des turbines, les angles d'incidence des pales, si le revêtement des longerons était en fibre de verre ou de carbone, sur les divers types de vols, vertical, translationnel, vertical...

— J'ai lu des livres sur le sujet.

Ils se posèrent sur l'héliport en vue des chutes, sur la rive canadienne :

— Il faut voir ces chutes depuis la rive américaine le matin, mais de celle-ci, la canadienne, l'après-midi. Tu le savais, Jordaan ? Et nous sommes l'après-midi.

Tu commences à craquer, Jordaan, tes nerfs lâchent. Il est évident qu'il a fait tout cela — le brusque changement d'Oshawa par exemple — en suivant un plan précis. Il s'imagine que cela suffira à dépister Nick ?

Et nom de Dieu, tu ne vois pas que je suis prête à t'aider ?

Affublés de cirés, de suroîts, de bottes, ils arpentèrent l'espèce de terrasse gorgée d'embruns, au pied du Fer à Cheval de la rive canadienne. Jordaan n'était jamais venue aux Chutes et s'en fichait. Ce n'était pas assez pour Saorge. De nouveau l'hélicoptère, pour un saut de puce jusqu'à l'autre héliport sur Goat Island, en territoire américain. Et le tour de Goat Island à pied, et la Caverne des Vents, il ne voulait rien manquer. Jordaan n'avait pas d'enfants. Ses seuls contacts avec des gosses remontaient à six ans en arrière, quand elle avait été traînée par ses neveux — un cauchemar — à Disneyland ; elle avait même été contrainte de grimper dans...

— Le carrousel du Progrès de la General Electric, dit Saorge. Tom et Andy Junior, tes neveux, ne t'ont pas épargné la promenade en téléphérique jusqu'au Matterhorn et au lac sous-marin.

Il venait de lui parler à l'oreille, étant penché sur elle en ce qui semblait être un geste de tendresse, celui d'un couple entre autres couples déguisés en pêcheurs d'Islande.

Elle mit deux secondes à comprendre, releva la tête et rencontra le regard de Saorge, plus lourd que jamais.

— Oui, je lis dans ta tête, Jordaan. Depuis le commencement. N'en doute pas. Ou n'en doute plus.

Froid à pétrifier un canard sur Goat Island, personne autour d'eux, l'hélicoptère qui attendait sur l'héliport à leur gauche, à quatre cents mètres environ, et les îlots des Trois-Sœurs devant eux, dans les eaux bouillonnantes du Niagara.

— Depuis le commencement, Saorge ?

A la seconde même où elle était entrée dans le Troisième Cercle, oui. Bien avant qu'elle ne pénétrât dans sa Cabane, donc.

Elle pensa : comment s'appelait le seul chien que j'ai jamais eu ?

— Rover, dit Saorge. Il est mort d'un cancer des reins à l'âge de quatre ans. Tu l'as conduit toi-même chez le vétérinaire pour le faire piquer et tu es restée avec lui jusqu'à sa mort. Tu en as encore du chagrin. Je lis le chagrin en toi.

Elle dit :

— Parce que tu lis aussi les sentiments ?

— Je reçois des images. Très rapides, en succession accélérée. Il n'est pas difficile de voir si ces images que fait remonter la mémoire sont tristes ou gaies, et quelle émotion elles provoquent ou traduisent. Je n'y arrivais pas au début, à présent, si.

Elle pensa :

Tu sais que je t'aime, Saorge, n'est-ce pas ?

Il acquiesça.

— Parle aussi peu que possible, dit-il. Il est possible que soit braqué sur nous l'un de ces micros directionnels dont tu m'as parlé.

Avec le bruit de l'eau ? Ça m'étonnerait. C'est à cause de ce bruit que tu nous a amenés ici ?

Acquiescement.

Tu aurais pu faire plus simple.

— J'avais envie de voir les chutes, dit-il comme quelqu'un pensant à haute voix.

Je suis perdue, Saorge. Bordel de merde, je suis perdue.

— Je n'aime pas les gros mots, dit-il. Comme tu l'as plusieurs fois pensé, je suis trop pudibond.

Il y a quelqu'un pour nous surveiller, aux alentours ?

Il secoua la tête. Appuyé sur la rambarde, il semblait fasciné par les bouillonnements.

Tu le sentirais, s'il y avait quelqu'un ?

Acquiescement.

— Ici, oui, dit-il.

— Et en ville ? A Montréal ?

— Plus difficile. Beaucoup plus.

Excuse-moi d'avoir parlé, ce n'est pas si facile de penser que... Oh, merde ! Je ne sais plus où j'en suis !

— Je le comprends, Jordaan. J'imagine que ce doit être une sensation assez difficilement supportable.

C'est à devenir folle, oui !

— Tu n'es pas du genre à devenir folle.

Ça ne m'est jamais arrivé, Saorge. Pas de perdre mon sang-froid mais aussi...

Elle ne put achever sa phrase mais il le fit pour elle.

— De tomber amoureuse.

J'oublie que tu lis mes pensées à mesure qu'elles se forment. C'est ça ?

Acquiescement.

Tu ne crois pas avoir pris un risque énorme, en me disant tout ?

— Je n'en pouvais plus.

Pourquoi l'as-tu fait ? Pourquoi me faire confiance ? J'ai été engagée par eux pour leur apporter la preuve de ce que tu lis dans les pensées. La moitié de ma mission est remplie.

Et Jordaan pensa, pour elle-même cette fois : tu es idiote ; il lit en toi ; il a pu lire l'évolution de tes sentiments à son égard ; il a bien vu que tu ne le trahiras pas.

— En effet, dit Saorge.

Tu sais que je suis amoureuse de toi à en crever, mon enfant de salaud, c'est ça, hein ?

— J'ai grand-peur que oui.

Il baissait de plus en plus la tête, posa même son menton sur ses mains elles-mêmes allongées sur la rambarde, à croire qu'il voulait sauter dans le Niagara. Il annonça soudain, d'une voix très tranquille :

— Contact. Un homme nous regarde... non, une femme, je vois sa jupe. Elle est dans une voiture. Neuf cents mètres à onze heures. Ne te retourne pas, Jordaan.

Elle dut résister à son besoin de se retourner et de regarder dans la direction indiquée. Reprends-toi, on se calme, « Vous allez vous retrouver devant lui nue comme personne ne l'a jamais été », Brubaker dixit.

Fils de pute, ce Brubaker.

— Pas trop de gros mots, s'il te plaît, dit Saorge.

Elle le fixa, le voyant de profil, et découvrit qu'il était blême. Et lui revint le souvenir de cette phrase qu'il avait prononcée, quelques instants plus tôt : « Je n'en pouvais plus. »

Ça veut dire quoi, Saorge ?

— Ce que j'ai dit. Je n'en peux plus. C'est trop dur. Aide-moi, je t'en prie.

— Je ne demande que ça, dit-elle.

Je t'aime, tu m'entends. Je t'aime.

— J'ai entendu, dit-il.

Il lui prit la main et ils s'en revinrent vers l'hélicoptère. Il allait neiger, de toute façon.

— Ce motel-là, en bas, dit Saorge.

— M'a l'air fermé, dit le pilote. On est plutôt hors saison, par ici. Regardez vous-même : pas une voiture.

— D'après les renseignements en ma possession, dit Saorge, il se trouve un gardien dans ce motel. Un gardien avec sa femme. Voudriez-vous vous posez, je vous prie ?

— Si je me pose, je ne vous garantis pas que je redécollerai. Pas avec cette foutue neige qui devient de plus en plus épaisse. Nous ferions mieux de poursuivre jusqu'à Toronto.

— Je vous en prie. J'ajouterai mille dollars.

— Mille dollars, c'est trop, dit Jordaan.

— Moi je ne trouve pas, dit le pilote en basculant son appareil vers le motel perdu dans les bois deux cents mètres sous eux.

Ils atterrirent et rien ne se produisit. Le pilote secouait la tête, sarcastique ; Jordaan attendait, emplie d'une certitude que jamais elle n'avait ressentie : quelque chose allait survenir. Forcément. Puisque Saorge l'avait annoncé. Saorge ouvrit et sauta à terre, marcha vers la porte d'un bâtiment, y frappa. On ouvrit, un homme apparut, dit que le motel était fermé depuis une semaine, pas question de recevoir qui que ce fût, il y avait un village et un motel ouvert à trois milles et demi de là.

— D'accord, dit-il en prenant l'argent. Vous choisissez

votre chambre, il y en a cent quarante. Vous pouvez même choisir l'aile.

Il y avait trois ailes. Deux qui se faisaient face de part et d'autre de la piscine, et une autre en arrière, donnant sur la forêt et le golf miniature.

— Nous prendrons l'aile de derrière, dit Saorge. Et notre ami s'installera dans l'une des deux autres.

D'accord pour remettre le chauffage en route, dit le gardien en reprenant une deuxième liasse. Par contre, il ne pouvait rien faire pour la piscine, qui était vide, sous la bâche. Mais pour le dîner et le petit déjeuner, aucun problème : sa femme cuisinait sacrément bien, vous m'en direz des nouvelles.

— Putain de neige, hein ?

— Oui, cette neige est désagréable, dit Saorge.

— Et vous allez loin, avec votre hélico ?

— Dans l'île de Java. Mais nous pensons effectuer quelques escales.

Il prit le bras de Jordaan :

— Tu viens, Marylin ?

— *Marylin ?* dit Jordaan.

— Je sollicite ton pardon. Il m'a paru judicieux d'utiliser un pseudonyme.

— Je peux parler normalement ?

— Oui.

— Il y a quelqu'un autour de nous ? Comment dis-tu ? Tu as un contact ?

— Le gardien et sa femme qui sont en train de vérifier les billets que je leur ai donnés et qui pensent que nous sommes peut-être des criminels recherchés par la police.

— Où sont-ils ?

— Un appartement. Je reçois leurs images mentales, et ce qu'ils voient eux-mêmes. La réception du motel. L'intérieur.

— Et le pilote ?

— Il visite des chambres une à une.

— La distance ?

— Le pilote à trois cents mètres, les gardiens à moitié moins.

— Je reviens, dit Jordaan.

— Ne fais pas ça.

— Je vais me gêner.

Elle prit son sac et ressortit de la chambre avant qu'il eût pu l'en empêcher. Elle parcourut la longueur du couloir. L'aile dite de la Forêt où ils s'étaient installés comportait deux niveaux, elle communiquait avec le bâtiment où se trouvait la réception par une galerie couverte, comme à la clinique du lac Saint-Jean. Elle eut tôt fait de repérer la ligne téléphonique, la suivit au travers des arbres et, quand elle s'estima suffisamment loin, escalada un poteau et coupa le fil.

Tu me reçois, Saorge ?

Et comment qu'il te reçoit ! Tu es au plus à trois cents yards de lui. Un jeu d'enfant.

Elle s'immobilisa sous la neige drue, frappée par cette constatation que quoi qu'elle pût faire, Saorge savait ce qu'elle faisait, ce qu'elle pensait, où elle était.

Elle regagna l'aile de la Forêt. La chambre qu'ils avaient choisie se trouvait à l'extrémité du bâtiment, et à l'étage. L'architecte avait eu l'idée d'ajouter un salon à peu près semi-circulaire, vitré par des bow-windows en succession, au bout du couloir. Et une double porte qu'il suffisait de déverrouiller permettait d'aller et venir entre ce salon et la chambre.

Elle le trouva endormi, allongé tout habillé sous le lit.

Au plus s'était-il défait de son manteau à col de fourrure acheté à Montréal. Jordaan demeura un long moment à le regarder.

Tu peux capter les pensées quand tu dors, Saorge ?

Tu m'entends ?

O God !

Elle déverrouilla, sans bruit, la double porte communicante et passa dans le salon bulbé. La nuit tombait mais on distinguait la forêt en pente descendante, avec un ruisseau au fond. Et peut-être un étang, sur la gauche, mais la pénombre gagnait trop. Le salon était équipé d'un bar, lui-même muni d'un réfrigérateur. Qu'un simple cadenas à combinaison fermait. Jordaan l'ouvrit en vingt secondes. Nick m'a appris ce genre de choses ; et bien d'autres ; comme de tuer un homme de huit ou dix façons différentes.

Elle prit une bière et alla s'installer dans l'un des grands fauteuils de rotin, à contempler la neige qui tombait.

Elle pensa, les yeux clos :

Fais-moi l'amour comme la première fois au lac Saint-Jean.

— Je peux essayer, dit-il.

N'essaie pas, fais-le. Qu'est-ce qui s'est passé cette nuit-là ? Pourquoi cette nuit-là et pas les autres ensuite ?

— Je manquais d'expérience.

C'est la raison la plus dingue que j'ai jamais entendue : tu as été génial parce que tu manquais d'expérience ?

— Je ne savais pas trop comment faire, j'étais intimidé, j'ai lu dans ta tête et j'ai fait ce que tu attendais de moi.

Et pour les autres filles, avant ?

Pareil. Il s'approchait d'un village, d'une cabane, d'un campement. Il voyait une femme, il se montrait et il lisait si elle était d'accord ou non pour faire la chose avec lui, et comment il devait s'y prendre.

Elles n'ont pas dû s'ennuyer, dis donc !

— Je lisais qu'elles étaient satisfaites, c'est vrai.

Mais tu ignorais que les femmes le sont rarement, en général ?

— Voilà.

Tu m'as joué la comédie en te montrant... pas médiocre mais moyen.

— C'était difficile. Est-ce que nous pouvons éteindre la lumière ?

— Non, dit Jordaan ouvrant les yeux.

— Ah bon.

— Sauf si ça doit nuire à tes performances.

— C'est gênant que tu dises ou penses ces choses.

Excuse-moi. Saorge, tu sais ce dont j'ai envie, je veux dire comment ?

— Je lis les images, dit-il. A mesure qu'elles se forment

dans ta tête. Parfois même avant que tu aies conscience de les avoir formées. Je les lis.

Et il les lisait bien.

— Pense à Nick Cassetti, Jordaan. Fais revenir un maximum des souvenirs que tu as de lui, depuis le début.

C'est un interrogatoire, c'est ça ?

— Oui.

Et tu ne lis que les pensées dont je suis consciente ?

— Oui. Plus ou moins. Nick Cassetti.

Elle s'enfonça dans le lit, il passa dans le salon bulbé, cette façon qu'il avait de s'éloigner d'elle sans rien perdre de ce qu'elle pensait était déconcertante.

Il faut que je me rappelle tout dans l'ordre, Saorge ?

— Pas nécessairement.

... remonter tout de Nick. Quand elle l'avait rencontré pour la première fois sur le campus de l'Université de Los Angeles, Californie, comment il lui avait proposé trois jours plus tard de travailler pour Eux, qui étaient à Washington ou pas loin. Et l'entraînement reçu, sous la direction de Nick, une mission, puis deux, puis d'autres, les affaires où elle avait opéré sous son commandement, en Jordanie et en Irak, à Dresde de l'autre côté du Mur en ce temps-là, en Italie, Rome, Toscane et lac Majeur.

— Et si je veux éviter de penser à quelque chose ou à quelqu'un pour t'empêcher de me lire ?

— Cela ne change rien, dit-il. Toute image que tu veux écarter est une pensée que tu as déjà formée.

— Et donc que tu as lue.

— Oui.

De l'affolement prenait Judith Jordaan. Qui luttait pour chasser de sa tête des souvenirs d'elle-même et de Nick. Au lit. D'elle-même et de Nick et de Corrie tous les trois ensemble, et chacune des deux femmes renchérissant sur l'autre, pour donner plus de plaisir à Nick. D'elle-même se pliant aux demandes de Nick, avec d'autres hommes.

Nick est le diable, Saorge.

— Je ne juge pas, dit Saorge. Je voudrais que tu penses à ta rencontre avec Brubaker et MacKenna.

Je vois, pensa-t-elle. Tu lis que cette remontée de mes souvenirs avec Nick me met dans le trente-sixième dessous et tu viens à mon aide, en m'amenant à penser à autre chose. Tu es extraordinairement gentil, tu sais ?

— Brubaker, dit Saorge.

Elle se contraignit à revivre la scène sur l'île Caraïbe.

— Ça va ? Tu as tout lu ?

— Oui.

A mon tour de te poser des questions. D'accord ?

— D'accord.

Il y avait des hommes de Nick, au lac Saint-Jean ?

Oui. Saorge cita les noms — Zake Pender le pilote de l'hélicoptère, McNulty, Cassiter, Leoni, Dawlish. Et d'autres, moins constants.

Dawlish est le pire, mon chéri. Tu l'as lu ?

— Oui.

Ce type est une horreur ambulante. Est-ce que tu as lu de qui il dépendait, pour cette opération ?

— Corrie Corlington, dit Saorge.

Corrie. C'était Corrie et non pas Nick. Chez Jordaan, le soulagement l'emporta. Corrie serait un adversaire moins redoutable. Avec Nick je n'aurais aucune chance.

— Je crois, dit Saorge, que tu te fais une trop brillante idée de ce monsieur Nick Cassetti.

Ils nous suivaient, dans les rues de Montréal, tu les as repérés ?

— Oui.

Et tu n'as pas peur d'eux ?

— Je ne sais pas. Je n'ai pas l'habitude de ce genre de situation.

Nom de Dieu, comment faisais-tu, à Montréal ? Avec ces millions de cerveaux dont tu recevais les pensées en même temps ?

— Cela s'est mieux passé que je ne m'y attendais.

Depuis un moment, Saorge s'était mis à déambuler dans la chambre. Il sortit de celle-ci, gagna le salon. Jordaan resta couchée, sur le ventre, dans le lit défait.

Elle ne l'entendait plus et faillit se lever et quitter le lit. *Tu crois que je suis fière de ce que je suis et ai été ?* Elle se sentait près des larmes, ne se souvenant pas d'avoir jamais pleuré. De la fureur lui vint, qui l'aida à se reprendre.

Jordaan, s'il te plaît, fais remonter d'autres souvenirs. Ceux des chiens de chasse ordinaires de Nick Cassetti. Tous les hommes, ou toutes les femmes, que tu lui as vu employer... Attends : à qui viens-tu de penser, voici dix secondes ?

Le Gollum. G, o, deux l, u, m.

— Le personnage qu'on trouve dans Tolkien, dit-elle.

— Je n'ai pas lu Tolkien.

Quelque chose dans le ton de Saorge. Elle se jeta hors du lit, hors de la chambre, se rua au salon et le trouva à genoux, se retenant de tomber en avant par une de ses mains posées sur le plancher. Il pâlissait de seconde en seconde. Elle le prit dans ses bras, lui plaça le visage contre ses seins, l'enferma contre son ventre.

— Ma faute, disait-il. Ma faute.

Il ruisselait de sueur, incroyablement. Elle hurla :

— QU'EST-CE QUE JE PEUX FAIRE NOM DE DIEU !

Des convulsions lui venaient. Il tenta de se redresser mais n'en eut pas la force.

— Comprimés, dit-il enfin. Et il dut répéter, l'espèce de tétanie qui lui gagnait la mâchoire l'empêchant d'articuler. Jordaan le lâcha et repartit en courant jusqu'à la chambre, fouilla ses vêtements, trouva les six tubes, dont un seul à peine entamé. Elle revint près de lui avec un verre d'eau.

— Combien de comprimés ? Un, deux ?

Il tenta d'articuler mais ne pouvait plus joindre ses lèvres, tordues par un rictus. Il était couché sur le ventre, ses mains crochant dans la moquette comme pour la déchirer. Il dessina le chiffre de l'index. Elle n'en crut pas ses yeux :

— Huit ? HUIT ?

Il réussit à tracer de nouveau le même chiffre, tapant de la paume sur le sol. Jordaan lut ce qu'il y avait sur le tube : un barbiturique des plus puissants, bardé d'avertissements rouges, *ne pas dépasser la dose prescrite*. Elle versa dans sa main d'abord quatre comprimés, les lui enfonça dans la gorge, fit couler de l'eau...

Recommença. Tu le tues.

Ensuite, elle se coucha sur lui, luttant de toutes ses forces pour le maintenir. Il la traîna sur dix mètres, et par deux fois la rejeta, l'envoya bouler. Mais à chaque fois elle revint. Jusqu'au moment où les comprimés enfin commencèrent à agir. Il s'apaisa.

Il avait l'air de dormir maintenant, aux spasmes près.

Elle le souleva en le prenant sous les épaules et le traîna jusque dans la chambre. Le hissa sur le lit. Elle guetta les premiers signes d'un arrêt cardiaque ou autre chose.

Il dormait, ses convulsions s'espaçaient, s'adoucissaient. Bientôt il respira normalement, la respiration d'un homme dans son sommeil, tu aurais dû y penser mille fois plus tôt, comment crois-tu qu'il a tenu, depuis votre départ du lac Saint-Jean ?

Il se droguait.

A onze heures, elle guettait encore, dans un silence total. Lui à côté d'elle couchée, et respirant ainsi qu'il l'avait toujours fait. Il a dû prendre de ces saloperies depuis des lunes, pour y être devenu résistant à ce point.

N'empêche qu'il se suicide.

Elle finit par céder au sommeil, perdit conscience, rêva qu'elle pouvait, elle aussi, lire en lui, ne fût-ce que quelques secondes.

... Rêva qu'il était en train de lui parler.

Elle s'éveilla : il lui parlait, allongé sur le ventre ainsi qu'elle l'avait mis, le nez dans un oreiller. L'une des mains de Saorge la cherchait à tâtons.

— Je suis là, dit-elle.

Elle dut coller son oreille contre sa bouche pour entendre :

— Contact, disait-il d'une voix très lente et embrumée de sommeil, sous l'effet des barbituriques. Contact dix-sept cents mètres trois hommes.

— Oui, j'ai compris, Saorge. Leur position ?

Sept heures. Sept cents mètres sud. Saorge essayait de se relever, en vain ; la drogue l'écrasait.

— Ne bouge pas, dit-il. Reste où tu es.

Elle s'habilla. Saorge bredouillait. Elle comprit à peu près.

Elle sortit de la chambre et n'alluma rien du salon bulbé,

du couloir, du reste du bâtiment. Il ne neigeait plus au-dehors, la couche nuageuse s'était entrouverte, la lune se montrait, par moments. Sept cents mètres sud, où était ce putain de sud ?

De son sac, elle retira le revolver Wesson, troqua le canon de deux pouces contre un plus long, de quinze pouces, serra l'écrou du manchon, vérifia les six balles de .38/.357, ajusta le silencieux et le dispositif de visée de nuit. Ceci sans regarder ses mains, se fiant à ses doigts et à leur toucher. On n'y voyait pas à vingt mètres. Il était quatre heures cinq à sa montre, qu'elle ôta de son poignet et glissa dans sa poche, pour ne pas être trahie par le cadran lumineux, si la manche de sa parka noire se retroussait

Elle n'alla pas à la rencontre des trois hommes, ne voulant laisser aucune trace de pas dans ce champ de neige recouvrant ce qui, devait être une pelouse. Elle partit sur sa droite, à trois heures et un peu plus, comme eût dit Saorge.

Ils ne devaient plus être loin. Elle avait parcouru deux cents mètres et eux, dans l'intervalle, depuis qu'elle s'était jetée hors du lit, avaient progressé. Elle se colla de dos au tronc d'un arbre, abritée par un gros fourré de ce qu'elle pensa être, malgré la neige qui le surmontait, un massif de pyracanthas à longues épines.

Ils arrivaient. Contournant le massif ainsi qu'elle l'avait calculé, un à gauche et deux par la droite. Et se servant de torches électriques, ces débiles. On apercevait au travers des arbres, la lumière de la chambre où était Saorge et, moins nette, la lueur de cette lampe dans le salon bulbé.

— Nous y sommes, dit l'un des hommes.

Levant son arme à deux mains, Jordaan estima à un contre cinq ses possibilités d'erreur — que ces trois hommes fussent étrangers à l'affaire et sans la moindre intention agressive.

Elle abattit le premier homme. Celui sur sa gauche, qui n'était qu'à sept ou huit mètres d'elle. Une balle au-dessus de l'oreille droite. L'homme était en train de s'affaler que déjà elle visait le deuxième. De dos. La nuque.

Sur le troisième, elle dut tirer deux fois. Le troisième avait eu le réflexe rapide, il avait entré la tête dans les épaules et amorcé un plongeon en avant. Jordaan n'était pas certaine d'avoir là aussi touché la nuque du premier coup. Elle s'accroupit et vérifia : si, j'ai gaspillé une balle, la première avait suffi. Elle s'activait, enveloppant les têtes trouées avec les écharpes, voire avec le capuchon des parkas, pour éviter des traces de sang sur la neige.

Ils étaient armés. Le troisième du moins qui non seulement avait tenté de se coucher sur le sol mais avait en main un Colt Python.

Jordaan ramassa deux des torches et partit, remontant les traces laissées par les inconnus. Qui n'étaient pas descendus du ciel avec la neige. Sans doute avaient-ils laissé une voiture. Ou un hélicoptère.

Non, une voiture. Une Land Rover blanche. La cinquième des clés prises dans les poches des morts fit démarrer le moteur. Elle fit avancer la Land, qui n'était pas garée si loin — Saorge avait dû les repérer alors qu'ils n'avaient pas mis pied à terre. Elle put s'approcher à soixante mètres des corps, franchissant un ruisseau dont l'eau courait.

Transporter les cadavres l'un après l'autre, les hisser. Vérifier la neige, à la recherche de quelque objet tombé par hasard, et de traces de sang.

Brouiller les traces, piétinant non sans s'être chaussée des bottes de l'un d'eux.

Le ciel s'était couvert, d'autres flocons se mettaient à tomber. Avec un peu de chance, ces traces allaient disparaître, pour peu qu'il neigeât assez. Au volant du 4 × 4, elle roula dans le ruisseau, parvint comme espéré à l'étang. Se trouvait là un ponton de bois. Elle stoppa à deux mètres de l'eau. Où de la glace se formait. Alors, elle fouilla les morts. Tous armés. Cinq armes de poing en tout dont trois calibres 22. L'arme idéale des exécuteurs selon Nick. Les permis de conduire ne lui apprirent rien. Un Canadien et deux Américains.

Mais les visages dans le fin pinceau d'une torche électrique lui en dirent davantage. Elle en connaissait un.

Jo Maggio, j'ai travaillé avec lui à Rome.

Par habitude, elle glissa dans sa poche deux carnets qui contenaient des numéros de téléphone.

Elle tira l'un des corps, le tassa sous le volant, sur l'accélérateur.

La voiture s'ébranla au deuxième essai, elle tomba du ponton, s'enfonça dans l'eau. Y brisant une glace de surface qui allait se refermer, sinon s'épaissir. Il neigeait de plus en plus.

Elle brouilla les marques des roues depuis le ruisseau. Revint au motel au prix d'un détour. Pour le canon de quinze pouces dont elle s'était servi, elle l'enfonça dans un trou et le remplaça par un autre, plus maniable. Elle avait six canons en réserve, dans son sac.

Saorge, assis dans le salon bulbé, ne se retourna pas à l'entrée de Jordaan.

— C'était horrible, dit-il enfin.

Elle hocha la tête, la neige fondue s'égouttant sur la moquette. Elle pensa, lui parlant mentalement : et ce n'est qu'un début, Saorge ; cette nuit, Nick n'aura fait qu'un essai, c'est assez dans son style ; il ne croyait pas que ces trois crétins pouvaient nous atteindre ; il aura voulu tâter tes défenses...

... Et vérifier dans quel camp je me trouve — le voilà renseigné.

Elle demanda :

— Tu as repéré quelqu'un d'autre ?

Mouvement de tête de Saorge : non.

— J'ai donc raison : Nick n'aura fait qu'un essai. Il a sacrifié trois pièces mineures, juste pour voir.

Elle tourna les talons et repartit vers la chambre. Se laver les mains. Je me lave toujours les mains après avoir tué des gens.

— Dors un peu, Jordaan, disait Saorge depuis le salon. Je n'ai plus sommeil.

Parce que tu crois que je vais pouvoir dormir ?

... Oui, je sais : ce ne sont pas les premiers que je tue...

— Allonge-toi et essaie de dormir, dit-il. Et la réponse est non, à la question que tu te poses. je veux toujours aller à New York. Je ne vais pas abandonner.

... Et bien sûr, Saorge lut dans sa tête. Ce qu'elle allait

faire. Qu'il n'avait pas prévu parce qu'elle-même, Jordaan, n'y avait pas pensé une seule fois. Ce fut une impulsion brutale. A laquelle elle céda dans la seconde. Elle put ainsi le prendre de vitesse, prévenir son intervention.

... D'extrême justesse : elle lui claqua au nez la porte communicante entre chambre et salon bulbé. Elle en tira prestement le verrou.

De même à l'autre porte, sur le couloir central de l'aile du motel.

Ensuite de quoi elle prit les six tubes de Nerxan et les vida dans les toilettes. Dont elle tira la chasse.

C'est la seule solution que j'ai pour t'empêcher de te suicider, la seule.

Pardonne-moi.

VI

— Le périophtalme, disait la voix rauque de Saorge. Ce nom de poisson que tu recherchais dans ta mémoire est le périophtalme. C'est un poisson de Bornéo. Il ne peut respirer que sous l'eau. Pourtant, en des circonstances inexplicables, il se hisse sur la terre, à l'air, et parfois même grimpe à un arbre. Il dispose d'une certaine autonomie, des dizaines de minutes dit-on. Davantage qu'un être humain s'immergeant en apnée, mais le principe est le même, inversé.

Et il meurt, dit-elle mentalement.

Jordaan était parvenue à s'endormir, au retour de son raid.

— Il ne meurt pas toujours. Il peut regagner la mer avant de suffoquer.

Jordaan voulut consulter sa montre, se souvint qu'elle l'avait glissée dans une poche de sa parka. Elle l'y prit. Dix heures trente. J'ai dormi plus de trois heures.

— Tu es un périophtalme, Saorge, c'est ce que tu veux me dire ?

— C'est ce que tu as fait de moi, en détruisant mon médicament.

— Tu as pris combien de ces comprimés, hier ?

— Douze.

— En comptant les huit de cette nuit, que je t'ai donnés ?

— Sans les compter.

— Vingt en tout. Vingt en vingt-quatre heures. Et combien le jour d'avant ?

Réponds-moi, Saorge !

— Dix la veille, dit-il.

— Tu en as pris avant notre départ du lac Saint-Jean et tu n'as pas cessé d'augmenter les doses, c'est ça ?

— C'est vrai.

Le miracle, c'est que tu sois encore vivant !

Elle se leva et alla se passer de l'eau sur le visage. Ne fût-ce que pour y effacer les larmes. Saorge avait dû appeler au téléphone, tandis qu'elle dormait : le gardien du motel arriva, faisant de propos délibéré sonner son pas sur le sol du couloir ; il apportait le petit déjeuner.

— Je vous remercie infiniment, lui dit Saorge. Voudriez-vous être assez aimable pour dire à notre pilote que nous devrions décoller dans trente minutes, si le temps le permet ?

Le gardien repartit. Jordaan passa dans le salon bulbé et vit du soleil sur la neige. L'étang dans lequel elle avait précipité la Land Rover avec les trois cadavres se trouvait sur leur gauche, à quatre cents yards environ. Elle braqua les jumelles.

La surface de l'étang semblait gelée.

Nous avons combien de temps devant nous ?

— A peu près deux heures par comprimé, dit-il. J'ai pris les derniers vers onze heures hier soir.

Seize heures. Nous avons jusqu'à cinq heures cet après-midi, c'est ça ?

— Oui. A peu près.

Elle le fixait intensément, sans rien voir d'autre sur son visage que cette expression rêveuse qui lui était coutumière. Les œufs frits semblaient accaparer son attention.

Saorge, ne me dis pas que tu veux retourner à Montréal pour y chercher d'autres de ces comprimés ?

Jordaan but un peu de jus d'orange et faillit vomir.

— Ton périmachin, lui au moins, a l'intelligence de revenir à la mer qui est son élément, dit-elle.

— Je ne suis pas un animal sauvage que tu dois rendre à sa liberté de nature, Jordaan.

Non, tu es un homme. Un homme atteint d'une maladie étrange, qui est une malédiction. Un homme gentil et doux, normal pour le reste.

Je t'aime.

Il ne bougea pas, ne dit rien. Elle repartit vers la chambre et la salle de bains, boucla sacs et valises — ses bagages et ceux de Saorge. Elle vérifia le Wesson et le rechargea, se recoiffa, mit un peu de rouge sur ses lèvres.

Je ne peux pas te mentir ou te cacher quoi que ce soit, Saorge, c'est terrifiant. Ou alors il faudrait que je sois à des kilomètres de toi.

... D'accord, je me suis condamnée à mort et Nick n'aura de cesse de me tuer, maintenant. Je le sais et donc tu le sais. Mais ne va pas croire, ni moi par la même occasion, que c'est à cause de ces trois hommes que j'ai tués cette nuit, ou pour l'aide que j'essaie de t'apporter. J'ai été bête, depuis le commencement. J'aurais dû deviner que Nick était sur l'affaire. J'y ai pensé trop tard, j'avais accepté l'offre de Brubaker et MacKenna, j'étais allée jusqu'à toi. A partir de là, j'étais morte. Brubaker et MacKenna me tueront. Nick le fera avant eux. J'étais sacrifiée. Ils veulent le secret sur toi. Donc on élimine Jordaan, qu'elle ait ou non prouvé que tu lis dans les têtes.

N'aie pas de regret. Tu ne me dois rien. Nous devrions nous séparer.

Tu entends ?

Elle ressortit de la salle de bains, il était dix heures cinquante.

— Je crois que tu devrais partir sans moi, Saorge, dit-elle. Tu auras bien assez de mal à t'en tirer tout seul.

— Viens.

Elle avait fait deux paquets distincts. D'un côté le sac de Saorge, de l'autre ses bagages à elle. Saorge prit la valise et le sac de Jordaan et partit dans le couloir. On entendait tourner les pales de l'hélicoptère.

C'est terrifiant de ne pas pouvoir te mentir, tu sais. Tu ne te trompes jamais, n'est-ce pas ?

— J'ai grand-peur que non, dit Saorge.

— Vous serait-il possible de voler un petit peu plus haut, je vous prie ? dit Saorge au pilote.

— Déjà bien beau qu'on vole, monsieur. Vous avez vu ce plafond, il ne passera pas la nuit, tellement il est bas. Plus on va vers le nord, et pire c'est.

L'hélicoptère remontait vers Montréal en suivant à deux cents mètres au plus d'altitude la rive nord du lac Ontario. L'autoroute MacDonald en bas regorgeait de voitures et les flux mentaux de tous ces gens montaient vers Saorge, l'investissaient avec fureur, se pressant à la frange extérieure du Troisième Cercle, la franchissant parfois, telle de l'eau infiltrant un barrage.

Saorge ?

Elle m'appelle. Elle veut me montrer les deux hélicoptères qu'elle vient d'apercevoir, et qui nous suivent.

Il se retourna, et ce fut cette fois de ses propres yeux et non plus seulement par ceux de la jeune femme qu'il vit les deux appareils dans ce coin de ciel clair qui subsistait au sud-ouest, sur les Etats-Unis. Ils étaient très loin. Saorge lut et identifia Dawlish, qui se trouvait dans celui de gauche, mais les pensées de l'homme à une telle distance étaient peu distinctes.

Saorge se retourna. Judith Jordaan la jeune femme était assise à l'arrière, son sac avec ses armes posé près d'elle ; son visage était apparemment calme ; elle regardait au-dehors, vers cette autoroute où des dizaines de milliers de voitures circulaient phares déjà allumés bien qu'il fût à peine midi. Il y avait une grande lumière violette sur le lac Ontario et le Saint-Laurent, vers le sud et l'ouest en tout cas. *Fais ce que tu veux, va au diable*, lui transmettait la jeune femme, *d'accord, on se pose à Ottawa, on y prend le train ou une voiture, il n'y a jamais que dans les deux cents kilomètres ; avec un temps pareil et tous ces promeneurs du week-end, nous serons sûrement à Montréal en fin d'après-midi. Sauf que ta crise aura éclaté et c'est justement l'occasion qu'ils guettent, eux là derrière nous. Tu seras sans défense. Qu'est-ce que tu crois ? Que non seulement j'ai détruit ce que tu appelles ton médicament mais qu'en plus j'ai commandé aux orages ?*

— Même pas pour dix mille dollars, hurla le pilote

répondant à la proposition de Saorge de tenter le passage vers Montréal. Je vole déjà si bas que je vais devoir m'arrêter aux feux rouges, bientôt.

... Oui, le pilote dit qu'il pouvait le faire. Il gagnait sa vie à transporter des touristes, à les déposer près des cottages dans le nord de Toronto et Ottawa. Il pouvait le faire, c'était moins menaçant vers l'ouest, question météo.

— Vous lisez dans mes pensées ou quoi ? dit-il encore. Bien sûr que je peux me ravitailler, dans ce coin là-bas. J'ai ma réserve personnelle. Et même une petite cabane à moi, j'y vais pêcher l'achigan, le doré et le saumon de fontaine, avec mon fils.

D'accord, pour ce prix-là il était prêt à la leur vendre, sa cabane.

Dans la seconde suivante, il fit virer son appareil, contournant par la gauche et donc par l'ouest l'énorme mur violacé progressant vers le sud. Il reprit même un peu d'altitude. Il chantonnait, dans sa tête. Je n'abandonne pas, pensait Saorge. Nous allons nous ravitailler en carburant et nous aviserons : soit forcer le passage jusqu'à Montréal, soit nous poser à Ottawa où je pourrai peut-être acheter du Nerxan. Mais abandonner, non ; pas question de revenir au lac Saint-Jean ; la jeune femme ne veut pas comprendre combien c'est important pour moi.

Elle a peur pour elle-même, aussi. Elle est convaincue qu'aujourd'hui, ou demain, à la rigueur dans les quelques jours qui viendraient, on va la tuer. Judith Jordaan a peur de Nick Cassetti, de Dawlish, de ce Gollum au nom bizarre mais dont j'ai vu le visage par ses yeux à elle, quand lui est revenu le souvenir de cet homme.

Je vois bien que dans cette fascination apeurée qu'elle a pour lui entrent en grande part les ressemblances qu'elle a constatées en maintes occurrences.

... Je pense de façon anormale.

Par les mots que j'emploie.

Danger !

OH NON !

Mais Saorge ne put maîtriser le volcan qui entrait en éruption. Il vit ses mains qui commençaient à se tordre et il n'était rien qu'il pût faire pour les en empêcher.

La crise venait. Dans cet hélicoptère, en plein ciel !

NON !

La tétanie gagnait sa mâchoire et bientôt ce seraient les convulsions. Le barrage commença à céder ; plus fortes que les chutes du Niagara, les pensées de ces gens sous lui qui franchissaient le Troisième Cercle, pénétraient dans le Deuxième, approchaient du Premier telles une marée que rien n'arrête.

Il se pencha en avant, inclina sa tête et son buste, essaya d'accrocher de ses doigts les fixations de son siège. De tenir. Sa lucidité se morcela, s'effilocha. Les pensées de conducteurs en bas s'infiltrèrent à l'intérieur du Premier Cercle, où se trouvaient celles de la jeune femme et du pilote.

La perte de conscience qui suivit le coup sur sa nuque fut une bénédiction.

Jordaan avait frappé de la crosse de son Wesson, dosant la puissance de son coup, sa sécheresse, ne va surtout pas le blesser.

— Nom de Dieu, qu'est-ce que vous foutez ?

— On se calme, dit-elle au pilote. Il est épileptique et commence une crise. Vous avez envie d'avoir sur le dos un bonhomme de près d'un mètre quatre-vingt-dix se débattant dans votre putain de machine ?

Le pilote la fixait, incertain. Mais son regard tomba sur l'arme. Saorge, affaissé, ne bougeait plus, oh mon Dieu j'espère qu'ainsi assommé il ne reçoit plus rien !

— Epilepsie ? cria le pilote.

— Epilepsie. Ça va, ça vient. Vous avez une corde ? Pour l'attacher, merde ! Il va bientôt reprendre conscience. Il est normal, c'est un homme normal mais malade. Vous avez de la corde, oui ou non ?

Pas de corde. Mais le pilote admit qu'il possédait une longueur de fil électrique.

— Dans le coffret derrière votre siège.

Elle remit le Wesson dans son sac et, à genoux, fouilla le coffre métallique à cornières, y trouva du fil électrique en rouleau, neuf, et surtout un câble, une rallonge de vingt yards au moins.

Elle entreprit de ligoter Saorge, lui liant les poignets ensemble puis, couchée sur lui la tête en bas, les chevilles, avec le fil. Ensuite, par le câble cette fois, elle le fixa à son siège, le saucissonnant du mieux qu'elle le pouvait, n'hésitant pas à serrer.

— Vous êtes dingue. Il faut vraiment que vous l'attachiez comme ça !

— Oui. Je commence à avoir l'habitude. Et cette crise-ci va être dure.

Déjà Saorge reprenait conscience, secouait sa tête en tous sens avec fureur. Mais conscience n'était pas le mot qui convenait : sa perte de connaissance s'achevait, rien d'autre. Les convulsions reprirent, de plus en plus violentes.

— Je vois, dit le pilote.

Le corps de Saorge commença à se tordre, s'arquer en des explosions dont l'intensité augmentait à chaque fois. Jordaan commença à craindre que le câble finisse par rompre. Elle passa ses bras autour du cou de Saorge pour amortir les chocs et protéger sa tête des terribles soubresauts. Saorge, livide, ruisselait de sueur, bouche ouverte.

— Où est cette cabane dont vous avez parlé ?

— En bordure du parc Algonquin.

— C'est donc là que vous vous poserez. Vous y ferez le plein et nous repartirons pour le nord. Direction le lac Saint-Jean, au Québec.

— Sans moi, dit le pilote avec énergie.

— Bonne idée, dit Jordaan avec une férocité tranquille. Je dois pouvoir piloter votre machine, je vous ai regardé faire et j'ai suivi des cours, il y a quelques années. Je vous conseille d'ouvrir et de sauter. Mais avant, je vous aurai mis une balle dans la tête. D'accord ?

— Pas trop, dit le pilote. A franchement parler, pas du tout. Mais qui êtes-vous ?

— Je m'occupe de lui, dit Jordaan. Lui qui n'est ni un bandit ni un espion ni rien. Simplement quelqu'un qui est malade, parfois, quand ses crises lui viennent. Et je flingue quiconque se met en travers de ma route, c'est un tic. Je suis calme, petit bonhomme, profitez-en. Nous sommes encore loin ?

— Un peu moins de deux cents milles, dans les trois cents kilomètres. Ç'allait être juste, pour le pétrole.

— Nous allons à la cabane, dit Jordaan. Et n'essayez pas de vous poser ailleurs.

Les convulsions de Saorge atteignaient leur paroxysme. Jordaan fut projetée contre une pièce de métal et sentit qu'une blessure venait de s'ouvrir dans son cuir chevelu. Elle transpirait mais pour d'autres raisons : c'était le diable que d'essayer de l'empêcher de se libérer, de se blesser, de les tuer tous les trois.

Une vingtaine de minutes puis les convulsions ralentirent. Mais Saorge ne reprenait pas conscience. Une sorte de coma.

La tête de Saorge tomba sur le côté et pendant une seconde la panique prit Jordaan — il est mort ! Mais non.

Les convulsions devenaient moins fortes.

Bientôt elle put relâcher sa prise, palpa sa tête, qui saignait un peu. Elle se retourna : les hélicoptères semblaient avoir disparu.

Nick aura trouvé autre chose.

L'hélicoptère se posa sous une neige fine, dans une clairière ouverte sur un lac.

— Ma cabane est à cent pas d'ici.

— Nous n'allons pas à la cabane. Vous faites le plein et on repart, point final.

Elle s'assura que les liens de Saorge continuaient à tenir — bien que Saorge ne bougeât plus et pour l'instant ne risquât pas de les rompre — et descendit, le Wesson dans sa main gantée de noir, surveillant le pilote qui roulait un fût.

— Parole d'homme, dit-il, c'est de la folie, de reprendre l'air.

Elle ne répondit même pas.

Il insista, citant des exemples de confrères qui avaient tenté d'affronter des conditions météo moins défavorables que celles de ce jour-là.

— Dépêchez-vous, dit-elle.

Elle jetait de temps à autre un coup d'œil vers le ciel. Sans y découvrir le moindre appareil. Si ça se trouve, Jordaan, tu vas le tuer par ta seule obstination à vouloir le sauver. Ce pilote a raison de penser que reprendre l'air est dangereux.

Tu es suicidaire, tu le sais ?

Oui et non. Je pense que nous allons passer, j'en suis sûre.

— Vous vous appelez comment ?

— Moran, dit le pilote.

— Moran, de deux choses l'une : ou vous reprenez les commandes pour nous amener au lac Saint-Jean ou je vous tue. Regardez. La cordelette, là-bas.

Elle tira sans paraître viser et à cinquante mètres l'amarre d'un canot sur le lac fut sectionnée.

— En route, Moran.

L'hélicoptère repartit en arrière, glissa sur deux mètres au long du rocher, s'immobilisa avec un déchirement de métal. Rotor arrêté — de lui-même, quand les pales avaient haché la herse des arbres enneigés, avant de se briser. Le silence s'était abattu et Jordaan devait convenir...

— Ma jambe est sûrement cassée, dit le pilote Moran.

... convenir qu'il avait fallu un miracle pour que le contact de l'appareil avec le sol ne s'achevât pas par une explosion.

— Contente de vous, espèce de cinglée ? dit le pilote.

Il y avait eu ces dernières minutes de vol, visibilité nulle, Moran contraint d'aller de l'avant, plein nord, par le contact du canon de l'arme sur sa nuque et la conviction qu'elle, Jordaan, était prête à le tuer s'il modifiait son cap. Puis l'écrasement.

Dont nous sortons vivants, je le regrette presque, pensa-t-elle.

Quelques secondes avant le choc, elle s'était couchée sur Saorge, pour le protéger de son corps. Elle se redressa.

Saorge ?

Aucune réaction.

Tu me reçois, j'en suis sûre.

— Vous savez où nous sommes ? demanda-t-elle

— C'était le lac Kempt. Enfin, je crois. Et la rivière que nous avons survolée en passant à trois mètres des arbres était la Saint-Maurice. Ma jambe n'est peut-être pas cassée mais mon genou me fait un mal de chien.

— On est à combien du lac Saint-Jean ?

Moran se hissait douloureusement sur son siège, gardant raidie sa jambe gauche. Il haussa les épaules : cent ou deux cents kilomètres, il n'en avait pas la moindre idée ; durant les trente dernières minutes du vol, il ne s'était pas soucié d'autre chose que d'éviter les arbres et de chercher n'importe quel endroit où se poser avant d'éclater en chaleur et lumière. Ils étaient dans une saloperie de situation, foutus, perdus, on n'allait pas les rechercher avant des heures, le temps que le temps se calme, et les rechercher où, nom de Dieu, personne n'irait penser que j'ai été assez dingue pour me balancer plein nord...

— Détache-moi, dit Saorge.

Jordaan s'activa sur le câble électrique, en défaisant les multiples nœuds, non sans mal.

— Parce qu'il va mieux ?

Remarque de Moran, et sarcastique.

— Je vais beaucoup mieux, merci, dit Saorge en souriant. Désolé de vous avoir inquiété par mon épilepsie. Heureusement, ma femme a l'habitude. Cela ne se reproduira plus.

Elle lui libéra les poignets, il se détacha lui-même, pour les jambes et les chevilles. Il demanda au pilote :

— Pourriez-vous me montrer où vous pensez que nous nous trouvons ?

Les deux hommes se penchèrent sur une carte plastifiée, Moran par deux fois relevant la tête, pour fixer d'abord Jordaan, puis Saorge.

— Si nous avons dépassé la Saint-Maurice, dit enfin Saorge, il y a un abri dans cette zone. Une cabane.

— Loin ?

Question de Jordaan.

— Je ne sais pas où nous sommes. Vous pouvez marcher, monsieur Moran ?

Le pilote ne le pensait pas. Il avait très mal. Son genou était déboîté, à son avis.

— Il y aura le téléphone, dans votre cabane ?

— Je crains que non.

— Ma radio est hors d'usage. Votre femme me l'a bousillée.

— Nous ne pouvons pas rester dans cet appareil, dit Saorge. Je vais sortir et aller à la recherche de cette cabane. Je reviendrai vous chercher.

Il posa ses doigts sur la poignée de la porte. S'immobilisa. Se retourna en direction de Jordaan. Il dit calmement :

— En aucun cas.

Le regard lourd de Saorge dans ses propres yeux.

Je ne te garantis pas qu'il sera encore vivant quand tu reviendras.

Saorge ouvrit et sortit, tête et mains nues dans le blizzard.

— A tout à l'heure, dit Saorge.

Il referma et dans les secondes suivantes sa haute silhouette fut effacée comme par magie.

— Il est capable de se repérer là-dedans ?

— Oui.

— Et si une autre crise lui arrive ?

— Aucun risque, dit-elle.

Jordaan était demeurée à l'arrière. Sa main droite plongée dans son sac, et tenant la crosse du petit calibre 22 recommandé par Nick pour les exécutions de près. Elle fixait la nuque de Moran le pilote.

Tu me reçois toujours, Saorge ? Tu lis toujours en moi, où que tu te trouves à piocher dans cette neige ?

Je suis une tueuse, mon amour.

Et je viens de trouver à l'instant même une raison supplémentaire, plus puissante que l'autre, de liquider ce pilote.

Parce que ce meurtre élargira le gouffre qui nous sépare.

Et qu'ainsi tu pourras partir seul, sans moi, sans te soucier de moi, vers ton grand silence.

Tu me reçois ?

Elle ne le vit pas revenir. Elle avait fermé les yeux, se

laissant gagner par le froid qui entrait dans la cabine de l'hélicoptère. Etant allée jusqu'à espérer qu'en effet il ne reviendrait pas — sans y croire. Mais il y eut le bruit du loquet métallique, et cet air glacé en mouvement pénétrant dans la bulle. Elle n'ouvrit pas les yeux, devina qu'il se penchait sur Moran le pilote, que le double impact des balles trouant sa nuque avait fait tomber en avant.

— Tu peux y aller, il est bien mort, dit-elle. Je ne manque jamais mon homme.

— Viens.

Elle ne bougea pas. La main de Saorge enveloppa la sienne et se saisit du pistolet. Puis, l'arme déposée dans le sac, de son poignet. Il la tira hors de l'appareil. Une espèce de torpeur, chez Jordaan — l'engourdissement dû au froid, et, pour la première fois de son existence, de l'abattement.

— Je ne peux pas te laisser là, dit Saorge. Tu serais morte de froid avant le matin. Marche.

Elle se laissa presque traîner sur la première dizaine de pas puis une mécanique se mit en route, comme malgré elle, et elle emboîta son grand pas.

Près de deux heures de marche, dont la dernière partie par nuit presque noire. Saorge tirant tout droit. Leurs bagages sur ses épaules, ne se retournant jamais.

Elle parvint quasi épuisée à la cabane où brûlait une antique lampe à pétrole. Et du feu dans la cheminée de pierre. Il y avait là quelques provisions, des couvertures et des sacs de couchage sentant le moisi mais utilisables. Elle le laissa préparer leur dîner.

Ils mangèrent en silence, se couchèrent de part et d'autre de l'âtre, Jordaan enfoncée jusqu'au nez dans l'un des duvets, à la lumière des flammes.

Le sommeil la prit par surprise.

Ils marchèrent près de quatre jours en direction de la Cabane. Ils arrivaient. Jordaan pour un peu l'aurait regretté. Cette marche à travers la forêt canadienne l'avait ragaillardie. Elle interrompit le déroulement de ses pensées : *J'ai oublié que tu me lis à livre ouvert, Saorge. Je te choque ?*

— Non, dit-il.

En un sens, je ne mentirai pas trop à Nick. Si je n'avais pas tué ces trois hommes, je n'aurais peut-être pas jeté tout ton Nerxan.

Pas de réponse. Saorge avait augmenté leur allure et Jordaan se mit à haleter, les muscles de ses mollets durcissant sous l'effet de la fatigue — nous marchons depuis huit, non neuf heures sans une pause, mais il mesure mon degré d'épuisement et s'il me pousse de la sorte c'est que nous ne devons plus être très loin...

— En effet, dit Saorge.

Jordaan réussit, enfin, à éloigner ses pensées de Nick. Elle fixait le dos de son compagnon.

Contact.

Contact fort et clair, onze cents mètres deux heures, images de main d'homme sur un volant. Saorge obliqua sur sa gauche, Judith Jordaan peinant à le suivre mais capable de tenir. Plusieurs contacts au cours de l'heure précédente. Espacés. D'hommes à l'arrêt — à l'affût. Guetteurs disposés en arc de cercle, Saorge en avait compté quatre.

— Nous sommes à deux milles de la limite de ma propriété, dit-il.

Je vais récupérer ma voiture et nous nous séparerons, pensa à son intention la jeune femme. *J'expliquerai à Nick qu'après l'atterrissage de l'hélicoptère tu as filé dans la forêt et que j'ai essayé de te suivre, sans succès. Je passe par où, pour aller à ma voiture ?*

Saorge le lui dit. Le cinquième contact établi quelques secondes plus tôt (celui d'un homme conduisant une Land Rover), ce contact s'affaiblissait ; le conducteur s'éloignait vers l'ouest et par les yeux de cet homme, Saorge vit et identifia la piste suivie par le véhicule : le chemin des Deux Castors. Distance : quinze cents mètres, il sera bientôt hors de mon Troisième Cercle.

Saorge, le premier endroit où on t'attendra sera justement ta maison.

— Je sais, dit-il.

Il recevait de plein fouet le flot tumultueux des pensées

de la jeune femme. Le monde de la jeune femme Judith Jordaan était sinistre et noir.

Saorge !

Saorge s'était accroupi et baissait la tête, une main nue posée dans la neige, en appui sur les doigts, je suis d'une grande tristesse, je crois que déchiré est le mot qui convient ; la mort de Maman m'a affecté immensément mais je savais, je savais par avance, j'ai lu Maman souffrante et déclinante, puis moribonde, ce n'était pas inattendu ; et pour l'autre décès qui m'a tant frappé, celui du docteur Henri Gatineau, au moins n'en étais-je pas responsable...

... Tandis que là...

— Saorge, tu voudrais m'expliquer ? Tu as une autre crise ? Tu es blême.

— Contact, dit-il. Contact quinze cents mètres cinq heures. Des policiers dans ma maison qu'ils fouillent. On a tué hier après-midi mon ami monsieur Maxie. On l'a frappé à coups de barre de fer, arrosé d'essence et brûlé vivant. Et quatre autres hommes ont été tués. Dont trois Mohawks.

Et autre contact neuf cents mètres dix heures. Un homme appelé Logan, Harry Logan. A bord d'une voiture qui venait d'arriver puis de s'arrêter sur la piste Chaussegué à l'endroit où elle longe la rivière. Cet homme accompagnait Dawlish, il tenait monsieur Maxie pour que Dawlish puisse le frapper plus commodément, et ni lui ni Dawlish ni personne n'avait tué monsieur Maxie ; Dawlish voulait faire parler monsieur Maxie, lui faire dire si oui ou non lui Saorge était capable de lire dans les pensées des gens ; et monsieur Maxie s'était immolé par le feu, pour ne rien révéler.

— Monsieur Maxie est mort par ma faute.

Par ma faute.

Ils étaient repartis, elle et lui. Avec une cadence moins preste, plus glissée ; et non dans la direction jusque-là suivie.

— Nous n'allons plus chez toi, Saorge ?

— Non.

— Tu ne veux pas parler aux policiers, c'est ça ?

— C'est cela.

La voix de Saorge était basse, sourde. Peut-être par conséquence du choc qu'il venait de subir. Peut-être pour une autre raison. Jordaan demanda mentalement :

Il y a des gens autour de nous ?

Ces policiers achevant de fouiller la maison, l'homme appelé Harry Logan qui était à sept cents mètres onze heures, un autre homme à midi — non, deux hommes, qui se tenaient cachés en embuscade et avaient été placés là par la femme nommé Corrie Corlington...

Corrie est dans le coin ? Tu lis une femme ?

Mouvement de tête de Saorge : non.

Saorge, les policiers croient que tu es pour quelque chose dans la mort de ces Mohawks ?

Acquiescement.

Je me souviens de ton dossier qu'on m'a fait lire, je me souviens de ce que tu as fait il y a un peu plus de cinq ans à ces chasseurs qui avaient pénétré sur ton territoire. Tu les as massacrés.

Saorge s'immobilisa, sans que Jordaan pût déterminer si cet arrêt lui était imposé par des mouvements autour d'eux, ou s'il s'agissait de donner plus de poids à la réponse. Il parla bas :

— Non. Il y a cinq hivers, d'autres chasseurs sont entrés chez moi, ils ont tué quatre chevreuils dont une femelle. J'ai eu le très grand tort de m'emporter, surtout après que l'un d'eux m'a menacé de son fusil. Je lui ai pris son fusil et lui en ai donné un coup sur la tête. Et j'en ai frappé un deuxième, qui voulait me tirer dessus, je l'avais lu dans sa tête. Je n'ai pas frappé fort. Je ne voulais pas les blesser. Je voulais juste qu'ils s'en aillent. Ils n'étaient pas sérieusement touchés, j'ai lu qu'ils allaient faire semblant de l'être beaucoup, en sorte de me demander des réparations élevées. Et comme je n'ai pas voulu parler à la police, la plainte qu'ils ont déposée contre moi a été reçue, alors qu'ils mentaient.

Et tu es parti pour le Grand Nord...

Jordaan se souvenait des dates.

— Oui, dit Saorge. J'étais triste. Mais moins que maintenant, bien moins.

Tu n'as plus de refuge nulle part. Tu avais quoi en tête ? Te fournir en Nerxan en puisant dans le stock que tu dois avoir chez toi ?

Saorge ne broncha pas.

Saorge ?

— Ils m'ont pris tout mon Nerxan, dit-il enfin, d'une voix lointaine.

Les policiers ? Non, pas les policiers. Corrie aura fait fouiller ta Cabane avant de faire abattre les trois Indiens. Harry Logan est un expert en perquisitions. Tu as lu Harry, c'est lui qui a pris le Nerxan ?

— Oui.

Ça devient clair, tu ne crois pas ? Nick et Corrie veulent que tu files dans la seule direction qui te reste. Le Grand Nord. Où il leur sera facile de te prendre, sans témoins. Ils te feront disparaître et personne ne s'étonnera de ta disparition. Puisque tu es un meurtrier en fuite.

A Jordaan, la stratégie de Nick (ou de Corrie, mais c'est la même école) apparaissait en pleine lumière.

Saorge venait de repartir, elle suivit, sidérée par l'étrangeté des pouvoirs de Saorge, capable de marcher dans une forêt, zigzaguant entre des guetteurs dont sans les voir il déterminait la position précise, le moindre mouvement, la moindre intention de mouvement.

Jordaan marchait dans les pas de Saorge, dans un silence total, et il semblait difficile de croire qu'il y eût, aux environs, ces hommes lancés dans une traque.

Ils progressaient plein nord, elle et lui. Et la cabane se démasqua, au cœur d'un fourré en apparence impénétrable, dans lequel ils s'étaient glissés en marchant sur la glace d'un ruisseau figé.

Une minuscule cabane en rondins.

Acquiescement de Saorge à la question (mentale) :

Tu vas te cacher là-dedans ?

Non.

Je comprends, pensa-t-elle enfin. *C'est ici que nous nous quittons, c'est ça ?*

Il ne broncha pas et cela vint d'un coup chez Jordaan,

avec des façons de marée submergeant tout. De l'amour pour cet homme, il m'a fallu attendre trente-deux années pour connaître ce genre de sentiment.

— Finissons-en, dit-elle.

Il avait ouvert la porte pas trop bien ajustée et que fermait un loquet ; Jordaan avait découvert un intérieur banal : un seul bat-flanc, un endroit pour le feu, une étagère supportant quelques boîtes de conserve, un réchaud à alcool, deux couvertures.

— Viens.

Il la fit monter sur le bat-flanc, sur l'angle intérieur gauche.

— Jordaan, appuie de tout ton poids et dans le même temps tire vers ta droite, de deux pouces environ, la solive juste au-dessus de ta tête.

Elle s'exécuta tandis qu'il montait à son tour, pour se hisser sur le bat-flanc. Un déclic se fit entendre et dans la seconde le plancher de planches mal équarries bougea, glissa avec la dalle de béton qui fut révélée. Une trappe s'ouvrit, rectangulaire, d'à peu près quatre pieds sur deux. Jordaan découvrit une échelle de bois, qui descendait dans un trou noir.

C'est toi qui as construit ça, Saorge ?

— Oui.

— Pourquoi ce travail ? Qui t'a pris combien de temps ?

— Un an, dit-il. Au départ, j'avais envie d'une caverne. J'étais plus jeune et je suivais une série à la télévision où des enfants avaient une caverne secrète. J'ai commandé des livres sur la maçonnerie et toutes ces choses. Je n'ai pas réussi du premier coup.

Une animation dans la voix rauque de Saorge. Tu te reprends. Tu paraissais tellement triste.

Il entreprit de descendre l'échelle et parvenu à la moitié de celle-ci, il allongea une main, la passa sous la seconde dalle de béton et rapporta une torche électrique. Qu'il alluma, se remettant à descendre. Jordaan se pencha et vit une cache, une sorte de fosse rectangulaire de deux mètres sur deux, donc à peine moins grande que la cabane au-dessus. Entièrement bétonnée, sol compris. Il y avait là un gros sac à dos, des raquettes à neige, des provisions, trois fusils et des réserves de cartouches.

Tout l'équipement nécessaire à tes randonnées, si je comprends bien. C'est ta base de départ ?

— Oui.

C'est de là que tu es parti pour le Grand Nord il y a cinq ans ?

— Oui.

Saorge marchait sur le sol de la fosse, huit pieds en dessous de Jordaan, éclairant de sa torche des choses, qu'il vérifiait.

Tu vas repartir vers le Grand Nord, Saorge ?

— Je n'ai pas le choix.

Mais tu en as envie, tu en as toujours eu envie, ça a toujours été au fond de toi. Je pense que le Grand Nord te fascine.

— Peut-être.

Ou plus encore, plus qu'une envie ? Comme de se pencher au bord d'un précipice et d'avoir envie de s'y laisser tomber ? C'est ce que tu ressens ?

— Oui. Quelquefois.

C'est peut-être la partie obscure de toi-même, celle que nous avons tous. Celle qui me permet de tuer des hommes sans remords, et celle aussi qui me fait accueillir avec assez de bienveillance l'idée de ma propre mort. Je pense pour moi-même, je m'explique avec Judith Jordaan, une affaire entre elle et moi. Tu comprends ?

Il s'était agenouillé, lui tournant le dos ; d'une boîte en carton déballant ce qui se révéla être des vêtements d'hiver, neufs, et des bottes ; d'une facture qui n'était pas celle de grands fabricants, Jordaan pensa plutôt à des vêtements artisanaux.

Indiens ou Eskimos.

Agenouillé, il se laissa aller sur ses talons, ses longues mains très calmes, et dégantées, à croire qu'il n'était pas sensible au froid. Jordaan le découvrait de trois quarts arrière, n'apercevant que peu de son visage. Sa tête était nue, à aucun moment durant les derniers jours, il n'avait relevé le capuchon de la parka qu'elle lui avait choisie à

Montréal, blanche et noire ; ses cheveux étaient trempés par la neige fondue, un peu d'eau lui tombait dans le cou. Un spasme de douleur amoureuse saisit Jordaan.

— Regarde-moi, dit-elle.

Sans bouger, il tourna et releva la tête. Le terrible regard noir se braqua sur elle.

— Jordaan, dit-il, ne tente rien de fou. Je ne t'empêcherai pas de partir. J'ai des contacts. Une battue qui vient par ici. Je lis Réjean Miron, le chef de la police locale, entre autres. Ils avancent lentement, il y a d'autres hommes dans des véhicules sur la piste nord qui va à la cabane Marcotte. Tu peux leur échapper en allant plein sud-ouest. Tu longes la rivière que tu vas trouver à cent mètres à cinq heures. Puis la combe sur ta droite.

— Je n'aurais pas pu te suivre, de toute façon.

Pas avec mon talon blessé, mais ce n'est qu'un prétexte. Je ne me sens pas capable de marcher sur trois mille kilomètres, à cavalcader sur des banquises. Tu ne tiens pas à ce que je t'accompagne. Je me trompe ?

— Je ne sais pas.

Tu le sais très bien. Ce doit être à ton contact, mon amour, mais par moments, je lis plutôt bien ce qui se passe dans ta tête.

— Ne va pas chercher ce Nick Cassetti.

Je vais me gêner. Mais la réponse de Jordaan fut machinale. Elle n'avait pour l'heure d'autre projet en tête que d'établir le contact avec Harry Logan. Je me suis toujours bien entendue avec Harry. Je vais contacter Harry et par lui, je commencerai ma négociation avec Nick.

Saorge s'était remis à vérifier ce qu'il allait emporter. Avec une placidité apparente...

— Non, ce n'est que la tristesse, dit-il. Il n'était rien que vous eussiez pu faire pour moi. J'éprouve aussi du chagrin pour vous.

Il était bel et bien revenu au voussoiement, que sans doute il n'avait jamais abandonné.

Elle ramassa son sac avec les armes, puis sa valise et son autre sac, celui-là de voyage. Elle considéra la forêt, silencieuse et immobile. Il aura inventé cette battue pour faciliter mon départ.

Elle se mit en route vers le sud-ouest cinq heures.

Et s'autorisa enfin à boiter.

Saorge boucla ses deux sacs, enfila les bretelles du premier, y amarrant deux des fusils. Pour le second sac, il le passa à son épaule, sous son bras gauche. Il referma la trappe, et la porte de la cabane au loquet.

Contacts à onze cents mètres six heures, à neuf cents quatre heures, à treize cents une heure, à onze heures, et à dix, à neuf.

Contacts partout, sauf au sud-ouest. La jeune femme pourrait passer.

Lui aussi.

Il se mit en marche vers son Grand Nord, à foulées trottinantes et régulières.

Du chagrin pour elle aussi, la jeune femme Judith Jordaan.

Bien plus que tu ne le pensais toi-même.

Je suis Saorge, je suis un monstre, je suis malheureux.

Ce contact-là — différent de ceux avec les cerveaux des policiers et des guetteurs en train de battre la forêt —, il l'avait établi depuis une trentaine de minutes. Reconnaissable parmi des dizaines.

Binaire : amour ou manger.

Saorge siffla, modula comme il convenait, faisant varier le son en fonction des réactions suscitées dans le cerveau de l'animal. Dans le même temps lisant que ce sifflement était capté par deux des policiers sur ses propres arrières (Réjean Miron et son adjoint crurent à un oiseau).

Silencieux. Silencieux et infiniment vaste, pensa Saorge en une réponse muette à la question qu'à distance — quatre cents mètres sept heures — la jeune femme Judith Jordaan qui s'éloignait de lui était en train de lui poser. Elle lui demandait : *C'est comment, le Grand Nord ?*

Le Grand Silence, Judith.

Saorge s'immobilisa, dressa le bras et dix secondes plus tard le harfang surgit entre les cimes enneigées des arbres, vint se poser sur son épaule.

Je l'ai appelée Judith, harfang. Pour la première et la dernière fois.

Viens si tu veux. J'aimerais que tu viennes.

Saorge se remit en marche. Le harfang reprit l'air. Le claquant froissement de ses ailes déployées.

Ils commencèrent ensemble leur route plein nord.

VII

Contact confirmé treize cents mètres dix heures. Ce n'était qu'un orignal. Saorge avait à peine ralenti. Il dut baisser son allure quelques minutes plus tard : la nuit sous le couvert devenait épaisse. Mais n'en continua pas moins d'avancer. Au cours des trente heures précédentes il n'avait fait aucune pause, sauf pour fouiller l'un de ses sacs et y prendre de quoi se nourrir et boire.

S'éloigner de sa cache et éviter la battue avait été facile ; se faufiler en perçant la ligne de guetteurs apostés dans l'alignement de la cabane Marcotte pas moins. Une heure avant ce franchissement, la neige s'était remise à tomber, drue, réduisant la visibilité, effaçant les traces à peine celles-ci formées.

Saorge pensait à Judith Jordaan. Qui avait une chance. Si elle appliquait le plan qu'il avait lu tandis qu'ils s'éloignaient l'un de l'autre — se croyant hors de portée de sa perception à lui, elle avait cessé de refouler avec tant d'énergie ses pensées, tout comme elle avait arrêté de feindre, s'agissant de son ampoule infectée au talon, et s'était mise à boiter.

La jeune femme avait une chance de survivre. Elle était convaincue que l'autre femme, Corrie Corlington, n'hésiterait pas à la faire tuer (par jalousie entre elles et aussi parce que tels devaient être les ordres de Nick leur chef), qu'elle pourrait s'en tirer si elle parvenait jusqu'à ce même Nick et plaidait sa cause.

Saorge avait aidé la jeune femme autant qu'il l'avait pu. Après leur séparation, il l'avait suivie, mêlant ses empreintes aux siennes. En sorte que l'on pût croire que parvenus ensemble aux abords de la maison, ils s'en étaient écartés et faisaient route commune, vers le sud-ouest. Ensuite il avait fait cap plein nord.

Ne pense plus à elle, tu ne la reverras jamais, elle est sortie de ta vie.

Il continuait d'avancer très vite, suivant les crêtes qui dominent à l'ouest la rivière Péribonka. Itinéraire familier ; il l'empruntait pour la cinquième ou sixième fois — pour la plupart de ses randonnées estivales ou d'été, il était passé par là. La nuit était devenue aussi sombre qu'elle pouvait l'être et la fatigue se faisait sentir. Il n'avait pas dormi depuis une quarantaine d'heures et c'était son cinquième jour de marche forcée, je vais faire une halte. Un endroit convenait, qu'il n'eût sans doute pas distingué sous une autre latitude. Un groupement de rochers. Je vais dormir quatre heures, il est impossible que les guetteurs m'aient vu passer allant au nord — s'ils m'avaient repéré, je les aurais lus. Contact du cerveau ensommeillé, presque inactif sauf les rêves, d'un ours noir dans la cavité de gauche. Saorge s'enfonça sur la droite dans ce qui n'était pas une grotte ; un simple trou. Il défit ses deux sacs de couchage, plaça ses bottes dans le premier dont il se servit comme tente, s'enfila dans le deuxième. Il se coula, rampant, dans l'anfractuosité. Il eut le temps de manger deux tablettes, but un peu d'eau et s'endormit, la dernière bouchée dans sa bouche et fondant sur sa langue.

Il s'éveilla quatre heures plus tard, put allumer le réchaud à alcool et se fit du thé. Cette fois il avala deux rations de survie entières, broyées et mêlées au thé en une espèce de bouillie où se perdait le goût des aliments lyophilisés. De l'ours endormi à quelques mètres de lui, il recevait des images de soleil, de forêt regorgeant de pousses tendres, de poissons bondissants dans des rivières. Sa perception allait bien au-delà de la bête en sommeil hivernal ; elle s'étendait sur trois cent soixante degrés autour de lui, juqu'au bord extérieur du Troisième Cercle.

... Ainsi capta-t-il, parmi des dizaines d'autres flux mentaux d'animaux, celui du harfang. Le harfang était là à nouveau, soixante-dix mètres six heures ; disparu avant la fin du jour, la veille (et Saorge avait éprouvé le sentiment d'un abandon), il était revenu.

Sans doute venait-il juste de rallier ; il balançait encore sa tête et lissait les plumes de son poitrail, ainsi qu'il avait coutume de le faire, sitôt après s'être perché. Ces mouvements de la tête faisaient que les images reçues par Saorge étaient cahotantes. Elles se stabilisèrent ; le groupe de rochers où s'abritait Saorge s'imprima de façon plus soutenue.

Je ne suis plus seul. Une brèche s'ouvrit dans la dépression qui tenait Saorge. Qui se dressa et se vit, par les yeux du grand rapace braqués vers lui. *Essaie de ne pas me quitter trop vite, harfang, s'il te plaît.*

Il refit ses sacs. Le changement de lumière qui indiquait la proche venue de l'aube était à peine perceptible, ce jour en train de poindre serait gris, sous un ciel plombé plafond bas, et les jours suivants de même. La lourde neige des deux derniers jours avait cessé de tomber. Lors de ses randonnées précédentes, Saorge avait éprouvé une puissante jouissance à s'enfoncer dans cette cotonneuse opacité ; alors, dans le déchirement des nuages, le Grand Nord éclatait, d'une limpide beauté qui serrait le cœur. Cette fois, je fuis.

Ce fut au point qu'il hésita à siffler le harfang pour l'inciter à un contact physique, qui eût satisfait son besoin d'une présence. Il se sentait coupable — monsieur Maxie et, dans une moindre mesure, la jeune femme.

Il repartit. Plein nord en remontant le cours sur sa gauche de la Péribonka. Il allait progresser vers le mont Otish. Route déjà suivie, par les crêtes — trois ans plus tôt, il avait croisé (en été) un couple de jeunes Américains amateurs de camping sauvage, loin de leur Houston natal. Il gagnerait ensuite le cours supérieur de la Caniapiscau, les monts Torngat, le Labrador des côtes duquel il avait contemplé l'Atlantique, la baie d'Ungava ; l'itinéraire qu'il avait en tête lui ferait laisser sur sa gauche les lacs Mistassini et Albanel, et sur sa droite la Manicouagan.

Son Grand Nord commençait, au-delà. Son opinion n'était pas formée, quant à ce qu'il ferait ensuite.

Quoiqu'une idée cheminât en lui.

Il avait effacé les traces de son campement.

En en laissant une, et involontaire : la marque d'un bord de raquette dans une congère.

L'heure suivante, Saorge chemina dans une neige à mi-mollet, laissant derrière lui une trace nette. Et ne s'en souciant pas : il s'estimait sorti de la zone de traque.

Il ne remarqua pas les Grandes Oreilles — capteurs qui enregistraient les sons les plus infimes et les transmettaient à la seconde à l'ordinateur central. Il ne repéra pas les caméras électroniques en action sur son passage, qui transmirent des images assez précises de sa haute silhouette progressant à une allure saisissante.

Ce n'étaient jamais que des machines.

Le harfang n'avait pas bougé. Saorge avait lu ce qui était une hésitation ; la bête étant partagée entre son inclination qui la poussait à suivre l'Homme, et son instinct qui lui interdisait un précoce retour migratoire vers le nord. A mesure de sa marche, les images mentales reçues du rapace étaient sorties du Premier, du Deuxième, puis du Troisième Cercle. Pour s'effacer, *je ne peux rien lui reprocher ; en aurais-je la possibilité que je ne voudrais pas le contraindre à m'accompagner.*

Je ne dois pas céder à mon abattement. Seul, je l'ai toujours été.

Trois heures plus tard, le contact fut rétabli. Comme un léger attouchement, d'abord. A la frange du Troisième Cercle. En altitude. Et par intermittence...

Je suis ici, harfang.

Saorge obliqua, quitta la piste rectiligne qui le dirigeait vers le mont Otish et s'engagea sur un espace découvert. Moins de vingt secondes plus tard, il reçut l'image de sa silhouette repérée par les yeux de l'oiseau à l'extraordinaire acuité visuelle. Le rapace descendit en tournoyant, ailes déployées et jouant sur le vent qui commençait à se lever.

Le harfang avait fait son choix et le suivait, pour l'instant du moins.

C'était la curiosité qui poussait le docteur Jardel. Il avait vu arriver Miron en voiture et était sorti de la clinique.

— Antoine Desjardins, dit l'autre homme en serrant la main du médecin. Je suis l'avocat de Saorge. L'un de ses avocats. Je vous ai parlé au téléphone il y a deux ans.

Jardel s'assit dans la voiture de Miron, qui franchit le portail. Les assistants du policier se trouvaient sur place, devant la maison de Saorge, attendant que Desjardins leur ouvrît la porte.

— On ne touche à rien, dit Miron.

Jardel marcha entre les étagères de livres et de cassettes vidéo. La seule fois où il était entré dans cet endroit, avec Henri Gatineau, il ne s'y trouvait pas autant de livres. L'aquarium n'avait pas encore été installé. L'ordre et la netteté des lieux frappèrent le médecin ; comme le fait que l'immense salle de séjour-bibliothèque ne comportât qu'un siège. Ce dernier point plus troublant, qui disait l'étrangeté de Saorge — quel autre être humain, non limité par l'espace ou l'argent, eût choisi pareille solitude ?

L'un des assistants appelait, depuis le fond de la maison. Sur les talons des autres, Jardel découvrit la chambre et la salle de bains, la cuisine et, dans cette dernière, une trappe en béton ouverte qui révélait un office souterrain.

— Une casemate, commenta Miron. Presque un abri anti-atomique. Ne venez pas me dire que ce type est normal. Il paraît qu'il a construit ça tout seul, d'après la femme de ménage. En se faisant livrer jusqu'à une bétonnière.

— Aucune loi n'interdit d'aménager soi-même sa propre maison, dit Desjardins. Monsieur Saorge n'a commis aucun meurtre.

L'avocat chercha le regard de Jardel, qui acquiesça, déterminé à choisir le camp de Saorge.

Derrière l'un des congélateurs déplacés, une cache apparut. Dans quoi étaient entassées des dizaines de boîtes de médicaments — du Nerxan, à en croire les étiquettes.

— Docteur ?

— Le Nerxan est un barbiturique extrêmement puissant. Mais ces boîtes ont été ouvertes, et leur contenu a été remplacé par ce qui semble être de l'aspirine.

... Jardel n'avait pas d'explication à cette substitution. Il n'avait jamais prescrit de Nerxan à Saorge, n'avait non plus aucune connaissance d'une telle prescription.

On remonta de l'office — neuf mètres sur quatre. Et à ce moment-là, parce qu'elle n'avait pas été cachée mais laissée en évidence, on trouva la lettre. Antoine Desjardins la tendit à Réjean Miron, à qui elle était destinée.

Sans le harfang, Saorge n'eût pas repéré le guetteur — distance en dehors du Troisième Cercle. Depuis ses quatre heures de sommeil prises à proximité d'un ours en hibernation, il avait marché sans discontinuer. Non sous l'effet d'une hâte qu'il n'éprouvait pas, mais pour l'âcre plaisir de l'effort. Il aurait pu avancer plus vite encore. Il avait sauté la nuit suivante, progressant plein nord et après trente-cinq heures de marche, enfin, avait atteint les restes d'une cabane remarquée lors de ses passages précédents. Il s'y était offert le luxe d'un peu de feu, et d'un repas chaud accompagné de café. Il avait dormi six heures.

Deux heures plus tôt la neige balayée par le vent s'était interrompue. Le harfang était parti chasser, Saorge l'avait lu en train de tuer et de déchiqueter deux lièvres. Le harfang avait repris de l'altitude. Par instants, il s'écartait au point que Saorge en perdait tout contact. Pour le retrouver à chaque fois, quand la grande chouette blanche revenait vers lui.

Il n'eut pas de contact à proprement parler. Le harfang volait à environ mille mètres plus haut que la crête dominant la rivière, et à neuf cents mètres à peu près sur la droite. Saorge recevait les images enregistrées par la bête. Ainsi découvrit-il les silhouettes. Deux hommes. Sur lesquels le harfang ne s'attarda pas ; il leur consacra trois secondes au plus — le temps d'un cliché. A la taille des personnages, minuscule, Saorge estima la distance — compte tenu de l'écartement entre l'oiseau et lui-même — à trois kilomètres. Plein est, et sur le versant pentu de la Péribonka, en face donc.

Il attendit quelques minutes, immobile, dans l'espoir que l'attention du harfang se porterait de nouveau sur les inconnus, mais en vain — il recevait des images de gibier et de sa position, lui-même étant invisible depuis le ciel. Puis il descendit vers la rivière glacée, prenant soin de demeurer sous le couvert. Un premier frôlement, puis contact. Il s'approcha, le flux mental — les images formées par le cerveau des hommes — gagnant en précision. Quinze cents mètres trois heures. Plein est. Saorge s'adossa contre une épinette et mit son arrêt à profit pour se nourrir. Il lisait les deux hommes, attentif à l'essentiel, et ne remontait à la surface des deux mémoires que par bribes : les informations sur la traque.

Car il s'agissait de guetteurs. Obéissant à Corrie Corlington. Sachant quel itinéraire il suivait pour remonter au nord. Ayant connaissance des capteurs de son dont la forêt était parsemée, et des caméras de télévision à déclenchement automatique qui avaient signalé son passage.

Il croqua du chocolat au lait, sa friandise préférée. Grâce aux renseignements qui lui parvenaient, il reconstituait le puzzle. La chasse lancée contre lui engageait plus d'hommes et de matériel qu'il ne s'y était attendu — il l'avait même crue terminée, cette chasse. Les chasseurs disposaient de trois bases de départ, chacune équipée d'un hélicoptère. L'une à l'ouest, à Nemiscau, sur la rivière de Rupert et à cent kilomètres de la mer d'Hudson ; la deuxième à Manicouagan ; une troisième au nord nord-est, à Gagnon. Les deux premiers appareils venaient de décoller, profitant de l'embellie ; ils étaient en train de survoler le secteur entre le lac Saint-Jean, la rivière Eastmain et la rivière aux Outardes, sur une profondeur d'environ trois cents kilomètres ; le troisième hélicoptère avait pour mission d'observer une bande d'une soixantaine de kilomètres, allant des monts Wright au Labrador jusqu'aux abords de la baie James.

Deux caméras avaient transmis son entrée et sa sortie à

la cabane où il avait passé la nuit précédente. Les deux guetteurs avaient vu sur leurs écrans de contrôle ces images, les avaient encore en mémoire.

Les mêmes guetteurs, et donc les gens qui leur donnaient des ordres, pensaient que Saorge allait poursuivre sa route en direction des monts Otish ; traverser ceux-ci ; puis franchir le col, le vallonnement étranglé où la Péribonka prend sa source. Des estimations avaient été faites, sur la base des relevés des précédents passages devant chaque caméra à déclenchement automatique ; la vitesse de progression moyenne avait été établie ; le jour et l'heure de son franchissement du col avaient été déterminés ; avec une fourchette, un battement de quatre heures dans un sens ou dans l'autre ; la totalité des équipes de chasse seraient sur les lieux ; pour le prendre.

Saorge s'accroupit. Il n'éprouvait aucune colère. De l'étonnement, oui. De l'étonnement devant tant d'acharnement.

Il lisait les deux guetteurs depuis près d'une demi-heure. Il se releva et commençait à s'éloigner, revenant sur ses pas pour reprendre sa route (plein nord, vers les contreforts des Otish et la passe de la Péribonka) quand l'image lui parvint.

Le Gollum. L'un des guetteurs pensait au Gollum et en parlait, sur la foi des souvenirs qu'il avait de cette créature, dont il avait croisé le chemin en Finlande quatre ans plus tôt.

Le Gollum devait se trouver, du moins le guetteur le pensait-il, quelque part dans le sud sud-est, à un jour ou deux de marche. Suivant la piste de Saorge, et lui-même suivi du géant roux appelé Dawlish (que le guetteur craignait comme la malemort). Saorge reçut des images de la créature — souvenirs qu'en avait le guetteur dans les neiges finlandaises ; la créature allant à une vitesse stupéfiante.

Une grande curiosité vint à Saorge. Qui, s'il avait eu besoin d'une raison supplémentaire de marcher droit sur la source de la Péribonka, la trouva.

Il repartit, escalada la berge de la rivière gelée, se lança sur la route des crêtes.

Le Gollum vérifia la deuxième trace. Empreinte de botte. Plus nette que la première, LUI se méfier moins, LUI pas croire Gollum sur ses talons. La deuxième empreinte était cependant sous des arbres. LUI marcher sous couvert peur machines volantes hélico, se cacher du ciel. La neige tombée toute la journée précédente mais qui s'était arrêtée n'avait pas suffi à masquer la dépression minuscule de peut-être deux millimètres.

Son pied, pensa le Gollum. LUI pied léger rapide souple. Gibier très bon. Trace remontant à deux jours, deux. Moins. Trente heures peut-être. Gollum gagner terrain, Gollum très bon.

Il s'aligna sur les deux repères qu'il venait de découvrir en moins d'une heure. Plein nord ligne droite. Il repartit de plus belle. Déjà, il était au naturel de petite taille mais à suivre ainsi une piste — ce qu'il aimait entre toutes choses — il se courbait. Se voûtait. Bouche ouverte, yeux et narines dilatées, bras écartés et raidis, mains un peu avancées et paumes en offrande. Epaules remontées et comme paralysé dans le corps.

Sauf le visage, qui grimaçait.

Il ne déclencha le bip-bip — les deux traceurs dont on l'avait équipé — que quand il découvrit la troisième empreinte ; quand il fut donc assuré d'avoir relevé la bonne piste (pied LUI entier, même que moulage) ; et surtout quand il se souvint de le faire.

Dawlish, le Gollum le savait, suivait avec deux hommes à une heure en arrière, avec des motoneiges.

Ugh, Dawlish.

Le Gollum avait déjà repéré, et dépassé, l'emplacement, dans une anfractuosité rocheuse, de la première halte faite par Saorge. Il avait reniflé une odeur inconnue, forte, animale. Le Gollum n'avait jamais vu d'ours brun.

Le lendemain, à l'aube, il allait atteindre la cabane en ruines où Saorge avait effectué sa deuxième pause.

Vingt-neuf heures après que Saorge en fut parti.

Trace LUI. Trace, moins de trente heures trente. Très bon. Gollum pister. Gollum très bon.

Il trottinait sans répit. Tel celui qui est sur le point de tomber en avant et accélère le rythme de ses pas.

Jordaan ne les entendit pas, ne les vit d'abord pas. Elle savait qu'ils allaient venir. La nuit était claire, en raison de la lune. Pas de chance pour eux. Elle attendit de les voir dans ses jumelles à infrarouges. Quatre hommes, on envoie contre moi une armée. Elle reconnut Raab à sa façon de bouger ses doigts gantés, lorsqu'il indiqua à ses trois compagnons la sorte de déploiement qu'ils devaient effectuer.

L'homme hésitait, et pour Jordaan ce fut comme si elle lisait en lui. Tu fais ce que tu veux, bonhomme, mais je préférerais que tu reviennes vers moi, et seul.

Il revint, mais à regret ; il continua à braquer son arme vers la maison et pour un peu eût marché à reculons. Jordaan passa le Wesson dans sa main gauche et frappa dès qu'il fut à portée. La lame du couteau triangulaire entra droit dans la gorge, sectionnant jusqu'aux cordes vocales. Jordaan accompagna le corps dans sa chute pour prévenir tout bruit.

Je sais, Saorge : je te dégoûterais encore plus, à présent. Au point où j'en suis !

Mais déjà elle s'activait, remontait sa valise et son sac, ses bagages, qu'elle avait cachés sous la dalle de l'abri. Sortir les pièces du fusil et les assembler lui prit une poignée de secondes ; elle n'eut pas besoin de regarder faire ses mains — merci, Nick, de l'entraînement que tu m'as fait suivre. Le silencieux et la lunette de visée nocturne trouvèrent leur place.

Elle épaula très vite et tira. Je suis une tueuse-née, ains que tu l'as lu, Saorge. Une balle dans la tempe du premier, une balle dans la nuque du deuxième et celui-ci s'abattit dans un fracas de bûches qui s'écroulaient. Les deux détonations du fusil, si faibles, furent dans les cinq secondes suivies par la douleur. Jordaan fut touchée au côté puis, dans son mouvement pour se recroqueviller et se coucher sur le plancher de l'abri, à la cuisse. Elle n'en roula pas moins sur elle-même, ayant lâché le fusil et repris le Wesson. Deux autres balles vinrent se ficher dans le bois des planches sous elle, là où se trouvait sa tête une seconde plus tôt. Elle actionna deux fois la détente du revolver, de la main gauche, sut qu'elle avait manqué sa cible au premier coup, mais pas au second : la silhouette à quinze mètres d'elle vacilla — tu l'auras eu au ventre.

Une balle perça la cloison de l'abri et s'enfonça entre son bras et son sein gauche, en partie transpercé. Mais elle avait eu le temps de prendre l'arme à deux mains et de rouler sur le ventre, si bien qu'elle put ajuster son tir. Deux balles. L'une qui fracassa la main tenant le pistolet, la seconde qui toucha au milieu du genou gauche. La silhouette s'affaissa.

Elle tira pour la cinquième fois et atteignit l'endroit visé : le coude gauche de Raab, pour stopper le geste amorcé de se saisir du deuxième pistolet.

— Je t'avais prévenu de ne pas bouger. Je t'autorise à appuyer tes épaules contre le tronc derrière toi mais rien de plus.

— Parole d'homme.

— Qui vaut celle d'une femme, mais pas davantage.

Sans quitter Raab des yeux, elle réussit à se remettre debout, prenant appui contre la cloison. Sa blessure au-dessus de la hanche faisait mal. Le fusil lui servit de béquille : même moins douloureuse, la balle dans sa cuisse droite était gênante. Elle sentait son sang inonder sa poitrine — un homme n'aurait même pas été touché à la poitrine, lui ; toi, forcément, tu as des choses qui dépassent.

— Quels étaient tes ordres à mon sujet, Pete ?

La prendre vivante, si possible sans la marquer par des balles, l'emporter jusqu'à la cascade à un mille et demi dans le nord-ouest et là, lui fracasser les os à coups de barre à mine, avant de la brûler à l'essence.

— Vivante, bien sûr, dit Jordaan.

Oui.

Elle se trouvait à trois mètres de Peter et, laissant tomber le fusil, prit de sa main gauche la torche électrique pendue à son cou et la braqua sur le visage. Raab avait trente-six ans, il était bel homme ; un corps mince et musclé, comme elle les aimait. Deux ans plus tôt au Caire, pour meubler une nuit ou deux, elle l'avait accepté comme amant — rien de bien extraordinaire.

— Nous faisons un métier de dingues, Pete. Nick ne t'en voudra pas trop d'avoir survécu ; j'étais son meilleur homme, souviens-toi. Ce n'est pas Nick qui t'a envoyé me tuer, c'est Corrie. Un règlement de comptes entre elle et moi, une affaire de bonnes femmes. Tu m'as blessée, après tout. Tu veux la vérité ? Je t'ai menti, tout à l'heure : je perds trop de sang pour m'en tirer. Finalement, tu m'auras eue.

Elle baissa le Wesson.

— Il y a encore une raison, Pete. Je suis dingue de ce Saorge. Incroyable, hein ? JJ, Jordaan, amoureuse comme une gamine, on aura tout vu. Et je n'ai plus envie de tuer les gens.

Il va parler, pensa-t-elle. Il parla. Corrie se trouvait à Chicoutimi.

Oui, seule, dit encore Peter Raab. Jordaan devina qu'il mentait, dans l'espoir que Corrie et ses gardes du corps achèveraient le travail que lui-même n'avait pu mener à bien.

Jordaan lui tira sa dernière balle entre les deux yeux. Elle revint à la maison et cassa une vitre pour y pénétrer, pour faire croire à une entrée par effraction. L'armoire à pharmacie lui permit de panser la blessure de sa hanche et celle de son sein ; au moins put-elle à peu près arrêter le sang — freinée par sa traversée de la cloison en planches de l'abri de jardin, la troisième balle qu'elle avait reçue n'avait pas transpercé la cuisse, et se trouvait dans la chair ; elle ne put rien faire ; même si elle envisagea de s'entailler la chair pour une extraction ; mais elle eût probablement sectionné des muscles supplémentaires.

Elle s'assit à la table de la cuisine et compléta sa deuxième lettre — la première ayant été celle destinée « au chef de la police du lac Saint-Jean ». Elle adressa la seconde à Antoine Desjardins. Le début était le même : « *Je m'appelle Judith Ann Jordaan, née le 17 avril 1960 à Santa Barbara, Californie. Je porte ici témoignage de ce que, au moment où l'homme appelé Maxie le Mohawk et trois autres Indiens ont été assassinés, Saorge se trouvait en ma compa-*

gnie à plus de cent cinquante kilomètres au sud-ouest de l'endroit des meurtres. Voici la vérité sur ces meurtres, et sur d'autres. Tout a commencé il y a seize jours quand j'ai débarqué chez le milliardaire Aloïs Brubaker, dans son île de l'archipel des Vierges... »

Suivait l'histoire. Incomplète : rien n'y était dit des raisons qui avaient conduit Brubaker à vouloir capturer Saorge. Nick Cassetti n'était pas cité.

Ces omissions furent réparées dans la lettre à Desjardins. Jordaan y révéla l'aptitude de Saorge à lire les cerveaux, tous les cerveaux. Preuves à l'appui. « De ce que je vous apprends, vous ferez l'usage que vous choisirez, Desjardins. »

Elle ajoua un paragraphe. Par lequel elle dit qui était Corrie Corlington et annonçait son intention de se rendre chez elle. « Pour la raison que vous comprendrez. »

Elle sortit par la même fenêtre au carreau cassé, claudiqua dans l'allée vers la clinique. Deux heures vingt-trois du matin à sa montre. Et du sang qui coulait sur sa poitrine.

Elle passa par-dessus le portail. Dans le garage du personnel au sous-sol de l'établissement, elle trouva une Range Rover. Il lui fallut une quarantaine de secondes pour en ouvrir la portière fermée à clé et lancer le moteur.

Elle prit la route de Chicoutimi.

VIII

Saorge ne fit aucune pause cette nuit-là. Partagé entre sa décision de passer par le col de la Péribonka — et de le franchir avant qu'y prissent position les chasseurs dépêchés par la femme appelée Corrie Corlington —, et sa curiosité s'agissant du Gollum. Avec plus de temps, il eût attendu, et permis à la créature lancée sur ses talons de le rejoindre. De le laisser venir assez près pour qu'il pût le lire.

Saorge aurait pu adopter un autre itinéraire que la passe où l'on s'attendait à le voir débouler. Il avait choisi de n'en rien faire. Une espèce d'entêtement ; un refus de se voir dicter sa conduite par qui que ce fût.

Je suis peut-être un petit peu en colère, après tout. Je n'ai jamais éprouvé pareil sentiment, comment le reconnaître, si je le ressens ?

Il avait opté pour un moyen terme. Depuis son départ, il avait marché presque à sa limite ; il avait pris de l'avance et pouvait ralentir un peu. Si les horaires qu'il avait lus dans la tête des guetteurs étaient respectés, il disposait du temps nécessaire pour franchir le col sans courir le risque d'y être intercepté. Même en progressant à vitesse relativement réduite ; en sorte de donner au Gollum la possibilité de revenir sur lui.

Saorge marchait par une nuit claire. Il retrouvait par bouffées l'enivrement que ses randonnées précédentes lui avaient procuré.

N'y cède pas.

... Quelle jouissance ! Il devait être dans les trois heures du matin. Jamais il n'avait marché à de telles heures, ni éprouvé pareille griserie, à ainsi s'enfoncer dans le grand silence. D'ordinaire, la nuit, lors de ses campements, il dormait. Ou demeurait à l'écoute, ses sens ordinaires — ouïe et odorat — comblés mais sa maladie lui offrant la nature vivante.

Cette nuit-là, tandis qu'il approchait de la passe où prend sa source la Péribonka, il lisait, entre autres animaux, un loup. Six cents mètres neuf heures. Le fauve cheminait sur sa gauche, donc, et le sachant là. Le loup avançait sans hâte, calquant son allure sur celle de Saorge. Qui, du cerveau de la bête, ne recevait aucune image agressive. Le loup était un mâle (images de femelles chevauchées), et de haute taille (images encore et identiquement images-souvenirs, d'autres loups plus petits et témoignant de leur soumission).

Le harfang, parti chasser, se trouvait hors du Troisième Cercle.

Le terrain montait, par paliers. La passe de la Péribonka était en vue, ou peu s'en fallait.

Hélicoptère dans le lointain, à onze heures. Hors de portée.

Maintenant c'était son sein gauche qui faisait souffrir Jordaan. La blessure coule, je vais finir par me vider de mon sang et je n'ai pas tant menti à Pete. Qui m'aura eue, finalement.

Elle se trouvait à Chicoutimi, avait garé la Range Rover à six cents mètres de la maison dans la rue Dubuc, s'était contrainte à un détour, un contournement qui, en raison de l'effort qu'elle avait dû consentir, lui avait été un martyre, tu ne vas quand même pas t'évanouir maintenant.

Il ne me reste plus tellement de temps, de toute manière.

Elle avait choisi son premier poste d'observation et braqué ses jumelles. Très vite, elle avait repéré Garner, en tant que premier garde du corps de Corrie. Lowell ne devait pas être loin ; les deux hommes avaient l'habitude d'opérer ensemble. J'étais certaine que Corrie choisirait de les conserver près d'elle.

Voyons maintenant le ou les pièges, comme eût dit Nick. Jordaan s'était hissée sur le toit d'une deuxième maison à cent cinquante mètres de distance de son objectif. Elle avait scruté la semi-pénombre de la nuit arctique. Buisson après buisson, abri après abri, encoignure après encoignure.

J'ai froid à n'y pas croire, je gèle vivante.

Mais aucun tireur aposté, pas de premier rideau. Redescendue sur le sol, Jordaan avait traversé la rue, l'avait remontée par un cheminement parallèle, était arrivée en amont, où elle établit son troisième poste d'observation, à plus de trois cents mètres des deux premiers — une triangulation classique. De nouveau se hisser sur un toit, j'ai mal, je ne vais pas trop fort.

Vingt minutes d'affût, à la jumelle. la véranda mentionnée par Peter Raab en vue directe. Les rideaux en étaient tirés, quoiqu'il y eût de la lumière. Sur la droite de la maison à trente mètres, un garage. Dont on avait laissé entrouverte la porte coulissante. *Piège* : si Corrie a disposé un tireur de flanc, il ne peut être que là. D'accord.

Elle voulut regagner le sol mais ses doigts lâchèrent prise et elle tomba de trois mètres, tu n'as plus une seconde à perdre, Jordaan, bientôt tu n'auras même plus la force de parler à Corrie — si tu arrives jusqu'à elle. Mais l'amphétamine qu'elle venait d'avaler commença à produire son effet.

Elle put retraverser la rue, pénétrer sous le couvert d'un bosquet, se haïssant d'avoir pris cette drogue qui la transformait, éloignait ses douleurs, la portait. Garage à vingt-cinq mètres et ouvert face à elle. Elle vérifia la lunette de visée nocturne, ramassa un peu de neige glacée, en fit une boulette qu'elle projeta contre une haie. Les deux plops d'une arme équipée d'un silencieux. Jordaan pressa la détente, vit l'ombre s'affaler, tira une deuxième balle, dans le crâne.

Trois minutes plus tard, elle abattit le deuxième garde du corps qui, sorti de la maison, appelait à voix basse en direction du garage. Si elle n'avait jamais vu sa première victime, elle reconnut la seconde à ses cheveux blonds : Lowell.

Et la voix de Corrie lui parvint à ce moment-là, comme un murmure, reconnaissable par le phrasé — un peu syncopé — caractéristique. Jordaan se coula au long du bâtiment à deux niveaux, jusqu'à une porte à laquelle trois marches de bois permettaient d'accéder. Jordaan se retrouva dans une sorte de cellier. Où la voix de Corrie était plus nette, mots distincts. Corrie parlait de l'équipe de Nemiscau, de celle de Gagnon, du Gollum, de Dawlish. Et le cœur de Jordaan battit la chamade : *elle parle avec Nick ! Nick est là !*

Un affolement lui vint, qu'elle dut combattre avec férocité. Jusqu'au moment où elle comprit, au timbre de Nick, que la conversation se tenait à la radio.

Elle gravit la volée de marches qui menait à l'étage principal. « J'en ai ici pour des semaines encore, disait Nick, sinon davantage. Cette affaire terminée, rejoins-moi au plus vite. A bientôt. » Jordaan ouvrit la porte devant elle, entra dans la maison. Sans ses bottes, laissées dans l'escalier. A quelques mètres d'elle, fin de la communication radio, suivie de deux appels de Corrie qui parla avec Luke Turner puis avec un autre homme inconnu de Jordaan : Kew.

Silence.

Voix de Corrie à la cantonade : « Du thé, Doug. Et un sandwich au fromage. »

Doug Garner était dans la cuisine, dos tourné. Il dut sentir la présence, pivota, vint se clouer de lui-même sur la lame de Jordaan. Jordaan accompagna de la main gauche le corps de l'homme dans sa chute. A deux pièces de distance, Corrie avait établi un contact radio et demandait des nouvelles de Pete. *Je viens justement t'en apporter, Corrie.* Jordaan visitait les pièces, chaque fois braquant son Wesson. Passant devant la porte d'entrée, elle en tira le verrou.

La salle de séjour prolongée par sa véranda.

Et Corrie Corlington de trois quarts arrière, penchée sur

des cartes et des photos, une main (elle était gauchère) ,tripotant un crayon et l'autre se tendant derrière elle pour recevoir, sans doute, une tasse. Corrie disant :

— Doug ? Mon thé.

— Salut, Corrie, dit Jordaan.

Tu y es arrivée.

Jordaan s'était déplacée en sorte de se placer dans un angle mort ; elle avait vérifié l'entrebâillement des rideaux fermant la véranda à la rue Dubuc ; tirer sur elle n'était possible qu'au jugé. Elle s'était assise sur le bras d'un fauteuil de cretonne. Sentant à chaque seconde, sur elle, le regard de Corlington.

— Tu saignes, JJ, dit Corrie. Pete t'a touchée.

— Ne l'attends pas trop, s'il est en retard pour son rapport. Est-ce que le Gollum a relevé la piste de Saorge ?

— Je t'ai entendue parler avec Nick à la radio. Il est toujours à Vienne ?

— Il est hors d'atteinte. La balle qui t'est entrée par la hanche a touché la rate ?

— Je tiens debout.

— Mais tu vas crever.

— Tu peux me dire où en est le Gollum. Puisque je vais mourir.

— Je peux, dit Corrie qui venait de se rasseoir. Elle ramassa le feutre vert dont elle s'était servi pour dessiner sur la carte et en joua de ses doigts. Corrie n'avait jamais eu de nerfs.

— Nick m'a très souvent parlé de toi, JJ.

— De quoi en particulier ?

— Ton corps. Le plus beau dont un homme puisse rêver, selon lui.

Jordaan réussit à sourire :

— Corrie, tu savais que j'étais condamnée à mort dès le début de l'affaire Saorge ? Que je réussisse ou non ?

— Oui.

— Tu as sûrement une explication.

— La même que la tienne, dit Corrie. Il est amoureux de

toi, il l'a été depuis le moment où il t'a rencontrée et recrutée. Il se l'est reproché. Sa seule faiblesse.

— Le problème, Corrie, c'est que je suis définitivement amoureuse de ce Saorge.

Corrie acquiesça, même pas surprise :

— Nick avait prévu que ça pourrait t'arriver. Il avait imaginé l'inverse : que Saorge soit amoureux de toi.

— Pas de danger, dit Jordaan. Je le dégoûte.

— Nick l'espérait, pourtant. Il a pensé que lisant en toi, et dans le cas où tu aurais été amoureuse de lui, Saorge t'aurait fait confiance au point de te dire la vérité sur ses pouvoirs. Saorge s'est confié à toi ?

— Je l'ai dégoûté, Corrie. Il se forçait à me toucher et avait hâte d'être débarrassé de moi. C'est un homme extraordinairement gentil. Et il n'est même pas bête, au contraire. Tu ne saurais jamais ce que tu as perdu en n'étant pas à ma place, Corrie. Tu n'auras finalement pas existé, dans ta vie.

— Ainsi donc, il lit dans les têtes.

— Oui. Corrie, il m'est arrivé d'avoir de la tendresse. Pour mes neveux et un chien. Avec Saorge, ça a été l'éblouissement. Ça valait d'être vécu. Ça vaut d'en crever. Tu ne connaîtras jamais ce genre de joie, Corrie. Tu en es incapable. J'ai envie de hurler de bonheur, je suis heureuse comme je n'imaginais pas qu'on puisse l'être.

Corrie bougea, à une vitesse foudroyante.

Saorge lisait neuf hommes. Plus cette autre tache noire dans le ciel de l'aube, qui grossissait rapidement et qui était un troisième hélicoptère.

Le flot d'images mentales était brutal, douloureux. Je progresse. Ce n'est qu'une question d'entraînement.

Nouveau contact, qui n'avait rien pour surprendre, celui d'avec les cinq occupants de l'hélicoptère en approche. Zake Pender aux commandes, Saorge reconnut le flux mental du pilote, qu'il avait déjà lu plusieurs fois.

Saorge abandonna le flux mental lui arrivant de Zake Pender et fit un nouveau tri — à la façon dont, à l'oreille, on isole un bruit entre plusieurs autres.

Saorge était accroupi à sa façon, pieds à plat et légèrement en canard, avant-bras posés sur les genoux, mains nues pendant dans le vide, malgré le froid de dix-huit degrés sous zéro.

... Un homme appelé Kew parmi ceux qui se trouvaient là- haut regardant se poser l'appareil de Zake Pender. Kew qui comme ses compagnons estimait que le Gollum n'allait plus tarder et serait suivi de Dawlish, de Yarroz et de Yates, équipe de tête de la traque. Que tous attendaient.

Je vais attendre aussi, se dit Saorge. Dont le regard se portait, d'en contrebas, sur la passe de la Péribonka à sept cents mètres de lui.

Jordaan reprit connaissance. Le corps de Corrie était sur elle, les doigts de Corrie lui enserraient le cou, la seule balle que Corrie avait eu le temps de tirer l'avait atteinte à l'épaule. Encore un peu de sang perdu, tu n'en es plus à ça près. Elle repoussa le cadavre qui glissa sur le parquet.

Debout, Jordaan.

Elle ne parvint pas à accommoder assez pour lire sa montre mais y réussit enfin : six heures et six minutes. Dans ses communications radio entendues depuis l'escalier du cellier, Corrie avait prévenu toutes ses équipes qu'elle donnerait à six heures l'ordre de mouvement, et exigé qu'on attendît cet ordre.

Six minutes de retard sur l'horaire. Tu n'as pas dû rester inconsciente plus d'une vingtaine de minutes.

Mais tu ne feras rien, dans l'état où tu es.

S'aidant du bras du fauteuil et de la bibliothèque à sa droite, elle put se mettre debout. Marcher jusqu'à la cuisine fut une autre affaire.

Elle s'y reprit à deux fois, employant la force qui lui restait, pour ouvrir le réfrigérateur, y prendre une bière. Puis ouvrir la petite boîte plate fichée dans sa ceinture, saisir et avaler les trois comprimés d'amphétamines qui lui restaient.

Pause, adossée au chambranle de la porte de la cuisine et se refusant avec rage de plier ses jambes, et s'abandonner à la torpeur qui la gagnait. Maintenant tu repars à la table de Corrie. Tu sens les amphés qui commencent à faire leur effet ? Tu vois bien que ça va mieux.

Jordaan examina les cartes et les photos, avec les ajouts apportés au feutre par Corrie, qui donnaient une vue claire de la situation — l'équipe Kew ici à Gagnon et devant (tracé vert) se porter à l'est des Otish, le groupe de Luke en position pour aller bloquer le passage au-dessus des sources de la Péribonka, Dawlish sur les talons du Gollum.

Ils étaient près de te prendre, mon amour.

Elle fit un dernier essai de voix, imitant l'accent traînant de Virginie de Corrie, et à six heures onze commença ses appels, se limitant (comme Corrie l'eût fait) à des phrases sèches et courtes, sans réplique :

— On ne bouge pas. On attend. De nouveaux ordres à venir.

Dawlish seul protesta, ce qui n'était pas pour surprendre : il se faisait fort, embarquant le Gollum à son bord, de rattraper et de prendre le gibier dans les huit heures à venir. Et même avant.

— Tu ne bouges pas sans mon ordre.

Les mots mêmes prononcés par Corrie Corlington des heures plus tôt.

Terminé. Tu peux lâcher la rampe, à présent. La drogue l'aurait poussée à se relever, et à marcher. Elle se sentait mourir et, dans le même temps, portée par une excitation anormale. Elle étudia les cartes. Le rond vert qui indiquait la position supposée de Saorge. Ils ne te connaissent pas, mon amour, je suis sûre que tu es bien plus loin que cela. Tu es déjà dans les Otish ? La voie est libre.

Sept heures et des poussières — elle ne voyait plus guère que la grosse aiguille. Par moments, je pars.

Appel radio. Ce type de l'équipe Raab :

— Ils ne sont toujours pas rentrés, je commence...

Jordaan le coupa :

— Problème réglé, tout va bien.

Huit heures trente. Jordaan s'était affalée sur la table, joue posée sur son avant-bras droit — son bras gauche pendait dans le vide, elle ne pouvait plus le redresser...

... Ne pouvait plus se déplacer, ses jambes hors d'usage.

Appel radio. Mais la voix qui causait dans le poste

n'appartenait à aucun des hommes de Corrie. *Tu la connais.* Jordaan souleva une paupière et put lire le cadran de sa montre, celle-ci à un moment ou un autre, plus tôt, détachée de son poignet et déposée devant elle, à quelques centimètres de son nez. Dans les sept heures et des poussières, vois plus très bien. Tiens, suis encore vivante. N'en reviens pas.

Et alors elle reconnut la voix qui appelait. Elle parvint à redresser la tête et à contrôler sa propre voix :

— Salut, Nick.

Cinq secondes de silence.

— Quelle surprise, dit la voix amusée de Nick à la radio.

Nouveau silence (même Nick a du mal à s'en remettre, c'est la première fois que tu le prends par surprise — que qui que ce soit le prend par surprise).

— Ça n'a pas l'air d'aller très fort, ma grande.

— Je pète le feu, dit Jordaan.

— Corrie ?

— Elle traîne dans le coin. Par terre.

— C'est elle qui t'a eue ?

— Et puis quoi encore ? M'a envoyé Pete et trois autres.

Nick rit gaiement :

— Quatre hommes seulement ? Je suppose que Corrie a raté son coup, pour le bonhomme ?

— Saorge cavalcade. Personne ne le prendra.

— Sauf si je m'en mêle.

— Même toi. Il te surclasse à tous points de vue. A côté de lui tu serais grotesque. Tu es grotesque. Tu n'es pas aussi monstrueux que tu te plais à le croire. Un pauvre type.

— Tu m'as toujours adoré.

Mais tu l'as touché, Jordaan. Il en a pris un coup. Et ça ne change rien, que tu le provoques, dès qu'il en aura fini avec sa saloperie de boulot en Europe, il viendra et te recherchera, où que tu sois dans ton Grand Nord. N'aura de cesse qu'il t'ait eue. Ou que tu l'aies.

Elle reprit :

— Je suis contente de pouvoir te parler. Je voulais te remercier. Merci de m'avoir envoyée à lui.

Elle coupa la communication et ce fut comme si tout en

elle cédait. Son visage tomba en avant et frappa la table, sa bouche touchant le cercle vert figurant, d'après Corrie, la dernière position connue de Saorge. Fini mon amour, finie-foutue ai mon compte, tu vas rire : sais même plus le nom de ce type à qui viens de parler. Plus que toi, rien que toi.

T'en supplie, j'étais neuve.

T'aime, regrette rien.

Touche-moi. Juste un peu. Par pitié. Laisse-moi te toucher. Embrasse. Oui. Comme ça. Merci mon Dieu merci.

Heureuse.

Hurler de bonheur.

Saorge se dressa, mettant un terme à près d'une heure de totale immobilité (il avait sommeillé, sans tomber dans le sommeil profond, continuant à recevoir les flots mentaux qui lui parvenaient des hauteurs ; une approche de n'importe lequel des hommes concentrés là-haut l'eût mis en alerte). Il n'avait rien lu qui valût, durant les cinquante et quelques minutes précédentes. Le persistant silence de la jeune femme appelée Corrie Corlington, dont ces hommes s'étonnaient. Et peut-être aussi une curiosité, chez certains de ces chasseurs rameutés, à son endroit : quel intérêt très puissant pouvait offrir ce Saorge que l'on se donnait tant de mal (et avec tant de moyens) à poursuivre ?

Sous le couvert où il était tapi, Saorge ne voyait guère. Une échappée au travers des fûts et des ramures lui dégageait la vue sur la crête, et ce point de la passe, cheminement naturel pour quiconque allant au nord. Il recevait les images, plus panoramiques, que lui transmettait le harfang. Par celles-ci, il découvrait le front de nuages gris-bleu qui accourait, annonciateur d'autre neige, et un soleil rasant l'horizon de l'ouest qui éclairait en oblique ces mêmes nuages dont il ciselait les boursouflures, dans une lumière tantôt rose et tantôt lie-de-vin, somptueuse.

Saorge ne bougeait pas, paupières closes. Recevant la scène comme transmise par plusieurs caméras opérant de concert : l'arrivée du Gollum sur la crête. Vue par le Gollum lui-même, mais également par les hommes l'arme au pied depuis deux heures et davantage, vue par le harfang (plan très large, mais seulement lorsque le harfang — qu'une proie intéressait davantage — consentait à braquer son regard dans la bonne direction...).

Et vue, depuis le contrebas, par un arrivant que Saorge identifia à la seconde où l'homme pénétra dans son champ de perception.

Dawlish. Dawlish en fureur. Par les yeux de Dawlish, Saorge vit Dawlish frappant le Gollum à coups de pieds — quelle férocité chez cet individu —, le frappant pour le faire se relever (en vain) mais aussi pour la jouissance de faire mal.

Le moment était venu. Saorge termina son repas, rangea et endossa celui de ses sacs dans lequel il venait de puiser des aliments. Son ralentissement durant les deux derniers jours l'avait ménagé, il se sentait disposé à une marche forcée. A ses yeux, la passe de la Péribonka ouvrait une porte, un seuil au-delà de quoi commençait son Grand Nord. Il n'était pas seul à éprouver ce sentiment : dans les pensées des hommes sur le point de lui donner la chasse (tous sauf le Gollum et Dawlish), il avait lu une appréhension à la perspective de s'engager dans ces territoires glacés et souvent désertiques, ces forêts à l'inextricable enchevêtrement de lacs et de rivières — sur lesquels, le ciel en témoignait, la neige n'allait plus tarder à tomber.

Il se mit en route. D'abord faisant en sorte de laisser des traces repérables pour un pisteur averti. L'itinéraire qu'il commença à suivre était dans l'axe de sa progression depuis près d'une semaine ; plein nord tout droit, avec contournement par l'ouest du lac Caniapiscau, suite à un franchissement du Naococane avec ses îlots puis, plus haut, de la Grande Rivière.

Il adopta un rythme élevé.

Le danger est là, je dois y veiller. Il laissa ses pensées refluer ; souvenir de monsieur Maxie...

Et souvenir d'elle. La jeune femme Judith Jordaan — je n'arrive pas à la nommer autrement. Il pensait à elle avec plus de force et de chagrin qu'il ne s'y était attendu. Peut-être était-elle morte ? Mais elle est venue à toi avec la mort sur elle. Ce monde qui l'a produite l'aura tuée ou le fera. Ce dont tu t'incrimines, c'est d'avoir manqué de gentillesse à son endroit. Tu as bien lu son amour pour toi — « Je suis neuve », pensait-elle — et la répugnance qu'elle a fini par t'inspirer et que tu as si mal cachée. Tu es d'autant plus répréhensible que s'il est vrai que quelqu'un qui aime peut en redevenir neuf, en se transformant elle s'affaiblissait. Tu auras aidé à sa mort.

Il s'éloignait à pas souples et glissants de la passe de la Péribonka, derrière lui, au sud. Qu'il avait franchie avant les lueurs de l'aube ; une quinzaine de minutes avant que le premier hélicoptère des chasseurs vînt s'y poser — les chasseurs avaient sous-estimé la vitesse de sa marche et sa connaissance du terrain.

Le loup qui l'avait accompagné durant une trentaine d'heures avait disparu. L'ultime image que Saorge avait lue dans le cerveau du fauve avait été celle d'une meute de trois ou quatre bêtes, il aura rejoint son clan, je l'intriguais.

Le harfang en revanche suivait, planant à six ou sept cents mètres, à quatre heures ; il venait de tuer et de manger. *Ne me laisse pas, harfang, reste encore un peu avec moi.*

Les flocons tombaient, entrant dans le champ de vision du rapace, trop légers pour atteindre le sol, arrêtés par la ramure. Ils n'allaient pas tarder à s'épaissir, le monde deviendrait blanc, ouaté.

Droit devant dans le sens de la marche, la péninsule d'Ungava. Mer d'Hudson loin sur la gauche, Labrador à droite. La terre de Baffin à mille kilomètres et davantage.

Le vertige, l'ivresse du Grand Silence étaient le danger, en vérité.

Il maintint sa cadence jusqu'à la deuxième aube suivante. Deux pauses, sans s'asseoir ou s'adosser, pour du thé froid et très sucré, et du chocolat. Il avait avancé en respectant au mètre près l'itinéraire dont il avait esquissé mentalement les cinq cents premiers kilomètres. Nord nord-ouest, légèrement nord-ouest. Il visait la pointe occidentale, au sud, du grand lac Caniapiscau qui du sud au nord s'allonge sur près de deux cents kilomètres. Il atteignit cette pointe à l'aube — mais la différence entre jour et nuit n'était pas si grande. Jour gris, air immobile sans un souffle de vent, neige suspendue depuis six ou sept heures, plafond bas, pas assez pour interdire à un hélicoptère de voler. Température de vingt-cinq degrés sous zéro, environ.

En vue de l'immense étendue du lac pétrifié par le gel, Saorge s'arrêta. Il alluma son réchaud et se restaura. Deux rations. Et il avait encore faim. Les points noirs apparurent sur la glace, à peut-être quatre mille mètres. Saorge sortit ses jumelles. Une harde de loups chassait ; composée d'un mâle et d'une femelle suivie de trois louveteaux de sept à huit mois. La proie était une femelle caribou que quelque blessure handicapait ; elle ne semblait pas en mesure de pousser ces pointes à quatre-vingts kilomètres-heure dont sa race est capable. Les loups se relayaient ; le plus puissant des louveteaux courant seul jusqu'au moment où, hors d'haleine, il passa le relais à sa mère. Saorge déplaça ses jumelles, abandonnant la chasse proprement dite, les braqua en direction d'un boqueteau : c'était par là qu'exécutant une manœuvre la louve poussait le cervidé. A sept ou huit cents mètres du bosquet, la femelle ralentit, il sembla qu'elle renonçait à la poursuite.

Le mâle surgit alors, au prix d'une saisissante accélération qui en trois ou quatre dizaines de mètres le porta à hauteur du garrot. Tout alla très vite, ensuite. Il s'écoula une minute entre le moment où la mâchoire du carnassier se referma et celui où la proie tomba, sur les genoux puis sur le dos, dans sa tentative pour faire lâcher prise à son tueur et essayer de le déchiqueter avec ses redoutables sabots. Elle bougeait encore quand le loup lui ouvrit le ventre et commença à arracher ses entrailles qui fumaient.

La louve et les trois louvetaux s'approchaient, de leur trottinement rasant. Parvenus à une centaine de mètres de leur repas, ils s'immobilisèrent, assis, le cou grossi par l'attitude qui leur faisait rejeter un peu la tête en arrière. Ils attendirent. Le mâle enfin s'écarta et fit entendre (Saorge se trouvait à plus de trois mille mètres) une sorte de jappement bref. Sa famille vint le rejoindre pour participer aux agapes. Des minutes s'écoulèrent. Saorge se mit en marche, avançant vers le quatuor. Il ne savait pas si le mâle était ou non le loup qui l'avait accompagné dans sa marche vers la passe de la Péribonka.

Il avait emporté son fusil. Les images qu'il recevait du harfang montrèrent durant quelques secondes le plan général de la scène : la surface gelée et lisse du lac, les six taches noires que dessinaient les loups et leur gibier, et sa silhouette se rapprochant.

Contact.

Le mâle l'avait repéré. Mais l'acuité visuelle d'un loup est loin de valoir celle d'un harfang et Saorge ne capta que des images en blanc et noir imprécises. Tandis qu'il lisait chez le fauve — les fauves, il était obligé de trier entre ces cinq flux mentaux qui lui parvenaient —, il découvrait de l'agressivité.

Il avança encore, réduisit la distance et des images-souvenirs soudain furent émises. Saorge se vit lui-même, trois jours plus tôt, par les yeux du loup qui l'observait à distance alors qu'il montait vers la passe.

C'est la même bête. Et elle m'a reconnu.

Saorge déposa son fusil puis reprit son approche. Sans trop savoir pourquoi. Par besoin de viande, mais ce n'était pas la raison essentielle. Tu te testes.

Sept cents mètres et il progressa encore. Le loup repu s'était assis et le fixait, détournant pourtant la tête, affectant l'indifférence. Aucune image d'attaque, dans le cerveau de la bête qui dépassait les quatre-vingt-dix kilos.

Ce n'est pas le cas du plus grand des louveteaux. Mais il attend que le chef de clan donne le signal de l'assaut.

Trois cents mètres, deux cents, cinquante. A une douzaine de mètres, Saorge stoppa, bras pendants. Il essaya un grognement doux, amical. Aucune réaction. Les prunelles jaune-orangé, plus orangées que jaunes, étaient braquées sur lui, impénétrables. Saorge modula, produisant une gamme de sons, du plus grave au plus aigu. Le plus probant tenait du roucoulement et il fit naître une succession d'images de paix : tanière chaude, trottinement sur une terre sans neige et piquetée de fleurs arctiques, rivière à l'eau courante.

— Nous avons trouvé une langue commune, dit Saorge d'un ton paisible — il recevait sa silhouette, démesurément haute, d'une taille exagérée, telle que le loup l'émettait. A quinze mètres onze heures et donc sur la gauche, le louveteau continuait d'avoir des idées de carnage.

— Tu devrais expliquer à ton copain, ou à ton fils, que je suis un homme tranquille.

Le grand loup bougea. Exactement comme s'il eût été seul, il entreprit de lécher l'une de ses pattes avant, tachée de sang. Puis — mais Saorge lut le mouvement avant qu'il fût effectué — la bête se dressa brusquement, fit un demi-tour et alla se coucher à une vingtaine de pas plus loin, posant son museau sur ses pattes.

Avec un temps de retard, les quatre autres, femelle en tête, l'imitèrent. Saorge marcha vers la dépouille de la femelle caribou et, avec son couteau, détacha un morceau de viande d'une dizaine de kilos.

— Merci. A charge de revanche.

Il se détourna et repartit, attentif à ce qui se passait dans le cerveau des animaux immobiles. Il revint à ses sacs et, là, pivota pour se confirmer ce qu'il avait lu : les loups étaient partis, nulle part en vue.

Plus de contact depuis trois minutes, ils sont sortis de mon Troisième Cercle.

Le harfang aussi.

Dans les heures et les jours qui suivirent, au maximum de sa vitesse de déplacement, il traversa sur sa longueur le lac Caniapiscau, du sud au nord. Et quand il se rapprocha de la terre ferme — à preuve les épinettes qui y poussaient —, il trouva l'endroit qui convenait à ses desseins : un groupement d'arbres dessinant un approximatif demi-cercle. Juste à trois cents pas à main gauche, un écoulement d'eau devait se faire, à la belle saison, quand tout n'était pas gelé. Saorge savait où cet écoulement allait : d'abord dans le lac Bienville puis cela se formait en affluence de la rivière de la Baleine ; celle-ci allant se perdre dans la mer d'Hudson presque en face des îles Belcher.

Je connais les cartes, c'est mon pays, l'hiver.

Une ligne de partage des eaux existait à trois heures de

marche plus au nord, et par-delà, d'autres ruisseaux et rivières, du Gué ou au Mélèze, et plus au nord, rivière aux Feuilles. Tous cours d'eau orientés à l'est et se déversant, sous d'autres noms, dans la baie d'Ungava.

Saorge marqua la première fausse piste dans la direction du lac Bienville. Une trace fine, rien qu'un œil ordinaire eût pu noter, mais cependant trop nette pour tromper le Gollum (ou même Kew) et l'inciter à croire à un simulacre — quoique même un pisteur hors du commun serait contraint d'admettre que c'était peut-être un faux simulacre, pour faire croire qu'on n'allait pas à l'ouest, alors que justement on s'y rendait.

Une curieuse excitation prenait Saorge. Il y avait du jeu dans tout cela. *Je n'ai jamais joué, avec qui que ce soit.*

Il laissa la deuxième fausse piste plein nord. En direction de la ligne de partage des eaux. Peu visible celle-là, moins que la première. Des heures seraient indispensables pour la relever.

Il poussa le scrupule jusqu'à marcher plein nord. Durant une heure, montre en main, sous une neige épaisse qu'un blizzard naissant faisait tourbillonner. La soixantième minute le trouva dans une pente boisée. Il se décida pour le tronc d'un arbre et y fixa la lettre qu'il avait préparée pour le Gollum, enveloppée dans un sachet de plastique transparent.

Ce n'était pas une lettre. D'abord parce qu'il ne savait pas si le Gollum savait lire. Il ne voulait pas non plus que quelqu'un d'autre que son destinataire pût comprendre le sens du message. Il s'agissait d'un dessin. Représentant, avec autant d'exactitude que possible, l'une des images revenant dans l'esprit du pisteur — accompagnée d'un déferlement de tendresse.

Saorge avait ajouté un cœur, pour exprimer l'amitié qu'il éprouvait.

Le message fixé, il revint sur ses pas, aussi léger que possible, suivant le revêtement de glace d'un ruisseau.

Il se dirigea vers le sud-est la journée qui suivit, et la nuit d'après. Dut contourner, afin de ne laisser aucune trace, la langue de terre qui manque de partager en deux le lac. Sur la rive, il trouva et embouqua la Caniapiscau — la rivière homonyme, cette fois.

Il n'était plus qu'à environ trois cent cinquante kilomètres de la petite ville de Fort-Chimo.

Où il était presque entré une nuit, sept ans plus tôt, s'aventurant jusqu'à faire pénétrer à l'intérieur de son Deuxième Cercle les pensées des habitants inuits endormis. Et ainsi avait-il vérifié que peu importait la langue dans laquelle les gens parlaient. Les pensées, elles, et les images réelles, reconstituées ou rêvées, lui étaient claires, je peux lire n'importe quel habitant de la planète, humain ou animal, les langages sont sans importance — ce qui ne l'avait pas empêché d'apprendre l'inuit.

Fort-Chimo où il n'alla pas.

Pas plus qu'il ne prit la direction de Port-Nouveau-Québec ou, plus loin, de Port-Burwell, à l'extrême pointe nord-est de l'Ungava et du Labrador.

Il partit plein sud vers la terre des hommes, et cette fois je n'échouerai pas.

Le harfang toujours là.

Le Gollum avait perdu plus de trois heures sur la première fausse piste. L'idée que cette trace pût être un leurre lui était venue, à la seconde même où il l'avait relevée.

— Tu attends quoi, fils de pute ?

Et les coups de pieds étaient arrivés, culbutant le Gollum et l'expédiant à quatre mètres bouler dans la neige. Le Dawlish était survenu avec les deux autres et, trouvant le Gollum immobile, inerte, assis en tailleur et le regard vide, s'était empressé de le réactiver.

Vraie fausse piste. Le Gollum avait opéré son choix. Il n'était pas certain, ni même vraisemblable, que le Gollum sût où menait la route de l'ouest ; lac de Bienville voire mer d'Hudson lui étaient des toponymes inconnus.

Ugh. Reparti, le Gollum était revenu sur ses pas, avait regagné le bord du lac, fait route au nord. Instinct, LUI passé par ici, pas de trace, LUI très très rusé mais Gollum très très très bon. Il avait marché seul. Dawlish, Yarrow et Yates lui laissant le champ convenu, dans les deux mille cinq cents mètres. LUI marcher sur neige comme Grand Esprit pas d'empreinte mais instinct Gollum suivre.

Trois heures à trottiner à la recherche d'un signe quelconque. Et sous la neige tombante. Et sous le contrôle de Dawlish qui, à l'arrêt, l'observait à la jumelle. LUI meilleur gibier jamais vu, diabolique le mec il me rend dingue, il joue voilà la vérité vraie, pour la première fois depuis que je piste je suis déconcerté, piste perdue, Gollum mis en échec première fois.

Le Gollum s'était figé. Réfléchir, tu es LUI tu fais quoi ? Il joue avec toi, c'est vrai. LUI laisser signe quelque part, pour toi.

Bingo.

Empreinte.

Tapotement sur les émetteurs pour signaler sa découverte et avertir le Dawlish qu'il avait retrouvé la piste. Le Gollum avait alors cessé ses piétinements et s'était élancé plein nord. LUI dix heures d'avance sur Gollum.

Mais attention : LUI t'avoir préparé encore autre chose, LUI avoir fait exprès laisser cette trace. Autre chose droit devant. Piège ?

Pas piège. LUI gentil.

L'œil implacable du Gollum avait repéré à trente mètres de distance, au bout d'une trouée rectiligne dans les arbres dont il ne douta pas qu'elle avait été choisie, le sachet de plastique accroché au tronc d'un arbre. Il s'en était approché avec une lenteur que lui-même n'eût pu s'expliquer — de l'inquiétude mais aussi une étrange jouissance. Sans son appréhension de voir rappliquer Dawlish, il eût tardé à se saisir du sachet et à l'ouvrir. Mais bon, il l'avait fait, avait retiré le feuillet de papier quadrillé, l'avait déplié...

Oh ! mon Dieu !

Gollum pleurer presque, Gollum au bord des larmes, Gollum déchiré.

Le dessin sur le feuillet de papier quadrillé l'avait pétrifié au point que ce fut en entendant l'approche du trio qui le suivait qu'il se remit en mouvement. Il fut tenté de cacher le message sous ses vêtements. Mais le Dawlish était capable de le fouiller. Non. A regret, il roula le papier en boule et l'enfouit sous la neige, piétinant l'endroit.

Et quand les autres arrivèrent, il leur dit que la piste allait plein nord, aucun doute, LUI fatigué devant, LUI avoir cinq heures d'avance, Gollum meilleur pisteur possible, aucun pisteur comme le Gollum dans le monde entier, ugh.

Ugh Dawlish.

Si bien qu'il repartit sur une piste imaginaire, et qu'il savait imaginaire, entraînant la poursuite vers le septentrion, la pointe la plus lointaine de la péninsule d'Ungava, le détroit d'Hudson, la terre de Baffin et tant qu'à faire le cercle arctique et le pôle Nord. Sachant on ne pouvait mieux que, pour la première fois, et la dernière, il trahissait non pas Dawlish — ugh, Dawlish — mais Hatto, qui le tuerait. N'ayant qu'une idée en tête, obsédante : comment diable as-tu fait pour savoir, TOI ?

Deuxième partie

ÉLISA

IX

Il n'ouvrit pas les yeux mais sut qu'un petit garçon était là, à deux mètres entre quatre à six heures (exactement entre mes pieds, ou dans le prolongement de l'axe imaginaire de mes gros orteils écartés).

Je suis gai, j'ai en moi une immense joie de vivre, quel étonnement.

— Je ne dors pas, dit Saorge. Je me repose un peu. Il faut te dire que je viens de marcher d'une traite sur mille trois cent trente-trois milles. Et je suis un magicien.

— Combien de milles ?

— 1 333.

Le petit garçon essayait de se figurer combien cela pouvait bien faire, mille trois cent trente-trois milles — il inclinait à penser que la distance était probablement plus grande que celle séparant la ferme de ses parents de la ville de Bragor, voire de Boston ; et peut-être même New York.

— Un vrai magicien, dit Saorge. Je peux deviner ton nom, par exemple.

— Jack, dit le petit garçon.

— Tu ne t'appelles pas Jack mais Ernie. Jack est ton petit frère. Je peux deviner ton âge, et ta date de naissance.

Les chiffres apparurent, projetés par la mémoire de l'enfant, écrits d'une main malhabile sur un cahier d'écolier ; mais également tapotés sur son écran d'ordinateur et là, avec bien plus d'adresse.

— Tu es né un 16 juillet, Ernie. Tu auras bientôt sept ans. Voyons, qu'est-ce que je peux encore deviner d'autre ? Le plat que tu détestes le plus ?

Le gâteau aux pâtes sucrées. Et les endives.

— C'est ça, Ernie ?

Saorge n'avait toujours pas ouvert les yeux. Il agita ses orteils, qu'il voyait à contre-champ, par les yeux du gamin. L'odeur du foin dans lequel il avait dormi dix ou douze heures lui emplissait les narines.

— Je peux faire d'autres tours, Ernie. Par exemple deviner quel chiffre tu fais avec les doigts, si tu caches ta main derrière ton dos.

Pouce et index allongés, à l'image.

— Deux.

— C'est pas terrible, comme tour. Vous lisez dans ma tête et c'est tout.

— Je reconnais qu'il n'y a pas de quoi en faire une pendule, reconnut Saorge, qui avait appris l'expression dans une série télévisée.

Saorge s'étira puis vint en appui sur les coudes puis ouvrit les yeux. Le petit garçon face à lui était celui qu'il avait lu dans les pensées de madame Anderson la veille au soir : un gamin à cheveux blonds et yeux bleus, joues creusées, un air de sérieux, presque de la tristesse.

Et les béquilles d'aluminium qu'expliquait la jambe droite plus courte que l'autre, de vingt bons centimètres.

— Tu as peur de moi, Ernie ?

Image : un Saorge debout dressé et gigantesque — trait pour trait le père joué par Robert Mitchum dans l'œuvre de Charles Laughton, et le petit garçon tentant en vain de s'enfuir, handicapé par ses béquilles.

— Non, dit Ernie.

— J'ai vu le film moi aussi, dit Saorge.

Saorge se leva, répétant ses étirements dont il voyait qu'ils calmaient le petit garçon et éprouvant un réel besoin de détendre ses muscles — je suis pas mal courbatu.

— Quel film ?

— *La Nuit du chasseur*, tu as regardé la cassette avant-hier, pour la cinquième fois.

Saorge marcha dans la grange. Outre le gamin, il lisait la mère et l'un des deux ouvriers agricoles à trois cents mètres quatre heures (pour l'ouvrier).

— Ta maman te cherche, Ernie. Elle t'attend pour te donner ton petit déjeuner. Si tu m'invites avec vous, j'accepte.

Il savait que son souhait allait être exaucé, il ne l'eût pas formulé sans cela. Il sourit à Ernie et lut que ce sourire convenait.

Ils sortirent ensemble, le petit garçon clopinant et lui. Dehors, s'étendait un paysage typique du Maine, aux Etats-Unis d'Amérique.

Saorge a couvert, environ, un millier de kilomètres. En dix-neuf jours. Il ne pense pas avoir été vu, à aucun moment de sa descente au sud. Même sa traversée du Saint-Laurent, près de Baie-Comeau, il l'a effectuée de nuit, à bord d'une barque volée (et se reprochant ce vol). L'embarcation étant l'un des trois moyens de transport qu'il a utilisés, en dehors de ses jambes : il s'est hissé sur la bâche d'un camion redescendant de Manicouagan et puis, plus loin, sur une remorque — le conducteur connaissait mal son parcours et a consulté, sur une aire de repos, la carte indiquant la route reliant Edmondston à Saint-John au Nouveau-Brunswick.

Saorge débarque aux abords d'une agglomération du nom de River de Chute. La frontière des Etats-Unis se trouve à trois ou quatre kilomètres. Il la franchit, en fraude, descend au sud-est de Presque Isle et Caribou. Il a en tête un plan précis. Il veut s'insérer dans la vie ordinaire, vivre normalement avec des gens. A ses yeux, sa première tentative a été un échec (j'aurais pu tuer le pilote de l'hélicoptère, la jeune femme Judith Jordaan et moi-même, quand j'ai eu ma crise en plein vol, je ne peux plus prendre de tels risques). J'ai voulu aller trop vite. En vingt-quatre heures, je suis passé de ma solitude du lac Saint-Jean à Montréal. J'ai faussé mon expérience par l'emploi du Nerxan. Quelque immunité que j'ai développée à de telles substances tranquillisantes, la jeune femme avait raison : je courais à ma mort, à force d'augmenter les doses.

La solution ne peut être que dans une accoutumance progressive. Aux gens. Je dois m'habituer à recevoir des flux mentaux simultanés : la patience me permettra de faire reculer ma maladie. J'ai progressé. Voici cinq ans, je supportais une personne ou deux, dans mon Premier Cercle. J'ai passé ce seuil et suis sûr de pouvoir aller jusqu'à dix, ou douze. Ou un peu plus.

Saorge marche dans le Maine. Il descend plein sud. Evitant les agglomérations, les routes — il ne craint pas une rencontre avec des policiers, et les contrôles qui s'ensuivraient ; citoyen canadien, on ne pourrait prouver qu'il est entré aux Etats-Unis sans passer par un poste frontière, tant les procédures frontalières sont simples ; mais peut-être fait-il l'objet d'un avis de recherche, à la suite de la mort de monsieur Maxie et des trois Mohawks ; et surtout, il courrait le risque d'être retrouvé par les gens de ce monsieur Nick Cassetti qui doivent être en train de le traquer dans le Grand Nord.

Dans le Maine, il longe grosso modo l'autoroute inter-Etats 95, qui va à Bangor. Pas de carte, j'aurais dû en emporter une, mais il m'aurait fallu revenir à la maison. Sa mémoire contient assez d'informations pour qu'il puisse se diriger. Bangor, Augusta plus au sud également. Ensuite il faudra dépasser Boston et là, si tu t'en sens la capacité, pénétrer dans une grande ville.

Sinon, il continuera, en approche aussi lente que cela sera nécessaire.

Jusqu'à son objectif : New York.

Et l'Europe, si l'expérience new-yorkaise se révèle concluante.

Il y a sept jours qu'il parcourt le Maine. Il lui est arrivé d'approcher tel village, telle petite ville, des fermes ou des maisons isolées (une nuit, il a dormi dans l'une de ces dernières, l'ayant lue déserte). Ceci est une contrée paisible, la même paix qu'au lac Saint-Jean, plus douce encore, je peux y vivre.

L'idée lui est venue, logique : pourquoi ne pas faire halte ici ? Quelques jours ou plus ? Louer une chambre dans un hôtel ne lui paraît pas raisonnable. Depuis son départ de l'Ungava, il n'a été vu de quiconque, n'a parlé à personne, il est passé comme une ombre sur près de mille kilomètres.

Une ferme isolée, voilà la solution.

Il procède de la même manière. Contact à distance, il vient au plus près sans pour autant se montrer, décompte les habitants, s'assure qu'il n'en a oublié aucun — pour le cas où un ou plusieurs se seraient absentés et que les pensées de ceux qui sont là en viennent à ces absents —, puis du Troisième, en s'avançant, fait entrer les habitants de la ferme dans son Deuxième Cercle. Il les lit à fond.

Ce matin-là il a dépassé, s'en tenant à distance, la ville de Searsport. Il n'a presque plus de provisions mais la terre est sans neige, il y a même du soleil. Une rivière, sans doute la Saint-George, se présente, eau claire et courante. Il la franchit, ayant un contact — homme en voiture quatorze cents mètres deux heures roulant à l'est — s'éloigne, images d'une femme brune et assez corpulente, d'un homme parlant avec autorité de clients visités ; le conducteur de la voiture, représentant en engrais, va sortir du Troisième Cercle, il est sorti.

Contacts d'animaux dont un chien (mille cinq cents midi). La température est aux alentours de zéro degré mais Saorge a chaud et sans ces sacs qu'il transporte et dont il devrait libérer son dos, il ôterait sa parka.

Nouveau contact midi. Un effleurement perceptible. Saorge progresse le long d'un ruisseau, une haie sur sa gauche. Contacts poissons dans l'eau.

Il reçoit l'enfant clair et net, maintenant. Ce ne peut être qu'un enfant, d'après la taille — la hauteur du regard. Ce regard s'abaisse : des béquilles. Nulle trace d'apitoiement sur soi-même dans les pensées. Celles-ci d'un ordonnancement, d'une précision saisissantes, constamment sous-tendues par une personnalité énergique, contrôlées, quelle richesse dans l'imagination et comme il marque bien le départ la frontière entre l'imaginaire et le réel. Saorge pense en premier lieu à un adolescent d'une quinzaine d'années, et qui serait d'une intelligence peu banale. Non, il est plus jeune, bien plus jeune. A preuve les références dont le gamin se sert pour enchaîner ses pensées. Dans la plupart des cas, des images-souvenirs empruntées à des films, ou un spectacle télévisé.

Comme moi.

Une intense curiosité chez Saorge. Il réduit la distance en marchant à midi, demeurant à l'abri d'une rangée d'arbres dans un verger. Il fait entrer dans son cercle de perception un homme qui se révèle être un employé agricole (à en juger par ses pensées) et une femme, qui à un moment pense au petit garçon avec les béquilles. Saorge s'immobilise et lit. Informations arrivant une à une, à trier et à réassembler tant elles sont parcellaires. C'est par la lecture simultanée et du petit garçon et de sa mère et de l'ouvrier (un deuxième homme travaille à la ferme mais il est en ville et ne rentrera que le lendemain) que le tableau se forme, de la ferme, de ses habitants, du mode de vie, je vais m'arrêter ici.

Durant l'heure passée à lire, le soleil s'en est allé avec le jour, la nuit est venue. Saorge gagne la grange rouge et y prend position, achevant l'avant-dernière de ses rations de survie (il a laissé une partie de ses réserves dans une cache près du lac Opiscotéo). Il se déchausse et, jugeant l'obscurité suffisante, va se laver à une pompe antique, à levier. Il a suivi le dîner de la mère et de ses deux jeunes fils — les ouvriers ne dorment pas dans la ferme —, assisté au cérémonial du coucher des enfants, accompagné Ernie qui joue à l'un de ses jeux vidéo à l'insu de sa mère, et s'endort, rompu de fatigue mais en paix comme il ne l'a pas été depuis un temps infini.

L'éveil de madame Anderson et le retournement des pensées de celle-ci quand elle émerge du sommeil l'éveillent lui-même à la seconde. Il a une faim dévorante. Mais il ne bouge pas. Il espère que le petit garçon sortira de la maison.

Il attend que l'enfant soit à proximité de la grange et produit un tapotement — ses ongles contre une planche — pour que visite lui soit rendue. Il augmente l'intensité de ce bruit jusqu'au moment où enfin il lit, dans la tête d'Ernie, que ça y est, il vient. Et il ferme les yeux, il éprouve un sentiment de légère appréhension, d'expectative. C'est vrai que j'aime madame Anderson et ses fils, Ernie surtout en qui je me reconnais et dont je me sens proche. Je les aime sans les avoir jamais vus hormis par leurs propres yeux, elle regardant ses fils qui se regardent eux ou bien la regardent, c'est ainsi que je connais leurs visages.

Je suis heureux.

— Je veux bien, dit Saorge.

Il avait pris soin d'attendre que la question lui fût posée — oralement et non par la pensée.

Madame Anderson le resservit, lui emplit une troisième assiette d'œufs brouillés et de pommes de terre. Madame Anderson de son prénom Honor était petite et mince ; il convenait de s'attarder un peu sur elle pour la trouver jolie. On lui trouvait du charme ; elle était bien faite, hanches rondes sous le pantalon de toile bleue ; les gonflements sur la poitrine — je n'aime pas dire : les seins, c'est impudique — bougeaient à chaque mouvement. Saorge avait lu plusieurs fois l'image-souvenir du mari mort, de la même taille que lui. Entre les deux hommes madame Anderson trouvait des ressemblances. Qui la troublaient quoiqu'elle n'en laissât rien paraître. Elle avait écouté Saorge expliquer sa présence. Sans l'interrompre. Elle avait été près de dire à Saorge de partir, avait senti le raidissement d'Ernie, en avait tenu compte. « C'est bon, asseyez-vous et mangez, nous verrons ensuite. » Il s'était laissé emporter dans la fable qu'il avait servie, en racontant qu'il arrivait de Louisiane. Dans les secondes suivantes, des images de La Nouvelle-Orléans étaient remontées à la surface de la mémoire de madame Anderson — elle et le mort en voyage de noces. Se rattraper n'avait pas été difficile : il avait suffi de lire ces images-souvenirs. Quitte à les compléter par ce qu'il avait conservé de ses lectures. S'il savait le français ? Oui, assez bien. La raison de sa venue dans le Maine, en hiver ? Il était étudiant en éthologie animale ; le comportement des animaux ; et de citer des extraits du dictionnaire de l'université d'Oxford, qu'il avait lu huit ou dix fois, entre tant d'ouvrages sur le sujet ; et même de se lancer dans l'exposé d'une thèse que prétendument il préparait, sur le mimétisme batésien — du nom d'un papillon, le *Battus philenor*.

Mais pourquoi Saorge, de Louisiane, était-il venu dans le Maine ? Parce que si l'on trouve des papillons Battus depuis le golfe du Mexique jusqu'à la région des grands lacs, nul n'en a jamais vu au Canada ni dans le nord-est des Etats-Unis, où l'on rencontre le *Limenthis arthemis*, autre papillon qui fait de son mieux pour ressembler au Battus.

Pas de papillon en hiver, exact. Mais Saorge l'étudiant en éthologie animale était en route pour le Canada, qu'il pensait atteindre pour le printemps. Pas d'équivoque : il avait les moyens de subsister — et de montrer des liasses de dollars américains et canadiens. Non, s'il battait la campagne, c'était par goût : on ne voit guère la vie animale quand on traverse un pays par le train ou en voiture, *a fortiori* par avion. A pied, oui.

— On découvre des choses étonnantes. Et c'est ainsi que je suis arrivé jusqu'à la ferme de ta maman, Ernie. J'ai suivi à la jumelle l'un des plus beaux oiseaux du monde. Sa présence dans le Maine m'étonnait. C'est une chouette de l'Arctique, un harfang. Il est splendide. Et il se trouve en ce moment même sur le toit de votre grange, Dieu sait pourquoi.

Tous sortirent, madame Anderson et ses deux enfants. Juché en haut de la grange rouge, avec son merveilleux plumage de neige et ses ocelles bleu nuit, le harfang ne tourna même pas la tête en direction de ses admirateurs.

Repu. Saorge lisait qu'il avait tué deux lapins d'élevage, au cours de la nuit.

— Je n'ai pas dit à Maman que tu es un magicien.

— C'était à toi de décider, Ernie.

— C'est mieux si c'est un secret.

Le soleil de la veille s'en était allé, le ciel s'était couvert, se plombait, la ferme Anderson dans le Maine en était devenue plus petite, ainsi mise sous couvercle. Plus délabrée qu'il n'y avait paru au premier abord ; planches disjointes, tant de la maison d'habitation que de la grange, disjointes ou pourrissantes, et qu'il eût fallu remplacer. Un homme manquait, qui se fût occupé de ces choses.

— Est-ce que tu lis dans la tête du harfang, monsieur ?

— Appelle-moi Saorge. Et la réponse est oui.

... On ne peut pas demander à une femme née dans une ville (Elena Anderson venait de Boston, avait épousé Jack Anderson alors qu'elle n'avait que dix-huit ans, lui étant son aîné de quinze ans) de diriger une ferme de deux cents acres, tenir les comptes, veiller au travail des ouvriers, gérer la maison, pourvoir aux besoins des enfants et...

— Ça pense, un harfang ?

— A sa façon. Il compare.

— Ce qu'il a déjà vu et ce qu'il voit ?

— Oui.

Le harfang avait pris l'air, Saorge et l'enfant s'efforçaient de le suivre. Parfois le perdant de vue, quand il disparaissait dans les nuages ou s'éloignait par trop. Et puis le contact était rétabli, dix-sept cents mètres trois heures, c'est comme si tu te trouvais face à une horloge, Ernie, midi est face à toi en haut, six heures est en bas, trois heures à ta droite, neuf heures à ta gauche.

Il commençait à pleuvoir, bientôt la terre durcie par le gel des semaines précédentes serait trop meuble, les béquilles du petit garçon s'y enfonceraient, il ne serait plus question de cheminer de conserve.

— Le harfang, dit Saorge pour couper court à la question qu'il ne voulait pas entendre, le harfang compare. Avec ses souvenirs et ceux qu'il a reçu en héritage, de ses parents harfangs. Ainsi sait-il où il doit aller, et ne pas aller, ce qu'il doit chasser, et comment il doit tuer.

— Ça lui fait plaisir de tuer ?

— Il tue parce qu'il a faim. Monte sur mes épaules.

— Je peux marcher tout seul.

— Ça ferait plaisir de t'avoir sur mes épaules.

— Alors, c'est différent, reconnut Ernie. Qui assembla ses béquilles et monta sur le dos de Saorge, ses bras passés autour du cou de celui-ci, qui lisait l'émotion et en était ému lui-même. Au point de revenir au harfang, pour meubler le silence.

— Je lis les souvenirs du harfang, Ernie. Quand il vole à

trois mille mètres en l'air, par temps clair et voit des dizaines de milles carrés. Je lis les tempêtes qu'il a traversées et les nuits silencieuses, lorsqu'il a chassé et est en paix. Je lis le blanc du Grand Nord avec ses banquises bleues. Et je lis des milliers d'autres oiseaux qui l'hiver volent jusqu'au Mexique ou plus loin, ou survolent l'océan Atlantique. Je les lis. Leurs souvenirs sont les miens et ma mémoire ne suffit pas à la contenir tous. Elle déborde.

Saorge parlait, s'abandonnait. Il lisait les images qu'il faisait naître dans l'esprit du petit garçon et sa propre imagination en était enfiévrée. Il en vint à ne plus parler, ayant conscience de cette extrême singularité que lui nommait sa maladie (et dont, en de très rares occurrences, il n'était pas si sûr que ce fût une vraie maladie dont il eût envie de guérir).

Ce premier jour à la ferme Anderson, il avait fait des confitures, aidé madame Elena Anderson à étiqueter les pots. Qu'elle vendait, il fallait accroître les revenus de la ferme, et c'était un travail supplémentaire qu'elle s'infligeait. Il s'était tenu à côté d'elle, des heures durant, et n'avait pu manquer de voir qu'elle pensait à lui, en tant qu'homme ; à un moment leurs doigts s'étaient effleurés et dans les secondes suivantes, quelle cascade d'images, aussitôt refoulées, impudiques, c'est une femme seule, et jeune (elle a vingt-six ans, mon âge) et accablée de travail, de soucis. Elle a pris cette ferme en détestation ; et par moments, en vient à haïr ses deux fils, Jack le plus jeune qui pleurniche et Ernie, l'infirme dont elle sent qu'il la juge avec une froideur mortelle. Je n'ai pas de points de comparaison. J'ignore s'il est normal qu'une mère se sente prisonnière, piégée par son mariage — trop jeune —, par ses enfants que pourtant elle aime.

— Je n'aime pas aller à l'école, disait Ernie. Ils sont bêtes, la maîtresse la première. Elle explique les choses pendant des heures, ça sert à quoi ? J'ai compris tout de suite.

Ernie n'aimait pas écrire à la main. « C'est mieux avec l'ordinateur. » Il aimait les ordinateurs, eux au moins allaient vite. Y aurait-il, s'interrogeait Saorge, quelque disposition chez les jeunes enfants à croire l'incroyable et à l'accepter sans surprise ? Monsieur Maxie n'avait jamais marqué d'étonnement. Combien sont-ils dans le monde à qui je pourrais me révéler ?

— Combien ? demanda l'enfant.

— Combien de quoi ?

— De gens comme toi, dit Ernie.

— Je ne sais pas.

— Tu es peut-être tout seul ?

Comment le savoir, surtout s'ils font comme toi, et cachent leur aptitude — ou leur maladie ? Tu pourrais parcourir la planète sans jamais en rencontrer un seul.

— Tu es très intelligent, Ernie.

— Oui. Plus que tous les autres.

— Plus que moi.

Le regard suraigu planté dans le sien, puis la tête qui se détourna.

— Je suis avantagé par ma maladie, dit Saorge.

— C'est comme d'être cent mille fois plus intelligent que tout le monde. De lire les gens. Peut-être j'y arriverai, en grandissant. Toi, tu es vieux, c'est différent. Sauf si tu as toujours été comme ça.

Saorge faillit mentir. Non.

— J'ai toujours été ainsi, Ernie.

— Mais je suis plus fort que toi pour les ordinateurs.

— Aucun doute. Tu devrais dormir, maintenant. Bonne nuit.

Saorge avait pris le repas du soir avec madame Anderson et les deux enfants. Il avait monté Ernie dans sa chambre en le portant sur ses épaules. Il redescendit, voulut aider Elena à terminer la vaisselle mais elle refusa. Il lut qu'elle songeait à lui proposer de dormir dans la chambre du rez-de-chaussée, mais hésitait.

— Bonne nuit, madame.

Il regagna la grange et son sac de couchage. Le harfang était hors contact mais arrivaient les flux mentaux d'une chouette ordinaire, des vaches, des deux chevaux que monsieur Jack Anderson avait tant voulus et que personne ne montait depuis sa mort, des deux chiens, de souris, d'insectes. Tout cela formant comme une toile de fond, un tissu sur quoi venaient se greffer, avec plus de force, les pensées de la famille Anderson — madame Elena Anderson pas encore endormie, occupée de sa comptabilité mais dont l'esprit est traversé par mon image, elle se voit sortant de sa maison et venant jusqu'ici et entrant dans cette grange, pour faire la chose avec moi ; elle mais aussi Ernie, lui de même veillant, quelle impression de si précise intelligence il donne ! si jeune il a compris ce que sa mère voudrait faire — et il est partagé : je pourrais devenir le père qu'il n'a plus (mais il estime ne pas me connaître suffisamment) et d'un autre côté, il est jaloux de sa mère.

Le sommeil envahissait Saorge. Il y eut un moment, très bref, où, son endormissement abaissant ses défenses, il eut une petite crise. La première depuis celle qui l'avait saisi à bord de l'hélicoptère de Moran, considérablement moins forte. Maîtrisable, et il en vint à bout.

Je progresse.

Il s'endormit et se rêva marchant sur la Cinquième Avenue de New York.

Ce n'était pas un rêve : il s'accordait une dizaine de jours avant d'entamer sa marche vers le sud.

Ernie parlait. A sa façon précipitée, certains mots avalés. Ses lèvres et sa langue ne parvenant pas à suivre le courant trop prompt de sa pensée. D'où ces silences dans lesquels il s'enfermait, avec sa mère ou d'autres ; une idée à peine formée dans sa tête était si vite remplacée, ou complétée par une autre, qu'il en venait à renoncer à l'exprimer. Paradoxalement, il en arrivait à ne plus se comprendre, à force d'intelligence.

— Tu es encore jeune, Ernie.

L'enfant regarda Saorge (qui avait suivi le déroulement des pensées de son jeune interlocuteur, et constaté son désarroi). C'est par ce que j'ai lu ce petit garçon que j'ai choisi de m'approcher de cette ferme-ci, de préférence à une autre — le sentiment, qui a grandi, que lui et moi avons bien des choses en commun.

— Tu es un surdoué, Ernie. Non, tu ne connais pas le mot, je sais. Et l'on finira peut-être par découvrir ton état, autour de toi. Tu cours deux dangers. Le premier est de te replier sur toi-même, l'autre d'éprouver du dédain — tu connais le mot dédain ? — pour ceux qui t'entourent.

Saorge, à son cinquième jour à la ferme Anderson, réparait le toit de la grange, y changeait des bardeaux pourris. Il neigeait, un peu , Saorge travaillait en chemise et le petit garçon le regardait d'en bas, je ne discerne pas son visage ni la position de son corps mais je vois quand il lève son regard vers moi. Comme je lis cette pensée qui se formait hier, qui s'est achevée — d'où le livre qu'il tient.

— Je t'écoute, Ernie.

— Tu sais quelle question je vais te poser, c'est ça ?

— Mmmm, marmonna Saorge, la bouche pleine de clous.

Et il voyait par les yeux du petit garçon la couverture du livre tenu par celui-ci — un guide de La Nouvelle-Orléans.

— Je vais ouvrir ce livre, dit Ernie. Je ne l'ai pas encore ouvert, depuis que je l'ai pris à la bibliothèque de l'école. Si je l'avais ouvert, et si je l'avais lu, tu pourrais lire ma mémoire et donc lire ce que j'ai lu.

Saorge faillit sourire, et perdre ses clous.

Il acquiesça, tapant de son marteau sur la tête d'un clou. Ernie demanda :

— Tu habites où, à La Nouvelle-Orléans ?

Saorge planta six clous à la suite. Il savait forcément où le petit garçon voulait en venir — quelle piège allait lui être posé (et dans lequel il tomberait sans pouvoir l'éviter). Il avait suivi le développement de la réflexion d'Ernie, durant les trente dernières heures, presque enchanté par la rouerie du gamin. Il ôta le dernier clou de sa bouche.

— Le Vieux Carré, dit-il.

— Quelle rue ? demanda Ernie.

— Bourbon. Juste à côté du restaurant Antoine dont les plafonds sont voûtés.

— Il y a une rue avant ?

— Sûrement, dit Saorge en riant. Le contraire m'étonnerait.

— Qui s'appelle comment, cette autre rue ?

— Je n'ai jamais mis les pieds à La Nouvelle-Orléans, Ernie. J'avoue. Tu m'as démasqué. Inutile d'ouvrir ton livre.

Mais Ernie l'ouvrit bel et bien et le feuilleta jusqu'à trouver un plan de la ville. Cette partie de Bourbon était située entre les rues Saint-Louis et de Toulouse, je me souvenais de la première mais pas de l'autre.

— Tu es un menteur, dit Ernie.

Dis-lui la vérité, Saorge.

— Je ne vais pas au Canada, j'en viens, Ernie. Je ne viens pas du sud, j'y vais.

— Est-ce que tu es poursuivi par la police ?

Saorge raconta l'histoire. Une partie de celle-ci, mais l'essentiel. Il dit que si quelqu'un le poursuivait, ou le recherchait, ce n'était pas tant la police. Il décrivit Dawlish et Nick Cassetti (dont le visage et la silhouette lui étaient connus pour cette raison qu'il les avait lus dans les souvenirs de la jeune femme Judith Jordaan).

— Oui, Ernie, dit Saorge, répondant sans qu'elle lui fût posée à la question : et tout cela parce que tu lis dans les pensées des gens ?

— Pour cette unique raison-là, oui. Et non à ta question suivante : il n'y a personne d'autre que toi, enfin je crois, à savoir que je reçois toutes les pensées des gens. A le savoir, en en ayant la preuve.

Et non à l'interrogation numéro trois : lui, Saorge, ne croyait pas qu'Ernie pourrait le trahir — le dénoncer, pour employer le mot utilisé par le petit garçon. Saorge acheva de clouer le dernier bardeau, ramassa la caisse à outils, redescendit du toit par l'échelle. A mille six cents mètres quatre heures, il captait le chauffeur du car de ramassage scolaire, et la demi- douzaine d'enfants à bord du véhicule. Le car venait prendre Ernie.

Il regagna le sol.

— Et je ne vais pas rester ici. Je veux aller à New York pour voir si je peux vivre dans une grande ville sans être malade. J'avais prévu de partir dans quelques jours. Je me suis arrêté dans ta maison et celle de ta maman pour m'accoutumer à des gens. Mais si tu veux que je parte aujourd'hui, je le ferai. Tu décides.

L'autobus approchait, il serait bientôt en vue. Sans avoir besoin de tourner la tête, Saorge savait que madame Elena Anderson le considérait, au travers d'une des fenêtres de sa cuisine.

— C'est ça, réfléchis, dit Saorge. Mais je ne viendrai jamais habiter ici. J'espère que nous pourrons nous voir, quand je serai allé à New York et à Paris et dans d'autres villes, quand je ne serai plus malade. J'aimerais te revoir, Ernie. Tu pourrais même venir me rendre visite au Canada et y rester aussi longtemps que tu le voudrais.

Le harfang avait disparu depuis trois jours. L'idée qu'il eût pu être abattu par quelque fermier irascible tourmentait Saorge. L'autobus scolaire arriva et Ernie y prit place, ne détournant pas la tête et regardant droit devant lui — Saorge lisait de la fureur, mêlée à du chagrin ; il y avait chez ce petit garçon une violence des sentiments, que sa formidable intelligence ne parvenait pas à maîtriser.

La neige tombait de plus en plus drue et Saorge renonça à remonter sur le toit, après être allé chercher d'autres bardeaux. Il rentra dans la grange pour y remplacer l'une des poutres, qui branlait et menaçait de s'affaisser.

Il lut qu'elle venait à lui, et pourquoi.

— J'espérais que vous resteriez, dit madame Elena Anderson. Vous faites énormément de bien à Ernie, par votre présence.

— Je suis désolé.

— Vous pourriez rester jusqu'au printemps. Il fait encore plus froid qu'ici, au Canada.

Images : elle et lui nus, dans le sac de couchage, c'était une femme sans pudeur, elle se voit dans mes bras, et contre moi, ces nuits précédentes elle a projeté de faire ce qu'elle fait. Des souvenirs revenaient à Saorge. Pas tant de la jeune femme Judith Jordaan que des autres femmes avec lesquelles il avait fait la chose.

Madame Elena Anderson continuait de dire combien elle souhaitait qu'il demeurât plus longtemps à la ferme. Elle était gênée de le voir dormir dans la grange, et non dans la chambre qu'il eût pu occuper. Saorge avait placé l'échelle, afin de gagner la poutre à changer. Il n'y monta pas, il me faut convenir que j'ai envie, moi aussi, je suppose que c'est dans l'ordre des choses, et puis ce n'est pas comme si elle était mariée, avec un homme ayant des droits sur elle, et elle des devoirs envers lui.

Son bras s'allongea et alla chercher derrière lui la nuque de madame Elena Anderson. Sa main descendit et se posa sur la taille mince, qu'elle ceintura, éprouvant le contact des hanches rondes. Il attira contre lui madame Elena Anderson, la souleva comme elle souhaitait qu'il le fît.

— Je ne suis pas venue pour ça.

Sauf que les images qu'il lisait affirmaient le contraire. Il la porta jusqu'au sac de couchage. Elle voulait être mise nue, il la mit nue.

— Je n'ai pas honte, dit-elle.

Il lut la réponse qu'elle attendait et la fit :

— Vous n'avez aucune raison d'avoir honte.

Et de même la phrase suivante, qu'en somme elle lui dicta :

— Je ne suis que de passage, un homme qui passe, pour une brève rencontre.

Ensuite les attouchements, ceux qu'elle espérait, et la venue. A la seconde près, c'est facile.

— Oh mon Dieu !

Elle haletait à n'en plus finir, yeux clos et narines pincées. J'en ai trop fait, pensait Saorge, je me suis laissé emporter — erreur que j'avais commise avec la jeune femme Judith Jordaan. Madame Elena Anderson se rhabilla et partit sans un mot. Quand elle passa la porte de la grange, après un furtif mouvement pour aligner ses courtes boucles blondes, elle en était à lisser son tablier de fermière, visage comme lavé de ses émotions précédentes — je reviendrai cette nuit, pensait-elle.

Tu as commis une autre erreur, et bien plus grande, que celle d'avoir répondu trop exactement à ce qu'elle attendait de toi, Saorge.

Tu n'aurais pas dû la toucher.

La neige tomba toute la journée, dans un silence que rompaient les bruits de chignole maniée par l'un des ouvriers agricoles occupé à réparer diverses choses, dans un atelier à une cinquantaine de mètres de là — l'homme a vu madame Elena Anderson entrer dans la grange puis en sortir, il n'a pas le moindre doute sur ce qui s'est passé entre elle et moi ; il sait. Tout comme Ernie le saura, tôt ou tard. Saorge réussit à échanger les poutres, hissant à l'aide d'une corde la pièce de bois neuve qui pesait plus de cent kilos, puis la fixant. L'odeur de la neige au-dehors envahissait l'air, s'ajoutant à celle du foin séché, et cela vint d'un coup : de la nostalgie, avec plein d'images de son Grand Nord. Un tel basculement le surprit, lui qui n'avait jamais douté de son désir farouche d'aller au sud. C'était peut-être d'avoir fait la chose avec madame Elena Anderson (et son sentiment de culpabilité subséquent) et à cause de l'effet que cela va produire sur le petit garçon (tu sais qu'il t'en voudra ; tu l'as lu et ne pouvais l'ignorer, qu'il va en éprouver de la colère).

Des voitures arrivèrent, à la ferme. Conduites par sept ou huit femmes. Des voisines rendant visite à madame Elena Anderson pour tenir une réunion amicale.

... Lors de ta première tentative, tu t'aidais du Nerxan, cette fois tu seras livré à toi-même. Tu as peur, reconnais-le.

La crise le prit. Plus dure que la première, cinq jours plus tôt. Il vérifiait un chevêtre, quatre mètres au-dessus du sol de la grange, et les solives qui en partaient. Il eut le temps de se suspendre par les mains et s'il perdit conscience, ce fut au plus durant les secondes pendant lesquelles il tomba. Pour se retrouver affalé sur la terre battue dans la paille, luttant pour recouvrer la maîtrise de son corps. Les neuf flux mentaux, ou dix, lui arrivaient en vague continue, le mitraillant. Il rampa, jambes nouées, ne pouvant guère contrôler que ses mains, et sa vision déformée. Se traîner jusqu'à la porte sembla lui durer des heures mais il se glissa dehors, longea la paroi de planches du bâtiment. Il perdait ses sensations, le cerveau en désordre, ne sachant plus où il était, incapable de s'orienter, oubliés le Maine, la grange et la ferme, s'accrochant à un objectif : faire sortir du Premier Cercle ces pensées martelantes, les fuir comme on s'éloigne d'un feu qui vous brûle.

Le terrible harcèlement commença à perdre de sa puissance. Saorge gagna quelques mètres, se traîna sur la neige, au travers de troncs d'arbres, sa vision redevint à peu près normale, les flux mentaux à présent tous sortis du Premier Cercle. Sauf un mais inoffensif, et dont un contact physique, doux et chaud, sur le visage confirma qu'il s'agissait d'un chien. Pas n'importe quel chien mais Thor, le massif terre-neuve compagnon d'Ernie.

Sa conscience revenait à Saorge. Qui se découvrit allongé sur le ventre, un avant-bras et une cuisse endoloris par des coups qu'il avait dû donner contre quelque obstacle, peut-être la porte de la grange. De laquelle il se trouvait éloigné d'une soixantaine de mètres. Et il continuait à lire les femmes papotantes, dans la grande cuisine-salle à manger de la ferme plus lointaine. Il se redressa, s'assit. Il avait froid, vêtu d'un maillot de corps et d'une chemise. Le terre-neuve le léchait.

— Bon chien, Thor. Merci.

Les mots étaient de peu d'importance, c'était le ton de la voix qui comptait, et la douceur de Saorge fit naître, dans le cerveau de l'animal, des images de fourrure tiède, d'une langue caressante, de mains passant et repassant autour du museau camus et sous la gorge, l'image-souvenir de lui Saorge marchant avec le petit garçon sur le dos, béquilles pendantes, au bord d'un étang gelé — le cadrage était en contrehaut, Saorge semblait immense, puisque la scène avait été enregistrée depuis les yeux du chien à moins d'un mètre d'un sol (Thor avait quatre ans et pesait environ quatre-vingts kilos).

Saorge attira le chien contre lui, pour la chaleur. *Ce n'était rien, une crise comme j'en ai eu tant. Moins forte que bien d'autres. Et qui ne prouve rien : je n'étais pas sur mes gardes.*

Tu vas te mettre debout et revenir à cette grange. Ne serait-ce que pour t'y rhabiller. Mais surtout pour te prouver à toi-même que tu peux le faire.

Et tu le peux.

Il repoussa doucement le chien et se mit debout. Avança de sept ou huit pas. Le tourbillon féroce se trouva dès lors à l'extérieur du Premier Cercle.

Il fit trois pas de plus, sa volonté bandée. Il se mit à transpirer, en dépit du froid, mais tint bon.

Marche jusqu'à la grange. Si tu ne le fais pas maintenant, tu t'en voudras toute ta vie. Il atteignit l'arrière de la grange et dut s'accrocher aux planches pour demeurer debout. Mais il avança. Il entra dans le bâtiment et y vomit à trois reprises.

JE TIENS.

Il demeura près d'une heure debout, ses bras passés autour d'un pilier, sa joue posée contre celui-ci, yeux fermés. L'épouvantable douleur qui lui enserrait les tempes finit, soit par diminuer, soit par être moins sensible du fait de l'accoutumance. Il put enfin bouger et se força à manger — du pain et du fromage. Il s'essaya à reprendre son travail mais ses mains tremblaient.

Je tiens.

Vers midi, madame Elena Anderson l'appela, l'invitant à venir déjeuner et faire la connaissance de ses amies. Il ne répondit pas et alla se terrer dans un recoin, au cas où la fermière fût entrée. Mais, faute de réponse, elle le crut absent et n'insista pas. Il ruisselait de sueur et vomit une quatrième fois ; non de la bile mais les débris du sandwich. Il avait soif mais renonça à sortir pour marcher jusqu'à la fontaine.

Le bus de transport scolaire revint peu après trois heures. Outre Ernie, quatre enfants en descendirent, dont les mères se trouvaient là.

Vingt et une personnes (avant que repartît l'autobus) dans le Premier Cercle, en même temps, et je tiens, oh mon Dieu, je tiens !

Non sans des difficultés terrifiantes : il s'était de nouveau agrippé à un poteau de bois et mettait sa force à le serrer. Ses dents plantées dans son avant-bras gauche.

Le car s'en alla, les enfants et le chauffeur qu'il transportait sortirent de chacun des trois Cercles.

Je n'ai même pas perdu conscience.

Les minutes passèrent. L'une des femmes partit au volant de sa voiture — image du tableau de bord et d'une alliance en diamants. Une autre femme prit congé, accompagnée de sa petite fille. Et puis une autre, et d'autres encore, la ferme se vidait.

Saorge lut le petit garçon qui pensait à venir voir s'il se trouvait dans la grange. Il essuya le sang coulant de ses avant-bras, de ses paumes, de ses doigts, constata qu'il portait une entaille au front et une deuxième à la joue.

— J'ai pris une poutre sur la tête, dit-il.

Il avait projeté de se hisser à l'étage mais avait craint de ne pouvoir grimper à l'échelle, par manque de coordination de ses membres. Il s'assit et sortit du chocolat de l'un de ses sacs.

— Qu'as-tu appris à l'école, aujourd'hui ?

— Rien.

Ernie avait passé tout son temps — ses souvenirs en témoignaient — à apprendre les noms qu'il pouvait lire depuis sa place, sur la carte d'Amérique du Nord appliquée au mur de la salle de cours. Il s'était intéressé au Québec.

— Je suis du lac Saint-Jean, dit Saorge. Tu vois où ça se trouve ?

Acquiescement. L'antique royaume du Saguenay remonta à la surface de la mémoire du petit garçon, avec une fidélité photographique. Mais très vite, Saorge se vit lui-même.

— Tu es tout blanc, dit Ernie.

— Je vais très bien. C'est toi qui as demandé à ta maman d'inviter ces dames.

— Je voulais voir, dit Ernie.

— Et tu as vu.

Avant d'entrer dans la grange — Saorge l'avait suivit et avait vu par ses yeux — le gosse était allé jeter un coup d'œil sur les traces laissées par Saorge, quand il s'était traîné dans la neige, vers la forêt.

— J'ai vu, dit Ernie. Vous êtes très malade lorsqu'il y a plein de monde. Vous devriez rentrer chez vous au Canada. Où vous serez tranquille.

Saorge put lui sourire.

— Je t'aime beaucoup, tu sais, Ernie.

— Je sais.

Le petit garçon ajouta mentalement : « Et moi aussi je t'aime. » Mais il ne prononça pas les mots.

— Je sais aussi, pour Maman et toi. Elle est venue ici ?

« Ici » désignant la grange, il veut savoir si sa mère et moi avons fait la chose dans la maison — ce qui à ses yeux constituerait une circonstance aggravante.

— Je vais partir, dit Saorge.

— Quand ?

— Demain.

Le petit garçon le fixait — il a étudié mon cas comme il l'aurait fait d'un insecte, j'espère que dans les années à venir son incroyable intelligence bridera moins les élans de son cœur.

Je suis triste. Comme j'aurais aimé voir et revoir ce petit garçon. Pour discuter avec lui. Le voir grandir. Est-ce qu'être surdoué, c'est être très précoce ?

— Tu vas au Canada ? demanda Ernie.

— Tôt ou tard, sûrement.

— Vas-y maintenant. Tu veux voir si tu es un homme comme les autres, c'est ça, hein ? Tu n'en es pas un.

— C'est une maladie.

— Moi, je ne suis pas comme les autres enfants. Je suis cent fois plus intelligent qu'eux. Cent fois plus que la maîtresse, aussi. Que tout le monde.

— Si tu en tires de l'orgueil, tu seras malheureux, dit Saorge. Tu l'es déjà.

— Je ne veux pas changer. Pas comme toi.

Le petit garçon s'était avancé, regardant les sacs de Saorge et soudainement, il laissa tomber l'une de ses béquilles et prit entre ses doigts la main de Saorge. Puis, dans le même mouvement, plus improvisé que le premier, il appuya sa tempe contre le corps de l'adulte.

Il s'écarta très vite, sauta à cloche-pied jusqu'à la béquille sur le sol, la ramassa, s'en fut.

Sur ce geste de tendresse qui — Saorge le lut — était le premier de sa vie.

Saorge attendit la tombée de la nuit puis prit la route du sud. Il se trouvait déjà à neuf cents mètres une heure de la ferme quand il lut que madame Elena Anderson allait l'appeler pour lui annoncer que le dîner était prêt.

Et à plus de quinze cents mètres quand la fermière sortit de chez elle pour se rendre à la grange et l'y chercher — ayant appris par Ernie qu'il était malade, sans précision.

Contact perdu, ensuite.

Il fit une première halte à onze heures du même soir. L'autoroute inter-Etats 95 se trouvant sur sa droite, à environ trois mille mètres — les phares des véhicules l'empruntant étaient parfois visibles. Il ne neigeait plus, la nuit était claire, suffisamment pour qu'il pût se hasarder à travers champs, à l'écart, quitte à patauger dans des trous d'eau.

Il trouva une petite maison et lut qu'elle n'était pas habitée. Il prit ses quartiers sous l'auvent de bois d'une véranda, dîna d'une partie des provisions que madame Elena Anderson lui avait achetées, dormit quatre heures. Il avait de nombreux contacts — aucun humain ou alors à distance — et n'identifia pas certain flux mental. A son réveil, une trentaine de minutes plus tard, à force de demeurer constant, ce contact-là attira son attention. Un animal, une bête d'assez forte taille. Saorge pensa à un loup. Pas n'importe quel loup : celui-là même qui l'avait accompagné dans sa montée vers la passe de la Péribonka. Mais une image-souvenir monta enfin à la surface de la mémoire.

Thor, le terre-neuve. Il me suit.

Saorge s'arrêta et lut le chien qui se rapprochait. Trois cents mètres, cent, cinquante. Sauf que Thor s'arrêta aussi — vision au ras du sol, il s'était couché museau posé entre les pattes. Et regardait dans la direction de Saorge. Le voyait même, malgré l'obscurité, avec sa vue supérieure. Si bien que Saorge qui ne distinguait pas le chien, voyait sa propre silhouette par les yeux de celui-ci.

— A la maison, Thor. Rentre chez toi.

L'ordre fut répété et compris : une image-souvenir apparut, représentant la ferme et Ernie. Mais Thor ne bougea pas. Et qu'est-ce que je fais ? Je vais à lui et je le bourre de coups de pieds pour qu'il retourne sur ses pas ?

Saorge reprit sa marche plein sud sud-ouest (le terre-neuve se mit de même en mouvement). Son intention était de contourner Portland par l'ouest, de traverser les Etats du New Hampshire, du Massachusetts et du Connecticut, sans approcher une ville importante. New York et seulement New York serait le test. Il s'y rendrait à pied ; se hisser sur un camion-remorque ainsi qu'il l'avait fait au Canada, ou voyager de quelque manière par le train eût risqué de le projeter dans une foule sans qu'il pût se préparer.

Les neuf jours qui suivirent son départ de la ferme Anderson, il progressa sans discontinuer. Souvent contraint à des contournements de villes, voire de simples agglomérations. Attendant la nuit pour traverser telle route trop fréquentée. Il était passé à l'ouest de Portland, il évita Concord par l'est. Une voiture de police avait tenté de l'approcher pour un contrôle ; il s'était servi de la connaissance qu'avaient du terrain les deux hommes à bord du véhicule pour éviter tout interrogatoire.

Il obliqua vers l'ouest après Concord. Le douzième jour de sa marche, ayant couvert six cent cinquante kilomètres, il fit une halte d'un jour sur les bords du réservoir de Quabbin, au Massachusetts. Quatre jours plus tard, il entra dans l'Etat de New York, par le sud-est de Danbury et effectua son campement, sur la berge d'un autre réservoir dont il ignorait le nom mais se trouvant à vingt minutes de marche d'une autoroute, la 684, dont il savait qu'elle pénétrait dans la ville. Manhattan n'étant plus qu'à une quarantaine de kilomètres.

Il dormit peu, cette nuit-là. Pas de contacts humains rapprochés, ou alors en bordure extérieure du Deuxième Cercle. Mais il sentait comme une immense, monstrueuse rumeur. Le bourdonnement d'un essaim de millions d'abeilles.

Et la peur.

Au dernier moment, il décida de reporter à la soirée sa tentative. Passa la journée immobile, enfoncé dans son sac de couchage, incapable de trouver fût-ce dix minutes de sommeil. Il lut plusieurs couples venus en voiture pour s'isoler. En fut gêné : il avait du mal à lire les images qu'il recevait, certaines très impudiques — je suis d'une extraordinaire nervosité.

Par trois fois il faillit s'enfuir.

— Reste là.

Il parlait au chien, l'obscurité était venue, il avait enterré deux de ses sacs, ses sacs de couchage, ses papiers personnels et une partie de son argent, dont les chéquiers et les cartes de crédit, s'était fouillé pour ne rien garder sur lui qui pût permettre une identification.

— Reste là, Thor. Couché mon chien.

Le terre-neuve partit sur ses talons avec son entêtement ordinaire.

— Qu'est-ce que je peux faire de toi, dis-le-moi ?

Il longea l'autoroute, les nerfs à vif, harcelé par des flux mentaux tourbillonnants, trouva la station-service dont il avait repéré les lumières, attendit, laissa passer une demi-douzaine de poids-lourds dont les remorques étaient métalliques et closes. En vit un qui convenait : une énorme chose transportant des voitures accidentées. Qui s'arrêta. Dont le chauffeur descendit pour aller aux toilettes.

Il se hissa sur la plate-forme, essaya portière après portière. L'une de celles-ci s'ouvrit et pour cause : il manquait une vitre.

Saorge hésita : Thor avait sauté lui aussi sur la longue remorque plate et par le plan incliné s'était hissé près de lui, le fixant de ses yeux noirs qui, dans la pénombre, devenaient phosphorescents et rougeâtres.

— Oh ! mon Dieu, oui, viens, dit Saorge.

Il s'était recroquevillé sur le plancher d'une voiture dont l'avant avait été écrasé lors d'une collision frontale. Dans un premier temps, il s'était allongé à plat dos, arc-bouté des pieds et des mains et poussant de toute sa force, espérant plus ou moins consciemment que ce dur effort physique pourrait l'aider à maintenir le barrage mental auquel il s'était tant préparé, qu'il s'était entraîné à dresser. Mais après quelques minutes, pris de crampes, il se retourna sur le ventre, en position fœtale. Avant de s'accrocher au chien, par une quête désespérée d'assistance. Il prit Thor contre lui, trouvant un réconfort au contact des muscles si puissants du cou et des reins, à la chaleur de la fourrure ; le chien lui léchant le visage. Tout cela tandis qu'au fil des minutes le camion entrait dans New York, contacts par milliers, par dizaines de milliers, par millions.

Je tiens.

Mais le formidable bourdonnement montait, c'était un

affolant mouvement brownien de pensées humaines, d'une telle densité qu'aucune d'entre elles n'était distincte, je ne lis plus mais je tiens, je tiens, je tiens — il répétait indéfiniment les mots en une sorte d'exorcisme. Le chien contre lui grogna, je le serre trop. Saorge relâcha sa prise. De l'hébétude lui était venue, un miraculeux état de grâce, même si nul enchaînement cohérent ne se formait dans sa tête. Il se dressa, au point de pouvoir jeter un coup d'œil au-dehors, par la vitre de gauche et dut fixer longuement les panneaux de signalisation qui défilaient pour en saisir à peu près le sens : le quartier du Bronx sur la gauche.

Il vomit son dernier repas, agrippé au chien. Dut perdre conscience sans même s'en rendre compte, car il se retrouva agenouillé sur la banquette arrière de la voiture sans le moindre souvenir d'y être monté. Des images défilaient vertigineusement dans sa tête, trop fugitives pour être lues. Douleur, la douleur lui enserrait les tempes, la nuque, le front, mais le pire était ce tournoiement infernal, cette sensation que son crâne allait exploser, je vais mourir. Il étouffait et s'il sut que le camion transportant des voitures avait fait halte à un péage ce fut à la faveur d'un éclair de lucidité qui lui permit de noter que le poids-lourd repartait.

Images images images. Toutes lui arrivant en même temps, à vitesse météorique, toutes le frappant, criblant son cerveau.

Je tiens.

... Il venait d'émerger d'un autre coma et ses doigts avaient crevé le cuir du siège sous lui contre lui, il se retrouvait à l'avant du véhicule, son buste coincé par le volant enfoncé par la collision, tête en bas, l'un de ses pieds avait fracassé la seule vitre intacte. *Redresse-toi, tu tiens.* Millimètre après millimètre, avec une obstination animale qui participait davantage de sa préparation depuis des semaines que d'une détermination née sur le moment, il se dégagea, se dressa. Sortir, sortir de cette chose de métal, air libre.

Il se retrouva à plat ventre sur la plate-forme du transporteur. Chien près de lui. Larmes, sous la douleur lui broyant le crâne. Mais son féroce entêtement là. A peine eut-il conscience d'être descendu sur le plateau inférieur.

Il prit la décision de sauter, lors d'un ralentissement. Il se releva et marcha sur de l'asphalte. Sa vision réduite — ses nerfs optiques le brûlaient — lui permit d'entrevoir devant lui des entrepôts ou des bâtiments sans lumière. Il avança en titubant et à mesure de sa progression le maelström des millions de flux mentaux qui l'agressaient sembla perdre de sa vigueur. Il demeurait encore des tourbillons mais peu se trouvaient à l'intérieur du Premier Cercle.

J'ai tenu, je vais mieux.

Il s'enfonçait davantage entre les entrepôts et, d'un coup, des images dont la source était proche lui parvinrent. Pour la première fois nettes, depuis qu'il s'était hissé à bord du camion près du réservoir de Kensico. Enfin, à peu près nettes, brodées sur le gigantesque tissu des pensées, d'un nombre terrifiant de pensées new-yorkaises ; la Ville lui accordait un répit.

Deux hommes soixante mètres sept heures, un homme cent trente mètres quatre heures, deux hommes — uniformes de policiers — deux cent dix mètres dix heures. Cela pour les émissions les plus rapprochées car au-delà, un mur invisible de flux mentaux se dressait et barrait l'horizon. Saorge réussit à trier quelques-unes de ces images-là, les plus lointaines, et sur la foi des photos qu'il avait vues, reconnut l'endroit — l'autoroute urbaine qui longe la rive ouest de Manhattan, sur les bords de l'Hudson, la Cinquième Avenue est derrière moi, comme la patinoire de Rockefeller Plaza.

Il s'assit, haletant quoique son rythme cardiaque fût en train de ralentir. Il prit son pouls : cent soixante pulsations. La transpiration lui piquait les yeux et avait détrempé ses vêtements. Il se mit torse nu et se changea — maillot de corps et chemise de laine, qu'il abandonna. Il enfila la chemise blanche qu'il étrennait et noua une cravate.

Sept heures cinquante-trois à sa montre. Thor grogna.

— Je sais, mon chien. Je l'avais repéré avant toi.

Un homme arrivait, quarante mètres trois heures. Images d'une femme brune à la forte poitrine, d'un intérieur d'appartement aux murs tapissés de jaune et bleu, d'une arme de poing, d'une route sur le soleil bordée de palmiers, d'un toit plat avec des pigeons dans une cage... de cette allée entre deux façades d'entrepôt où le même homme marchait, main sur la crosse de son arme — un gardien —, du chien terre-neuve que le nouvel arrivant venait de découvrir. Le chien terre-neuve Thor couché museau entre les pattes et fixant — images en contre-champ — l'homme qui le regardait.

— Calme, Thor, murmura Saorge.

L'homme à vingt mètres, ralentissant, retira le pistolet ou le revolver de son étui de ceinture sous son blouson.

Gardien à quinze mètres, douze, huit, cinq.

— Qu'est-ce que tu fous là, tout seul ? dit l'homme parlant au chien.

Le chien en couleurs avec son collier rouge — cuir et acier — dans la vision de l'homme.

— Tu es seul ?

Question de l'homme au chien. Regard de l'homme effectuant un panoramique et braquant sa torche électrique dans différents coins sombres — sans résultat, ne voyant que le chien.

— Et tu serais seul ? Tu es un beau chien. Très gros.

Image de l'arme se pointant vers la tête de Thor. Qui ne bougeait pas, ne réagissait d'aucune manière, son regard braqué sur l'homme — pas d'image projetée d'attaque dans la tête du chien, dont l'œil fixait surtout les mains.

Le grésillement de la radio fixée sur la poitrine du gardien — image de l'autre gardien à deux cent trente mètres.

— Rien à part un clebs. Qui fait dans les deux cents livres. Reprends à l'entrée du 371.

L'homme contourna le terre-neuve et poursuivit sa marche. Se retournant par deux fois — images de Thor qui avait tourné la tête et le surveillait — pour s'assurer que le chien restait tranquille.

Saorge descendit du linteau métallique sur lequel il s'était allongé à plus de deux mètres du sol et se laissa tomber. Gardien à cinquante mètres neuf heures, s'éloignant. Saorge consulta une seconde fois sa montre : huit heures cinq. Il s'accroupit. Le moment était venu. En supposant que tu restes ici toute la nuit, au matin on viendra.

Ils viendront par centaines et ce répit dont tu bénéficies en ce moment sera terminé, tu ne peux plus reculer.

Ce qu'il éprouvait n'était plus de la peur mais un vague vertige. Celui-là même ressenti face aux étendues silencieuses du Grand Nord. Le terrible attrait du vide. Il savait ce qu'il allait faire, n'ignorait pas à quel point ce serait sans doute irrémédiable. Je suis comme un homme qui veut traverser une atmosphère de gaz empoisonné, qui y pénètre en retenant son souffle, certain qu'il ne pourra jamais en ressortir.

Il se leva, vérifia que ce qu'il avait gardé de son argent se trouvait dans la poche de son pantalon, entrouvrit le haut de sa parka. Il tenait à ce que New York le vît en cravate.

— On y va, Thor.

Il se mit en marche, le terre-neuve sur ses talons.

— Vous devez être le seul mec à avoir trop chaud dans New York, par les temps qui courent, dit le chauffeur de taxi.

Qui avait pris les cent dollars et les avait empochés avec dextérité.

— Et on va où ?

Saorge tenta de prononcer les mots mais ne produisit qu'un bredouillement. Il était, et le savait, au bord d'une nouvelle syncope comme il en avait déjà subi trois ou quatre durant les dernières heures. Il s'accrocha de ses mains au rebord du siège et réussit à articuler :

— Cinquième Avenue. Rockefeller Plaza.

Le chauffeur considérait le chien dont dans un premier temps — d'où le billet de cent dollars — il avait refusé qu'il montât à bord. La voiture partit enfin.

— C'est quoi, comme chien ?

— Terre-neuve.

Saorge tremblait. Une tétanie lui gagnait les mâchoires. Son épouvantable mal de tête était revenu. Envie de vomir. Je ne vais pas retenir très longtemps ma respiration, je respirerai le gaz mortel et tout sera dit.

On était en vue de Central Park, cette forêt devant ne pouvait être que Central Park, au moins suis-je venu jusqu'ici, je n'ai aucun regret, j'y suis arrivé, le reste m'indiffère.

— Vous êtes malade, mon vieux. Je vous conduis à un hôpital.

Le chauffeur de taxi, à demi couché sur son siège, le secouait. Soudain il hurla : Thor venait de refermer ses mâchoires sur son poignet.

— Dites à ce putain de chien de me lâcher !

Incapable de prononcer un mot, Saorge réussit à allonger une main. Dont il toucha la tête du terre-neuve ; ses doigts entrèrent dans la gueule, enveloppèrent la mâchoire inférieure, tirèrent doucement. Thor lâcha prise — il ne grognait pas.

— Descendez de mon putain de taxi, allez crever ailleurs !

Le chauffeur hurlait. Et comme Saorge tâtonnait pour trouver la poignée, ce fut lui qui ouvrit la portière.

— Dehors ! Foutez-moi le camp !

Projeté, le sac laissé sur la banquette vint tomber aux pieds de Saorge. Qui titubait. Le taxi repartit à la seconde. Il y avait des arbres aux environs ; par-dessus les puanteurs des échappements de voitures, l'odeur en arrivait, familière. Saorge se mit à marcher mais après vingt ou trente pas, ses jambes se dérobèrent. Il s'affala, heurtant violemment de son avant-bras replié un sol herbu. Il se sentit partir. Le début de syncope le saisit avec moins de soudaineté. Dura plus longtemps, une heure peut-être : à son retour suivant une semi-conscience, il se trouvait terré dans de la végétation ; des spasmes le secouaient, son cœur battait à une allure folle, douleur taraudante dans le crâne. *Suis à New York dans Central Park*, la pensée, un lambeau de pensée réussit à percer son hébétude. Sans doute avait-il gagné quelque endroit du parc un peu écarté — aucun contact à l'intérieur du Premier Cercle. Sa conscience devint plus nette : souvenir de plans de New York, du parc de quatre mille mètres sur huit cents, la Cinquième Avenue à l'angle sud-est, Rockefeller Plaza plus au sud.

Continuer. Il n'en était plus à juger du bien-fondé de son

obstination — parvenu où il était, il n'avait plus d'autre choix. Avoir atteint Central Park relevait du miracle.

Il se dressa, tirant sur des branches dénudées par l'hiver et partit vers des lumières qu'il apercevait. Il n'allait garder aucun souvenir des minutes, ou des heures, qui suivirent ; ou alors fragmentaires, comme rêvées : des chutes, une foule l'entourant, une dégringolade dans ce qui devait être des escaliers, des mains le saisissant, les grondements d'un chien près de lui, des portes franchies, encore des chutes, une odeur étrange, une moiteur, le chien qui grondait avec férocité et attaquait ; un adoucissement, infime, de la tempête mentale qui le torturait.

Tu ne dors plus, disait mentalement le petit garçon, *je sais que tu ne dors plus. Est-ce que tu entends ce que je te dis ? Tu me comprends ? Si tu me comprends, bouge ta main, ta main gauche, lève deux doigts, le pouce et le petit doigt.*

Saorge s'exécuta.

C'est bien. Tu sais où tu es ? Tu es revenu chez nous, tu es dans la chambre près de la cuisine. Maman est là, à côté, elle va revenir dès que nous parlerons vraiment, avec la bouche. Mais on a le temps.

Le regard d'Ernie s'écarta du lit dans lequel Saorge se trouvait et se porta vers la fenêtre. Saorge apprit qu'il neigeait, au- dehors.

Tout le temps. Tu as vu New York, hein ? Ils ont déjà mis les décorations pour Noël ?

Saorge acquiesça. Il avait trop chaud, sous l'épaisseur de la couverture en patchwork à dominante vert et rouge ; et l'oreiller sous sa tête était trop volumineux, pour lui ayant été accoutumé de dormir à plat.

Ça devait être beau. J'irai à New York pour Noël. Pas cette année mais l'an prochain, peut-être. J'en ai parlé avec la maîtresse, elle va organiser un voyage en autobus. Monsieur Hutchinson paiera les frais, je le dirai à son petit-fils, qui fait ce que je veux, même qu'il croira que c'est lui qui en a eu l'idée. C'est facile, de faire faire des choses aux gens. Je n'ai rien dit à Maman, à personne, comme quoi tu lis dans les têtes. C'est un secret entre toi et moi. J'ai réfléchi, tu sais. Ça m'aurait plu d'être comme toi mais si c'est pas possible, tant pis. Moi, je suis obligé de regarder les gens, et de les entendre, pour savoir ce qu'ils pensent. Et ça ne marche pas toujours. Quand je serai plus vieux. Et encore. J'ai réfléchi, je te dis. Finalement, c'est mieux d'être normal.

— Maman, le monsieur est réveillé, dit le petit garçon à haute voix.

Tu as faim ?

Acquiescement de Saorge qui avait des envies de dévorer.

— Le monsieur est réveillé et il a faim, Maman, dit le petit garçon.

Madame Elena Anderson avait apporté des œufs, du jambon, des toasts, du café. Elle regardait Saorge. Juste avant de pénétrer dans la chambre, elle avait ôté son chandail de laine et défait l'un des boutons qui fermaient son chemisier ; en sorte que se voyait la naissance de ses seins ; et elle avait pris le temps, pendant que les œufs cuisaient, d'arranger ses boucles et de se mettre un soupçon de rouge sur les lèvres.

— Le docteur Carter, dit-elle, pense que vos blessures, celle à l'épaule et l'autre à la poitrine, ne tarderont pas à guérir. Vous êtes très robuste, d'après lui.

Il lut la gêne. Et les images-souvenirs impudiques de quand ils avaient fait la chose ensemble, elle et lui dans la grange.

— Il dit aussi que vous pouvez marcher. Vous ne vous souvenez de rien ?

Il se leva et quoi qu'il lût chez madame Elena Anderson se sentit gêné d'être à peu près nu devant elle.

Pouvait-il dresser une liste des choses dont il avait besoin et madame Elena Anderson aurait-elle la courtoisie d'aller les lui acheter ?

— Certainement. Vous allez repartir, c'est ça ?

Oui. Il était désolé.

Il monta assez aisément l'escalier vers l'étage et la salle de bains, *autre erreur que je commets : je ne suis pas supposé savoir où est la salle de bains dans cette maison. Je subis le contrecoup de tout ce qui m'est advenu.* Il prit sa douche et lava ses plaies au savon tandis que du dehors montait le bruit de la voiture de la fermière s'en allant à ses courses.

Je pars, parce que j'ai envie de rester. Parce que le petit garçon a envie que je reste, et madame Elena Anderson autant. Et quitte à rompre, autant rompre rapidement.

Il faut te faire une raison : tu es condamné à la solitude.

Il se rasa, ce qu'il n'avait pas fait depuis trois ou quatre jours, hésita à se couper les cheveux, n'en fit rien. La salle de bains était celle de madame Elena Anderson ; il y flottait des odeurs légères de femme ; peu de parfum, un goût de lait à la cannelle ; tout était rangé, sans mystère ; par l'entrebâillement d'une armoire de bois ciré, Saorge aperçut un paquet cadeau, argent et noir, enrubanné de soie rouge sang-de-bœuf, qui semblait posé là depuis des lunes.

Ernie quittait sa chambre à dix mètres de là, en chaussettes ; il descendait l'escalier, passant devant la porte de la salle de bains de sa mère, y sachant Saorge mais ne disant rien.

Oui, Ernie, je m'en irai demain.

Ernie sortit de la maison, marchant vers le marais ; distance cent mètres dix heures.

Saorge enfila des vêtements de travail, prêtés par l'un des ouvriers agricoles — un peu courts et trop larges. Puis il sortit à son tour. Le terre-neuve était couché dans la grange, on l'avait installé sur une couverture elle-même épaissie par du foin ; il avait été ouvert en trois endroits, on lui avait rasé son épaisse fourrure brillante et noire à ces endroits, il avait été recousu sur, au total, près de soixante centimètres.

Saorge s'agenouilla, posa ses doigts entre les yeux, caressa le mufle. Le chien gémit doucement, paupières semi-closes. *Je ne serais plus vivant sans toi, Thor, et c'est parce que tu m'as suivi que j'ai été ramené ici, grâce à ton collier.*

Le petit garçon à quatre cents mètres est assis sur l'appontement, à contempler le lac gelé — onze heures, derrière le rideau d'arbres.

M'attendant.

— Le prochain trimestre, je vais sauter deux classes. Ils m'ont fait passer un examen et je l'ai réussi. J'irai à l'université, j'aurai tous les diplômes.

— Et tu viendras me voir au Québec.

— Oui.

Mais à l'esprit du petit garçon, sur l'écran de ses pensées, non pas le Québec, même dans ses régions les plus septentrionales : le Grand Nord jusqu'au pôle, il sait où je vais et ne m'en voit revenir jamais. En quoi il n'a pas tort.

— C'est dur, d'être seul, dit Ernie (et c'était de sa solitude à lui qu'il voulait parler). Tu n'as personne pour parler, personne.

— Je comprends, dit Saorge.

— Toi, oui. Mais personne d'autre. Et le plus dur, c'est quand ils te disent quelque chose que tu comprends tout de suite.

De l'une de ses béquilles tenue à bout de son bras, le petit garçon avait ouvert un trou dans la glace de l'étang gelé.

— Moi aussi je penserai à toi, Saorge. Quand je serai triste. Et je voudrais que tu penses à moi de la même façon.

A aucun moment depuis qu'il avait rejoint le petit garçon sur l'appontement, Saorge n'avait reçu de question directe, mentale. Il ne veut pas s'adresser à moi par la pensée et préfère filtrer.

Comme il avait lu la question qui vint alors : et lui, Saorge, il avait, des amis ?

— J'en avais. Au moins un. Il est mort.

Et alors arriva ce qui devait se produire, et qui avait conduit le petit garçon à se servir de mots, jusque-là, dans le vain espoir de contrôler ses sentiments, en les forçant à passer par le canal de l'expression orale.

Le petit garçon se mit à pleurer et Saorge le prit dans ses bras. Ayant envie de pleurer lui-même.

Et le lendemain matin à l'aube, lisant que le petit garçon était éveillé et luttait pour ne pas se précipiter à la fenêtre de sa chambre, il prit bien avant l'aube la route du Grand Nord.

X

Il s'appelle Ulikattak. Il porte un autre nom et un prénom donnés à sa naissance, par ces mêmes Blancs qui ont baptisé son père et son grand-père ; mais il les a oubliés, a voulu les oublier. Ulikattak et rien d'autre.

C'est un Inuit, un Homme. Il est de Pelly Bay, au-delà du cercle Arctique, sur les rivages désolés et éternellement glacés du golfe de Boothia qui sépare partie de la terre de Baffin du continent américain. Il y a tué deux hommes, quinze ans plus tôt, lui-même étant âgé de seize années ; la version officielle du double meurtre étant qu'il a réagi à une tentative faite pour s'approprier une femme dont il considérait qu'elle était sienne ; ce n'était pas la raison : il a poignardé l'homme de la Compagnie de la baie d'Hudson et son domestique eskimo parce qu'ils étaient là, le Blanc qui n'avait rien à faire dans *Nunaga*, mon pays, l'Eskimo parce qu'il servait le Blanc au point d'aller voler des femmes pour lui ; la RCMP, la police montée, l'a recherché des années, sans le retrouver ; la prescription, ce que les Blancs nomment la prescription, a fini par jouer.

Il est de la tribu des Arviligjuarmuit, les gens de la pêche à la baleine ; du groupe plus large des Eskimos Netsilik. Il n'est plus rien, il a rompu les liens avec quiconque.

Au physique, moins de six pieds, un mètre soixante-quinze environ, ce qui est une bonne taille pour quelqu'un de sa race. Puissant ; il frôle le quintal.

Il erre depuis quinze ans, jamais deux hivers à la même place et l'été remontant plus au nord. Il sait qu'il n'a plus les *mounties* après lui, mais c'est sans importance. Quand il a fui Pelly Bay, dans les trois semaines qui ont suivi sa fuite alors qu'il traversait la banquise pour gagner la terre de Baffin, un matin il a reçu une révélation, lui qui n'est pourtant pas mystique — il ne croit en rien et surtout pas en ce dieu que les missionnaires catholiques de Pelly Bay ont voulu le contraindre à honorer.

Il s'est souvenu qu'il était Inuit, homme de la neige et de la glace, du froid, du Nord. La résolution n'est pas née d'un coup. C'est au fil des saisons et des années qu'elle a grandi en lui : il restera Inuit, même s'il doit en être le dernier. Par la force des choses, durant ces premières années où les *mounties* le traquent, il est dans l'impossibilité de se ravitailler et de s'équiper à la façon des Blancs. Son peuple a survécu des millénaires sans les Blancs, il doit pouvoir faire de même. Il séjourne deux ans sur l'île de Banks ; les Eskimos qui y vivent sont tenus pour les plus expérimentés des trappeurs du Grand Nord. Il se fâche avec eux : ils ont abandonné la chasse ancestrale pour le piégeage et les fourrures qu'ils collectent sont destinées à la vente aux Blancs. Ulikattak n'a rien contre les Blancs ; eux chez eux, moi chez moi, ils nous détruisent, dans trente ans, les Inuits n'existeront plus.

Il erre depuis quinze ans. Il a toujours eu au moins une femme avec lui, pas nécessairement la même chaque année. C'est à cause d'une femme que son groupe s'est constitué : il emmenait une jeune fille, le frère a voulu suivre.

Et un an plus tard, il a recueilli le Vieux et deux des petits-fils de ce dernier, survivants d'une traversée mouvementée du détroit de Foxe.

Il se trouve donc à la tête d'un clan de neuf personnes, dont deux enfants sont de lui.

Saorge laissa sur sa gauche la passe de la Péribonka. Ne

s'en approcha pas. Depuis le Maine il était monté tout droit, marchant la nuit, dormant de jour quand il risquait soit d'entrer en contact avec trop de gens, soit d'être vu.

A un moment de sa marche, ce fut Noël mais il ne tenait pas le compte des jours. Taillant sa route sur la péninsule d'Ungava, il avait le sentiment, oppressant et mélancolique, d'avoir passé une porte, franchi un seuil. Lui venait en même temps l'ordinaire vertige du Grand Nord, où une part de lui-même le poussait à s'engloutir. Il tournait le dos à la terre des hommes, j'ai essayé par deux fois, il n'y aura plus d'autre tentative. Ses souvenirs de monsieur Maxie, des Mohawks égorgés, de la jeune femme Judith Jordaan avaient perdu de leur virulence.

Celui d'Ernie faisait mal.

Par un froid de trente degrés sous zéro et en deux occasions face à des blizzards qui le contraignirent à se terrer, il avança vers Port-Burwell, à l'extrême pointe nord-est de l'Ungava et du Labrador. Il ferait en sorte d'être à Port-Burwell de nuit, y passerait comme un fantôme. Il traverserait le détroit d'Hudson, par son étranglement oriental, la banquise y serait au rendez-vous, en passant par les îles Killinek, Button, Résolution et peut-être Edgell.

Lors de la randonnée qu'il avait faite trois ans plus tôt, remontant la Caniaspiscau jusqu'aux abords de Fort-Chimo puis ensuite, à l'est, traversant les monts Torngat afin de parvenir en vue de l'Atlantique, il s'était construit une cabane, bien cachée, où il avait entreposé des vivres pour un bon mois ; non loin de l'un des affluents de la rivière Gagnon.

Il ne doutait pas de retrouver cette cache.

L'éventualité d'une continuation de la poursuite par monsieur Nicholas Cassetti, il l'écartait. Quand il lui arrivait d'y penser.

Cinq ans auparavant, cinq ans et sept mois en fait, Ulikattak le proscrit est sur les bords du lac Mingo sur la terre de Baffin. C'est là qu'il a installé un camp de base, l'hiver ; il y a réuni les quarante-deux chiens dont il dispose. On est au début de juin, Ulikattak aurait dû se replier au nord, au-delà du cercle Arctique ; soit sur la rive nord du détroit Fury et Heela, pas loin d'Igloolik dont sa femme de ce temps-là est originaire, soit (toujours sur la terre de Baffin) sur la péninsule de Cumberland, dans les contreforts du mont Odin, la plus haute montagne qu'il connaisse. Il a été retardé par une fracture de sa jambe droite, à l'occasion d'une chute et depuis quelques jours peut marcher normalement, quoiqu'en boitant un peu.

Ulikattak a annoncé à sa troupe qu'on partirait le lendemain à l'aube. Il part faire un tour pour s'assurer qu'il peut marcher sur une bonne distance et même courir. Il se trouve à deux heures de son campement quand, dans cette solitude qu'il croyait totale, il découvre dans le lointain une silhouette humaine. L'homme a dû le voir aussi car voici qu'il modifie sa route et vient vers lui.

Un Blanc.

Ulikattak connaît bien l'anglais et sait un peu de français. A ceci près qu'il y a des années qu'il n'a pas prononcé le moindre mot dans aucune de ces deux langues. L'inuit et rien d'autre. Ce Blanc fou qui va à pied n'a aucune chance de s'entendre donner un renseignement ; c'est peut-être un aviateur perdu, allant à Frobisher Bay ou en revenant ; une fois Ulikattak a trouvé la carcasse d'un petit avion avec trois hommes morts dedans — il n'a touché à rien, les loups aussi ont le droit de manger ; surtout des Blancs.

Ulikattak s'asseoit et attend, impassible. Il a son fusil entre les mains et rien ne serait plus facile que de tuer cet homme seul.

Le Blanc vient s'asseoir près de lui. A quatre ou cinq mètres.

Dix minutes d'un silence absolu. Le Blanc sort d'un de ses sacs ce qui se révèle être des raisins secs (Ulikattak en a goûté une fois, quand il était gamin, lors d'un repas de Noël chez les curés) et se met à en manger, regardant devant lui. Dix ou vingt minutes de silence suivent ce geste et Ulikattak commence à se dire qu'il ne va pas céder le premier, il restera assis là jusqu'au prochain hiver s'il le faut, sans bouger et sans ouvrir la bouche.

Il n'a pas à attendre. Voici dans les quarante minutes qu'ils sont tous deux à contempler les paysages désolés de la terre de Baffin aux environs du lac Mingo quand le sac de toile contenant les raisins secs atterrit aux pieds de l'Inuit. Qui pendant dix bonnes minutes réfléchit sur ce qu'il va faire.

Finalement il bouge une jambe et écrase le sac et les raisins de son talon gauche. Sans mouvoir sa tête.

Va crever, Blanc.

Or ce n'est qu'un début. Car le Blanc remue et plonge une de ses grandes mains à l'intérieur de l'espèce de machin-truc trop petit pour lui et qui pourrait être une parka de Blanc. Il ressort une chose blanche, qui remue. C'est un bébé harfang, qui piaille. Le Blanc nourrit le harfang blanc et va ramasser les raisins secs écrasés par la botte d'Ulikattak.

Lequel pense : je suis un con.

Et il se dit aussi que peut-être, en cherchant bien, on doit pouvoir trouver un Blanc pas complètement insoutenable. Il parlerait inuit, je lui pardonnerais presque d'être un Blanc.

— *Kisimmgaaq*, dit le Blanc avec un accent irréprochable.

Kissimmgaaq, c'est *celui qui est ou va seul*, c'est de l'inuit, pas de doute. Ce Blanc parle l'inuit.

— Je parle de moi, ajoute le Blanc en pur inuit. *Asivarit*, excusez-moi de m'être assis à votre côté.

— Ce n'est pas la place qui manque, dit Ulikattak.

— Je peux m'en aller, si vous voulez.

Je deviens de plus en plus con, pense Ulikattak.

Et il s'entend dire :

— Tu peux venir jusqu'à mon campement.

— Je ne saurais trop vous remercier de cette visite si gracieuse et si impromptue, dit le Blanc.

Qui, déjà debout, n'a pas à se lever, part en la direction du campement, comme s'il savait où c'était. En sorte que se retrouvant assis tout seul, et déjà en arrière, Ulikattak n'a d'autre ressource que de se dresser aussi et de suivre, c'est ridicule : il va chez moi et c'est moi qui marche derrière ! Il accélère et se fait un point d'honneur de prendre les devants.

Je ne lui demande pas son nom, qu'il crève.

— Je m'appelle Saorge.

Ni d'où il vient.

— Je viens de l'Ungava, le détroit d'Hudson pouvait encore être traversé à pied, voici deux semaines.

Le Blanc ne dit plus rien. Il ne tiendrait pas deux minutes dans le Grand Nord d'hiver, avec son accoutrement de Blanc ; l'une de ses bottes est fendue, ses chaussettes sont en lambeaux, son pantalon déchiré et sous sa parka entrouverte on voit qu'il porte des chandails de laine. Même si le temps est doux — moins douze — et très ensoleillé, ce n'est pas une tenue.

Ulikattak constate que l'inuit du Blanc n'est pas ce qu'il semblait être au début, sur les premiers mots. Le Blanc fait des fautes (mais les corrige très vite, quelques secondes après les avoir commises — aussitôt après qu'Ulikattak les a relevées et corrigées, mais ce n'est qu'un hasard).

Ils arrivent au campement et le Blanc qu'Ulikattak se refuse à nommer Saorge se conduit aussi bien qu'un vrai Inuit, avec la même courtoisie. Il dit les mots que l'on attend de lui. Il se tait quand il doit se taire et parle juste assez. Il prend la place qui est celle d'un invité de passage.

Avec un temps de retard, mais le mot ou le geste appropriés finissent par être dits ou faits.

— Je voudrais aller au mont Odin, dit-il le lendemain matin. Je serais honoré que vous m'autorisiez à vous suivre.

Comment sait-il où nous allons ? Ma femme ou quelqu'un le lui aura dit, ou l'aura dit et il aura entendu. Je ne vais pas traîner un Blanc derrière moi ? Mais d'un autre côté, un autre homme ne serait pas de trop, pour aider à mener le deuxième traîneau. Ulikattak n'est accompagné que de six personnes : sa femme, le premier enfant qu'il aura d'elle, un jeune garçon qui prétend avoir quinze ans et qu'une perdrix des neiges culbuterait d'un coup de patte, plus le Vieux et ses deux petits-fils bien jeunes.

Mais un Blanc, quand même !

— Je sais mener les chiens. Et je vous quitterai à la moindre injonction.

Il emploie des mots pas comme tout le monde.

Les trois semaines suivantes, ils commencent par gagner

les pentes du mont Odin, puis les contournent, atteignent le bord de la mer immobile du détroit de Davis, vont de crique en conche, prennent des phoques et un morse et la constatation s'impose : ce Blanc n'est pas parfait puisqu'il est blanc. Mais il comprend tout, nul besoin de lui expliquer deux fois les choses, même pas la peine de les lui expliquer une fois. Il regarde et l'on pourrait croire que quelque chose se passe, un courant. Il devine.

Et il est jeune. Je vais finir par aimer d'amitié un Blanc. Mais quel Blanc saurait en deux semaines apprendre les trente et quelques mots pour, en anglais ou en français, dire *phoque* ou *neige*, selon que par exemple la neige est bonne à bâtir un igloo, ou bien granulée, ou molle, ou en train de tomber, ou chassée par le blizzard de terre ? Quel Blanc te regardant et suivant ton regard pourra apprendre à utiliser les onze mots différents pour *lichen*, et les douze pour *boue* (alors qu'en inuit, il n'existe qu'un mot pour dire *fleur*, toutes les fleurs portant le même nom) ?

Saorge peut rester à Nunaga, notre pays inuit, il peut y rester autant qu'il le voudra, ou y revenir à sa convenance.

Fin septembre, Ulikattak a équipé un traîneau spécial attelé de vingt-huit de ses meilleurs chiens. Il a ramené Saorge sur l'Ungava en marchant et courant côte à côte avec lui sur la mer gelée. Ulikattak est allé aussi loin qu'il l'a pu, en prenant soin de ne rencontrer aucun de ces Inuits dégénérés qui boivent et se droguent et portent des jeans et des blousons avec des aigles d'or dans le dos à la façon des Blancs.

— Reviens me voir, Saorge. Reviens un jour. Si ça se trouve, je serai le dernier vrai Inuit.

— Je me souviendrai toute ma vie de ce temps que nous avons passé ensemble, vous et moi.

— Et ne me parle pas comme si j'étais le roi des Inuits. Je ne suis qu'un vagabond.

— Kisimmgaaq.

— Non, c'est toi, Kisimmgaaq. Celui-qui-va-seul. Reviens.

Contact. Saorge s'immobilisa. Il n'avait rien absorbé depuis trente heures et comptait sur son dépôt secret dans la cache au pied des Torngat. Sans lequel il ne lui fût resté que la ressource de chasser ; qui ne pouvait pas être aisé, dans ce blizzard à geler le sang.

Le contact venait de la cache. Très léger, à cette distance ; guère plus qu'un frôlement. Il s'avança de cent pas.

Une femme.

Non, deux.

Saorge repartit et malgré l'épuisement qui l'alourdissait et cette faiblesse somnolente qui le gagnait, si dangereuse, il se contraignit à effectuer un tour complet, maintenant la cabane juste à l'intérieur du Troisième Cercle.

Personne aux alentours.

Il s'accroupit. Je peux chasser et donc passer sans voir ces deux femmes. Dont il se refusait à recevoir, ou du moins à lire les pensées ; ainsi d'une musique qu'on entend sans l'écouter.

Sauf qu'il gelait vivant et le savait, pas question de poursuivre. A l'extrême rigueur, il pouvait s'enfouir sous la neige et attendre. Mais des heures allaient s'écouler et sa faiblesse irait en grandissant ; peut-être ne se réveillerait-il pas.

Il se remit en marche. Les pensées des deux femmes furent dans le Troisième Cercle, puis le Deuxième les absorba et dès lors il ne put faire autrement que les lire. Mère et fille. Images d'une agglomération, d'un grand mur coupe-vent, d'une maison-caisson.

Images de viol par deux hommes indiens.

Les femmes dans le Premier Cercle. La femme-mère couchée, et qu'il voyait par les yeux de la femme-fille. Pour celle-ci, aucune image : la gisante avait ses paupières closes.

Saorge parcourut les cent derniers mètres. Images de la femme-mère mourante, de solitude, de mort aussi, imminente, pour la femme-fille.

Elisa, la femme-fille. Elisapec, à la mode inuit.

Il déboucha devant la cache. Qui n'était plus telle qu'il l'avait faite trois ans plus tôt ; on y avait ajouté un prolongement, de rondins aussi, et la porte en était mieux ajustée. Cette porte résista à la première poussée de la main de Saorge.

— Voudriez-vous m'ouvrir, je vous prie ? Je suis en train de mourir de froid et cette cabane est la mienne.

Il prit de l'élan et frappa de l'épaule. Le panneau s'ouvrit. Saorge entra avec le blizzard et se trouva devant une adolescente qui pointait sur lui un revolver.

— Votre cabane ?

Elle n'avait pas lâché le revolver mais ne le tenait plus qu'à bout de bras. Saorge mangeait du thon à l'huile. Ils s'étaient mis à deux pour refermer la porte et en réassujettir le gros loquet et son mentonnet.

— Ma cabane, dit Saorge. Et il n'y a plus de balles dans votre revolver.

— Comment vous le savez ?

Elle n'avait pas peur de lui, qui mangeait debout, ne s'étant pas défait du moindre de ses équipements. Elle n'avait pas peur mais pensait à le tuer, il lut qu'elle projetait d'essayer de lui fracasser le crâne avec une bûche. Ou la hache — je n'avais pas laissé de hache, pas celle-ci, les deux femmes l'auront apportée avec elles.

Il restait peu des provisions qu'il avait laissées et de celles que les femmes avaient entreposées. De quoi tenir trois jours, peut-être quatre.

— Je ne vous ferai aucun mal et ce n'aurait pas de sens de tenter de me tuer. D'abord, vous n'y parviendriez pas, et ensuite vous allez avoir besoin de moi. Je chasserai dès que le blizzard se sera apaisé. Je vous fournirai de la viande. J'avais laissé une hache, elle est cassée ?

Il lut la réponse.

Mentale — elle n'avait pas répondu par la bouche. Il termina le thon. L'agrandissement de sa construction d'origine consistait en un appentis dont la pente s'achevait à moins d'un mètre du sol. On y accédait par un trou découpé dans les rondins mis en place par Saorge ; la surface de la cabane de départ — deux mètres sur trois — s'en trouvait doublée. La cheminée de pierres qu'il avait ébauchée avait été achevée, assez adroitement ; elle fumait un peu, le conduit devait en être mal orienté. La femme gisante se trouvait dans l'appentis, dans lequel un bat-flanc avait été construit ; elle était recouverte de fourrures — pour l'essentiel de la martre — et de deux grandes peaux de caribou.

— Votre mère ?

Il n'attendit pas la réponse et s'approcha. Il vit une femme eskimo de trente ans, ou moins. Mourante.

— Que lui est-il arrivé ?

— Allez vous-en.

Mais la question de Saorge avait déclenché le défilé des images chez la très jeune fille : la mère ne s'était jamais remise de ce coup à la tête qu'on lui avait donné, à Port-Nouveau-Québec, avant qu'on ne les viole toutes les deux. Durant les premiers jours qui avaient suivi l'agression, elle s'était plainte de douleurs. Parfois elle tombait en avant, sans raison apparente. La remontée de la rivière, quand elles avaient fui la ville, avait été difficile. Elisa avait dû effectuer d'innombrables portages par va-et-vient.

C'était en début de juillet, quatre mois plus tôt. Elisa avait cru que les choses iraient mieux. Par moments sa mère se portait bien, travaillait, l'aidait. Depuis quatre jours elle ne parlait plus, ne bougeait plus ; impossible même de la faire manger ou boire. Elisa avait tenté une sortie, prête à porter sa mère sur son dos au long des presque cent kilomètres les séparant de Port-Nouveau. Le blizzard était arrivé et elle avait dû faire demi-tour après six heures.

— Je ne suis pas médecin, je suis profondément désolé.

A tout hasard il prit le pouls, intermittent et très faible, à peine perceptible.

Saorge se défit de ses vêtements de voyage. Il portait une double parka de caribou ; les poils de la parka du dessous tournés vers l'intérieur, et pour celle du dessus, le contraire. Ulikattak avait fabriqué ces choses lui-même et leur avait donné le style du Keewatin. Deux fentes latérales jusqu'à la taille, bordées de franges, en sorte que le devant s'arrêtait à mi-cuisse au lieu que le pan de derrière atteignait le creux du genou. Les franges ornaient les bords du devant. Pour le capuchon, Ulikattak avait choisi du loup. Des jambières molletonnées, doublées, protégeaient les jambes jusqu'en haut des cuisses ; elles se portaient sous les pantalons de caribou, moins volumineux que ne le voulait la mode sur Baffin et dans l'Ungava, et se finissant au genou. Pour les pieds, des bas de laine et de caribou, enveloppés dans des chaussons souples (caribou encore), ouverts pour ne pas gêner la marche, et protégés par deux bottes successives (du caribou, les bottes se disaient *kamiks*, en inuit) avec les poils inversés comme pour les parkas. Ulikattak avait fait incruster par sa femme, sur la peau alezane, de petits motifs de cette fourrure blanche que le caribou porte sur le ventre. Tout compris, l'ensemble de cet équipement en apparence lourd et massif ne pesait que deux kilos.

Saorge lut la question de l'adolescente. Il feignit de surprendre le regard qu'elle posait sur ses gants qu'il venait d'ôter.

— Kisimmgaaq, dit-il. C'est ce qui est écrit.

— Celui qui va seul.

Il la fixait et quelque chose d'étrange et d'inconnu à ce jour arriva : elle soutint son regard et ne sembla pas en être gênée. N'en fut pas gênée — il le lut. Même Henri Gatineau, même la jeune femme Judith Jordaan, ni personne n'avait eu pareille attitude.

Elisa posa enfin le revolver.

— Vous êtes très fatigué, dit-elle. Je crois que c'est vous qui avez commencé de construire cette cabane. Asseyez-vous. Je vais vous faire du thé, il en reste un peu. Ma mère va mourir. Vous pourrez dormir, pendant ce temps-là.

Au matin, il l'aida à transporter le corps hors de la cabane. Ce fut lui qui creusa dans la neige que le blizzard n'en finissait pas d'amonceler, parvenu à la terre, il ne put qu'en détacher quelques bribes, il eût fallu une pioche, la hache ne suffisait pas. Il laissa la jeune fille seule, lisant qu'elle voulait prier.

Il savait à peu près tout d'elle ; où elle était née, de qui, et comment elle était allée dans cette école de Frobisher Bay, comment elle s'en était enfuie, comment elle était allée rejoindre son père et sa mère, comment elle était partie avec eux pour Port-Nouveau-Québec, comment son père y était mort...

Pourquoi elle avait des yeux gris.

Sans qu'elle eût encore dit un seul mot d'elle-même.

Son grand-père était écossais. C'était un agent de la Compagnie de la baie d'Hudson à Spence Bay, en haut du Keewatin, au début de la péninsule de Boothia.

— Mon père s'appelait Angulaalik, de son nom inuit. Il était grand, comme mon grand-père que je n'ai pas connu. Il buvait trop. C'est difficile de ne pas être tout entier d'une race. Et souvent, il se mettait en colère et se battait.

On avait renvoyé Angulaalik de son travail. Il était parti pour Spence Bay.

— C'est là qu'il a rencontré ma mère.

Elisa parlait d'elle-même, à présent. C'était au second jour de leur présence commune dans la cabane, et dehors le blizzard redoublait de violence, interdisant toute sortie. Elle dormait dans le lit, seule maintenant que sa mère était morte. Saorge couchait dans la pièce d'origine, sur le plancher, dans l'un de ses sacs de couchage.

— Mon père avait quarante et un ans quand il s'est marié. Mes parents sont partis pour Frobisher Bay parce que mon père espérait y retrouver un emploi. C'est là que je suis née. J'ai seize ans et demi.

Quinze et quatre mois et sept jours, corrigea mentalement Saorge. Et elle avait farouchement aimé son père aux larges épaules et aux yeux gris, l'homme né d'un marchand de fourrures des Hautes Terres et d'une Inuit avait eu de la pétulance, le coude léger et le poing facile, dans les souvenirs que sa fille avait de lui ; des images naissaient en un jaillissement continu et presque fiévreux, du père tenant l'enfant, l'adolescente, la jeune fille dans ses bras. Jusqu'à ce jour où il était tombé d'un toit de Port-Nouveau, du sang noirci sortant de sa bouche, alors qu'il était étendu sur la neige, ses yeux clairs figés par la mort.

— Tu parles très bien l'anglais.

— Je sais aussi le français.

Et la géographie. La capitale de l'Albanie par exemple, ou celle de la Nouvelle-Guinée.

— Je ne les connais pas, dit Saorge peu habitué à mentir, mais lisant qu'elle avait envie de lui asséner ses connaissances. Lisant aussi ce qu'elle avait l'intention de faire, le moment venu : redescendre à Port-Nouveau, y acheter des balles pour le revolver et aller abattre les deux hommes, les Indiens qui les avaient violées, sa mère et elle. Et plus il lisait en elle, plus il avait envie d'y lire. Sa perception n'était nullement douloureuse, au contraire. Il se trouvait, dans ce que pouvait penser Elisa, à quelque moment que ce fût, une détermination mais une clarté, avec de la douceur, infiniment de douceur. Il se voyait à travers elle et, pour la première fois de sa vie, ne se détestait pas. Il retrouvait des sensations connues avec Maxie le Mohawk ou Ulikattak.

Sauf qu'Elisa ne ressemblait pas à Maxie le Mohawk. Pas davantage à Ulikattak.

Ce n'est pas de l'amitié. Ça en est et c'est autre chose.

Tu ne dois pas la toucher, c'est une très jeune fille, quoiqu'elle ait été violée. Mais pour ce viol, tu sais mieux qu'elle comment c'est arrivé, ce qu'elle a éprouvé, et souffert, son énorme fureur, tu vois les images enregistrées dans sa mémoire, qu'elle ne rejette pas (un peu, quand même, et de plus en plus) mais ne comprend guère ; un peu comme si elle te répétait des phrases dans une langue entendue mais non comprise.

Tu ne dois pas la toucher même si elle a confusément envie que tu la touches. En ce moment où vous êtes assis côte à côte à contempler le feu, tu lis ce qu'elle a dans sa tête. Elle revoit ce film qu'elle a vu dans une « nursing house » de Frobisher, *L'Homme tranquille*, la même scène lui revient. Et toi tu as vu le film aussi, tu l'as même vu dix ou quinze fois, c'était un très beau film. De John Ford, que tu aimes presque autant que Franck Capra. La scène où Elle et Lui sont pareillement devant un feu, dans le cottage d'Irlande, et ils sont mariés et ils se taisent, ils ne disent rien, et à un moment Lui, sans cesser de regarder le feu, allonge son bras et en silence, doucement, il L'attire à Lui.

Elle ne dit rien. Tu comprends qu'Ils vont faire la chose, dans la douceur et la tendresse, ainsi que ce doit être.

Ne bouge pas.

Le blizzard cessa le quatrième jour.

— Je vais sur la terre de Baffin, dit Saorge. Si j'ai beaucoup de chance, j'y trouverai le seul ami que j'ai, et qui se nomme Ulikattak.

Elle à moitié envie de venir avec moi. Elle veut descendre à Port-Nouveau et ne veut pas y aller.

La balance penchait pour Port-Nouveau. Il lui raconta, à ce moment-là, l'histoire. Toute. Lui dans son sac de couchage et elle sous les fourrures des martres et la peau de caribou, tous ces animaux qu'elle avait tués au revolver (pour les deux caribous, la peau du deuxième ayant servi de linceul à sa mère) ou pris au piège pour les martres. A quatre mètres l'un de l'autre, et le feu rallumé par Saorge dès son éveil. Et il orienta son récit à proportion du crédit qu'elle y accordait, lisant ses réticences ou son incompréhension, parfois, contournant l'une et effaçant les autres.

Il lut qu'elle voulait des preuves et il les lui fournit. Ainsi qu'il l'avait fait (très peu) avec Maxie et davantage avec la jeune femme. Répondant à ses questions muettes sur telle scène vécue par elle à l'école de Frobisher ou lors d'une partie de chasse avec son père. Ou sur le dernier livre qu'elle avait lu.

Elle demanda enfin, rompant un long silence :

— Et qu'est-ce qu'il est arrivé à la jeune femme ?

— Je ne sais pas.

— Elle est morte ?

— J'espère que non.

— Je crois qu'elle l'est.

— N'essaie pas de tuer ces hommes de Port-Nouveau, je t'en supplie.

— Ça m'est égal d'aller en prison. Mon père y est allé.

— Ça ne m'est pas égal, à moi, dit Saorge.

— Tu es très gentil. Tu as lu mon vrai âge, dans ma tête ?

— Oui.

Un silence.

— Ne fais pas cela, je te prie, dit Saorge.

Elle dormait nue, c'était sa règle. Et il venait de lire qu'elle voulait se lever, rester nue, et s'approcher de lui. Elle n'avait pas une idée précise sur ce qu'elle ferait, ensuite. Comptait sur lui.

C'était gênant. Elle demanda :

— Tu devines ce que je pense ? A chaque fois ?

— Oui.

Elle était la troisième personne au monde à qui il s'était confié. Elisa était plus incrédule, ou plus résistante ; elle avait de l'équilibre, la révélation que je lui ai faite ne l'a pas troublée ; lui eussé-je appris que je venais d'une autre planète qu'elle n'en eût pas été non plus ahurie. Peut-être parce qu'elle est jeune. Mais pas cela seulement. Le mot juste est bien équilibre, elle s'est appropriée à moi et à ma maladie plus naturellement que monsieur Maxie.

— Je ne suis pas une petite fille. Je suis une femme.

Qu'est-ce que je dois dire ?

— A l'école de Frobisher Bay, j'avais des amies de mon âge et toutes ou presque avaient déjà fait la chose avec des garçons.

Au moins, elle dit la « chose », c'est correct.

Tout en parlant elle revoyait les scènes de son père avec elle, son père lui demandant d'attendre, pour faire la chose, de ne pas la faire avec le premier venu pour la seule raison qu'il était un garçon, d'attendre d'avoir trouvé quelqu'un qui convînt.

— Je suis en train de réfléchir, dit Elisa. Tu n'as pas envie de me voir toute nue ?

— Ce n'est pas ainsi que la question se pose, dit Saorge embarrassé.

— Tu n'aimes pas les femmes, peut-être ?

— Si-si.

— J'ai connu un garçon qui n'aimait que les autres garçons. Ou tu me trouves trop jeune ?

— Voilà.

— Parce que tu es vieux, toi ? Tu as quel âge ?

— Vingt-cinq.

— C'est vrai que ce n'est plus tellement jeune. Mais que

l'homme soit plus vieux, ce n'est pas si mal. Il vieillit moins que la femme.

Edward-Angulaalik, fils d'un Ecossais des Highlands, ne s'était marié qu'à quarante et un ans. Images du père, à nouveau.

Et au contraire de monsieur Maxie et de la jeune femme, Elisa ne se sert pas de ma maladie, il y a chez elle une différence entre ce qu'elle pense et ce qu'elle dit — se croit obligée de dire alors que je comprendrais de toute façon.

— J'ai bien réfléchi, maintenant. Je crois que tout est clair. Je vais me lever et me mettre devant toi, et tu me regarderas et tu verras si ça t'intéresse ou non.

Ce qui t'arrive est abracadabrant ; quand tu allais voir ces femmes sur les abords du lac Saint-Jean, tu leur faisais la chose, à peu près comme de prendre une douche ; même la fois où elles étaient deux d'un coup et que tu demandais si c'était possible de le faire deux fois — c'était avec des campeuses quoique avec ces deux-là, tu as ressenti de la gêne, parce qu'elles voulaient se et te regarder l'une l'autre, l'une assise à côté pendant que tu faisais la chose à l'autre, et mâchant de la gomme.

— Regarde, au moins, dit-elle.

Il se décida à relever son nez enfoncé dans le sac de couchage. Elle se tenait à un mètre de lui, son flanc gauche éclairé par les rougeoiements des flammes dans la cheminée, ses mains portées devant elle. Elle haletait un peu, il lut de la gêne mais aussi de la détermination, en elle. Et les images, elle se voyait se glissant dans le sac de couchage, ou c'était lui qui sortait de son sac et la conduisait jusqu'au bat-flanc avec les douces fourrures de martre. Comparée à lui, debout l'un près de l'autre, elle eût semblé petite. Elle mesurait un mètre soixante-cinq, environ. Elle était brune, avec sur la chevelure et à certain endroit de son corps des reflets cuivrés ; ses cheveux étaient coupés courts et taillés sur le front, y dessinant une frange. Le visage était triangulaire, avec les pommettes fortes et les lèvres bien dessinées, pleines.

Ses mains se dénouèrent et tombèrent le long de ses

hanches ; ses pensées se précipitaient, devenaient confuses, à mesure de la gêne qu'elle éprouvait.

— Est-ce que je t'intéresse ?

— Enormément.

Elle était solide. Epaules larges et hanches de même, la peau un peu cuivrée mais à peine, les aréoles de ses... enfin de sa poitrine étaient pâles, comme roses.

— Je ne crois pas que nous devrions le faire maintenant, dit-il.

— Plus tard ?

Il lut et précisa :

— Je veux dire pas aujourd'hui ni demain.

— Mais tu veux.

— Oui. On attend un peu, c'est tout.

Il lut encore et corrigea la pensée qui venait de se former :

— Non. Ce n'est pas à cause de la jeune femme. Pas du tout.

Ou alors, si c'était à cause de la jeune femme Judith Jordaan, c'était en raison des différences entre elles. Et puis il était malade.

— Ce n'est pas une maladie, c'est bête ce que tu dis.

Elle s'agenouilla, si près qu'elle eût pu le toucher en avançant une main.

— Tu ne l'es pas. Est-ce que tu te sentais malade, avec cette jeune femme ?

— Oui.

— Et avec moi ?

Il dégagea sa main du sac et la posa sur le genou.

— Non.

— Tu es très gentil. Est-ce qu'on peut s'embrasser, au moins ? Si c'est difficile d'attendre, je ne voudrais pas te compliquer les choses.

Il allongea son bras, se hissa sur un coude, passa ses doigts derrière la nuque d'Elisa et l'embrassa. Très doucement.

Elle se remit debout, souplement, d'un saut de chat. Elle sourit.

— Je vais venir avec toi sur la terre de Baffin.

— J'en suis heureux. Très profondément.

Elle repartit et il l'entendit faire clapoter l'eau du baquet de bois maintenu près de la cheminée, pour éviter le gel. Il s'habilla au plus vite et partit chasser, emportant l'un de ses fusils. Il faudrait des provisions pour le voyage.

XI

Le Gollum courait plus qu'il ne marchait. Un trottinement ininterrompu. Il tournait en rond, décrivait un cercle d'environ un kilomètre et demi de diamètre. Il en était à son sixième passage pour la journée, devant l'abri dans lequel Dawlish l'avait assigné à résidence. Sa course ne servait à rien. Sinon à répondre à son besoin de mouvement, de prendre l'air...

D'apaiser son trouble. A cause de la lettre. Le dessin qu'IL avait laissé des semaines plus tôt, fixé au tronc d'un arbre dans un sachet de plastique. C'était LUI, forcément, qui avait placé ce message. LUI qui avait accumulé les fausses pistes et fait courir pour rien, des jours et des jours, des semaines. Jusqu'à ce qu'à la radio Hatto intervienne et ordonne à Dawlish : ça suffit, on arrête, il va falloir que je m'en occupe moi-même, je vais venir au Canada prendre l'affaire en main, toi, les deux autres et le Gollum, vous gagnez la terre de Baffin, vous attendez, il est possible que le Gollum ait trouvé plus fort que lui.

Je n'ai rien dit. D'abord ce n'est pas demain la veille que je dirai à Dawlish un autre mot que « ugh ». Surtout à cause du dessin qu'IL m'a laissé.

Oh ! ce dessin !

N'empêche que j'ai trahi Hatto. Qui n'est pas Dawlish, lui. Qui est un milliard de fois plus intelligent que Dawlish.

Hatto qui s'appelle de son vrai nom Nicholas Nick Cassetti. Je connais leurs noms à tous, ceux qui depuis le Viêtnam et même avant ont travaillé pour Hatto. Sais tout d'eux. De Dawlish aussi. Dawlish me parle comme à un chien et croit que je suis un chien.

Nicholas Machiavelli Cassetti. Une fois, l'ai pisté, pour voir. Sais où il habite, où sont ses femmes, connais l'appartement de Park Avenue, sa maison dans le New Hampshire (secrète, il croit que personne n'en connaît l'existence). Dans les deux cas, suis entré, ai vu les tableaux, les statuettes, les livres ; se fait appeler James Andrews, dans le New Hampshire ; un gardien et une femme de service ignorent qui il est.

Le Gollum trottinait.

TU aurais fait exprès de ne pas écrire, comme ça j'étais le seul à pouvoir comprendre ?

Oh ! mon Dieu, je prie que ce soit ça. Par pitié, ne dis rien à Cassetti, il me les tuerait. Il tue tout ce qu'il touche, regarde Judith Jordaan que pourtant il aimait.

Je veux TE rencontrer et TE parler. Lire dans TES yeux que TU ne diras rien.

Pas TE tuer, Gollum jamais tuer, Gollum aider Hatto à tuer, mais Gollum gentil.

Le Gollum courait-trottinait, penché en avant et grimaçant, ses bras portés avant et raides, paumes offertes au vent de sa course.

Il passa devant Dawlish survenu, comme si Dawlish était invisible.

— Espèce de foutu clebs, hurla Dawlish, retourne à ta niche ! Va coucher !

— Ugh, dit le Gollum.

Saorge tua un caribou, il fallut deux journées de plus dans la cabane pour fumer la viande et la préparer. Elisa traita la peau, qu'elle voulait emporter, et celle de la bête qu'elle avait chassée, comme les peaux de martre.

Il termina le traîneau ainsi qu'Ulikattak lui avait appris à en fabriquer, ils chargèrent l'essentiel de leurs affaires et Saorge s'attela.

— Je peux tirer, moi aussi, dit-elle.

Elle était forte, plus que résistante. Il allait le vérifier.

Ils partirent dès qu'ils sentirent que l'aube allait poindre et marchèrent six heures de rang sans une pause, Saorge voulant voir de quoi elle était capable.

— Je ne suis pas fatiguée.

— Moi non plus, mais il faut se nourrir.

Il ne leur restait presque plus de thé. Ils convinrent qu'elle irait seule en acheter à Port-Burwell. Les trois jours suivants ils avancèrent, sans désemparer, franchissant les vallées orientées à l'ouest nord-ouest, les monts Torngat sur leur droite, dont la cime, la montagne du Cirque, atteignait presque dix-sept cents mètres. Le temps s'était remis au beau, après ces jours de tempête. Un matin ils virent passer un avion dans le ciel, venant du sud et allant sans doute à Frobisher Bay.

Voici l'autre raison que tu avais et as de ne pas la toucher, se disait Saorge. A supposer que tu eusses fait la chose avec elle, comme tu aurais été le premier, elle se serait encore plus énamourée de toi qu'elle ne l'est ou ne croit l'être (enfin, peut-être, ne sois pas outrecuidant). Or toi, tu ne reviendras plus au sud. La conserver près de toi reviendrait à la condamner à vivre dans le Grand Nord.

— Nous irons où, ensuite, quand nous serons sur Baffin ?

— Je rechercherai mon ami.

— Ulikattak.

— Voilà.

Je n'aurais pas dû lui indiquer le nom d'Ulikattak, c'est une erreur. Quand je l'aurai ramenée à son école de Frobisher, elle sera capable de s'en enfuir et de vouloir nous retrouver. Un mensonge en entraîne un autre, ainsi que le pensait monsieur Maxie ; j'aurais dû mentir et donner un autre nom eskimo. Ou raconter que j'allais sur Baffin pour chasser.

Contact.

Ce n'était qu'un petit groupe d'Inuits qui allait chasser.

— Il y a quelqu'un ? demanda Elisa en chuchotant.

— Ils ne peuvent pas nous entendre, ils sont trop loin.

— Je peux t'appeler par ton petit nom ?

Il hésita. Personne à part sa mère.

— Oui.

Je l'appelle Elisa, moi. Et pas de son nom de famille écossais ou inuit. Je disais Jordaan à la jeune femme, mais ce n'était pas pareil.

— Quel saint François ? dit-elle en gambadant près de lui qui avait repris le harnais du traîneau. N'oublie pas que j'ai été un an et demi chez les bonnes sœurs, à Ivujivik, pendant que mon père était en prison pour s'être battu. Saint François-Xavier, saint François de Sales ?

— D'Assise, dit Saorge.

— Je peux t'appeler d'Assise, si tu veux. Mais c'est joli, François.

Contact.

Contacts deux mille mètres onze heures. Ils approchaient de Port-Burwell, sur l'île Killinek. Le paysage était désolé, la végétation y rampait sous la neige, trop rabougrie pour sortir la tête, et sous leurs pieds le permafrost était profond de trois cents mètres ou davantage, croûte de boue gelée déposée des millions d'années plus tôt. Saorge s'accroupit.

— Pas plus loin ?

— Sauf si tu ne veux pas acheter ce thé. Nous pouvons nous passer de thé.

Elle hésitait, il lut ses pensées.

— Je ne partirai pas seul, Elisa. Je t'attendrai. Je te donne ma parole que je serai ici à ton retour.

Elle grattait la neige de l'extrémité de sa botte. Elle releva la tête et sourit.

De la malice monta dans les yeux gris si surprenants.

— Est-ce que tu lis dans la tête de tous les habitants de Port-Burwell ?

— Oui.

— Ça doit faire un sacré boucan, non ?

— A cette distance, c'est supportable.

Elle tourna la tête et estima la distance.

— Deux kilomètres, dit-elle. Tu lis les pensées des gens à au moins deux kilomètres.

Elle éclata de rire :

— Hé ! hé ! tu ne voulais pas me répondre mais j'ai trouvé la réponse.

Elle demanda :

— Ils se trouvent dans le Troisième Cercle ou dans le Deuxième ?

— Troisième.

— Et tu suivras ce que je penserai, quand je serai à Port-Burwell ?

— Mmmmm.

— Si je te dis bonjour pendant que j'achèterai du thé, tu m'entendras ?

— Oui.

— Je le ferai. Tu ne veux rien d'autre ?

L'idée lui vint, qu'il eût dû avoir eue plus tôt.

— Des livres. S'ils en ont. Tu auras assez d'argent ?

Elle avait vingt-huit dollars. Il lui en donna cinq cents, de la première des quatre liasses qu'il portait sur lui — cent douze mille dollars en tout.

Elle partit et il s'accroupit. Il ferait nuit dans à peu près deux heures, ils avaient prévu de marcher de nuit, en sorte d'être sur la banquise sans que personne ne pût les y voir, et d'être le plus loin possible de Port-Burwell au lever du jour. Peut-être la poursuite n'était-elle pas terminée. L'on se cache mal sur une mer glacée. De l'archipel des Button à l'île Resolution, avant-poste de la terre de Baffin, il devait y avoir quatre-vingts kilomètres. Deux jours, sinon trois.

Ou trois nuits ? En se cachant le jour ?

Seul, je mettrais trente heures. Pourquoi l'emmener ? C'est dur pour elle (et pour toi pour d'autres raisons) et tu t'accoutumes à la douceur de n'être pas seul ; tu n'en souffriras que davantage. La reconduire à cette école ne servirait à rien, elle s'en échapperait pour la sixième fois.

Il faillit se lever et partir, laissant sur place les fourrures et les effets d'Elisa.

François ? Tu m'entends, François ? C'est dingue, ce que je fais. Je suis en train d'acheter du thé. Ce n'est pas ça qui est dingue, c'est de penser que je te parle en pensant.

Tu m'entends vraiment ? Sans blague ?

Il lut ses hésitations, ce commencement de panique qui

la prenait, qu'elle réprima, par cette force de caractère qu'elle avait. Il lut les images qui se formaient et sut ce qu'elle allait dire. Ou penser.

Je t'aime, François. J'ai attendu d'être loin de toi pour te le dire. Tu l'avais lu, déjà ?

Je suis bête. Bien sûr que tu l'avais lu.

Tu m'aimes un peu ?

Moi, je t'aime jusqu'au dernier chiffre.

Un avion passait dans le ciel. Jaune, celui-là, et les pensées de ses cinq occupants se trouvèrent un instant à l'intérieur du Troisième Cercle. Saorge les lut. Et pendant quelques secondes (pas plus en vérité), il fut habité par la colère.

Le nom de Nick Cassetti était dans la tête de deux des hommes.

C'est fou.

Calme-toi. Ça n'a pas d'importance.

Il continuait à recevoir Elisa. Elle était très gaie, avançait presque en dansant.

Je t'aime, François.

Il était allongé dans un creux, le traîneau près de lui enfoncé dans un repli et recouvert de neige. Les hommes dans l'avion ne l'avaient pas vu et pourtant ils scrutaient le sol avec des jumelles.

Saorge avait envie de pleurer. On ne peut donc pas me laisser en paix ?

— Jette les balles de revolver, s'il te plaît.

Elle haussa les épaules et lança au loin, avec un mouvement de bras de garçon, la boîte contenant les vingt balles.

— Les six autres aussi, dit Saorge.

Elle éclata de rire, retira les balles de la poche secrète entre ses deux pantalons de peau et les jeta.

Elle avait acheté vingt-sept livres.

— Je ne pouvais pas en porter davantage. Il n'y en avait que vingt-sept.

Elle était revenue avec la nuit. Ils passèrent la journée du lendemain dans une faille sur le dernier îlot septentrional des Button, cachés. Deux hélicoptères les survolèrent, plus l'avion jaune — trois fois chacun des hélicos, deux fois l'avion.

— Ils nous ont vus ?

— Non.

— Tu lis qu'ils ne nous ont pas vus ?

— Oui.

Il avait pas mal de chagrin. Non parce que la poursuite n'est pas terminée. Mais à cause d'elle, Elisa, ce n'est pas juste. Je n'aurais pas cette maladie, tout serait différent.

Sauf que si tu n'avais pas ta maladie, tu ne serais pas parti pour la terre de Baffin en te cachant, tu ne serais jamais retourné à cette cabane, tu n'aurais pas rencontré Elisa, tu te trouverais sur la piazza Navone, à Rome, ou au carrefour de l'Odéon à Paris.

— Tu es triste, dit-elle.

— Un peu, oui. Je te prie de m'excuser.

— J'aime comme tu parles.

La place leur était comptée dans leur cachette de fortune, ils avaient dû se coucher l'un contre l'autre, sous une toile de tente blanche recouverte de neige.

Les images dans la pensée d'Elisa. Elle et lui tout nus.

— Tu rougis, François.

— Mais non.

— Tu es tout rouge. Hé-hé, heureusement qu'on est plutôt habillés. Je me demande comment font les ours.

Et elle partit d'un fou rire. Ils marchèrent la nuit suivante et celle d'après, ces deuxième et troisième journées sur la banquise marquées par l'incessante faction des deux hélicoptères et de l'avion jaune.

Contact.

Mille quatre cents mètres dix heures.

— Ne bouge plus, Elisa.

Ils s'aplatirent alors qu'ils venaient de surgir de leur igloo bâti à la diable. La nuit, la quatrième depuis leur départ des environs de Port-Burwell, n'était pas encore venue.

Il avait braqué ses jumelles : il ne savait pas si c'était Yates ou Yarrow. Il s'agissait de l'un des deux hommes qui accompagnaient Dawlish, à la passe dans les Otish. Il passa les jumelles à Elisa.

— Là-bas, à droite et en haut de ce monticule. Sa tête.

— Je le vois. Il a un fusil bizarre.

— Peut-être.

Il reprit les jumelles et scruta à son tour.

C'est Yarrow, il pense à Yates et à Dawlish, sur sa gauche. Yates en retrait et hors de ma perception, Dawlish plus loin.

Et le Gollum des kilomètres en arrière.

— J'ai déjà vu ces fusils, je m'en souviens, dit Elisa. Des hommes venus de Yellowknife en avaient de pareils. Ça lance des fléchettes et les ours blancs s'endorment. Ils veulent te prendre comme un ours blanc. Tu crois que nous allons pouvoir passer ?

Ce ne peut pas être simple, pensait Saorge. Si ce monsieur Cassetti est si intelligent, il n'a pas dû répéter son erreur de la Péribonka. Il ne s'est pas contenté de disposer des hommes en triangle sur l'un des chemins possibles.

L'idée lui vint soudain : des caméras ?

Des caméras à infrarouges pour la nuit ?

Ou de grandes oreilles, de ces appareils électroniques comme l'armée américaine avait commencé d'en utiliser au Viêt-nam ? On larguait d'avion de ces choses, et elles retransmettaient les sons qu'elles enregistraient sur un certain périmètre.

Ils en ont déjà utilisé — en vain — à la passe de la Péribonka.

Un détecteur de radiations humaines, de chaleur des corps humains ?

Ça existe ?

Dans tous les cas, ils ont dû améliorer leur technique. Il mit ses lèvres contre l'oreille, contre le capuchon fourré de castor qui recouvrait l'oreille d'Elisa.

— Tu ne dis plus rien à partir de maintenant. Si tu veux me dire quelque chose, pense-le.

Il creusait cette idée, d'un dispositif de surveillance que ce Cassetti eût installé. Si je suis ce monsieur Cassetti qui veut capturer Saorge, je ne me contente pas d'aposter des gens, Saorge pourrait passer n'importe où, et me filer entre les doigts, quelque effectif que j'aligne ; sauf à disposer un homme tous les cinquante mètres comme il l'a fait déjà, sur huit cents kilomètres ; d'autant que je bénéficie de moyens financiers...

François, qu'est-ce qu'on fait ?

Saorge renfonça Elisa sous la toile de tente qui masquait l'entrée de leur cachette de glace et se replia lui-même. Elisa se serra contre lui, entre ses jambes et dans ses bras.

Et elle lui dit en pensée : Je suis très bien, je pourrais rester là des semaines, en ronronnant si je savais ronronner.

Saorge serra son bras gauche autour de la poitrine d'Elisa (dont tu éprouves les rondeurs, quoiqu'elle soit habillée mais pense à autre chose) et de sa main droite lourdement gantée, caressa presque machinalement le visage triangulaire — avec ce résultat qu'elle lui prit le pouce dans sa bouche et le mordilla.

Je t'aime, François. Ça fait drôle de dire des mots pareils.

Il posa sa paume sur la bouche et dégagea son pouce pour la faire taire.

... Je suis Nicholas Cassetti et je bénéficie de moyens financiers énormes. Pour avoir dirigé tant d'années un réseau d'espionnage, je sais où trouver le matériel et les gens. J'installe mon dispositif sur huit cents kilomètres, ou aux points stratégiques de ce front. Je détermine les endroits où un homme qui se cache peut se tapir durant sa traversée de la banquise sur le détroit d'Hudson. Aux abords des côtes de Baffin, ou sur ces côtes elles-mêmes, de façon que la banquise, à grands coups de craquèlements, ne détruise pas mon installation. J'imagine que mon homme va tenter d'arriver de nuit, attendre dans l'un de ces lieux, pour éviter d'être repéré par les hélicoptères et l'avion que je fais voler en permanence. Et je place l'une de mes grandes oreilles dans ces endroits.

Par exemple cette faille dans laquelle nous nous trouvons, Elisa et moi. Il n'y en avait pas cinquante, ce matin, avant l'aube ; il m'a fallu chercher pour la trouver.

Saorge se dégagea doucement d'Elisa, réfuta les argumentations qu'elle développait par un signe de la main et, pour le cas où elle eût réellement parlé, par un index posé en travers de ses lèvres. Il examina la faille rocheuse, dans la lumière faible puisque la nuit venait. Il retira la torche électrique de son deuxième sac et scruta les parois de glace.

On ne distinguait qu'à grand-peine le tracé de l'ouverture. Les hommes avaient pris soin de ne pas tailler la glace de façon rectiligne. C'était invisible, à moins de chercher systématiquement. Saorge prit son couteau à neige et gratta aussi silencieusement que possible le jointoiement glacé.

Le microphone apparut.

— Ce sont eux qui ont mis ça là, François ?

Il acquiesça.

— Ils savent donc où nous sommes ?

— Probablement.

— Pourquoi ils ne sont pas venus te chercher, alors ?

Saorge haussa les épaules : il ne voyait pas. (Et il pensa qu'il négligeait un point important, que quelque chose se trouvait à portée de son analyse, je devrais y penser, ça m'échappe.)

Il écarta la toile de tente blanche et vit que la nuit était aussi obscure qu'elle pouvait l'être. Il se coula dehors. Yarrow ne bougeait pas et dans ses pensées, rien n'indiquait qu'il connût l'existence des grandes oreilles, de tout le dispositif d'écoute.

Evidemment : ce monsieur Cassetti aura pris soin de ne pas communiquer l'information à ses guetteurs de pointe. Puisqu'il sait que je peux lire dans leur tête. Ce qu'ils ignorent, ils ne risquent pas de me le révéler.

Elisa l'aida à replier la toile de tente.

Il lui adressait des signes, en indiquant le microphone.

Je ne suis pas sûre de te comprendre, François.

Il répéta ses signaux, les accompagnant d'un dessin sur la neige.

Je crois que j'ai compris, pensa Elisa. Je dois parler et faire comme si nous n'avions pas trouvé cet appareil, c'est ça ?

Il acquiesça.

Dépêche-toi, petite, dit-il. Nous sommes presque arrivés. Tu vas pouvoir rejoindre ta famille.

— Si tu t'es mis en tête de me ramener à mon école, il vaudrait mieux que tu n'y penses plus.

Il leva les mains, paumes offertes : d'accord.

— C'est que je n'ai pas trop envie de parler, dit-elle. Je réfléchissais.

Il dressa un pouce comme il l'avait vu faire dans plusieurs films, pour signifier que tout allait bien. Il boucla les sacs et les arrima sur le traîneau.

— On ne se reverra plus, si ça se trouve, dit Elisa.

— Sauf si ton oncle te ramène de Banks.

Banks ? L'île de Banks ? C'est là que je suis censée aller ?

— Oui.

— Et puis je me marierais peut-être, sur Banks, dit-elle. J'y trouverais un homme qui voudra de moi. Pas comme certains. Si tu vois ce que je veux dire.

— En route, dit Saorge.

Et il pensait : cette comédie que nous jouons — qu'elle joue bien, au demeurant — ne sert à rien. Il fouillait sa mémoire à la recherche des mots qu'ils avaient pu échanger, Elisa et lui, tandis qu'ils se trouvaient dans la faille, une journée durant, avec près d'eux un microphone reportant la moindre de leurs paroles. Dieu merci, ils avaient dormi. Mangé et dormi. Elisa somnolente, pas dolente mais indolente ; elle était résistante mais ces jours de marche sur la banquise l'avaient fatiguée ; elle s'était acagnardée contre lui et n'avait guère bougé, dans la tiédeur du sac de couchage où ils s'étaient glissés. Saorge ne se rappelait pas qu'elle eût tant révélé d'eux-mêmes.

Il avait projeté, une fois atteinte l'île Resolution, de gagner Baffin par le plus court chemin, en marchant sur les glaces du détroit Gabriel ; pour remonter la péninsule de Meta Incognita jusqu'à hauteur de Frobisher.

Ils marchèrent des heures et des heures, passant dans l'ouest de l'île Edgell, que la nuit et la neige cachaient. La banquise était plus ferme que dans le détroit d'Hudson, il s'y trouvait moins de crevasses dans lesquelles on pouvait disparaître, pour s'engloutir dans l'eau froide de la mort ; mais elle était plus heurtée, dressant de vrais escarpements qu'il fallait contourner ; les fureurs de la mer du Labrador et du nord-Atlantique dans le détroit de Davis avaient accumulé des blocs énormes, tranchants sur leurs arêtes dans le cul-de-sac de la baie de Frobisher. Qu'ils traversèrent, en quatre jours et cinq nuits. Elisa au bord de l'épuisement bien que rejetant avec rage, dans sa tête, toute idée de se coucher n'importe où et s'endormir. Ils étaient enfin sur Baffin. A environ deux cent cinquante kilomètres au sud-est de Frobisher Bay, à la pointe de la péninsule de Hall.

Un hélicoptère les avait survolés, durant leur traversée de la banquise. Saorge enfoui sous un dévers de glace bleue, Elisa serrée au possible contre lui qui eût souhaité la faire entrer dans son corps, pour mieux la protéger. Saorge avait lu les pensées des deux hommes à bord de l'appareil (qui comme les précédents volait très haut, deux kilomètres et demi en l'air). Ces hommes-là ne croyaient pas que leur gibier pût se trouver dans cette zone — « puisqu'on l'a repéré plus au sud, c'est de la connerie pure que de nous faire voler par un temps pareil, pour rien ».

Il les avait fait avancer sur environ dix kilomètres et s'engager dans une combe.

Peux parler, François ?

— Mais oui. Ils n'ont pas posé des microphones sur toute la terre de Baffin.

Il l'enveloppa, l'enterra presque dans la neige et sous la toile de tente, après l'avoir glissée dans le sac de couchage.

— Pleine forme, dit-elle.

Il lui sourit et l'embrassa, avant de lui recouvrir le visage. Lui-même repartit, grimpant, brassant la neige. Il y avait dans les environs des groupements inuits, mais il ne voulait y recourir que contraint.

Il trouva la grotte dont Ulikattak lui avait appris l'existence. L'entrée en était étroite et il eut peur de rester coincé. Si l'Inuit, dont la corpulence était supérieure à la sienne, avait pu passer, je peux le faire aussi. Il braqua sa torche sur une cavité de douze pas de long et huit de large. Dans le fond, l'anfractuosité se prolongeait, mais en hauteur, trop exiguë pour être utile. L'écoulement d'eau mentionné par Ulikattak provenait de stalactites. Saorge entendit un lointain suintement. Il frotta une allumette, dont la flamme partit vers cette cheminée naturelle, qui communiquait avec d'autres cavernes.

L'équipement laissé par l'Inuit était là, même si les fourrures étaient moisies. Ulikattak avait passé des mois ici, en été, au temps où les mounties le pourchassaient.

Saorge ressortit, ôtant l'une de ses parkas pour se couler par l'ouverture. Dans l'heure suivante il s'affola, ne retrouvant plus le traîneau, ni Elisa. La neige qui ne cessait de tomber avait effacé les repères. La fatigue, je suis à bout, j'aurais dû laisser une marque. Il courut et se força au calme, retrouvant dans sa mémoire l'axe qu'il avait suivi, quand il s'était séparé d'elle.

Contact. C'était elle. L'émotion le submergea. Il la dégagea, elle lui sourit.

Elle voulut marcher et l'aider à tirer le traîneau dans la pente.

On ne pouvait avancer dans la grotte qu'à quatre pattes, sauf à mesurer moins d'un mètre dix.

— Allonge-toi. Je vais faire du feu et du thé. Qu'est-ce qu'on est bien !

Des envies de pleurer revenaient à Saorge. D'être arrivés jusqu'ici, vivants et ensemble. D'être avec elle, qui était incomparable.

Mais autre chose se mêlait à cette fête du bonheur et de l'angoisse.

Il pensait avoir deviné pourquoi ce monsieur Nick Cassetti n'avait rien tenté contre eux, sur l'île Resolution.

Elle se mit à astiquer les deux réchauds laissés par Ulikattak. Elle demanda :

— Tu crois que ce monsieur Cassetti va me prendre ?

— Il est possible qu'il le fasse.

— Il me prendrait et il te dirait, à toi, de te rendre à lui et il t'emmènerait dans le sud, c'est ça ?

— Oui.

— C'est la seule raison qui t'empêche de me ramener à mon école ?

— C'est une excellente raison, dit Saorge.

— Il n'y en pas d'autre ? Non, ne réponds pas. Et alors, s'il me prend ? Tu n'auras qu'à t'en aller. Tu feras pour moi comme tu as fait avec la jeune femme.

Elle lui tournait le dos mais il sut qu'elle pleurait. Tandis qu'il dormait, elle avait rangé leurs bagages, alignés les uns à côté des autres, nettoyé le sol de pierre des déchets de nourriture remontant à des années, travaillé la peau du caribou qu'il avait tué sur Ungava, clos la fissure donnant sur l'extérieur, allumé un feu qui économisait le bois et une lampe à huile. Le froid avait reculé, les stalactites commençaient à suinter, non seulement dans les profondeurs de la montagne ; des gouttes d'eau se formaient et coulaient dans la gamelle disposée par Elisa, au bon endroit.

Tu n'as pas d'autre choix que de conserver avec toi cette jeune fille. La menace que fait peser sur elle ce monsieur Nick Cassetti est réelle. Monsieur Nick Cassetti sait qu'elle t'accompagne. Il sait qu'Elisa est énamourée de toi. Il suppute que tu l'es d'elle, ou que tu te soucies assez d'elle pour qu'il soit en mesure d'exercer un chantage. Tu préférerais mourir plutôt que d'être la cause d'un quelconque tourment d'Elisa.

Ce n'est pas un prétexte que tu t'inventes pour ne pas la quitter.

C'est un fait avéré.

Saorge regardait Elisa qui lui tournait le dos et pleurait. Elle s'était défaite de ses deux parkas. Il voyait sa nuque, sous les cheveux coupés courts. Il suivait la courbure de ses épaules, de son dos, de ses hanches, d'elle agenouillée et courbée. C'est une femme et non une enfant ; tu te mens à toi-même en te contraignant à croire le contraire.

Saorge laissait, autorisait à entrer en lui la douceur et la tendresse. Ce fut un déferlement, il en aurait tremblé. C'est donc cela ? Je l'ai lu dans les livres. J'ai vu des comédiens le feindre, sur mes écrans de télévision. Le ressentir est autre chose.

— Elisa ?

Elle ne répondit pas mais il lut le soubresaut de ses pensées.

— Je te demande pardon, Elisa. Je t'ai menti. Il y a une autre raison. Plus puissante que la première. Il ne saurait rien exister au monde que je souhaite davantage que de te chérir pour l'éternité. Je t'aime, Elisa.

Elle s'immobilisa. Il lisait en elle et pour la première fois, sa maladie cessa d'être insupportable et motif de misère. Lire Elisa l'apaisait, au lieu de l'agresser. Ces pensées humaines qu'il avait reçues comportaient leur part de violence, de haines, de méchancetés, de mensonges. Même ma mère. Même monsieur Maxie qui montrait de la férocité. Ce que je reçoit d'Elisa est clair. Parce qu'elle est jeune ? Parce que je suis énamouré d'elle ?

Il se mit à lui parler doucement. Lui expliquant ces arguments qu'il s'était développés à lui-même, pour s'interdire de s'abandonner ; dont il saisissait l'insignifiance et l'inefficacité ; il était heureux que ce monsieur Nick Cassetti, avec ses manigances, le libérât de ses interdictions ; il en était heureux même s'il augurait des périls nouveaux et plus redoutables, à l'avoir près de lui, elle Elisa...

Elle est goguenarde, elle est devenue joyeuse, elle a du bonheur — et par moi, ce qui est la plus incroyable des choses, je peux donner du bonheur à quelqu'un.

Elle vint lentement vers lui, qui s'était avancé — mais pas redressé, pas avec ce plafond de pierre. Il y avait en elle beaucoup de timidité, plus que dans la cabane des Torngat. Elle s'agenouilla, ne bougea plus.

— J'ai plus peur que dans la cabane des Torngat, je ne comprends pas pourquoi.

Il découvrit, dans la seconde, mille raisons. Sinon qu'elle était mille fois plus énamourée de lui qu'elle ne l'avait été sur Ungava.

— J'ai quelques appréhensions, dit-il.

Elle demandait :

— Tu m'as entendue, quand je te parlais en pensant dans l'épicerie de Port-Burwell ?

— Oui.

Je t'aime jusqu'au dernier chiffre.

— J'ai entendu, dit Saorge.

Il la fit s'allonger sur les sacs de couchage et les peaux de martre. Elle se laissait faire, c'est désorientant, d'ordinaire je lis ce que je dois faire et comment et quand. Là, non.

Elle ne le sait pas elle-même.

Il la lisait se voyant faire certains gestes et se les interdisant (par peur de me paraître dévergondée mais aussi parce qu'elle ignore si c'est ce que j'attends d'elle. Je n'attends d'elle rien d'autre qu'elle continue à être ce qu'elle est).

Il la dévêtit et la couvrit de fourrure, se déshabilla lui-même. Elle avait fermé les yeux. Le froid était coupant mais supportable.

— N'y pense plus, dit Saorge.

En elle, brièvement, les images des deux hommes qui l'avaient violentée, à Port-Nouveau, et qui lui avaient fait mal.

— Je n'y pense pas.

Elle avait répondu sans s'apercevoir qu'elle lui donnait raison. Il la sentait prête. Il l'embrassa et avec une hésitation qu'il lut, elle lui ouvrit ses lèvres.

Je voudrais mettre mes bras autour de son cou.

— Fais-le, dit-il.

Elle hésitait quant à la façon de se disposer pour le recevoir. Hésitait à bouger ses hanches et ses reins.

— Oui, dit-il. Comme cela, c'est bien.

Il est doux et chaud, oh mon Dieu, il est si gentil et si doux, je vais m'évanouir de bonheur, je ne veux plus qu'aucun autre ne me touche, après lui ; oh non, je veux dire oui !

... Jusqu'au dernier chiffre.

Elle rouvrit des yeux éclaircis dans cette pénombre, aux lueurs du feu, et de la lampe à huile qu'elle avait failli renverser, à cet instant où elle avait crié et détendu ses bras.

De la malice, un immense contentement, de la fierté, et d'autres choses, en elle.

— Il n'y a pas de quoi pleurer, dit-elle.

— Je le sais, dit Saorge.

Hatto qui n'est pas encore au Canada : si j'ai bien compris, il est toujours en Europe, et ne surviendra que pour la curée.

Le Gollum considéra les montagnes. Au travers de la neige tombante, il discernait des combes, des ravins, voire des vallées. LUI caché là, pas allé plus loin, fatigué, squaw de même, plein les bottes de la banquise.

Cabane ?

Non, grotte.

Le Gollum avait retrouvé l'endroit où IL avait creusé, dans la neige. Marque traîneau, LUI cacher traîneau et squaw, être parti. A la recherche d'un abri pour deux. Squaw épuisée, bien beau qu'elle ait pu traverser cette saloperie de banquise.

Grotte. On ne lui avait jamais fourni de jumelles. Il scruta les parois rocheuses à un mille de lui, en contrehaut. S'IL a laissé la fille et leur traîneau en les cachant dans la neige, c'est qu'IL savait trouver un abri aux environs. Et pas une cabane. Ça se voit trop, une cabane. D'avion ou d'hélico, tu la vois.

Gollum monter, Gollum approcher prudent, si Gollum tué, femme et fils dans barranca perdue plus jamais revoir Gollum, et mourir de faim, à la longue. Tu veux vieillir avec elle et lui, ton fils, le voir grandir et lui apprendre quelques trucs de Gollum, peut-être qu'il sera un autre Gollum, un jour, après toi, héritage.

Il entama sa montée. La neige des vingt heures précédentes avait recouvert les traces. Il en releva une, que le traîneau avait laissée. Une infime dépression sur la neige, le patin avait mordu et LUI trop fatigué pour effacer. Gollum très bon, pas un pisteur sur un milliard n'aurait vu cette trace.

Il ne se retourna pas pour tenter de discerner le groupe Dawlish derrière lui. Il connaissait les ordres que Hatto avait donnés : ne jamais coller au Gollum, gardez un bon mille entre lui et vous. Le groupe Dawlish avait dû s'arrêter quand il s'était arrêté, était reparti lorsqu'il s'était remis en mouvement. Bip-bip du Gollum, deux bip-bip deux, un devant un derrière.

Peut même pas me distinguer, le Dawlish, avec cette neige qui n'en finit pas de tomber.

Crevasse à sept cents mètres. Il monta en prenant soin de ne jamais se trouver dans le défilement de la faille. Ai entendu ce que disait Hatto aux autres à la radio, comme quoi IL ne tirera jamais sur personne. Et Hatto infaillible (fils de pute).

Peau de Gollum très chère au Gollum. IL est acculé, avec la fille. Un type acculé avec une fille qu'il a dans la peau et des fusils, c'est dangereux, tu peux jamais savoir, même Hatto.

Sans compter le quelqu'un de vivant qui a indiqué où elle était cette grotte. Si ça se trouve il est là aussi, s'il existe.

Quatre cents mètres quatre cents.

Le Gollum s'immobilisa et fixa la crevasse ou la faille. Qui semblait bouchée, sans passage possible. Son si puissant instinct lui hurlait que son gibier était là, à cinq cents pas de lui et trente mètres plus haut ; sur cette certitude il eût misé la barranca, et ses occupants.

Contact.

Contact une vingtaine de minutes plus tôt. Un homme seul. Saorge l'avait identifié, pour avoir reçu ces pensées-là, si caractéristiques. Il avait failli bondir, presser Elisa, se jeter avec elle dans une fuite éperdue. Il n'avait pas bougé et ne bougeait pas.

— Qui est-ce ?

— Le Gollum.

— On peut s'échapper, non ?

Non. Il y avait une vingtaine d'hommes sur les talons du Gollum, avec des véhicules, des motoneiges et trois hélicoptères, c'est ma faute, nous nous sommes trop attardés, nous aurions dû partir depuis des heures. Ils vont prendre Elisa, peu importe ce qu'ils feront de moi, c'est ce qu'ils feront d'elle qui compte.

— Nous ne pouvons pas les fuir, Elisa. Il n'est pas possible de redescendre sans tomber sur eux.

— On peut monter plus haut dans la montagne ?

— On peut. Cela demandera des heures et des heures d'ascension, et nous serons visibles.

Des scarabées sur un mur blanc. Et des hommes de monsieur Nick Cassetti les attendant en riant, assurés de les capturer.

— Ils se trouvent dans le Troisième Cercle, ces vingt hommes ?

Pas encore. C'est dans la tête du Gollum que je lis leur présence, Elisa. Monsieur Nick Cassetti a inféré de l'enregistrement des grandes oreilles, de ce que tu as dit, de ce que je t'ai répondu, du ton sur lequel nous avons parlé, de ce qu'il sait déjà de moi...

— C'est quoi, *inféré* ?

— Induit, deviné si tu veux. Il a raisonné et, dès lors que nous n'étions pas sur la péninsule Meta Incognita, en a conclu que nous nous trouvions sur celle de Hall. Il a reconstitué mon raisonnement relatif aux grandes oreilles, qui auraient pu se trouver sur le rivage, après notre traversée de la baie de Frobisher, et a déterminé où nous étions. Il nous savait fatigués, a compris que nous ne pouvions marcher longtemps. Il a tracé un cercle sur une carte et a dit à ses séides...

— *Séides ?*

Ses hommes de main. Il leur a dit : « Ils sont ici, dans un rayon de dix kilomètres autour de ce point à peu près. »

— Je n'aime pas ton monsieur Cassetti, dit Elisa.

Il s'était accroupi, ses mains pendantes. Depuis une vingtaine de minutes il n'avait pas bougé, à deux mètres de la toile de tente blanche qui camouflait l'entrée de leur grotte. Situant le Gollum immobile à quatre cents mètres onze heures — sud-est.

J'aurais pu partir seul, attirer sur moi la poursuite, laisser Elisa dans la grotte. Ça n'aurait servi à rien. Monsieur Nick Cassetti sait qu'elle se trouve en ta compagnie, il a induit les sentiments que tu portes à Elisa, espère que tu les éprouves puisque tu en seras affaibli et mieux à même de te rendre à lui. Tu serais parti seul, ils ne t'auraient pas poursuivi, c'est droit sur elle qu'ils seraient venus. C'était fini.

C'est fini.

— Ne touche pas ces fusils, je te prie, dit-il sans se retourner, sans qu'elle eût bougé ni esquissé le moindre geste.

— Nous ne tirerons sur aucun être vivant, sinon pour chasser.

C'est de la chasse, François. Une bête que tu attaques pour la manger, elle se défend.

— Ne touche pas ces fusils. Nous ne sommes pas des bêtes.

Il lisait le Gollum. *Rita*, sa femme dans la barranca perdue, s'appelle Rita. Elle est un peu moins indienne que lui, si j'en crois le visage que sa mémoire lui restitue. Sans doute est-elle moins jolie que le souvenir qu'il a d'elle ; j'ai remarqué cette distorsion ; si quelqu'un lisait Elisa par moi, elle paraîtrait éblouissante. Il lisait le Gollum au plus profond de cet être étrange, retrouvait les sautillements de pensées, les fulgurances de lucidité, les retombées au niveau animal, feintes mais pas entièrement, l'instinct pur couvrant parfois le raisonnement, puis le retour de l'intelligence humaine. C'était le Gollum de la passe de la Péribonka, tel qu'en lui-même. Je t'aime, Gollum, nous sommes frères, ne serait-ce que par notre volonté d'être terre et arbres et animaux et notre regret de ne pouvoir parvenir à cette osmose.

Gollum, tu m'as eu. Tu es très bon.

Le meilleur pisteur du monde. Je n'ai guère d'expérience, tu sais. Toi tu as plus voyagé que je ne le ferais en imagination.

Je ne dirai jamais à monsieur Nick Cassetti ton secret. Je suis incapable de faire ce genre de choses.

Le coup de pied atteignit le Gollum au ventre. Le Gollum s'abattit en hurlant sur la neige, grimaçant et geignant.

— Du cinéma, dit Dawlish. Ce putain de clebs fait du cinéma.

— Achève-le, conseilla un autre homme. Nick sera content et te fera bouillir dans de l'acide. Si le Gollum dit qu'ils sont passés par le haut, c'est qu'ils y sont passés. On aurait vu leurs traces, par le bas. Et ils se cacheraient où ?

— Que ce putain de clebs me montre une trace une seule, et je commencerais à y croire.

Deux autres coups de pied remirent le Gollum debout. Ses grimaces se multipliaient, il se traînait, cassé en deux.

— Tu lui as brisé quelque chose.

— Pas de danger, dit Dawlish. Ça ne sent rien, les bêtes.

Le groupe repartit. Ceux qui allaient à pied et n'étaient pas restés auprès des chenillettes et des hélicoptères en retrait. On marcha dans la combe qui allait en s'étrécissant. Les traces de l'aller et retour du Gollum étaient visibles.

— Gollum, devant.

Coups de pied. Le Gollum prit la tête et conduisit, non plus trottinant mais claudiquant.

— Je te dis que tu l'as blessé, Dawlish.

— Du cinéma !

Le Gollum remonta sa piste, marquée à son aller puis à son retour. Il finit par atteindre le seul endroit par où il était possible de s'évader du fond du ravin aux parois verticales, par ailleurs, hors quelques crevasses emplies de neige, et sans issue. Le Gollum mit ses pas dans les empreintes qu'il avait laissées lors de sa reconnaissance, s'arrêta où il s'était arrêté au pied d'une paroi. Dans laquelle, sur la gauche, un escalier naturel avait été dessiné par la nature. Le doigt du Gollum se pointa en direction de la falaise de pierre, à côté du passage dont la neige était vierge. L'un des hommes alla mettre son nez sur le point désigné et hocha la tête :

— Rien à dire, ce Gollum a des yeux de lynx. Il y a là une éraflure. Soit la pointe métallique d'un traîneau, soit le canon d'un fusil. J'aurais pu passer dix fois sans rien voir.

Il dit que le mieux était que quelques hommes suivent la piste — Dawlish et le Gollum, Yates et Yarrow derrière.

— Ils ne peuvent pas être loin. Il y a cinq heures de montée, jusqu'aux crêtes. Les chenillettes contournent par le sud, les hélicos décollent et vont voir là-haut. Bravo, Gollum. Il comprend, quand on lui parle ?

— Du cinéma, dit Dawlish.

— Il a retrouvé la piste.

Gollum très bon, Gollum beaucoup malin. Gollum avoir sauvé TOI, caché dans grotte, marque sur entrée grotte, neuf cents mètres neuf cents ouest sud-ouest.

Gollum avoir trahi Hatto. Deuxième fois Gollum trahir. Deuxième fois Gollum pas aller jusqu'au bout piste tout au bout.

Tu as raison, Dawlish : c'est du cinéma. Tes coups de pied, j'ai l'habitude, j'esquive, mine de rien.

Ugh, Dawlish, monte donc la montagne, guignol.

Gollum peur de Hatto, maintenant.

Elle était venue près de lui, elle avait passé sa main sous le bras de Saorge, posé sa joue sur l'épaule. Elle ne pouvait pas demeurer longtemps accroupie.

— Ils s'en vont ?

— Oui.

— Ils sont où ?

Le Gollum, Dawlish, Yates et Yarrow en escalade et piochant dans la neige — et le Gollum soumis à des sentiments contradictoires : terreur de Hatto et douceur — *T'ai sauvé, Toi*, d'accord Gollum, c'est vrai que tu m'as épargné, je ne me trompais pas en éprouvant de l'amitié à ton égard, sur le haut cours de la Péribonka.

Et les autres hommes repartis, ressortis du Troisième Cercle, certains en véhicules à chenille, d'autres en hélicoptères.

— Nous partons, Elisa.

Elle se redressa, avec son gracieux bond de chat. En un instant, elle fut prête. Ils descendirent la combe marquée de tant de pas, virent le tracé des chenillettes qui s'éloignait vers le sud-est ; la neige tombait, amicale. Ils partirent au nord-ouest, suivre la baie jusqu'à ce groupement de petites îles avant Frobisher. Ils traverseraient par la banquise. Ils allaient au lac Mingo, espérant y trouver Ulikattak.

Je l'aime, l'aime, l'aime, répétait Elisa dans ses pensées, en faisant chuinter ses raquettes. Et elle chantait, quelle merveille.

XII

Saorge allait à pleine vitesse. La veille, ils avaient abattu plus de cent dix kilomètres, en une journée. Le traîneau de Saorge était tiré par vingt-cinq chiens, à la mode de l'est de l'Arctique, donc, au lieu que dans l'ouest on les attelle en tandem, deux par deux côte à côte.

Il n'était presque pas de plus grande jouissance que celle-ci : aller grand train dans le Grand Nord, sur de la neige dure, en se laissant aller à hurler de temps à autre ; non pas pour encourager les chiens, à qui il n'était point besoin de prodiguer des exhortations, tant ils manifestaient de joie à courir de la sorte ; mais au vrai à seule fin de t'aérer les poumons et libérer un tant soit peu de la très puissante joie qui t'habite.

Non, il n'était aucune jouissance qui pût être mise en parallèle et à égalité : aller ainsi comme le vent, Elisa assise sur le traîneau devant lui et chantant à tue-tête...

Et Ulikattak menant un traîneau tiré par vingt-cinq autres chiens de même tonnage, Ulikattak criant et riant, à trente mètres d'eux.

Ils avaient donc contourné Frobisher Bay par le sud, et atteint le lac Mingo. Saorge avait trouvé les marques laissées pour lui par Ulikattak. Un court instant il avait cru que l'endroit d'une rencontre se situait au nord du mont Odin, où Ulikattak et lui étaient allés cinq ans plus tôt. Mais non. Un lac ; la pointe nord-ouest d'un lac situé par-delà celui-ci le Mingo, et le suivant. Le lac Nettiling.

— Ce n'est pas de l'écriture inuit, François. Je sais la lire, mon père m'a appris.

Le lac Nettiling ne se trouvait qu'à trois cents kilomètres plein nord. Une semaine à peu près, avait estimé Saorge. Mais une tempête et pas mal de blizzard les avaient retardés.

On peut faire la chose dans un igloo, la preuve.

Même neuf jours de suite.

Même quand on ne sait pas trop bien faire les igloos, les cinq premiers s'étaient effondrés ou avaient révélé des imperfections certaines. Et Elisa de crouler de rire, François tu es vexé que je rigole, c'est ça ? Mais si, tu es vexé, en tous les cas ce sixième igloo est très bien, une fois que tu y as allumé une lampe. Et de s'allonger sur le côté, comme pour montrer tout le confort de leur maison de neige, le blizzard soufflant très fort à l'extérieur et lui lisant : *Comment est-ce qu'on fait pour qu'un homme comprenne, qu'il comprenne que j'aurais bien envie, enfin j'en aurais bien envie, quoi.*

Le blizzard apaisé ils étaient repartis et un jour, enfin, ils avaient découvert au loin sur la neige plate, un peu plus qu'au milieu de la grande plaine de Koukdjouak, sous un ciel redevenu clair en attendant d'autres blizzards, des silhouettes. Saorge et Elisa en avaient compté neuf. Dont aucune ne lui était familière, certes, mais à cette distance aucune erreur n'était possible : tous les neuf étaient plus ou moins intrigués, ou inquiets de l'apparition de ce couple ; tous les neuf surtout n'avaient qu'un nom en tête, celui de l'homme dont ils attendaient tout, se fiant à lui en toutes choses, ou le craignant, ou les deux ensemble.

Un nuage bas s'était alors formé dans le nord-ouest, ainsi de la colonne de poussière que soulèvent, par leur approche, des cavaliers de légende survenant de lointains inaccessibles ; deux mille cinq cents mètres onze heures, c'est lui ; Saorge avait lu jusqu'à l'intérieur des cerveaux des chiens (cerveaux qui ne contenaient pas grand-chose, en dehors d'une immense sauvagerie, d'images de morceaux de viande ou de poissons, d'une jouissance à ainsi courir toute langue dehors, martèlement des pattes et chuintement de la neige qui se formait en petites boules, comme des roulements à billes, sous les patins du traîneau). Saorge s'était accroupi à sa façon, Elisa avait passé son bras sous le sien et s'était accroupie de même, l'imitant sans s'en douter.

Ulikattak avait stoppé son traîneau à moins de dix mètres d'eux, les chiens produisant un vacarme du diable et montrant des crocs étincelants. Ulikattak avait hoché la tête, longuement, tel celui-là qui reçoit une mauvaise nouvelle à laquelle il s'attendait depuis des lunes. Pour dire :

— Je t'avais oublié. Pas pensé à toi une fois en cinq ans. Mais bon, puisque vous êtes là, toi et la petite, on va vous trouver un morceau à manger.

Des mots, et travestissant la vérité plus que tous les autres mots. Dans les pensées d'Ulikattak, Saorge avait lu toute la joie du monde.

Ulikattak leva son bras et Saorge en même temps que l'Inuit poussa le cri qui arrêtait les chiens. Ils fixèrent les ancres et chacun de leurs côté s'affairèrent à enchaîner les bêtes, prenant soin de tenir leurs attelages respectifs à bonne distance, pour éviter une bataille générale.

— Comment tu fais ça, je ne le saurai jamais, dit Ulikattak. Et voilà des mois et des mois que tu le fais, va comprendre.

Les chiens de Saorge — ceux d'Ulikattak prêtés à Saorge — se calmaient à son approche, quand il produisait le roulement de gorge qui convenait.

— Il leur parle et ils comprennent, c'est simple, dit Elisa qui, ensevelie sous les fourrures, restait au chaud sur le traîneau ; on ne voyait d'elle que son nez et ses yeux qui riaient.

— Et pourquoi je ne peux pas leur parler, moi ? Ce sont mes chiens.

— Tu n'as pas le bon accent, dit-elle, et elle partit dans un fou rire.

Saorge souriait et continuait de faire rouler le son très doux dans le fond de sa gorge. Et les chiens à mesure s'apaisaient, mettaient leur gueule à plat dans la neige, entre leurs pattes allongées, ils écartaient et aplatissaient un peu leurs oreilles, levaient les yeux vers lui. Pas de peur chez eux, non. Son image à lui, Saorge, et d'autres images en partie effacées, pourtant vivaces même si confuses : celle d'une chienne et d'une mère prenant les chiots dans sa gueule et parfois serrant un petit peu, quand on désobéit.

Elisa et Saorge étaient depuis bientôt seize mois avec Ulikattak et les Neuf. On avait voyagé, d'une extrémité à l'autre des quinze cents kilomètres de la terre de Baffin. On était allé au sud (jamais plus bas que le cercle Arctique, aux abords de Pelly Bay où Ulikattak avait changé de femme, ainsi qu'il le faisait tous les ans), on était allé au nord jusqu'à l'île Devon dépassée pour atteindre l'île d'Ellesmere à peine entrevue, on était allé à l'ouest, sur Victoria pour un coup d'œil sur le détroit du Prince de Galles, en se promettant de revenir et d'aller faire un tour sur Banks.

Saorge marchait vers la mer. Les eaux figées du bassin de Foxe. Saorge lisait des phoques en quantité, trois cents mètres sept heures. La conformation de la banquise, au besoin, eût suffi à lui apprendre que l'endroit était bon : il se trouvait par là un *aayuraq*, une cassure de la glace bleue de la mer ; des dégels et des gels en succession rapide, des poussées brutales, avaient fracturé la banquise, fait monter des escarpements et entre ceux-ci, avaient formé des chenaux où l'eau se trouvait à peine à un mètre. Les phoques aimaient ces chenaux. Ils pouvaient y percer leurs trous de respiration, avec une chance de les voir demeurer ouverts, et de ne pas se noyer en regagnant la surface et l'air, après avoir plongé.

Saorge avança sur une centaine de mètres puis s'accroupit. Il ne pouvait être question de ne pas laisser sa prééminence à Ulikattak. Au fil des mois, une entente tacite s'était instaurée entre les deux hommes. Ulikattak ignorait comment Saorge y parvenait mais il savait que si Kisimmgaaq annonçait des phoques, des caribous, des renards, des hermines, un ours, des loups ou n'importe quoi d'autre, « par là, il me semble, enfin je crois, à toi de juger », c'était vrai. Ulikattak, exceptionnel chasseur, feignait alors de réfléchir, Saorge feignait d'attendre le produit de cette réflexion, ils feignaient tous les deux de n'avoir aucune idée de la direction à suivre, et faisaient semblant d'aller par hasard dans la bonne direction. De mémoire d'Inuit, on n'avait jamais vu de chasses aussi fructueuses, cela passait l'imagination.

Accroupi, Saorge se retourna. Dans le lointain, les traîneaux de fret ralliaient, menés par les Neuf ; ce n'étaient que de minuscules points sur la neige, à ce point confondus avec la ligne d'horizon qu'on eût dit qu'ils étaient, ces points, suspendus entre ciel et terre.

Saorge tourna davantage son regard et sourit à Elisa. Qui lui rendit son sourire. Et elle souleva le paquet piaillant que formaient les jumeaux auxquels elle avait donné naissance, en septembre de l'année précédente.

Garçon et fille.

Plusieurs semaines durant après cette naissance, Saorge avait ardemment espéré qu'ils auraient les yeux d'Elisa. Mais non : le bleu des premiers jours avait lentement viré au sombre, puis au noir. Désormais aucun doute n'était plus permis, ils avaient les yeux de leur père. Elisa en était enchantée, et triomphante.

Cinq hommes et quatre femmes, pour les Neuf. Ulikattak n'a pas une idée précise du nombre de rejetons dont il est le père, depuis près de quinze ans. Dans les dix ou douze, va savoir. Peut-être s'en trouvera-t-il un, un jour, qui soit à la fois de son sang et capable de prendre ce qu'il pense être sa succession, en tant que dernier chasseur. Il n'y croit guère. Il voit bien qu'il est l'ultime représentant d'une espèce en extinction, comme le morse, la baleine blanche, le courlis eskimo et tant d'autres.

Parmi les quatre femmes qui composent les Neuf, la sienne ; qu'il a donc ramenée de Pelly Bay un an plus tôt. Ulikattak a connu mieux. Elle n'est ni bien ni mal ; c'est une femme et je vais te la changer vite fait bien fait, bon voyage et bon vent.

Les trois autres femelles sont avec lui depuis deux à quatre ans. Tirkuluk est la mieux. Solide et toujours souriante ; pas une beauté (petite et grosse) mais dure à la tâche, jamais une récrimination, résistante et experte en tous les travaux des femmes ; c'est peut-être elle que j'aurais dû prendre, malgré qu'elle ne soit pas exaltante, au physique, elle m'aurait bien secondé et si ça se trouve, je l'aurais gardée jusqu'à sa mort ; mais c'est trop tard, maintenant, Naïgo et elle ont fait affaire (et quand tu es chef, tu ne prends pas les femmes des autres).

Les deux dernières femmes s'appellent Irvana et Anangsik. Pour ce qui est des lueurs d'intelligence dans leurs yeux, c'est la pénombre.

Cinq hommes complètent les Neuf. Il y a Ikkuk et Naïgo, les frères et arrière-petits-fils du Vieux. Ils me suivent parce qu'ils ne savent pas où aller, tu ne leur dis pas de dormir, ils restent debout dix nuits de suite, ils attendent tout de moi. Ce n'est pas Naïgo qui a choisi Tirkuluk, c'est Tirkuluk qui a un jour décidé qu'elle prendrait celui-là, elle te l'a attrapé et te l'a collé entre ses cuisses, et allez hop au travail, bonhomme — je rigolais, en regardant.

Tagoona, c'est celui qui a lu des livres et m'a gonflé avec sa philosophie. On l'entend moins à présent ; ferme sa gueule, le philosophe (c'est dur, le Grand Nord, hein, Nagoona ? La culture eskimo par moins cinquante, je vais te dire, ce n'est pas le souci primordial, surtout quand le blizzard arrive avec sa mort blanche).

Le quatrième est Takolik. Il n'aurait pas si peur de moi qu'il m'aurait déjà tué. Un loup-renard vicieux ; c'est lui qui a tiré deux balles dans le dos d'un homme à Ivujivik dans l'Ungava ; il se prend pour un tueur, un homme, depuis ; c'est une pauvre chose, un chien galeux et parfois enragé, jamais je n'aurais dû le prendre ; mais j'ai cru ses mensonges, comme quoi il aurait tué pour cette seule raison qu'il était Eskimo et maltraité ; et puis j'ai vraiment pensé (il est bien résistant, mine de rien, quoique malingre) que je pourrais en faire quelque chose ; je me suis trompé, je te dis.

Et enfin, il y a le Vieux. Ulikattak aimait bien le Vieux — Ikpakuak de son nom. Desséché, ridé, increvable, taiseux. Entre le Vieux et Ulikattak, de la complicité, une connivence jamais dite. Si je vis jusque-là, ce sera moi dans trente ans, ou trente-cinq, rien ne presse ; à supposer que je me ratatine, et perde vingt centimètres. Le Vieux dans les débuts avait oublié les gestes ancestraux, à force de fréquenter les Blancs. Mais c'était devenu, en sept ans, le meilleur chasseur après moi (et après Kissimmgaaq bien sûr, mais Kisimmgaaq, tu ne peux le comparer à personne).

Les Neuf ralliaient avec les traîneaux de fret, quatre en tout et tirés par les chiens de second ordre, de la bête qui suffirait à beaucoup, remarque ; mais rien à voir avec mes chiens de premier rang, j'en ai soixante-douze, de ceux-là ; les cent trente-deux autres, sans être mauvais, c'est du tout-venant, du moins à mes yeux.

Ulikattak avait fini d'attacher son attelage. La Petite, dans le deuxième traîneau de grande vitesse, se fendait la pêche de voir que son homme en avait terminé depuis longtemps et que lui, Ulikattak, propriétaire des chiens, était à la traîne. N'importe qui d'autre se paierait ma tête comme ça, je lui fracasserais le crâne ; mais la Petite, ça changeait tout ; va comprendre, ça te donne du bonheur, qu'elle te moque.

Elle soulevait ses jumeaux, les montrait à Kisimmgaaq à cent mètres, en riant.

— Ils ne sont pas beaux, mes bébés, Uli ?

— Pas complètement repoussants, dit-il.

Ulikattak regarda vers l'ouest. Bientôt, il effectuerait son voyage à Pelly Bay, pour y changer de femme. Il avait pris pour cela les contacts nécessaires, un an plus tôt ; en avait repéré une qui, avec douze mois de plus, ferait l'affaire, dont le regard avait dit oui, dont les parents prendraient les fourrures, trop contents.

Les Neuf arrivaient. Ça allait être une belle chasse.

Le brouillard se leva et il y eut du soleil. Même la Petite travailla à la construction des igloos de printemps, les *nal-laktak* dont la différence avec un igloo normal tient au fait qu'ils ne sont pas achevés ; on ne pose des blocs de neige que jusqu'à la hauteur de la tête, et pour fermer, on déploie une peau de caribou, en guise de toit ; c'est la seule façon d'éviter qu'au cas d'un adoucissement de la température, ça s'effondre. Par habitude Ulikattak, travaillant à sa propre maison, surveilla du coin de l'œil Kisimmgaaq et la Petite, assez goguenard et espérant une erreur, qui lui aurait permis de prendre sa revanche sur l'affaire de l'attache des chiens. Mais non, ils s'en tiraient bien. Un bel igloo de printemps.

Le campement bientôt se dressa, en demi-cercle, sept ou huit pas d'une maison à l'autre, et chacune de ces maisons prolongée d'un tunnel d'accès, lui-même complété d'un coupe-vent, orienté en sorte d'abriter du vent dominant du nord-est. Les traîneaux furent alignés à l'écart, les femmes les déchargèrent et installèrent les maisons, préparèrent le repas des chiens. Pour les hommes, ils tenaient des conciliabules silencieux, avec les mines graves qui convenaient à la circonstance. C'était la première grande chasse de l'année ; Ulikattak depuis une bonne quinzaine de mois (l'arrivée de Saorge, mais il avait commencé avant) avait accumulé des réserves, dans des caches congelées, en sorte d'avoir toujours à se nourrir) mais il n'importait ; aussi loin que remontait la si longue mémoire inuit, la grande chasse au phoque de printemps était solennelle ; pendant tant de générations la survie en avait dépendu ; le poids de ces siècles pesait, et posait sur chacun cette gravité. Les hommes avaient vérifié leurs harpons (Ulikattak ne recourait aux fusils que contraint et forcé, avec de la rancœur, voire de la rage, que Saorge lisait), les avaient revérifiés à n'en plus finir ; comme ils s'assuraient sans fin du contenu des *tuririak*, les sacs en caribou réservés à la chasse. Ils plantèrent ces harpons à l'entrée des tunnels d'accès, les *tuririak* furent attachés pour la nuit, afin qu'une bourrasque imprévue ne pût les emporter. Les fusils furent nettoyés pour la vingtième fois ; débarrassés de toute graisse qui eût pu geler. Saorge avait appris à manier les armes à mains nues, sans moufles : il fallait d'abord enfouir ses doigts dans la neige, pour en abaisser le plus possible la température, sans quoi les poser sur le métal vous enlevait un lambeau de peau.

La nuit venait, ou ce qui tenait lieu de nuit, au-delà du soixante-dixième parallèle. Saorge se glissa contre Elisa, contempla les seins gonflés d'Elisa donnant la tétée, lut en Elisa au visage serein mais dont les pensées disaient cette peur qu'elle éprouvait, de n'être plus elle-même, avec ses gros tétons et son ventre qui, Dieu merci, était redevenu presque aussi plat qu'avant, quoiqu'il fût marqué de vergetures.

— Non, Elisa.

— Non, quoi ?

Jamais elle ne s'était faite à ce qu'il lût en elle. Jamais de pensées directement émises, à sa destination. Pensant à lui, Saorge, elle pensait toujours « il ». Jamais « tu ».

Contrairement à la jeune femme, mais ne pense plus à celle-là, qui était d'une autre existence.

— Tu n'as pas changé, pour moi. Tu ne changeras jamais. Tu seras toujours la même Elisa dans cinquante ans et davantage.

— Hé ! hé ! Des paroles et rien d'autre, Kisimmgaaq.

Elle reposa les jumeaux et les enfouit sous une montagne de fourrure. Déjà, ils dormaient. Elle se coula prestement dans les bras de Saorge.

Et elle ne m'appelle guère François autrement que dans sa tête.

Ils firent la chose et mon Dieu c'était encore extraordinaire. Enfin, elle s'endormit, il demeura à la contempler. Lisant ses rêves. Dont un qui revenait — pas très souvent : elle et lui et les jumeaux marchant dans une vraie ville, avec des immeubles vertigineux de hauteur, et multicolores, et des boutiques achalandées de femmes élégantes — l'idée qu'Elisa avait de l'élégance — et ces femmes regardant Elisa et lui Saorge, chuchotant : « Quel beau couple, surtout lui qui est si beau, que diable peut-il faire avec une Eskimo (aux yeux gris, tout de même, elle n'est si sauvage quoique, c'est quand même une indigène) mais qu'il est beau, cet homme, c'est le plus beau des cinq continents, plus le sixième qui est de glace et se nomme le Grand Nord. »

D'autres images se formaient, de plus en plus rarement. Pas durant ce sommeil-ci, mais dans d'autres, antérieurs. Des visages imaginaires et terrifiants, jamais les mêmes mais pareillement épouvantables à chaque fois, d'hommes surgissant des brumes blanches rampantes, pour lui prendre Saorge et l'emporter.

Elisa n'avait jamais vu Dawlish, ni le Gollum. Ni monsieur Nick Cassetti. Elle ne pouvait que leur donner les traits inventés par ses propres terreurs.

La jeune femme Judith Jordaan a pu se tromper, pensait Saorge. Ou alors, fascinée-obsédée et tant imprégnée par ce monsieur Nick Cassetti, elle lui aura concédé des pouvoirs surnaturels, et une obstination anormale.

Je ne sais pas si la poursuite est finie, après seize mois.

Si seulement j'avais pu lire monsieur Nick Cassetti.

La température monta un peu le lendemain, il ne fit plus que moins vingt degrés en dessous de zéro. Le soleil était brûlant, les chasseurs transpiraient sous leurs épaisseurs de caribou (sans elles, ils auraient été gelés, et le savaient). Ulikattak et le Vieux partirent en tête, vers les chenaux à phoque entre les hummocks ; Saorge et les quatre autres demeurant en retrait, avec le respect nécessaire. Ulikattak avait emmené trois de ses chiens, qu'il avait dressés pour relever l'odeur des phoques ; les bêtes mises et gardées en laisse une à une ; aucun homme n'aurait pu résister à la traction des trois en même temps, à compter de la seconde où les narines des animaux recevaient l'odeur — malgré ses cent kilos, Ulikattak aurait probablement traversé le Grand Nord sur le ventre, jusqu'au Pacifique ; mais sans lâcher les laisses, têtu comme il l'était.

Signal. Ulikattak mouvait ses bras et ses mains. On se déploya sans bruit, chacun se dirigeant vers un poste assigné par avance. Il existait chez Ulikattak un instinct singulier, mais très remarquable : l'espace de la chasse, il devenait phoque lui-même, pensait phoque, respirait phoque, sentait phoque ; l'image de l'ensemble de l'*aayuraq* se formait dans son cerveau et comme par magie les trous de respiration se marquaient, pourtant invisibles aux yeux ;

ayant vu l'un de ces trous, Ulikattak savait presque à la seconde quand le phoque allait ressortir la tête pour renouveler son air, voire s'il allait s'extraire de l'eau pour prendre un peu le soleil. A la limite, Saorge n'avait plus besoin de sa perception, le travail préparatoire d'Ulikattak suffisait. Notamment la mise en place de flotteurs dont l'embout supérieur était de corne de bœuf musqué, et dont un frissonnement annoncerait la remontée du gibier.

Saorge avait appris combien il est capital de ne transformer en rien le pourtour du trou de respiration. Un phoque en train de revenir à la surface a photographié au préalable son orifice de sortie, il en connaît la lumière ; que celle-ci soit modifiée, les angles différents, et il replonge sans s'approcher, recherchant une issue ailleurs. La pointe des harpons fabriqués par Ulikattak et le Vieux n'était pas une foène, un trident, une pointe banale : elle se composait d'un morceau de métal posé sur un pivot minuscule mais robuste ; entrée dans la tête ou le corps du phoque, elle basculait lors de l'inévitable mouvement de recul de la bête et se mettait en travers de la blessure.

Saorge et Ulikattak tuèrent chacun trois phoques, le Vieux deux, Naïgo et Ikkuk un chacun. C'était une chasse d'exception, pour un si petit nombre de chasseurs.

— J'ai eu beaucoup de chance, tu m'as laissé les meilleurs trous, dit Saorge.

— Il faut encourager les débutants. Surtout des Blancs. Encore vingt ou trente ans et je ferai de toi un chasseur presque convenable.

On hissa les bêtes mortes sur des traîneaux, on les transporta vers le campement. Les femmes, Elisa autant que les autres, savaient ce qu'il convenait de faire : elles versèrent un filet d'eau douce dans les gueules (l'eau non salée étant un cadeau), enflammèrent des copeaux d'écorce de bouleau conservés exprès et brûlèrent les moustaches, et enfin, s'emparant tour à tour d'un morceau d'os dont on se servait d'ordinaire pour régler la flamme des lampes à huile, elles en portèrent des coups symboliques, d'une main puis de l'autre, ainsi que le voulait le rite. Les phoques furent dépecés, au bord de la banquise, par les femmes. Elisa découpa les trois victimes de Saorge. Elle trancha avec de la virtuosité, son visage triangulaire comme figé par la concentration. Dans les trois cas les cœurs allèrent à Ulikattak, qui était l'*uumatikatiga*, le compagnon de cœur de Saorge — son ami le plus proche ; les poumons au Vieux, compagnon de poumon, et chacun des douze morceaux, ainsi, eurent une destination bien précise, selon une hiérarchie immuable, que la mort seule d'un des partenaires, ou l'entrée d'un nouveau sociétaire, pouvaient bouleverser. Les plus bas morceaux allant à elle-même puis à Saorge. Saorge reçut la meilleure part des phoques tués par Ulikattak : l'équilibre était rétabli.

Les viscères et une partie du lard allèrent aux chiens, là encore selon un certain ordre de préséance.

Comme les autres femmes, Elisa avait découpé et conservé les intestins grêles. Les pressant de ses mains sur leur longueur, elle en fit sortir le contenu, qui puait assez effroyablement. Elle retourna les boyaux, les nettoya avec soin, les retourna comme elle eût fait d'une chaussette ou d'un bas, les emplit d'une manière de tresse où se mêlaient des tripes taillées en long et des morceaux de lard, mit le tout à cuire dans une marmite sur la grande lampe de stéatite. Du boudin eskimo. Saorge aimait beaucoup, c'était un mets de choix.

On se gorgea de morceaux de nageoire, servis dans une gamelle creuse. La viande était servie peu cuite, à peine tiédie et rose par endroits, encore saignante et, sur l'un des côtés, garnie des poils rêches de l'extérieur des nageoires. On ne découpait pas la viande dans son écuelle ; on mettait le morceau au maximum dans sa bouche et d'un coup de couteau à ras des lèvres, on coupait ce qui dépassait. Les ventres des convives gonflaient, la chaleur n'en finissait pas de monter, certains se dévêtirent sans que la pudeur de quiconque en fût offensée, c'était dans l'ordre des choses.

Ainsi passèrent les jours et les semaines. Les oiseaux migrateurs emplissaient le ciel, la banquise craquait, remuait un peu. Saorge lut le désir et le besoin de bouger chez Ulikattak. Et lui-même éprouvait des sensations identiques, presque animales, des envies de migration et de nouveaux espaces. L'année précédente à la même époque, ils étaient allés dans l'ouest. Mais les jumeaux étaient encore à naître.

— Je vais partir seul, dit Ulikattak. Enfin, seul avec ma femme de l'an dernier, autant dire sans personne. Certains jours, je me suis demandé si je n'aurais pas préféré le Vieux, pour dormir. Il ronfle à peine, lui.

Saorge-Kisimmgaaq n'avait en tête aucun projet précis. Peut-être iraient-ils faire une randonnée, Elisa, les jumeaux et lui.

— Je te prête l'un de mes Traîneaux à Grande Vitesse mais arrête de me gâter mes chiens. Ils finiraient par me lécher les mains, un jour. Sauvages ils sont, sauvages ils restent.

Ils prirent la route trois jours et trois heures après le départ d'Ulikattak.

— D'accord, dit Saorge.

Il venait de le lire et ce n'était pas la première fois : elle avait envie d'aller un peu au sud. Pas beaucoup, un peu.

Des images de mer libre, des vagues, des vraies vagues avec de l'eau et non pas de la glace. Et des arbres.

— J'ai pensé à tout ça ? Je ne m'en suis pas rendu compte. Nous ne devons pas aller au sud, c'est dangereux pour toi.

— Je ne crois pas.

Pour une fois qu'elle lui demandait quelque chose, même de façon à demi consciente. Il fit à plusieurs reprises claquer la mèche de son fouet à dix centimètres au plus de l'oreille droite de son chien de tête, l'attelage tourna à gauche et s'en revint au campement. Le Vieux accepta de les accompagner, pour quelque destination que ce fût. Saorge lut : *je n'ai jamais vu d'arbres*. Le Vieux avait soixante et quelques années et n'avait jamais vu que des lichens et de petites choses rabougries. Saorge courait à côté du traîneau, sur lequel le Vieux avait pris place, en plus d'Elisa et des jumeaux. Ils suivirent cinq ou six jours durant la route qu'Ulikattak avait prise avant eux, pour se rendre à Pelly Bay. Sans aucun espoir de rattraper l'Inuit, qui devait aller deux fois plus vite. Non que Saorge traînât :

le printemps avançait vite, presque trop vite, l'été n'était plus très loin, le petit détroit de Fury et Heela séparant la terre de Baffin du continent risquait d'être peu praticable, à l'allure de la débâcle en cours. Le ciel était sans nuage et le soleil très chaud, dix ou douze degrés sous zéro et bien moins aux heures chaudes.

Le harfang était revenu. Lui était revenu. Depuis déjà deux semaines. Le harfang volait à quinze cents mètres au-dessus d'eux quand ils franchirent la rivière Gifford et ils se trouvaient à une dizaine de kilomètres au plus du goulet quand les yeux du harfang lui transmirent les images : la banquise laiteuse était encore en place, ou le semblait.

Le harfang m'est revenu après tant de temps. Bonheur supplémentaire, s'ajoutant à d'autres, vastes et profonds, mais point négligeable. Saorge eut envie d'appeler à lui le grand rapace, de lui adresser les gestes de ralliement ; je ne t'avais pas oublié, harfang, tu me manquais, je suis si heureux que tu m'aies retrouvé. Il lisait l'oiseau blanc. Rien n'était changé, de sa fidélité et de son amour.

XIII

Le temps n'existait pas pour le harfang. Il venait non de retrouver, mais de trouver l'Homme, comme s'il l'eût quitté un certain temps avant. Il le suivait, attendant le signe, rien ne pressait. L'Homme n'était pas seul ; deux créatures moins grandes, deux autres très petites, des choses enfin par deux douzaines et très bruyantes, tout cela accompagnait l'Homme.

Durant les semaines précédentes, le harfang s'était reproduit, il avait accompli la tâche lui incombant en sa qualité de père : il avait chassé, lemming après lemming. Des milliers. Bonne, très bonne chasse, une infinité de lemmings cette année-là, la femelle avait pondu douze œufs. Onze poussins à nourrir plus la femelle. Lemming après lemming, jusqu'à quatre-vingts par jour. Le lemming déposé vivant dans le nid, la femelle mange la tête, ingurgite et dégurgite, os compris, le reste du corps dans les gueules criardes. Le nid à terre, dans la neige ou sur la tourbe de la toundra, une motte moelleuse.

Le printemps avait avancé, les poussins en avaient terminé de leur croissance, et le harfang, enfin quitte, s'en était allé planer.

Et soudain, l'Homme.

Le harfang attendait le signe.

Ils atteignirent ce lieu où la toundra rase enfin se hérissait des premiers arbres. L'océan monotone de mousses et de lichens avec ses tourbières pour la plupart encore couvertes de neige, cet océan finissait par finir. Saorge lut le Vieux : *Un peu plus loin, s'ils pouvaient aller un peu plus loin.*

— On continue un peu, Elisa.

Elle se débrouillait bien pour conduire les chiens, qui lui obéissaient plus ou moins, quoiqu'elle eût appris d'Ulikattak à faire convenablement claquer le long fouet. Dans l'après-midi ils entrèrent dans la forêt.

Aucun contact.

Et la vision du harfang, si elle révélait d'innombrables proies, n'indiquait aucune présence humaine. La neige devenait très mince, Saorge commençait à s'inquiéter pour le fart de boue des patins du traîneau. Il cria l'arrêt.

— Ça va, Ikpakuak ?

Le Vieux écarquillait ses yeux fendus sous les plissements de la peau de son visage.

— C'est beau.

Et d'incliner sa tête en arrière pour apercevoir les cimes. Elisa déchargeait, en commençant par les jumeaux. Saorge dégagea le petit traîneau qu'il avait fabriqué, presque deux ans plus tôt, au bas des Torngat sur l'Ungava. Le Vieux les aida à y placer la tente, des provisions pour une semaine, les trois fusils, la hache, la scie, quelques autres outils, le matériel de pêche, les couteaux dont celui à lame courbe qui servait pour les peaux.

— Je vais t'aider, dit Saorge au Vieux, parlant de l'abri que ce dernier allait se construire.

— Non. Allez-vous-en !

Et qu'ils n'oublient pas de revenir le prendre, au retour. Il attendrait le temps nécessaire. Le soleil se tenait à la verticale. Saorge voulut avancer deux ou trois heures encore et par endroits de plus en plus nombreux et étendus, l'incroyable floraison se donnait libre cours.

Ils venaient de déboucher sur une belle clairière.

— Regarde, Elisa. Regarde en l'air.

Saorge leva le bras droit puis, à trois ou quatre reprises, tapota de sa main droite son épaule gauche.

— Qu'est-ce qu'il fait chaud, j'étouffe ! dit Elisa.

— Regarde.

Et la silhouette neigeuse surgit soudain, au ras des arbres, ailes déployées et portées un peu en arrière pour freiner l'arrivée. Les serres si coupantes frôlèrent le visage de Saorge, et vinrent se poser avec une délicatesse extrême sur la crête de l'épaule. Un ultime battement d'ailes pour assurer la stabilité. Le bec gigantesque — le rostre à lui seul occupait la moitié de la tête — vint fourrager dans les cheveux.

— Et alors ? dit Elisa. C'est un ouk-pik, un harfang aux yeux d'or. J'en ai déjà vu.

— Il vient quand je l'appelle.

— Moi aussi, dit-elle en riant.

Elle se moque de toi. A la vérité, elle a un peu peur du harfang pour les jumeaux ; elle craint que les jumeaux ne soient touchés. Mais tu es quand même assez dépité, conviens-en ; toi qui voulais l'extasier.

Ils passèrent leur première nuit sous la tente, à une trentaine de kilomètres de l'endroit où ils avaient laissé le Vieux. Le lendemain matin, Saorge seul partit chasser les caribous — il en avait lu vingt ou trente, mille sept cents mètres midi. Il les approcha en les lisant, attentif à leurs émotions, s'immobilisant sitôt qu'il les voyait sur le point de prendre peur, corrigeant sa trajectoire. La chasse, tuer, ne lui donnait aucun plaisir, mais il fallait de la viande pour les chiens.

En revenant à son camp, Saorge reçut les images du harfang, qui planait.

Tourne la tête, s'il te plaît, harfang, regarde la clairière où ils sont. S'il te plaît, harfang.

Merci, harfang.

Les trois minuscules silhouettes dans la clairière.

Il ralentit son pas, porté par une violente allégresse. De temps à autre recevant, au hasard des déplacements de la tête du harfang, de nouvelles images d'Elisa et des jumeaux. Son allégresse provenant aussi d'autre chose : si accoutumé qu'il fût désormais à elles, c'était une souffrance de recevoir jour après jour, et nuit après nuit, les pensées de treize personnes. La nuit, le ralentissement du sommeil lui accordait un certain répit — parce qu'il dormait lui-même, et parce que seuls des rêves lui parvenaient (bien que ces rêves fussent parfois d'une extraordinaire virulence, chez Ulikattak surtout, et Takolik qui avait tué un homme). Certains jours étaient à la limite de ce qu'il pouvait supporter. Il lui arrivait de s'éloigner du campement, pour les extraire du Premier Cercle et les faire passer dans le Troisième, ou hors de sa perception.

Je ne guérirai jamais.

Cela n'a plus d'importance. J'ai Elisa et les jumeaux, nous savons maintenant notre Grand Nord. Rien ne nous empêche d'établir nos propres campements. Ulikattak et le Vieux venant nous y rendre visite, sauf à aller les rejoindre, quelquefois.

— Devine un peu non mais devine, lui cria Elisa. Tu ne devineras jamais.

Elle lâcha les mains de sa petite fille nue dans le soleil et l'enfant se mit à marcher seule, sur quelques pas, avant de retomber à quatre pattes.

— Elle marche, tu as vu ! Tu n'avais pas deviné, hein ?

— Pas du tout, dit Saorge.

Ulikattak était reparti de Repulse Bay que chevauche le cercle Arctique. Sa fureur n'étant pas tombée. Il lui était arrivé une chose insensée : la fille sur laquelle il avait des vues, depuis l'été dernier, s'était mariée. Il avait failli casser trois ou quatre têtes, celle du père de sa promise, et celles de ses trois frères. Quelqu'un avait pu éviter à temps un carnage en lui représentant qu'il connaissait une autre fille que l'affaire intéresserait sûrement. Elle n'était pas à Pelly : il fallait aller à Repulse. Soit cinq à six jours de marche à l'aller, une journée pour conclure et, pour peu que l'autre fille ne sût pas marcher normalement, une bonne semaine pour revenir. Pas question de descendre plus au sud. A moins que je ne porte ce foutu traîneau sur mon dos, en tirant les vingt-cinq chiens derrière moi.

C'était cela ou conserver douze mois de plus sa femme de l'année précédente. Plutôt crever.

Surprise : la promise de Repulse n'était pas repoussante.

Presque aussi grande que la Petite — comme qui dirait une géante. Un peu maigre. Ulikattak les aimait assez bien en chair — ça te tient chaud la nuit et ça survit sur ses réserves, sans manger, au cas d'une disette. « Et ton père, il est où ? — C'est avec moi que tu négocies — Et d'abord, tu t'appelles comment ? » Kaka. Ulikattak n'avait pas aimé : je vais t'appeler Unarlerdjuar, je préfère. Non. Alors Irkronatok (c'était le nom d'une de ses anciennes femmes, qu'il avait conservée trois ans, record de son Arctique). Non plus. Et Sumamik, ça va, Sumamik ? D'accord, voyons voir tes fourrures. Sumamik ex-Kaka avait palpé les peaux en experte : « Tu es idiot d'offrir de si belles peaux pour une femme pendant un an. Sur cinq ans, oui, ce serait rentable. Sur un an, non. »

Deuxième surprise : elle n'était pas idiote. Peut-être même intelligente.

Pourquoi elle voulait venir avec lui dans le nord du nord ? Parce qu'elle avait envie de prendre l'air, parce qu'elle avait l'intention de rester plus d'un an, et plus de cinq, parce que comme homme, il lui convenait, elle en voulait un exactement comme ça, elle en avait essayé deux ou trois, bon disons six, et pas un n'avait convenu — comme une glace trop fine, ça s'effrite entre les doigts, toi, Ulikattak, tu n'as pas une tête à t'effriter, je ne suis pas venue t'attendre à Pelly parce que je me suis dit que si tu venais jusqu'à moi, ce serait mieux, je voulais te voir arriver de loin, pour juger, et à propos je ne suis pas tellement maigre, je n'ai pas que des os, non ça ce n'est pas mon genou, c'est mon couteau, tu essaies de me prendre de force et je te le plante dans le ventre ou ailleurs, inutile de me prendre de force, je suis d'accord, tu me conviens.

Et elle marchait bien (pour une femme), en plus. Cinq jours pour les deux cent quarante kilomètres jusqu'à Pelly. Où Ulikattak avait appris que le détroit de Fury et Heela était de mer libre ou peu s'en fallait, il allait falloir transborder les foutus chiens et le foutu traîneau, ça n'allait pas être de la tarte.

— Plus d'un an, hein ?

— Plus de cinq. Je t'ai trouvé, je te garde. Il est temps que quelqu'un te prenne en main.

Non, mais vous entendez ça ?
Surprise : elle n'avait pas que des os.

Gollum pister, Gollum plus de chaîne, Gollum marcher, bon très bon.

Les moments de lucidité dans la tête du Gollum se faisaient rares. Ce n'étaient plus que des passages brefs, des fulgurations. Et alors revenaient, surgissaient vite enfuies, insaisissables, perdues chaque fois, les images de la *barranca escondida*, la femme et le garçonnet, oh Dieu je commence à oublier leurs visages et ne les retrouve plus !

— Avance, clebs, ne me perds pas ce type ou je vais personnellement en Arizona et je te découpe ton fils au couteau, le fils du clebs en gueulera des semaines, avant de clamser. Allez, clebs, la truffe au sol et cherche. Ce négro devant nous et que tu suis, je traverserais pas la rue pour lui pisser dessus même s'il était en feu, mais il va nous conduire tout droit sur le Saorge. Alors, clebs, la truffe au sol et tu le colles. On lui laisse un jour d'avance ni plus ni moins.

Dans la tête du Gollum, il y avait sa vie avant la révélation de ce que Hatto savait pour la *barranca escondida* et puis la vie après. La vie après était noire, confuse, horrible.

Hatto savait. Savait depuis toujours, comment ne l'avais-je pas pressenti ? Hatto savait et dit qu'il sait, un jour, deux-trois mois après l'affaire de la grotte quand le Gollum sciemment a emmené la poursuite sur une piste fausse (pour la seconde fois). Hatto arrive d'Europe ; il a été blessé là-bas, il n'est pas en forme, c'est un convalescent et encore. Mais la voix est la même, le sourire aussi. Hatto dit à Dawlish de s'éloigner.

— Gollum ?

Ne lui réponds pas.

Mais Hatto dit :

— Relève-toi, Rocher-qui-pleure, et arrête tes clowneries. Je te donne dix secondes. Non : cinq. Et pourquoi pas trois ? Debout.

Le Gollum bouge — un vêtement qui retrouve sa forme

et reprend sa place sur un porte-manteau. Le Gollum se dresse sur ses jambes.

— Il y a un certain temps que nous n'avons pas parlé ensemble, Gollum. Des années, je crois. Parle-moi.

— Ugh.

Le rire de Hatto :

— Pas de ugh avec moi, camarade. Pas aujourd'hui, ni plus jamais. La plaisanterie me fait sourire depuis vingt-cinq ans mais elle a assez duré.

— Ugh.

— D'accord, Corley Rocher-qui-pleure Nash, d'accord, dit Hatto de sa voix douce. Dans ce cas, disons une *barranca. Una barranca escondida*, un ravin profond et caché. Peut-être trouvé jadis par tes ancêtres apaches, mais ensuite oublié, et perdu. Les parois en sont verticales vers le haut, quand elles atteignent le rebord de la *mesa*, elles s'étrécissent encore. Plus de soixante mètres de profondeur. Et dans ce fond, à côté d'une source, une maison de pisé, d'adobe. Elle existait à mon avis avant que tu ne t'y installes, tu n'auras fait que l'agrandir et la consolider. Tu veux du café, Corley ?

— Oui, monsieur.

— Oublie le monsieur. Appelle-moi Nick.

— Oui, Nick.

— Sers-toi. Tu sais que j'ai eu des doutes, à ton sujet ? Que j'en ai eu longtemps ? Jusqu'à ce que je fasse vérifier, entreprendre des recherches. Pour avoir la certitude de ce que tes « ugh » et façons animales n'étaient que comédie. Tu n'as pas eu de nouvelles récentes de ta famille, il me semble ? Je suis heureux de t'informer que madame Gollum, Margarita de son prénom, et Gollum Junior Geronimo se portent à merveille. Du moins allaient-ils bien hier matin, lorsque j'ai pris de leurs nouvelles. La *barranca* leur manque, là où je les ai fait mettre. Et tu leur manques aussi, bien sûr. Dawlish t'a beaucoup frappé, Gollum ?

— Oui, Nick.

— Je vais lui interdire de le faire. Personne d'autre que moi n'a le droit de te faire du mal. J'ai de l'amitié pour toi.

— Oui, Nick.

— Je ne m'en réjouirais pas trop, à ta place. J'ai remarqué qu'autour de moi, depuis plus de trente ans, on mourait d'autant plus horriblement qu'on était plus près de mon cœur. Tu es très près de mon cœur, Gollum.

— Oui, Nick.

— Dis autre chose, Gollum. Une phrase complète.

— Je ferai tout ce que vous voudrez si vous ne les touchez pas.

— Superbe. Et maintenant, venons-en à l'affaire qui nous a conduits en ces contrées riantes. Tu as fait exprès de perdre la piste, dans l'Ungava ?

— Oui, Nick.

— Et tu as recommencé il y a trois mois, lorsque Saorge a traversé la mer.

— Oui, Nick.

— Tu sais où il est, Gollum ?

— Non, Nick.

Hatto pose sa chope de café qui fume et retire une enveloppe. De laquelle il extrait des photos de Margarita et de Geronimo, qu'il étale sur la table. Où est Saorge, Gollum ?

— Gollum gentil, Gollum très très peur, Gollum pas savoir, Hatto pitié.

— Je serai assez bienveillant pour te croire, Gollum. Un nom a été prononcé par Saorge, quand il a traversé notre champ de grandes oreilles. Ulikattak. Nous recherchons cet homme. Il nous conduira à Saorge. Tu seras là. Moi aussi. Je vais m'entraîner, pendant un an. Je le veux personnellement. Ta femme et ton fils sont vivants. Tu me connais, Gollum : je n'ai qu'une parole. Ils resteront vivants si tu m'amènes à Saorge. Tu peux garder les photos. Retrouve Saorge et je serai derrière toi, moi Hatto, comme au bon vieux temps. Tu peux continuer à dire « ugh » à Dawlish et aux autres, je trouve ça très amusant.

La vie avant, la vie après cette rencontre avec Hatto. La vie après avec un collier de chien, en métal, autour du cou. Et une chaîne attachée au collier. Des mois et des mois, les repas jetés comme à un chien, pas se laver, des jours entiers avec quatre mètres de chaîne ; et d'autres jours tiré par la chaîne allongée, à devoir courir derrière une motoneige, cours, le clebs, cours !

... Mais Gollum jamais fatigué jamais, moi Gollum j'étais

parfois tenté de me laisser mourir, mais non : Gollum s'accrocher, jamais lâcher, plus fort que tout tu ne verras jamais te céder Dawlish n'y compte pas (ce n'est pas toi que je hais, mais lui l'autre, le Hatto, pour celui-là ma haine brûle comme un milliard de soleils), jamais céder, pas mourir, sans Gollum elle et lui mourir dans le désert de Gila, aussi longtemps que je reste en vie et peux servir à Hatto, j'ai une chance qu'on ne me les tue pas, oh mon Dieu mon Dieu mon Dieu, leurs visages ! Je ne les retrouve plus dans ma mémoire !

Gollum courir, suivre la piste d'Ulikattak, suis pas un chien, pas un clebs, Gollum homme, et de chair et de sang, père aimant époux aimant je vous aime tant tous les deux, je vous aime tant.

Gollum pas pleurer, tenir bon tenir, résister Dawlish australien, je t'emmerde Australien, tu crèveras avant moi là où nous allons dans le Grand Nord. Et Hatto viendra, me suivra, tu verras où je vais t'entraîner, dans le fin fond du fond du grand silence, fini, tous crever.

Ugh, Hatto, mille milliards de fois.

Les jumeaux entre eux, entre le dos de Saorge et son ventre à elle. Les jumeaux n'arrêtant pas depuis une bonne heure de gigoter, de s'entrebattre, de babiller, de tirer sur les seins d'Elisa et sur les cheveux de Saorge. Elisa posa une main sur la hanche de Saorge, exerçant une pression des doigts en signe d'alerte.

— Je sais, dit-il. Je sais, Elisa. Ils sont là depuis près de deux heures. Ils sont cinq.

— Ce n'est pas normal qu'ils restent si près sans bouger.

J'ai un peu peur, pensait-elle. *Pas pour moi, mais pour eux, il ne manquerait plus que des loups ne me les mangent. Et lui, il dort ! Je le réveille ou pas ?*

— Tu lis dans la tête des loups aussi ?

— Je lis dans les têtes, Elisa. Celles de toutes les créatures vivantes.

— Tu ne voudrais pas dire à ces loups d'aller ailleurs ?

— Je ne peux pas leur parler. Je les reçois, c'est tout. Je les lis.

— Lis-leur d'aller jouer plus loin.

Des cinq loups au-dehors, et qu'il ne pouvait pas voir puisque la tente de toile était close, Saorge recevait un flot de pensées. Quatre ordinaires, des pensées de loups comme il en avait lu quantité d'autres. Et une cinquième. Différente, celle-là. Très forte. Images en succession rapide et assez remarquablement enchaînées, au sens où elles révélaient une construction presque humaine, au lieu du chaos habituel aux bêtes ; peu ou pas d'images fixes, comme chez les chats, ou les lynx, ou les carcajous ou les autres animaux que Saorge avait lus.

— Je peux parler ?

Elisa chuchotait.

— Ils savent que nous sommes là tous les quatre, et sous une tente de toile ?

— Oui. Ne t'inquiète pas.

Ne pas m'inquiéter, il en a de bonnes ! Nous avons cinq loups assis sur le paillasson de notre tente, à nous lorgner de leurs gros yeux méchants et il voudrait que je ne m'inquiète pas !

— Ils n'ont pas de gros yeux méchants. Juste des yeux de loups, dit Saorge. Et nous n'avons pas de paillasson non plus.

Lui-même éprouvait une sensation qu'il n'avait jamais connue. Depuis les premiers jours où il était arrivé à la clinique, et surtout dans la forêt avoisinant celle-ci, il avait reçu des pensées animales. Par milliers. Et ses randonnées avaient accru son expérience et renforcé-confirmé-établi sa conclusion : quelque envie qu'il eût pu avoir d'en lire une, il n'avait jamais rencontré de vraie intelligence. Le harfang, quelque affection que je lui porte, en dehors de l'attachement qu'il me témoigne, vaut à peine mieux qu'une machine (extrêmement perfectionnée).

Pas ce loup, dehors.

— Ils sont cinq, Elisa. Quatre ont envie de partir, ils sont plus inquiets de nous que tu ne l'es d'eux.

Il y en avait un cinquième et c'était sur le flux mental de celui-là que Saorge se concentrait. Un instant, il se reporta dans la tête de l'une des autres bêtes et vit par les yeux de cette dernière. Un grand loup presque entièrement blanc, à l'exception d'une sorte de couronne gris-bleu ou chinchilla, sur le sommet du dos. Le grand loup surpassait ses compagnons et compagnes.

Je vais sortir, c'est trop étrange.

Il ne prit pas la peine de s'habiller.

— Prends au moins un fusil.

... et se glissa au-dehors de la tente, entièrement nu. Le grand loup se tenait à quatre mètres, assis, le regardant de ses yeux d'ambre.

De la curiosité. C'était de la curiosité que le loup éprouvait. Et une chose plus étonnante se produisit : dans le cerveau du grand loup, des images se succédèrent, rappelées à la surface par la mémoire, comme un être humain l'eût fait. Le grand loup faisait défiler d'autres images anciennes, d'animaux dont il avait enregistré les silhouettes. Il comparait puis écartait : des caribous, des ours, des bœufs musqués. Animaux de grande taille.

Pas un seul homme. Le grand loup n'avait jamais vu d'homme, je suis le premier. Ce n'est pas le loup qui m'a accompagné dans ma montée de la Péribonka, c'est un autre, et qui vaut plus encore.

Et autre chose : ces photos-souvenirs que le grand loup faisait renaître avaient été prises sur fond de neige ou de banquise. Aucune forêt, aucun arbre. Au plus de la toundra.

C'est un loup du grand Arctique. Peut-être, comme Elisa, les jumeaux et moi, est-il descendu, tirant derrière lui sa horde, du Grand Nord. Tandis que l'on pouvait encore marcher sur la mer.

Saorge s'accroupit. Son mouvement fit affluer d'autres images. De loups, cette fois. Pour le grand loup un homme accroupi évoquait un autre loup. *Attention.*

Saorge se redressa et écarta les bras de son corps. Dans le dixième de seconde suivant, le grand loup réagit : le défilement des images-souvenirs cessa et vint une image fixe, celle-là même que Saorge avait si souvent lue, et qui précédait l'attaque. Les bras retombèrent.

Apaisement. L'image fixe de lui-même que recevait Saorge, de sa propre gorge, cette image s'effaça lentement.

— Ne bouge surtout pas, Elisa.

Saorge parlait sans presque remuer les lèvres. C'était incroyable comme le moindre mouvement, le moindre frémissement même de la moindre partie du corps de Saorge étaient perçus par le fauve. Le haussement d'un sourcil suffisait à l'alerter. Ce n'était pas la première fois que Saorge se trouvait face à un loup. Il en avait approché des dizaines. D'ordinaire, soit les bêtes attaquaient, quand elles avaient peur, soit elles fuyaient ou, plus rarement, elles se détournaient, poils du cou et du dos hérissés, oreilles pointées vers l'avant et resserrées, crocs découverts pour une menace qui n'était que comédie. En un seul cas, il avait été mordu ; à peine : la mâchoire capable de tuer un caribou l'avait manqué pour l'essentiel — il avait lu l'attaque avant qu'elle fût lancée, lu la trajectoire du bond, et seul l'avait surpris le soudain détournement de la tête en l'air ; un croc lui avait percé le bras droit au-dessus du coude et avait emporté un morceau de chair.

Le grand loup n'avait pas peur. Il n'allait pas s'enfuir. Il avait une envie de se retourner et partir mais sa curiosité était trop forte. Il s'y livrait avec détachement, quoique demeurant en alerte. Ses quatre compagnons et compagnes — deux louves dont une grise de belle taille — se tenaient en retrait, à l'entrée du couvert.

Je crois que je peux me le permettre, pensa Saorge.

Le premier pas qu'il fit déclencha l'image fixe si redoutable. Le deuxième transforma les pensées de l'animal. Saorge contourna la tente.

De la curiosité encore. J'en ressens de même, ami loup, tu n'es pas un loup ordinaire. Veux-tu savoir quelle sensation tu me donnes ? Celle d'un homme perdu en terre étrangère et qui un temps infini va sans que nul ne comprenne sa langue, et qui soudain à un détour, découvre quelqu'un sachant ses propres mots. J'ai tant cherché un animal comme toi, ami loup.

De l'un des caribous qu'il avait tués à fin de nourrir les chiens que gardait le Vieux, ils avaient conservé les meilleurs morceaux. Saorge prit l'un de ces morceaux et revint vers le grand loup, s'approcha plus qu'il ne l'avait fait jusque-là et déposa la viande sur le sol. Il recula de deux ou trois pas et reprit son immobilité.

Cadeau.

Le grand loup n'abaissa même pas son regard jaune orangé. Images de chasse et d'égorgement, de nourriture. Il est tenté mais s'il n'y touche pas, ce ne sera pas de la méfiance puisqu'il n'a pas peur.

Quelle chose étrange.

Le grand loup bougea enfin. Il s'étira, prenant appui sur ses pattes avant puis, incurvant son échine, sur celles arrière. Il se dressa, choisit avec soin l'endroit, et urina sur un massif de kalmies. Sur quoi il se détourna, queue dressée, commença à s'éloigner. L'un des mâles qui attendait n'avait en tête que le morceau de caribou sur le sol ; il esquissa une approche rasante et sournoise. Un bref grognement de son chef suffit : il s'aplatit. Pour se relever aussitôt, le grand loup atteignant à son tour la lisière de la forêt. S'y immobilisant et tournant la tête vers Saorge.

Lequel urina à son tour, sur l'urine du grand loup exactement.

Le grand loup considéra la chose puis s'en alla. La disparition des cinq bêtes fut, comme toujours, magique : elles étaient là et n'y furent plus, sans le moindre bruit.

Contact un mille trois heures. Ils se déplacent. Le contact de ce jour-là était le sixième en près de trois semaines. Images d'une chasse récente. Le grand loup avait tué un caribou que les quatre autres avaient rabattu pour lui. Images de Saorge, d'Elisa nue, des jumeaux nus, enregistrées l'avant-veille quand le grand loup était demeuré près de deux heures à les regarder, par-dessus les eaux du lac, se croyant invisible et l'étant.

Sa curiosité n'est pas tarie et évolue vers de l'attachement. Je croyais à une rencontre sans lendemain mais une relation est bel et bien en train de s'établir.

— Ton loup encore ?

— Oui.

— Il est loin ?

Saorge indiqua la position.

— Il nous veut quelque chose ?

— Il ne le sait pas lui-même. Il aime notre odeur.

— Notre *odeur* ! Je ne sens pas mauvais !

— Tu sens même très bon. Mais tu as une odeur, comme les jumeaux ou comme moi, comme tout ce qui vit.

Le parfum du corps d'Elisa quand nous faisons la chose !

Contact deux mille mètres et même moins. La horde opérait un contournement par l'est. Le grand loup a notre image à tous quatre, il est invinciblement attiré, il ne cherche pas à s'en défaire. Il a du plaisir à l'avoir dans sa tête.

Quinze cents mètres, ils courent très vite.

— Et quand nous reviendrons chez nous, tu crois qu'il nous suivra ?

Cette façon de dire — et de penser — « chez nous », en parlant du Grand Nord. Si je lisais en elle la moindre réticence, j'irais, je les conduirais au sud quelles qu'en seraient les conséquences.

— Il est chez lui dans l'Arctique, Elisa.

— Il ne t'a pas dit d'où ? Il aurait pu te laisser son adresse et son numéro de téléphone.

Mille mètres. Ils avancent au moins à quarante kilomètres à l'heure. Le grand loup épaule contre épaule avec sa compagne.

— Il est amoureux, Elisa. De la grande louve grise qui est avec lui depuis, deux ans peut-être, ou trois.

— Ça peut être amoureux, un loup ?

Jusqu'à la mort, très souvent. Plusieurs années de suite, neuf ou dix, Saorge avait identifié le même couple, à une dizaine de milles dans le nord-ouest de la cabane de Maxie le Mohawk. Non que ce couple de loups s'y tînt en permanence mais ils venaient et revenaient dans les parages. Et les deux bêtes étaient unies par une puissante connivence, ne formant presque qu'un seul être.

Quatre cents mètres, trois cents, deux cents.

— Ils sont là, sur ma droite, derrière cette butte. Ils s'arrêtent. Les quatre autres se couchent, lui vient. Entre ces épinettes, là, c'est là qu'il va apparaître.

Le grand loup surgit avec son instantanéité ordinaire, hiératique, comme s'il avait eu conscience de l'admirable spectacle qu'il offrait, sur ce fond de feuilles et d'aiguilles, cou bien dégagé. Il se tenait à trente mètres.

— Il commence à me plaire. Je lui verrais bien un chapeau. Qu'est-ce que tu dirais d'Indiana Jones, comme nom ?

Saorge se mit à rire (j'ai vraiment appris à rire) et caressa le sein gauche d'Elisa nue et assise dans la vase tiédie. Moustiques et mouches noires s'en donnaient à cœur joie, depuis la tombée du vent. On était au summum de l'été depuis déjà trois ou quatre jours, il avait peu plu jusque-là mais on discernait à l'est des nuages. Le retour de l'hiver s'annonçait.

Indiana Jones s'était assis. L'incessant bourdonnement (et les piqûres) des moustiques, les nuées de mouches se collant sur la peau, le babil des jumeaux, à part cela le silence.

Saorge lisait les hésitations du loup. Images en succession rapide. Images de chiots, suivant celles (réellement vues et non restituées par la mémoire) des jumeaux.

— Tu vas le laisser s'approcher ?

— Oui, dit Saorge.

Mais il posa sa main sur le fusil.

— Il s'est décidé, il vient.

Le loup bougea trois secondes plus tard. Il prit une attitude surprenante : oreilles pointées et ne manifestant aucune crainte, mais la gueule basse, l'énorme panache chinchilla de sa queue plus bas qu'à l'ordinaire, et venant vers le bord du lac, décomposant les mouvements de ses pattes, à croire que celles-ci s'étaient raidies.

— Je peux parler ?

— Il est habitué à nos voix et les aime bien.

— Et à notre odeur aussi, c'est ça ?

— Voilà.

Le loup marqua une nouvelle pause à cinq mètres. Saorge monta le fusil et posa son index sur la détente : ç'avait été fugitif mais net ; de la férocité, en un éclair, images d'égorgement ; mais non, la curiosité l'emportait, et surtout cet ardent besoin de flairer les deux silhouettes nues des enfants recouverts de boue.

— Ça va, dit Saorge.

Le loup s'était remis en mouvement, ses pattes un peu

pliées, si bien qu'il s'était abaissé davantage. Son énorme gueule affleurait le sol et ses épaules saillaient.

Pause à un mètre.

— J'ai peur.

Le canon du fusil était pointé et à quatre pieds au plus de la tête. Et huit balles dans le chargeur.

— Ça va.

Tu joues avec la vie de tes enfants. A cause de ta maladie. A cause de ces rêves que tu as formés, des années et des années durant, par quoi tu rencontrais un animal avec lequel communiquer, jeter une amitié, sans qu'il fût domestiqué.

Sarah et Ugak regardaient le loup et lui lancèrent des pincées de boue. Dont l'une atteignit le museau.

— Oh, mon Dieu ! dit Elisa à voix basse ; elle enfonçait ses ongles dans la cuisse de Saorge.

— Non, ça va.

Images de louveteaux turbulents, courant en tous sens et mordillant ce qui passait à portée de leurs aiguilles de dents. Images de la louve montant la garde et disposée à tuer dans la seconde quiconque toucherait à eux autrement que pour une caresse.

La gueule ourlée de noir laissa paraître une langue. Le loup toucha Sarah plus proche de lui, puis Ugak, à qui il donna un coup de cette langue.

Le loup ne se coucha pas — image de lui couché immédiatement écartée. Il demeura une minute immobile et soudain, d'une brutale détente de ses quatre-vingt-cinq ou quatre-vingt-dix kilos, il fit volte-face et s'en alla. Et ce fut à cette minute-là que Saorge éprouva la plus grande exaltation de son existence. Joie et chagrin mêlés, indiscernables.

Elisa s'était levée, avait emporté ses enfants, un sous chaque bras. Elle entra dans le lac et entreprit une toilette générale. De temps à autre coulant sans le vouloir une pensée vers Saorge. Elle avait eu très peur, à l'extrême bord de la panique. Elle n'avait pas bougé, n'avait rien dit ou presque, dans la totale et définitive confiance qu'elle avait en lui.

Que nulle autre à part elle ne pourrait entretenir. Saorge

était saisi d'une émotion qui lui semblait lui faire exploser la poitrine et le cœur, et tout projeter à des distances folles.

Il se voyait avec Elisa, Ugak et Sarah au bord de ce lac perdu entre tant d'autres lacs par milliers, dans la forêt et les vastes tourbières du Keewatin. Il montait dans le ciel pour élargir son champ par les yeux du harfang des neiges. S'élevait plus haut ; à la limite extrême de sa perception qui depuis plus d'un an ne s'étendait plus et demeurait immuable, il allait se glisser dans les têtes des migrateurs du ciel qui virait au gris bleu et par leurs yeux, leurs souvenirs innés ou acquis, déchiffrait d'autres mondes.

L'hiver venait et nous allions rentrer chez nous à Nunaga.

Dwalish arrêta la chenillette mais laissa le moteur en marche. Il sauta à terre et alla jeter un coup d'œil.

— Ça va tenir ?

Les deux Eskimos qui lui servaient de guide et d'interprètes se nommaient Ottouk et Nyulu, ou quelque chose de ce genre. Dawlish les appelaient Négro ; il ne voyait pas de différence entre eux : des basanés. Négro 1 et 2 examinèrent la banquise. Ils dirent que non, à leur avis ; il fallait attendre ; demain peut-être.

— Vous faire foutre ! dit Dawlish.

Et parce qu'il n'accordait pas la moindre confiance à un basané, pas plus qu'aux non-basanés, il alla marcher sur la glace, tantôt laiteuse et tantôt bleue, qui commençait à recouvrir le détroit de Fury et Heela. Il pesait cent dix-huit kilos, poids de forme, mais sa chenillette faisait quatre tonnes, avec son chargement et ses réserves de carburant. Il put progresser de trois cents mètres et peu d'hommes à sa place ne seraient pas tombés à l'eau quand un gros glaçon bascula. Il y avait chez ce colosse une souplesse et une promptitude de réflexes saisissantes. Il revint sur la terre ferme.

Le Gollum n'avait pas bougé, enchaîné qu'il était au véhicule ; il s'était laissé glisser sur le sol et semblait dormir. Dawlish résista à son envie d'un ou deux coups de pied, pour le plaisir. Pourquoi Nick tenait-il à ce clebs ? Qui avait trahi et donc pouvait trahir encore. Suivre la piste du négro eskimo Ulikattak n'était pas difficile, un traîneau laissait de belles traces, et pour longtemps.

Dawlish n'était pas sans expérience de l'Arctique. Il avait opéré en Alaska et sur le détroit de Behring, quelques années plus tôt ; avant, avec un commando spécial, il avait réussi une infiltration en territoire soviétique, pour récupérer un missile ; neuf semaines en Sibérie, les trois dernières passées à échapper aux Rouges, non sans réussite mais par une température entre trente et quarante degrés sous zéro.

La démente brutalité de Dawlish lui était naturelle, on l'aurait étonné en lui en révélant la démesure.

Il remonta sur le véhicule et mangea, jetant une boîte au Gollum. Les deux basanés mangeaient dans leur coin. Il contempla Baffin, dont il ne connaissait que la partie ouest, à plus de mille kilomètres. Sans le Gollum et sa trahison, on aurait déjà pris ce Saorge (Dawlish ignorait pourquoi Nick avait tant voulu et voulait tant encore s'emparer de ce type, mais c'était sans importance).

Zake Pender et son hélicoptère furent exacts au rendez-vous de midi.

— Tu es loin derrière l'Eskimo ?

— Il est passé hier en début d'après-midi.

— Tu ne tentes rien, tu ne t'approches pas, tu ne te fais pas voir.

Ils examinèrent le moteur de la chenillette, qui tournait, et Zake lui compléta ses réserves de carburant.

— La météo prévoit un abaissement des températures à partir de demain.

La nouvelle laissa Dawlish imperturbable, d'une totale indifférence.

— Nick est prêt, dit Zake Pender. Il arrive sitôt que l'Eskimo aura retrouvé ses copains.

Pas de réponse. Dawlish lisait les journaux de sport que le pilote lui avait apportés — il aimait le rugby, à quinze ou à treize ; presque autant que la version australienne, qu'il avait pratiquée avant d'être radié à vie pour brutalité.

— Tu as entendu ? Nick est prêt.

— J'ai entendu.

Les nuages aperçus par Saorge dans l'est étaient arrivés sur eux, avaient crevé, puis poursuivi leur avancée jusqu'aux lointaines Rocheuses. Saorge avait hésité mais le désir d'Elisa — désir non exprimé mais la différence était nulle — de voir la mer, ce désir persistait. Une marche de six jours les conduisit au bord de la baie d'Hudson.

— Elle n'est pas libre.

Elle exagérait : le seul morceau de glace visible datait de l'année précédente et il n'était guère plus gros qu'un immeuble de six étages.

— Je me moque de toi, je n'ai pas le droit ?

Ils coupèrent au plus court et retrouvèrent le Vieux de plus en plus invisible maintenant que la végétation du printemps et de l'été avait poussé comme s'il n'eût pas changé de place en cinq ou six semaines. Les chiens allaient bien, à ceci près qu'ils devenaient fous, à demeurer inactifs.

— J'ai changé d'avis, dit le Vieux. Finalement, je n'ai pas envie de mourir ici. Avec leurs racines, ces arbres me dérangeraient. Il me semble qu'il y a un loup, pas loin.

— Il y a un loup dans nos parages, convint Saorge. Ils seraient même cinq que je n'en serais pas surpris.

— Un seul compte, dit Elisa. Il s'appelle Indiana Jones.

Et elle cria à la cantonade (elle ne savait pas où était le loup, caché derrière un lot d'épinettes, soixante-dix mètres huit heures ; et quant au Vieux, qui l'ignorait autant et ne disposait pas d'une maladie comme la mienne, c'est en usant d'un instinct que je n'ai pas qu'il supputa la présence du même loup), Elisa cria en riant :

— Salut, Indiana Jones ! N'oublie pas de mettre ton chapeau, il va recommencer à faire froid.

Il neigeait sur le Keewatin depuis quatre jours. Cette même nuit qui précéda leur départ vers le cercle Arctique, Saorge se leva sans bruit et se glissa hors de la tente. Après une interruption d'environ cinq heures, il avait un contact avec le grand loup. Contact aussi avec la louve grise et la deuxième femelle et les deux jeunes mâles, mais plus lointain, dans le Deuxième Cercle, alors que le grand loup se trouvait dans le Premier.

Cent dix mètres quatre heures. Saorge s'avança. Il reproduisait avec le fond de sa gorge le sourd grondement, dont le grand loup usait avec sa compagne, et qui était plus qu'amical : tendre. Il marcha sous les arbres, s'enfouissant jusqu'au genou dans la neige fraîche et à cinq mètres s'accroupit. Gronda à nouveau, modulant ce grondement en lisant l'animal, jusqu'à ce qu'il fût adéquat. Et un grondement identique, bien plus grave (mais je ne peux faire mieux, je n'ai pas ta gorge, mon frère) lui répondit. On y voyait peu mais suffisamment pour distinguer la silhouette juchée sur un talus. Saorge discerna quelque chose de sombre, et qui gouttait, dans la gueule.

Et bien sûr il se vit lui-même par les yeux phosphorescents et rouges du loup qui le regardait.

J'aimerais tant pouvoir te parler, mon ami. Quoique je ne sois pas si assuré que te parler soit nécessaire, nous ne nous comprenons pas si mal, somme toute.

Le grand loup déposa le morceau de viande de caribou — images du caribou qu'il avait tué une heure plus tôt, du gros paquet d'entrailles sanglantes et fumantes arraché au ventre de la victime et emporté sur une certaine distance. Le grand loup inclina sa gueule, entrouvrit sa mâchoire. Le paquet d'entrailles à demi mâchées et prêtes à la consommation par un chiot ou plusieurs, ce paquet roula dans la pente du talus et vint s'immobiliser aux pieds de Saorge.

Je t'ai fait un cadeau identique, mon ami, et tu n'en as pas voulu. Dois-je accepter, moi ? Pour élargir notre amitié, me faut-il t'apparaître comme un chiot ?

Saorge ramassa la viande et y mordit. Le grand loup gronda doucement. Saorge avala la bouchée, fort peu ragoûtante, avec ce goût de tripes crues mastiquées et couvertes d'une bave au fort relent de carnassier.

Puis il urina.

Le grand loup urina de même, non sur la propre urine de Saorge, mais deux mètres à côté. Leurs frontières à tous deux furent ainsi marquées.

Ils franchirent le cercle Arctique et remontèrent à petites étapes la péninsule de Melville. Saorge pensait davantage à Ulikattak, qu'il avait hâte de revoir, je devrais peut-être lui dire, pour ma maladie. Ne serait-ce que pour lui parler du grand loup.

Et du harfang, que Saorge appréhendait de voir partir pour aller au sud et peut-être s'en revenir au lac Saint-Jean. Bien que ce fût dans la nature des choses, le harfang aussi a sa propre vie à conduire.

On entrait dans le froid du Grand Nord comme d'autres fussent rentrés dans une maison accueillante et familière. Neuf jours après leur départ, ils arrivèrent au détroit de Fury et Heela. La banquise s'y était refaite, l'embâcle n'avait pas été brutal, en dehors de quelques hummocks, la glace était assez épaisse pour supporter le poids du traîneau.

— Il vaut mieux que tu ailles à pied, Elisa. Avec les jumeaux.

— C'est moi qui irai avec eux et pas le contraire. Non, mais tu les as vus courir ? Regarde ça.

Contact. Un homme seul dix-huit cents mètres neuf heures. Jumelles, il se sert de jumelles et nous regarde. Il est pacifique, ce n'est que de la curiosité.

Saorge faillit remettre en route les chiens. Il arrêta net dans sa gorge le cri qui allait sortir.

Le nom d'Ulikattak, la silhouette d'Ulikattak avec son traîneau, ses vingt-cinq chiens et une femme, dans les pensées de cet inconnu.

— Elisa, je reviens. Ikpakuak, je te serais reconnaissant de bien vouloir attacher les chiens.

Lui-même fixa l'ancre. Il partit à pied.

— Des gens en traîneau avec vingt-cinq chiens, dit l'homme, il n'y en a pas cent cinquante. J'en aurais vu deux fois en trois semaines, c'est une procession ou quoi ?

Toulerktsen, c'était son nom. Il connaissait Ulikattak, et depuis des lunes. Un fou, cet Ulikattak mais on pouvait s'y faire.

— Et qu'est-ce que tu lui veux ?

— Ces chiens et ce traîneau que j'ai sont à lui, dit Saorge (dans ce genre de conversation, il fallait être attentif, sans quoi il eût répondu aux questions avant qu'elles lui fussent posées, il convenait de peser chaque mot et de feindre d'ignorer les réponses — ou les mensonges). Tu ne les reconnais pas ?

— D'accord, dit l'homme. Ulikattak était passé vingt-quatre jours plus tôt, vers la fin d'août. Avec sa nouvelle femme qui ressemblait à une carcasse et qui jacassait à vous rendre sourd, ou à souhaiter de l'être.

Saorge s'accroupit.

C'était presque un tremblement qui venait à Saorge. Oh mon Dieu, non, après tant de temps, quelle obstination inconcevable ! Et il faillit partir. Quelque chose en lui le força de poser les questions, et d'attendre les réponses lues depuis plusieurs minutes.

— Oui, je me souviens d'eux, dit l'homme. Et je vais te dire : eux se seraient approchés de moi comme tu viens de le faire, je serais parti ventre à terre jusqu'aux Etats-Unis ou même en Afrique.

Un très grand, costaud, souple, oui. N'importe qui serait tombé dans l'eau quand le glaçon a basculé mais pas lui ; il était sacrément agile, malgré sa taille et son poids.

Et deux Inuits qui n'étaient pas de la meilleure espèce, il suffisait de voir leurs yeux. Des types à te tuer pour une dent de phoque, ou pour le plaisir.

Et une de ces grosses machines comme ils en ont dans l'armée, quand l'armée passe dans le coin ; de ces trucs à escalader des montagnes.

Et un hélicoptère venu à un rendez-vous, qui avait fait le plein de la machine.

Et une chose, un homme pas tout à fait un chien. Attachée par un collier et une chaîne et geignante et grimaçante.

Les images enregistrées par la mémoire du passeur d'Ulikattak montrant ceux qui ne pouvaient être que Dawlish et le Gollum.

Oh, mon Dieu !

— Oui, j'en ai une, dit Saorge.

Il abaissa ses moufles et détacha de son poignet la montre dont madame Desjardins au téléphone lui avait appris qu'elle valait quatre mille huit cents dollars et la donna à l'homme, qui avait tant envie d'une montre.

Ensuite, s'en revenant vers les siens, il constata que pour la première fois de sa vie, il n'avait pas filtré les mots à dire. Il avait répondu à une pensée.

Je suis en plein désarroi.

XIV

— C'est une maison de neige, ça ?

Ulikattak avait pris sa hache et tout détruit, il avait recommencé un autre igloo, le premier était raté, qu'est-ce que tu veux elle m'énerve.

— C'est mieux. Mais je suppose que tu vas y coucher avec tes vingt-cinq chiens. Il y a une chienne que tu préfères ou c'est n'importe laquelle ?

Un temps.

— Excuse-moi, Ulikattak. Je suis désolée. Je n'aurais pas dû faire cette réflexion sur les chiens. Excuse-moi. Je te demande pardon.

Un temps.

— D'accord, j'ai été infernale. N'importe qui à ta place m'aurait ouvert la tête à coups de hache et m'aurait fourrée dans la glace jusqu'au printemps.

Un temps.

— Je ne sais pas ce qui m'a pris. Avec les autres avant toi, j'ai toujours été emmerdante. Et comme je suis un sac d'os, en plus.

Deux jours plus tard.

— Je peux bien te le dire : c'est la première fois que j'ai envie d'être douce. Ça ne s'explique pas, c'est comme ça.

Le lendemain.

— Il y a trois ans, j'étais chez ma sœur à Pelly Bay. Tu es arrivé avec tes vingt-cinq chiens de l'époque, presque aussi énormes que ceux de maintenant. Et très beaux, eux, déjà. Je ne dirais pas que tu m'a semblé beau. Tu es mieux que ça. Je n'ai pensé qu'à toi. Je me suis dit que ça allait passer, un coup de chaleur et rien d'autre. Dix-sept ans, j'avais dix-sept ans, je suis de juillet. Sauf que ça a duré.

Trois jours et un premier blizzard.

— Ça a duré, Ulikattak. J'ai essayé, mais aucun autre ne convenait, c'était toi et pas un autre. On ne doit pas dire ces choses mais je les dis. Je suis maigre et pas trop belle ; j'ai pensé : il n'est pas pour toi, tu parles ! Tu as vu ses épaules et ses cuisses ? Avoir ça sur le ventre, tu rêves. Ne me frappe pas, ou pas trop : la petite que tu avais en vue pour ce printemps à Pelly Bay, j'ai tout fait pour qu'elle se marie. C'est de ma faute si tu l'as pas eue. Ça m'a coûté mille dollars. Vas-y, frappe, je ne l'ai pas volé.

Ils étaient remontés jusqu'au bout de la péninsule de Brodeur, au-delà de quoi le détroit de Lancastre est gelé à mort et borde l'île Devon, tu es déjà sur le Soixante-Quinzième, ce n'est pas le pôle Nord mais tu n'en es plus très loin, tu passes sur Ellesmere et après, la banquise.

— Tu ne m'as pas frappée, Ulikattak. Tu as frappé et même tué des hommes, mais une femme, non. Je ne regrette pas, pour la fille de Pelly Bay. Dans un an, tu l'aurais ramenée chez elle et tu en aurais pris une autre. C'est peut-être ce que tu vas faire avec moi. Je peux lancer un harpon aussi, tu sais.

Deuxième blizzard et trois autres jours sans mettre le nez hors de la maison de neige. Ils avaient entrepris leur descente vers le centre de Baffin, par le bas de la péninsule de Borden, les lacs gelés du centre...

— C'est gentil, ce que tu viens de me dire, Ulikattak. Que j'avais moins d'os que tu ne le pensais. Et que je suis une vraie femme. C'est le premier igloo que je bâtis. Mais je t'ai bien regardé. Moi, ça va. J'ai tout ce que je voulais.

... Les lacs gelés du centre de Baffin et à quatre jours devant, les Neuf et surtout Kisimmgaaq et la Petite.

Trois phoques en une journée.

— Tu es le dernier chasseur, Ulikattak. Tu es mon homme. Même si tu me ramènes à Repulse dans onze mois.

Conformément aux ordres que lui Ulikattak avait donnés, les Neuf devaient se trouver dans l'un des campements du début d'hiver, dans cet enchaînement d'anses et de calanques que les Blancs nomment Home Bay. Un bon coin pour les phoques quand tu sais où chercher.

Je l'ai dressée, pensait Ulikattak.

Et si c'est elle qui m'a dressé ?

C'est sûr : il y en a un des deux qui a dressé l'autre. Aussi bien, on se sera dressés l'un l'autre.

Je peux la montrer aux Neuf et surtout à Kisimmgaaq. C'est vrai qu'elle n'est pas tant pleine d'os et elle t'a de ces douceurs, quelquefois. Tu as toujours aimé les femmes. Leur forme, leur odeur, leur présence. Sans elles, tu n'es rien, ça ne vaut pas de vivre. La plus vilaine a des beautés. Regarde celle-là, Sumamik, qui n'est pas la plus vilaine, en plus. Le premier qui me fait, je dis pas une remarque, mais un regard, je le fracasse.

Je n'irai pas à Pelly Bay le prochain printemps (qui en même temps est l'été). Ni les suivants.

J'ai envie de voir revoir Kisimmgaaq, la Petite et les jumeaux. Si Sumamik me fait des enfants comme ça, je les garde avec moi — mais pas de danger qu'ils soient aussi beaux puisque c'est avec toi qu'elle les ferait (si elle en faisait).

Ulikattak fit accélérer les chiens le dernier jour. Il vit le groupe au campement prévu et compta les Neuf, qui n'étaient pas neuf mais huit. Ce ne serait quand même pas le Vieux qui serait mort ?

Les chiens allaient comme le vent.

Et il manque mon autre traîneau de vitesse. Kisimmgaaq et la Petite seront partis faire un tour, ça peut se comprendre (toi-même avec Sumamik, bon passons).

Les Neuf tombés à huit en l'absence du Vieux l'avaient aperçu et se dressaient, avides des cadeaux qu'il leur rapportait.

Kisimmgaaq ne va pas tarder. Il sera là ce soir ou demain. Ou même avant, c'est comme s'il lisait dans les têtes, celui-là.

— Jonction faite, dit Dawlish à quatre kilomètres de là.

— Jonction faite, répéta Dawlish à la radio et regardant dans ses jumelles, à des kilomètres de là, les points qui étaient les chiens, le traîneau et le Négro basané eskimo d'une part et, d'autre part, ce qui semblait être un campement de Négros.

— Plein de Négros, dit Dawlish.

— Combien ? demanda la voix de Nick.

— Huit.

— *Roi Salomon* avec eux ?

N'ayant guère lu dans sa vie, sinon des journaux de sport, Dawlish avait une vue perçante. Aucun des huit points sur sa droite, et vers lesquels le traîneau allait n'avait la taille suffisante pour être Saorge.

Le Négro basané eskimo suivait la côte, anse après anse ; Dawlish avait coupé droit, en raison du terrain ; le Négro basané eskimo, après des journées à flemmarder, avait soudain remué ses fesses de Négro eskimo et accéléré ; ce n'était pas la faute de Dawlish.

— Ils ne peuvent pas me voir.

— Retire-toi. Distance trois milles.

— Bien reçu.

Dawlish était allongé à plat ventre, enveloppé dans sa tenue blanche de camouflage. La communication radio fut coupée par Nick. Dawlish se glissa en arrière sans laisser sa tête dépasser de la crête de glace, son point d'observation, et repartit vers la chenillette, deux cents pas en arrière, cachée dans un ravin. Trois milles...

Il égorgea le premier de ses guides eskimos, en lui tranchant la gorge par-derrière, sans bruit.

Pourquoi Nick ne lui laissait-il pas la bride sur le cou ? Il descendait vers ce bord de mer, il en tuait deux ou trois et il y en aurait un pour parler et dire où le Saorge était. Il n'y a personne pour...

Le deuxième guide arriva, qui était allé chercher de la glace pour avoir de l'eau. L'homme resta figé, en découvrant le cadavre de son compagnon. Le couteau lancé par Dawlish à environ sept mètres, d'un mouvement de bras négligent, lui entra dans la poitrine à l'emplacement du cœur.

Dawlish alla récupérer son couteau et avant de le retirer, entailla en croix sur une dizaine de centimètres de profondeur. On ne pouvait jamais savoir, avec les basanés, peut-être qu'ils n'ont pas le cœur au même endroit que les gens normaux.

Il ignorait où était Nick, si Nick se trouvait déjà sur la terre de Baffin, s'il se faisait ou non transporter par Zake Pender et son hélico, si Nick allait le rejoindre ou pas. Tu ne peux jamais dire, avec Nick.

Elisa avait repéré l'hélicoptère. L'image s'était inscrite, Saorge l'avait lue. Dans un premier temps pensant comme elle à un oiseau.

— Ce n'est pas un oiseau, Elisa.

La perception ne donnait rien : l'appareil était en dehors du Troisième Cercle ; il volait au nord-est. Venant d'Igloolik à près de trois cents kilomètres dans l'ouest ? Et peut-être allant à Clyde River, sur les bords du détroit de Davis, quatre degrés plus au nord que le point de rendez-vous avec Ulikattak.

Saorge continua à trottiner, le Vieux relié au traîneau par une courroie de cuir. Peut-être était-ce un appareil comme un autre, transportant des gens acheminés à l'aller vers un hôpital, ou des fonctionnaires du gouvernement, ou des prospecteurs.

Ce n'est pas l'hélicoptère qui voici près de deux ans survolait ma maison du lac Saint-Jean. Le premier était un Iroquois Bell, je m'en souviens pour l'avoir identifié dans mes livres. Pour celui-ci, je ne sais. Je ne m'y entends guère, en ce domaine.

— Je ne sais pas, Elisa.

Elle s'inquiétait de ce survol et se demandait si ce n'était pas quelque manière de recherche. Saorge n'avait rien dit à Elisa, moins encore au Vieux, de ce qu'il avait lu dans la tête du passeur, sur la rive du détroit de Fury.

Le bourdonnement leur parvint enfin aux oreilles, très

faible. C'est surprenant qu'il vole à une telle altitude ; il est à trois mille cinq cents ou quatre mille mètres.

Hors de ma perception.

Justement.

Saorge faillit crier aux chiens de s'arrêter. N'en fit rien — que pourrais-tu, sinon poursuivre votre avance ? Déjà tu fais couvrir à votre attelage une moyenne de quatre-vingt-dix kilomètres par jour, les bêtes se fatiguent de ces efforts à répétition. Il me faut rejoindre Ulikattak et les autres. Pour soit les prévenir de ce qu'ils sont suivis, soit intervenir de quelque manière s'ils ont été rattrapés.

Oh ! mon Dieu, qu'il ne leur arrive rien, j'en serais le seul responsable !

Le bourdonnement se faisait plus net et, soudain, l'hélicoptère s'inclina et descendit vers eux. Marqua une pause — à deux milles à l'horizontale dans leur sud (et à la frange du Troisième Cercle, en hauteur...)

... Dans lequel l'appareil entra. Le flux mental se jeta à l'assaut du cerveau de Saorge et l'envahit, se mêlant aux pensées d'Elisa, des jumeaux, du Vieux, aux sensations des chiens.

Zake Pender. je l'ai déjà lu. Il est seul à bord et il a dans sa tête de...

Il parle à la radio avec Nick Cassetti qui est à Frobisher Bay dans une maison par les fenêtres de laquelle on voit cette grande école dont déjà j'avais lu l'image chez Elisa.

Zake Pender a des caméras. Huit plus une, qui est spéciale. Il prend des photos de nous avec la neuvième. Il nous voit sur un écran placé à sa droite. Ordinateur pour sélectionner les images des huit caméras et le mouvement, la mise en action de la neuvième.

Les jumeaux. Il prend des photos d'Elisa et des jumeaux !

Il pense que monsieur Cassetti va se servir d'Elisa et de nos enfants pour m'obliger à me rendre.

Il ne connaît pas le Vieux.

L'homme appelé Dawlish a repéré Ulikattak, sa nouvelle femme et les autres.

Ordre de monsieur Nick Cassetti à Zake Pender : partir, vite remonter, vite vite s'éloi...

L'hélicoptère était brusquement remonté et sorti du Troisième Cercle.

François a senti quelque chose, il a lu quelque chose dans la tête des gens qui se trouvaient dans l'hélicoptère. Quelque chose ne va pas.

— Ne t'inquiète pas, Elisa. Ne t'inquiète pas.

— Puisque tu es là, dit-elle.

Un instant, il vint à Saorge l'idée de continuer à aller au sud-est, puis, à la nuit, de rebrousser chemin et de s'enfuir, pour disparaître dans le nord, ou le nord-ouest. Peut-être passer sur Devon, voire Ellesmer. Aller très loin.

Mais c'eût été abandonner Ulikattak et les autres.

— Ikpakuak, je te serais reconnaissant de monter sur le traîneau.

— Pas fatigué, dit le Vieux entre deux foulées.

L'hélicoptère avait disparu, il s'était éloigné non en direction de Clyde River mais vers le mont Odin.

— Je t'en prie, Ikpakuak, fais-moi ce plaisir.

Le Vieux courut sur une vingtaine de mètres puis sauta sur le plateau du traîneau.

Le Vieux est un peu fâché contre moi, j'aurais été un peu brutal. Je devrais mieux peser les mots, quand je parle.

On avança pendant une heure et demie. Déjà la lumière changeait. Pour gagner Home Bay où Ulikattak devait être arrivé depuis trois bonnes semaines, s'il ne s'était pas attardé en route, le chemin le plus court était plein sud-est.

Monsieur Nick Cassetti connaît notre direction. Il n'a pas dit à Zake Pender de rentrer à Frobisher Bay, peut-être l'ordre a-t-il été donné après que l'hélicoptère est sorti de mon Troisième Cercle.

Est-ce que monsieur Cassetti sait que je peux lire les gens ?

Je crois que oui. Cela me semble une évidence. Que je dois prendre en compte.

Monsieur Nick Cassetti a pressé Zake Pender de remonter, vite-vite.

Ce peut être une feinte.

Ou choisirais-je cette autre explication : il sait que je peux lire les gens mais ignore sur quelle distance. Dans l'esprit de la jeune femme Judith Jordaan, le chiffre qui revenait, s'agissant de ma distance de perception, était d'un mille. L'héli-coptère de Zake Pender s'était trouvé, au plus près de son approche, à plus d'un mille. Je dirais qu'il était à plus de deux mille mètres au-dessus de nous.

Mais monsieur Nick Cassetti est un homme machiavélique, et prudent.

Je ne sais que penser ni que faire.

Saorge cria le signal d'arrêt. Il fixa l'ancre.

— Je vais m'occuper des chiens, dit le Vieux.

La demi-heure suivante fut consacrée à découper de petits morceaux de viande de phoque pour les jumeaux, et à manger avec eux.

— Nous ne construisons pas d'igloo ?

Question du Vieux — Elisa ne demandait rien et faisait comme si tout était normal (alors qu'elle a deviné que je suis soucieux).

— L'idée m'est venue que nous pourrions avancer un peu de nuit, dit Saorge.

Il lut l'objection du Vieux relative aux montagnes devant eux qui, de nuit, ne seraient guère aisées à franchir. Il ajouta :

— A condition de passer plus sud. Mais il faudrait que ce soit toi qui mènes, Ikpakuak. Tu connais mieux cette région que moi.

Ce n'est pas bien, ce que tu fais : tu te sers de l'amour-propre du Vieux pour le convaincre.

— Et en ménageant les chiens, dit encore Saorge. J'ai l'impatience de la jeunesse.

Ils repartirent à la tombée de la nuit ; Saorge assis sur le traîneau et ayant contre lui la petite Sarah, et la tête d'Elisa (elle-même serrant Ugak dans ses bras) appuyée contre sa cuisse. Peu après, à la hauteur du minuscule lac Sidey, ils commencèrent à faire route à droite — plein sud.

Et le Vieux pensait, lu par Saorge : *Cette route-ci est plus longue, mais au moins nous n'aurons pas à escalader des montagnes. Kisimmgaaq m'a fait plaisir, par ce qu'il a dit de moi. En plus, c'est vrai que je connais bien ces coins. Il y a dans les trente ou trente-cinq ans, je me souviens, nous y avons passé tout un été, ma femme Manilaq et moi ; les cari-*

bous y étaient comme une mer, j'en ai tué tant et tant, nous avions de la viande pour des mois.

La passe de l'Enfant, c'est par là droit devant. Nous y serons demain matin.

Et le regard du Vieux se portait sur Saorge et Elisa et les deux jumeaux, et une immense tendresse envahissait le Vieux : *Ils sont beaux et doux, tous les quatre, à dormir dans les bras des uns des autres.*

Et des images-souvenirs du Keewatin :

Et au moins j'aurais vu de vrais arbres, avant de mourir.

Le Gollum était sorti du sommeil quelques minutes plus tôt. Je suis Corley Nash, Rocher-qui-pleure de mon nom apache, ma femme et mon fils sont prisonniers et gardés en otages, ils mourront si je n'exécute pas les ordres de Hatto ; et je me trouve sur la terre de Baffin, dans le Grand Nord canadien, à un endroit appelé la passe de l'Enfant (si Hatto n'a pas menti hier soir quand il a parlé avec le Dawlish à la radio) ; nous attendons l'arrivée de Saorge repéré hier par Zake Pender le pilote de l'hélicoptère ; et Zake est descendu suffisamment bas pour que Saorge puisse lire dans sa tête, sur ordre exprès de Hatto qui voulait que Saorge puisse lire les informations (fausses) qu'avait Pender ; si bien que d'après les calculs de Hatto, le Saorge a dû changer de route et doit être en train de s'approcher, pour tomber dans le piège qui lui est tendu, ici, à la passe de l'Enfant...

Tout basculait, dans la tête du Gollum, sa lucidité s'effilochait, se perdait comme l'un de ces rêves qui surgissent dans les secondes précédant l'éveil. Hatto bougeait, s'éveillait, Hatto qui avait dormi sous la même tente spéciale accotée au véhicule à chenille qui les avait transportés depuis Frobisher Bay.

— Tu as bien dormi, Gollum ?

— Oui, Nick.

— Tu veux du café ?

— Oui, Nick.

Le Gollum s'engloutissait dans sa bestialité, y retombait de plus en plus vite.

— Il est quatre heures, Gollum. Ton ami Saorge ne devrait plus tarder. Regarde ça, Gollum. Tu n'as jamais vu une arme pareille. Elle est unique. Fabriquée exprès pour moi, sur mes indications, par Steyr-Mannlicher en Autriche.

Hatto lui tendant une gamelle.

— On dit merci, Gollum.

— Merci, Nick.

— Chargeur de douze balles, Gollum. Balles ogivales à pointe biseautée, à noyau en carbure de tungstène, chemise de laiton cuivré, étudiées spécialement pour moi par les laboratoires allemands d'Heckler et Koch. Mange. Gollum, tu en veux encore ? Non ? Tu as toujours peu mangé, c'est vrai. Regarde : pour l'arme elle-même, avec sa lunette de visée à embase, un pas de rayure étroit, moins de 190 millimètres. Qui garantit une rotation accélérée, ce n'est qu'au-delà de mille neuf cents mètres que mon projectile commencera à prendre un mouvement ondulatoire — tu me suis, Gollum ? tu n'en as pas l'air — un mouvement entraînant un retournement lors de l'impact et une expansion relative. Ce qu'il faut pour garantir des blessures effroyables, ce n'est pas réjouissant ?

Hatto allant et venant, se dégourdissant les jambes.

— Et le canon, Gollum. Un mètre vingt-cinq de long. Avec cette conséquence que la portée maximale de, disons une .22 Winchester Magnum Rim Fire, soit deux mille cinq cents mètres, est largement dépassée. Ces derniers mois, lorsque je m'entraînais en Alaska, j'ai atteint quatre-vingt-treize fois sur cent une carte à jouer, à une distance exactement mesurée à deux mille neuf cent vingt mètres. J'ai toujours été un tireur exceptionnel, Gollum. Tu me hais, Gollum ?

— Non, Nick.

— Ma question n'avait pas d'autre but que de t'entendre répondre autre chose que « oui, Nick ». Ne me dis pas que tu m'aimes.

— Gollum gentil, Gollum très bon pisteur très bon, meilleur du monde, Gollum suivre Saorge jamais lâcher, Gollum utile, pitié-pitié-pitié Hatto *barranca escondida*.

— On se calme, Gollum. Marche un peu. Debout et marche, je t'accorde trente mètres de corde. Tu crois que ça suffira, Gollum, deux mille neuf cent vingt mètres, pour être en dehors de sa perception ?

Saorge avait dormi presque trois heures, puis avait pris le relais du Vieux — qui dormait à son tour. Il lança son fouet et en fit claquer la mèche à quelques centimètres de l'oreille gauche de son chien de tête. L'attelage décrivit une courbe gracieuse, pour contourner un monticule et s'engager, à main droite, sur le début de la longue pente qui constituait l'amorce de la passe de l'Enfant. Les chiens fatigués n'allaient plus tenir longtemps sans une halte.

En haut de la passe, dans le goulet, le ravin aux parois quasi verticales ; les chiens verront la descente droit devant et n'en repartiront que mieux. Il faudrait remonter plein nord, pour atteindre Home Bay. Mais le terrain serait facile, plat ou à peine vallonné ; nous pourrons être ce soir avec Ulikattak.

Que l'homme appelé Dawlish n'a pas pu tuer. On ne tue pas un appât. On attend que le gibier s'en approche. Qu'il en soit ainsi, je vous en supplie.

— Dans un moment, Elisa. Nous allons faire halte.

Elle venait de penser qu'un arrêt allait devenir indispensable, pour les jumeaux. Et comment toujours pensant « il » au lieu de « toi » ou « tu ». Ce n'était pas qu'elle fût sotte, elle sait que je lis en elle. Ce sera comme une défense qu'elle dresse, contre ma maladie, de façon à peine consciente ; elle est une merveille d'équilibre, elle m'apaise et le sent, gardant quelque distance, elle se préserve et nous préserve. Je suis extraordinairement amoureux ; quoique je ne sache pas de quoi est fait l'ordinaire ; je n'ai jamais été amoureux. J'aime Elisa d'un amour universel. Jusqu'au dernier chiffre, ainsi qu'elle le dit.

Elisa sans se retourner et penchée sur ses enfants qu'elle s'efforçait de tenir tranquilles lui adressa un geste de la main, en signe de ce qu'elle avait entendu et accepté.

La pente douce droit devant, il pouvait être six heures, ou moins, mais dans Nunaga les heures étaient sans signification. En donnant ta montre à cet homme sur le détroit de Fury, tu as largué la dernière amarre.

Le goulet et son étranglement neigeux en haut. Ne traîne pas, harfang, tu es trop en arrière et préoccupé de ces proies — même si je te sais gré de nous avoir accompagnés jusqu'ici ; reviens, survole-nous et tourne ton regard vers ce goulet, confirme-moi qu'il ne s'y trouve pas de piège.

Merci quand même, harfang. Quel dommage que ma maladie soit à sens unique et que je ne puisse me faire comprendre de toi.

Le harfang piquait vers le sol, trois milles en arrière de la verticale du traîneau, il visait un lièvre des neiges, sa perte d'altitude réduisait le champ de vision de Saorge et ne lui montrait rien des hauteurs du goulet.

Aucun contact, il est vrai.

— Nous arrivons, Elisa. Nous y sommes. Quelques minutes encore.

Elisa chantait, du bonheur plein la tête et faisant monter ce bonheur qui vibrait en elle, de la manière dont on masse des troupes, pour combattre et renfoncer la peur qu'elle éprouvait, *dont tu ne dois rien montrer à François, déjà qu'il est tant soucieux.* Ç'allait être le souvenir que Saorge allait conserver de ces minutes : ce courage d'Elisa, dans une merveilleuse douceur.

— Quatre mille sept cents mètres, Gollum. Je ne me trompe jamais.

Hatto observait avec ses jumelles. Il était aplati, sur le ventre, et le Gollum de même. L'un et l'autre revêtus de leurs tenues blanches. Hatto brancha la radio, appelant le Dawlish. Il dit :

— Maintenant. Vas-y. Grand nettoyage.

— Bien reçu, dit la voix de Dawlish.

Quelque chose poussait le Gollum à ne plus regarder les minuscules taches là-bas, à poser son visage dans la neige et l'y enfouir ; ou à se retourner pour venir sur le dos. Le Gollum ne bougea pas.

— Quatre mille mètres, dit Hatto. Tu entends les claquements du fouet ? Leurs chiens sont fatigués. Bouge une oreille, Gollum, et je fais peler ton fils vivant.

Gollum bientôt pister, Gollum courir-marcher, froid-glace-neige. Un souvenir tentait de remonter à la surface de la mémoire du Gollum, mais il n'atteignait pas la conscience. LUI. Qui était LUI ? Gollum oublier.

— Trois mille deux cents mètres, Gollum. Et je ne suis pas nerveux. C'est la première fois que je l'ai face à moi. C'est lui, là.. Je l'aurai eu, Judith, tu en étais sûre. Tu me connais.

Hatto fou, Hatto parler à Judith Jordaan JJ. Hatto beaucoup fou, plus fou que Gollum.

— Trois mille, Gollum.

L'explosion à trois kilomètres de distance fut décevante. Les silhouettes des chiens, de l'homme grand qui courait à côté du traîneau, ces silhouettes continuèrent de progresser. L'œil aigu du Gollum, pourtant, vit l'éboulement, l'effondrement d'un pan de roches et de glaces, qui vint boucher le goulet à l'arrière du traîneau, interdisant tout retour en arrière.

— Mouche, dit Hatto. Tu m'as déjà vu manquer une cible, Gollum ?

Hatto continuait à tirer, méthodiquement. Trois secondes pour changer de chargeur, Hatto très très rapide.

LUI ?

Hatto tirant encore, calme tranquille Hatto. Explosions régulières deux mille neuf cents mètres deux mille neuf.

Dawlish avait commencé son carnage. Par les hommes. En général ils se débattent moins que les femmes, lorsqu'on les massacre ; mais on ne pouvait jamais savoir, peut-être allait-il s'en trouver un pour réagir.

On ne pouvait rien attendre de ces Négros, il aurait dû s'en douter. Il avançait le gros fusil-mitrailleur à hauteur de ses hanches et si l'un d'entre eux tentait de se réfugier dans une maison de neige, c'était un plaisir de fracasser celle-ci, de la couper en deux, de l'ouvrir béante et de pulvériser ce qu'elle contenait.

Quatre hommes. Il en manquait un. Mais c'était la faute de Nick, qui aurait dû donner plus tôt son ordre d'attaque ;

Nick était difficile à comprendre, même si Dawlish s'y essayait rarement. Et il manquait une femme aussi.

Une femme et un homme. Ceux qui se trouvaient sur le traîneau il y a quatre jours. Dawlish les avait vus s'éloigner à pied, au matin, avec des harpons.

Dawlish redressa le canon du fusil-mitrailleur, qu'il tenait d'une main, comme peu d'hommes pouvaient le faire. Il maintint ce canon à la verticale, index sur la détente.

Il se tourna lentement. Sans hâte.

Il ne les voyait pas mais savait où ils étaient. Là-bas à quatre cents mètres sur la banquise. Ils auront entendu mon FM. Se cachent, les foutus Négros.

Il se mit en marche. Un monstrueux ours blanc surgit sur sa droite et se dressa, déjà lancé à l'assaut. La bête mesurait deux bons mètres cinquante et devait peser dans les sept ou huit cents kilos. Dawlish la regarda venir vers lui — il avait le fusil-mitrailleur, tenu d'une main, appuyé contre son épaule ; il vit le sang sur la fourrure blanche, la bestiole avait déjà tué les deux Négros mâle et femelle, et fait son travail à lui, Dawlish.

Dawlish attendit l'ultime seconde pour abattre le canon de son arme et lâcher sa rafale. Il dut s'écarter de deux pas : la masse tomba où il se trouvait lui-même une seconde plus tôt.

Non mais.

Croyait vraiment pouvoir tuer Dawlish, la bestiole.

Non mais.

Les Négros basanés eskimos, maintenant. Il se remit en marche, de son pas souple et léger. Il avait oublié l'ours polaire, se méfiait — il avait aperçu deux ombres, deux silhouettes, du coin de l'œil tandis que la bestiole se jetait sur lui, et devinait le mouvement que les deux Négros allaient faire. Il connaissait le jeu, les règles, et les astuces. Si l'un des Négros avait un fusil, ou si les deux Négros en avaient un chacun, il n'y avait pas de quoi s'angoisser. Mais c'est vicieux, les Négros (les autres aussi, les types normaux).

Sont à cent mètres. Derrière ce gros machin de glace. Croient que je ne les ai pas vus, petits malins.

Quand il fut certain d'être hors de vue, il se hissa sur le gros machin de glace.

Et ils étaient là, à ses pieds, trente mètres. Un mâle, une femelle. Sans autres armes que leurs harpons. Et le regardant, lui debout au-dessus d'eux.

— Qui êtes-vous ? demanda Ulikattak en anglais. Pourquoi avez-vous tué les autres ?

Kisimmgaaq, pensait Ulikattak, c'est à Kisimmgaaq que ces Blancs qui viennent nous massacrer en veulent, j'ai toujours su qu'il avait son passé accroché à lui, quand il est venu me rejoindre. Tu ne vaux souvent que par ton passé, si tu as su t'en faire un, ce qui n'est pas donné à tous, même tu vivrais cent cinquante ans.

— Tu n'es pas un homme, dit Ulikattak s'adressant à ce colosse en haut de l'hummock. Tu as peur de moi et de mon harpon. Je parie que tu as même peur de ma femme Sumamik qui a un harpon elle aussi. Tu as ton espèce de canon, alors tire. Puisque tu as peur.

Il va tirer.

— Tu crèves de trouille, espèce de macaque blanc.

J'ai une chance. Petite.

— Regarde, macaque blanc.

Ulikattak lança le harpon sans y mettre le dixième de sa force et l'arme vint se planter dans la glace aux pieds du colosse, hampe vibrante au terme du vol plané.

— Harpon contre harpon, dit Ulikattak.

Il tendit la main et Sumamik qui se trouvait derrière lui à quatre pas lui passa le deuxième harpon dont il ficha la hampe dans la glace entre ses pieds.

— D'homme à homme, macaque blanc.

Deux heures plus tôt, alors que Sumamik et lui se trouvaient loin du campement, Ulikattak avait aperçu Nanouk, l'ours polaire blanc. Il aurait pu sonner l'alerte générale mais n'en avait rien fait, tu n'as pas tous les jours, ni même tous les ans, l'occasion de t'attaquer à un ours, c'est la plus belle chasse qui soit, la plus dangereuse. Durant son existence, Ulikattak avait tué trois ours. Le premier à la hache et surtout au couteau ; tu regardes si l'ours est droitier ou gaucher (un ours tue les phoques avec ses dents, mais ses autres adversaires il les combat avec des coups portés par la même patte) et quand tu es à peu près sûr de savoir quelle est la bonne, tu attends le bon moment et tu te glisses dessous, tu te plaques contre l'ours, hors d'atteinte de sa gueule et des griffes de celle de ses pattes qui tue, et à compter de ce moment-là, tu as le temps de trois ou quatre respirations pour frapper et lui entrer ton couteau dans le cœur et l'abattre pour le compte — parce que n'espère pas t'en sortir autrement qu'en le tuant du premier coup. Ses deux autres nanouks, Ulikattak les avait eus avec le *pana*. Un pana, c'est un épieu, fait soit d'un harpon plus long que les autres, soit d'un morceau puissant de bois de flottage que la mer t'a déposé au moment de la débâcle, peut-être le mât d'un navire qui a coulé il y a cent ans ; tu fixes ton grand couteau à une extrémité de cet épieu, tu as un pana. Avec quoi tu vas provoquer l'ours, tu danses devant lui jusqu'à ce qu'il s'énerve...

— D'homme à homme, macaque blanc. Tu n'en auras pas le courage. Ni l'adresse. Avec mon harpon, j'en tuerais cinq comme toi. Tu ferais mieux de te servir de ton canon, malgré cette peur que tu as au ventre.

Le colosse hochait la tête ; il déposa son énorme fusil et saisit le harpon. Qu'il soupesa et tu pouvais voir, à la seule façon dont il maniait l'arme, qu'il savait s'en servir ; c'était le genre d'homme à pouvoir tuer avec ses seules mains.

— Je viens, Négro.

Il commença à descendre de l'hummock.

— Non mais ! disait-il.

Ulikattak attendit puis commença à reculer. Il n'osait pas parler inuit à Sumamik, par crainte d'être compris de l'autre.

Ulikattak recula de dix mètres puis s'immobilisa, son harpon tenu à deux mains — ça ne servirait à rien de le lancer, il l'esquiverait ou au mieux, tu ne ferais que le blesser, ça ne l'arrêterait pas.

— Non mais ! dit encore le colosse.

Ulikattak porta le premier coup mais ce fut comme de vouloir attraper une ombre : l'autre était extraordinairement vif et souple. Ses derniers espoirs de s'en tirer vivant abandonnèrent Ulikattak ; qui ne voulait pas tourner la tête pour s'assurer que Sumamik se trouvait derrière lui, protégée par lui, accroupie peut-être ; et qui essaya de frapper à nouveau. Les pointes d'acier des deux harpons s'entrechoquèrent un avec tintement clair, une violence extrême, les mains d'Ulikattak faillirent s'ouvrir et relâcher l'arme, tant la force de l'autre était immense, je suis comme un enfant devant lui.

— Non mais, répétait le colosse.

Qui continuait d'avancer et c'était lui seul qui frappait, avec une puissance qui valait presque celle de Nanouk. Et Ulikattak reculait, recula encore, tu peux parer mais c'est tout, et ne tiendras plus guère ; il fut touché une fois, deux fois, tu es un phoque condamné à mort, il n'y a aucun endroit où tu puisses te réfugier, c'est fini, et toi mort c'est Sumamik qu'il tuera. Ulikattak devina que le coup décisif allait lui être porté ; son harpon avait fini par s'échapper de ses mains, s'était envolé dans le ciel, très loin ; il en était à se battre à mains nues et vides, traçant des moulinets de ses bras entaillés, son sang coulant de huit ou dix blessures ; retardant la fin sans espoir de l'éviter ; il vit partir le dernier coup et sauta en arrière, recula sur les trois pas qui lui restaient encore ; le colosse se jeta alors en avant, avec une rapidité inconcevable et lui enfonça le harpon dans la poitrine...

... Juste avant, vraiment une demi-seconde avant, de venir lui-même se planter sur le *pana*, que Sumamik avait dressé exactement quand il le fallait ; ça, c'est une femme.

Car avec un *pana*, depuis des temps dont nul n'a plus le souvenir, avec un *pana* tu provoques l'ours, tu danses devant lui, tu le moques, tu cries et ris pour l'enrager, tu le conduis à se jeter sur toi et (juste quand il faut, surtout pas trop tôt ni trop tard) tu relèves le *pana* jusque-là couché sur le sol, enfoui sous quelque neige, invisible, et dont tu auras pris soin de bien ancrer la base dans la glace, tu le relèves et l'inclines avec le bon angle, ce n'est pas toi qui transperces l'ours avec le couteau fixé sur le morceau de bois, c'est l'ours lui-même qui s'empale, tu te sers de sa propre puissance, de son énorme poids, de son élan pour le crever, toi tu n'as pas besoin d'être fort, simplement redresser et tenir le *pana* dans le bon angle suffit, un enfant le ferait.

Ulikattak tomba, sentant bien dans sa poitrine l'épaisseur du harpon dont la pointe lui ressortait au travers de l'omoplate, pour faire mal ça fait mal. Mais à part cela, cette douleur pas tellement soutenable, il était assez satisfait de lui-même : le *pana* était sacrément bien entré dans le ventre du géant. Et en remontant vers le cœur, comme il le faut.

Le colosse tentait de se relever.

— Non mais, non mais, disait-il en crachant du sang à chaque syllabe.

— Achève-le, dit Ulikattak.

Sumamik dégagea la hache aussi bien cachée sous la neige que le *pana* l'avait été, et elle frappa. Au cou, coupant la tête ; et même après cette tête coupée, elle tapa encore, en rage, abattant le tranchant affûté de la hache, sur le visage, quelle femme !

La nuit venait sur les yeux d'Ulikattak, ses pensées allèrent à Celui-qui-va-seul, je ne t'en veux pas, Kisimmgaaq, ne pense jamais une chose pareille, jamais. Tu étais le seul ami que j'ai eu, mon frère.

Aucun contact. Le traîneau entrait dans la passe de l'Enfant, dans le goulet étroit aux parois verticales.

Aucun contact...

CONTACT ! Un effleurement, rien de net, la sensation inexplicable d'une présence dans la nuit la plus noire, on devine que quelqu'un est là, que l'on n'a ni vu ni entendu. *Il est ou ils sont juste à la limite du Troisième Cercle.* Saorge brandit le fouet et tira sur les rênes, hurlant pour faire tourner l'attelage sur lui-même en dépit de l'étroitesse de la piste. L'explosion retentit derrière lui et ce fut comme si les crêtes de glace et de neige tombaient, dressant une infranchissable muraille.

Trois secondes plus tard retentit le claquement qui avait précédé l'explosion et le chien de tête s'affaissa, l'attelage emporté par son élan lui passa dessus, dans un désordre, un désarroi qui augmenta quand un second chien, puis un troisième, un quatrième, un cinquième furent à leur tour abattus. Continuant à glisser sur son erre, le traîneau pénétra dans cette mêlée confuse de bêtes mortes ou affolées et se battant entre elles. Le traîneau versa, progressa sur quelques mètres, malgré les efforts de Saorge pour le culbuter, sur le côté. Les coups de fusil continuaient, d'une effroyable précision, chiens foudroyés l'un après l'autre, dix étant morts ou grièvement blessés. Un répit dans le tir à distance puis les détonations recommencèrent, et d'autres chiens...

Contact un homme seul, limite trois heures. Saorge courait, ayant boulé sur la neige dure, s'étant redressé, revenu au traîneau renversé, ayant cueilli la petite Sarah projetée à trois ou quatre mètres, ayant presque jeté la jumelle à l'abri qu'il savait dérisoire de l'armature du traîneau, reparti pour aider Elisa qui maintenait Ugak contre elle, « Vite, je t'en prie, Elisa ». Saorge s'aplatit, se coucha sur ses enfants pour les protéger de son corps, « Ne bouge pas, Elisa, ils n'ont rien, ils sont indemnes. » Et le Vieux près de lui, son visage ridé impassible, le tohu-bohu de ses pensées disant qu'il avait peur, lui aussi, non pour lui-même mais pour Kisimmgaaq et sa famille.

Contact-contact-contact. Saorge tentait de remettre de l'ordre dans son cerveau. A un deuxième répit de trois ou quatre secondes une troisième série de coups de feu avait succédé et il n'était plus un seul chien en état de se relever.

Le silence surnaturel qui suit les carnages.

Contact Nick Cassetti. A la limite de la zone de perception mais à l'intérieur de celle-ci, quelques mètres avaient suffi pour l'y faire entrer.

— Un seul fusil, dit le Vieux d'une voix tranquille. Toutes les balles d'un seul fusil. Sur notre droite et très loin.

— Je sais, Ikpakuak.

Et Saorge n'était même pas assuré que le Vieux eût parlé, peut-être n'avait-il que pensé ses remarques. Saorge prit la main d'Elisa et, avec douceur, amena celle-ci à s'allonger un peu mieux.

— Ils n'ont rien, je t'assure, dit-il, parlant des jumeaux.

Les derniers mots étant couverts par une voix qui sortait de la paroi verticale à trois mètres sur leur gauche.

— Je vous salue, Saorge. Vous savez qui je suis ?

Le harfang dans le ciel revenait, sa chasse terminée.

Hatto enclenchait le quatrième chargeur, bien que le troisième contînt encore six ou sept balles.

— Vingt-neuf balles pour vingt-cinq chiens, Gollum, c'est une bonne performance, non ? Qu'est-ce que tu en penses ?

Le regard du Gollum s'écarta du carnage et partit vers le haut. Il y avait dans le ciel pâle un très grand oiseau blanc qui planait, ses gigantesques ailes immobiles, infiniment majestueux et beau, et des idéees d'immensité, vinrent au Gollum, submergeant son envie de pleurer, Gollum très petit, Gollum en terre étrangère, Gollum aller à la mort tant mieux, Gollum devenu chien-animal, fini homme.

XV

— Je vous salue, Saorge. Vous savez qui je suis ?

Hatto avait ouvert son micro. Dont les trois haut-parleurs étaient disposés à différents endroits de la falaise de glace fermant le goulet de l'autre côté — pour les mettre en place, il avait effectué trois descentes en rappel, depuis le sommet à quinze mètres.

— Vous me recevez, Saorge ? Je veux dire : vous me recevez par la pensée, ou par mes haut-parleurs ? Quelle est votre distance de perception ? Vous lisez en moi, de là où vous êtes ?

Hatto sourit au Gollum. Lequel avait vu que pendant un certain temps, le croisillon de la lunette de visée était resté sur l'homme de haute taille, à près de trois kilomètres de distance. Hatto aurait pu tuer, à cet instant-là. Ne l'avait pas fait.

Hatto fou.

— Saorge, pourquoi ne pas me faire un signe quelconque ? Par exemple, cette forme de salutation qu'on utilise dans certain pays d'Europe, et dont je vais former l'image dans mon cerveau. Maintenant. Reçu ? Si vous me recevez par la pensée. Dressez-vous, pour ce salut. Je vous donne ma parole que je vous tirerai pas dessus. J'aurais déjà pu vous abattre, voici cinq ou six minutes. Mais j'ai mieux en tête, s'agissant de vous. Vous lisez ce que je veux vous faire ?

Le Gollum abandonna sa contemplation du grand oiseau blanc. Il regarda Hatto.

Qui se préparait à tirer de nouveau. Sur un cercle tracé à la peinture rouge, quatre mètres au-dessus du traîneau à l'arrêt faute de chiens pour le tirer. A une distance linéaire de...

— Deux mille huit cent soixante-dix mètres, Gollum. Impossible que je rate, de si près.

Saorge leva son regard et découvrit le cercle rouge, qui ne représentait pas plus de huit ou dix centimètres de diamètre.

Il lisait dans les pensées de monsieur Nick Cassetti. Il ramena son regard sur le sol et vit qu'en effet la neige avait été creusée, remise en place et tassée. Les explosifs se trouvaient sous Ugak et Sarah, sous lui-même donc, en partie sous le Vieux. Elisa se trouvait legèrement en dehors de la fosse rectangulaire et des explosifs qu'elle contenait, et dont il lisait le mécanisme — je n'y peux rien, nous sommes à la merci de cet homme. La folie de Nick Cassetti le sidérait. Quelle est cette humanité où de telles créatures peuvent naître et vivre ?

Vous avez compris, Saorge, si vous me lisez ?

— Vous avez compris, Saorge ? dit la voix issue des haut-parleurs. Une seule de mes balles dans ce cercle et il n'y aura plus qu'un cratère de vingt mètres de large à l'endroit où votre famille et vous-même vous trouvez. Regardez : je vais tirer à droite de ma cible rouge. Que je vais manquer exprès.

Il y eut le claquement lointain. Un trou s'étoila dans la glace, à trois doigts sur la droite du cercle, à trois heures. Quelques cristaux de glace se détachèrent et révélèrent la présence de ce qui semblait être un cercle de métal noir.

— Manquée, dit gaiement la voix. Vous n'allez pas me croire, il m'arrive de ne pas toucher ma cible.

Saorge lisait.

— Ikpakuak, je te serais infiniment reconnaissant de

dégager la caisse du chargement, et de la placer sur le petit traîneau.

Vous lisez dans mes pensées, Saorge ? Si oui, vous savez ce qui vous reste à faire. Et dans le cas contraire, je vais devoir tirer encore et toucher la rondelle de métal qui est derrière le cercle. Et tout explosera. Comprenez-moi, je veux une preuve de ce que vous avez vraiment ce pouvoir.

— Ne bouge surtout pas, Elisa, je te prie. Attention à ce que les enfants ne se relèvent pas.

Saorge lui-même se dressa, l'abri offert par le traîneau renversé ne lui protégeant plus que les jambes et le reste de son corps à découvert. Il regarda dans la direction de Nick Cassetti, se fiant aux images que le harfang lui avait envoyées quelques secondes plus tôt, quand le grand rapace avait par hasard fixé cette crête où l'homme était allongé avec derrière lui une chenillette et une frêle silhouette qui était celle du Gollum.

Superbe, Saorge. Vous lisez vraiment en moi, on dirait. Et je suis dans votre périmètre de perception. Faites-moi le signe convenu, pour confirmation ultime.

Saorge face au tireur leva sa main gauche (lever la main droite lui eût fait courir le risque d'être vu par le harfang qui eût interprété son geste, en le prenant pour un signal) et fit le geste demandé, abaissant et relevant quatre doigts de sa main sur la paume.

Superbe. Est-ce que ce que vous lisez en moi vous émerveille, Saorge ? Vous avez déjà lu des pensées aussi complexes ?

Saorge prit dans sa main droite l'extrémité de la corde qui servait à tirer le traîneau — le petit, celui qu'il avait autrefois fabriqué en Ungava — et sur lequel le Vieux avait déposé la caisse de bois à cornières de métal qui contenait des vêtements, des conserves.

— Une autre corde à l'autre poignée, Ikpakuak. Vite, je te prie.

Vous jouez à quoi, Saorge, avec cette corde dans votre main ? Vous savez que je ne veux pas vous tuer tout de suite, mais que préparez-vous ?

Saorge se mit en marche. Il passa entre les cadavres des chiens dont certains respiraient encore et dont le sang avait rougi la neige, et se dirigea à trente mètres de là vers cet endroit du goulet où l'étranglement rocheux n'était plus seulement marqué par une paroi à sa gauche, mais par une autre, à sa droite, qui offrait un abri contre le tir de Cassetti.

Je vois, Saorge. Vous aurez lu dans mes pensées que je craignais de ne pouvoir vous bloquer avant cet abri, c'est ça ? Mais comment allez-vous faire pour transférer votre famille de la protection réduite du traîneau à celle de la roche ? C'est à cela que sert cette corde ?

Saorge marchait sans hâte, lisant Nick Cassetti qui le suivait dans sa lunette de visée, lisant la grande envie qu'avait l'homme de tirer, ses hésitations entre tuer ou blesser — à la jambe, il va me blesser à la jambe pour être plus assuré de pouvoir me poursuivre, dans cette traque dont il veut que je sois l'objet et lui le chasseur, quelle folie. Saorge tenait la corde dans sa main gauche, et faisaient de son mieux pour qu'elle ne fût pas tendue et restât à traîner sur la neige, où elle devenait plus difficile à atteindre. Il entendit l'impact des balles qui visaient cette corde et cherchaient à la trancher. Saorge plongea quatre mètres avant d'avoir atteint l'abri rocheux et roula.

Je dois pouvoir couper cette corde, Saorge. Même si je conviens que ce n'est pas facile, c'est à peine visible, dans ma lunette. Et blanche sur blanc, ça ne m'arrange guère.

Saorge tirait sur la corde et faisait venir à lui le petit traîneau sur le flanc gauche duquel Sarah était liée. Il ramena à lui la fillette.

— Tu ne dois pas bouger, Sarah. C'est un jeu.

Il lut l'acquiescement. Le Vieux tirait à son tour et ramenait le traîneau à lui pour le second voyage. Deux autres balles puis le tir cessa.

Il ne me gêne pas que vous ayez vos enfants avec vous, Saorge. Vous devrez les porter, les alimenter, les faire se reposer, et en serez retardé. Ce vous sera un handicap supplémentaire. Vous êtes sûr de vouloir les garder en vie ?

Le traîneau repartit, transportant Ugak qui riait, enchanté.

Je distingue un pied de votre enfant, Saorge. Dont je ne sais pas si c'est un garçon ou une fille. Je suppose que ce sont des jumeaux. Vous n'avez pas eu le temps matériel d'en fabriquer deux de cette taille à neuf mois d'intervalle. A votre avis, que vais-je faire ? Mettre une balle dans le pied de votre enfant ? Recevant mes pensées, vous lisez mes incertitudes. J'hésite.

Le traîneau se bloqua contre le cadavre d'un chien que Saorge usant de sa force ne parvint pas à dégager — la pointe droite recourbée de l'un des patins s'était engagée sous l'un des traits de l'attelage. Il eût fallu faire mettre en mouvement le poids de ce dernier, oh, mon Dieu !

Je ne vais pas tirer, réflexion faite, Saorge. Pourquoi ne vous montrez-vous pas ? Vous sortez de derrière votre rocher et vous dégagez votre enfant. Ce petit pied est bien tentant.

Saorge se dressa à nouveau. Il alla dégager le traîneau, prit Ugak dans ses bras, interposant son dos entre l'enfant et lui, et revint le déposer dans la protection du rocher.

— A toi, Elisa. Recroqueville-toi autant que tu le peux, je te prie. Je t'aime.

— Et moi donc !

— Non, ne fais pas cela, s'il te plaît. Cet homme est fou mais il tire très bien. Tu as une chance de passer.

Saorge venait de lire en elle qu'elle projetait de traverser en courant.

Dommage que je n'entende pas ce que vous dites à Elisapec Sarah, Saorge. D'après mes dossiers, elle parle parfaitement l'anglais et pas mal le français. Je vous ferais remarquer que vous avez commis un délit : détournement de mineure. Sans parler du fait que vous lui avez fait manquer ses deux derniers trimestres d'école obligatoire.

Je ne tirerai pas sur elle, allez-y.

Saorge tira le petit traîneau pour la troisième fois et tout alla sans encombre.

— Qu'est-ce qu'il veut de nous, François ? Te tuer ? Mais il ne t'a pas tiré dessus !

— Il veut me poursuivre, à sa façon.

— Il est complètement fou.

— J'ai grand-peur que oui, répondit Saorge.

Qui lut aussitôt après l'image qui venait à la seconde dans le cerveau de Nick Cassetti. Il hurla, à l'intention du Vieux, il lui hurla de se dresser et de courir vers Elisa, les enfants et lui-même ; il faillit se dresser et s'élancer une nouvelle fois jusqu'au traîneau. N'en eut pas le temps. Il lut Nick Cassetti viser le cercle rouge plein centre et presser la détente. Il pivota et se jeta sur Elisa et les jumeaux, les regroupant sous lui.

L'explosion fut énorme, avec une grêle de morceaux de glace et de fragments de rocher qui lui criblèrent le dos.

Je ne pouvais pas laisser vivre cet homme qui vous accompagnait, et dont je ne sais pas le nom. Vous me comprenez. Il vous aurait aidé. Pour notre final à deux, il nous faut être deux, je veux un duel, Saorge, avec Judith pour arbitre. Puisque vous me l'avez détruite. Mais vous disposez d'un pouvoir que je n'ai pas, mon cher, qui n'est pas rien. Quoique je relève le défi. Et puis il vous faudra traîner derrière vous cette femme et ces enfants, handicap supplémentaire, qui nous remet à peu près à égalité. D'habitude, je tue en prenant soin de n'accorder aucune chance à ma victime. Je ne suis pas un sportif. Mais j'ai une raison personnelle de vouloir votre mort. Ça ne m'est jamais arrivé et ça change tout.

Un cratère là où le grand traîneau s'était trouvé quelques secondes plus tôt. Le Vieux avait été projeté à une dizaine de mètres, il ne bougeait pas.

— Attends, Elisa.

Saorge se redressa et marcha jusqu'au cratère. Qu'il dépassa. Il s'agenouilla à côté du Vieux.

Ne me dites pas qu'il n'est pas mort, Saorge !

Saorge défit le capuchon de l'anorak et toucha la gorge du vieil homme. Qui vivait toujours.

Il serait vivant, Saorge ? Quelle merveilleuse nouvelle. Vous allez être obligé de l'emporter avec vous. Et cela vous retardera davantage.

Saorge se pencha et souleva le Vieux, le prit sur ses bras.

— Sert à rien, dit le Vieux sans même soulever ses paupières.

— Ne parle pas. Et ne meurs pas, je t'en prie, dit Saorge.

Vous l'avez compris, j'aimais Judith, Saorge, transmettait la pensée de Nick Cassetti. *Elle était la seule femme, le seul être humain, moi compris, pour qui j'ai éprouvé autre chose que de la haine ou de l'indifférence. Et elle vous a aimé, au point de me trahir. C'est pour cela que notre affaire est si personnelle. Je n'aurais pu me satisfaire de votre mort infligée par un autre que moi. Et à chances égales. Je veux prouver à Judith que vous ne me valez pas.*

Saorge revenait vers Elisa et les jumeaux. Quelque chose devait être fracassé, dans la poitrine du Vieux, dont la respiration n'était plus qu'un râle.

Vous lisez l'image que j'ai de vous Saorge ? Je songe non pas à vous tuer, mais à vous blesser. Mais ce mourant que vous transportez suffit à équilibrer nos chances. Quant à ce que je ferai de la femme, et des enfants, après vous avoir capturé, voulez-vous des images ? En voici ? Charmantes, n'est pas ?

Saorge déposa le Vieux sur le petit traîneau, le recouvrit des fourrures qui protégeaient déjà les jumeaux.

— Il veut que nous nous mettions en marche, Elisa. Il nous accorde trois heures.

— Et ensuite ?

— Ensuite, il prendra notre piste, conduit par le Gollum.

Il ne restait de l'équipement que ce qui se trouvait dans le coffre à cornières (celui-là même qu'Elisa emportait depuis leur rencontre dans la cabane des monts Torngat).

— Trois heures, c'est nettement mieux que rien, dit Elisa. Tu trouveras un moyen, j'ai confiance.

Par-delà le goulet, la passe s'élargissait pour se transformer en une succession de vallonnements glacés, terre sans arbre et presque sans relief si l'on excluait les montagnes au nord-ouest. Elisa et Saorge prirent leur départ.

Une explosion eut lieu à deux cents mètres sur leur droite, au début de cette direction plein sud que Saorge n'avait pas voulu prendre ; une seconde se produisit dans l'ouest, une troisième à l'est. Monsieur Nick Cassetti veut me faire comprendre qu'il sait que nous allons au nord. Il sait que je le lis, il veut m'entraîner dans cet affrontement. Ces explosions qu'il provoque à distance sont puériles, elles n'ont d'autre but que de me prouver qu'il avait prévu chacun des mouvements que je fais. C'est enfantin.

Pourquoi ne suis-je pas en colère ? Il a donné l'ordre à cet homme appelé Dawlish de tuer Ulikattak et les autres, et croit que ce massacre a été effectué, sans en avoir la confirmation. J'ai lu qu'il voulait joindre l'homme Dawlish pour lui donner l'ordre, après le massacre, de rentrer et de quitter Baffin.

Je devrais être en colère. Je suis très angoissé pour Sarah, Ugak et Elisa, et très triste.

Voilà ce qu'il advient quand on est un monstre comme moi. Ulikattak est probablement mort, ainsi que les autres. Par ma seule et grande faute.

Monsieur Nick Cassetti a compris que sans Elisa et les enfants, je me laisserais mourir. Il espère que poussé par l'immense amour que j'éprouve à leur égard, je me retournerais et lui donnerais la réplique qu'il attend de moi, en sorte de remporter une vraie victoire, quelle folie.

Le harfang lui livra des images : monsieur Nick Cassetti s'apprêtait à entamer sa chasse mais n'avait pas encore fait mouvement. Il allait abandonner la chenillette et aller à pied, lui aussi. Avec le Gollum.

Quelle folie.

Par trois fois Saorge avait répété la manœuvre : confier le traîneau à Elisa — et Elisa avec un courage qui me donne envie de pleurer avait continué d'avancer, seule à tirer la charge représentée par les jumeaux et le Vieux, plus les pauvres provisions qui leur restaient (le coffre à cornières avait été abandonné) — confier le traîneau à Elisa et quant à lui, Saorge, revenir en arrière, par un chemin parallèle à celui de l'aller, se poster, attendre, faire entrer les pensées de Nick Cassetti dans le Troisième Cercle, les lire, mesurer la vitesse de la poursuite, l'état des poursuivants, l'incroyable habileté de la créature surnommée le Gollum à ne jamais perdre une piste, à n'être abusé par aucune feinte.

Image de Dawlish, chez Nick Cassetti. L'absence et surtout le persistant silence de Dawlish tourmentaient Nick Cassetti, *impossible que de simples Eskimos aient pu avoir raison de lui, ça ne tient pas debout, alors un accident ? Où est passé Dawlish Ouah-Ouah nom de Dieu ?*

Images-sentiments (fugaces, combattues et pourtant rémanentes) de solitude. Nick Cassetti éprouvant sa solitude. Tantôt, se moquant de lui-même, tantôt en concevant de la fureur.

Au point de se raccrocher à ce qu'il voyait comme une chose trottinante, au bout de la laisse fixée au collier du Gollum. S'y raccrocher par un besoin désespéré de compagnie. Et s'abominant de ce besoin. Jusqu'à projeter la mort du Gollum, tuer cette chose qui lui était une faiblesse. Sauf que sans le Gollum pour le guider, monsieur Nick Cassetti se fût fourvoyé, eût été livré à lui-même et perdu : des si rares traces que j'ai laissées, Nick Cassetti n'en eût pas relevé une, et la totalité de mes feintes et contre-marches l'eût trompé.

Et images, images à n'en plus finir, en une antienne obsédante, de la jeune femme Judith Jordaan. Il était des moments plus fréquents au fil des jours, où monsieur Nick Cassetti ne tenait plus pour morte la jeune femme. Il lui parlait, la prenait à témoin, se donnait à lui-même les réponses dont il pensait qu'elle les lui eût faites. Il sombre dans la folie. Il aimait cette femme, infiniment plus qu'il ne l'avait cru lui-même — se croyant incapable d'aimer qui que ce fût, se refusant à voir, dans cet amour autre chose qu'une faiblesse. Entre autres pensées jusqu'au point de l'obsession, celle-ci, nette (et tant paranoïaque que l'esprit de Nick Cassetti s'écartait de la poursuite en cours, l'oubliait) : *Judith, si c'était à refaire, reprenant tout depuis le début de ma première rencontre avec toi sur un campus de Californie, j'essaierais que tout soit différent, oh, Judith ma douleur, ne me dis pas qu'il n'y a pas eu un moment où ce n'a pas été possible, entre nous. J'ai commis la terrible erreur de te modeler à mon image, alors que j'aurais dû me conformer à toi. Nous aurions pu tout changer, tu ne crois pas ? Oui, tu as raison, c'eût été possible. C'est ma faute, mea culpa.*

Et je le sais aussi, Judith, tu as encore raison : je ne reviendrai pas de cette mission-ci.

Par trois fois Saorge regarda passer ses poursuivants. Il les lisait, les voyait par leurs yeux. Ceux du Gollum repérant la plus infime empreinte laissée par le traîneau. Ceux de monsieur Nick Cassetti regardant le Gollum.

De la passe de l'Enfant, Nick Cassetti avait pris le départ

avec non trois heures de retard mais quatre. L'écart avait grandi, à la suite des fausses pistes que Saorge avait multipliées. Au nord, à l'est, au sud, à l'ouest, encore au nord.

Pour la troisième fois Saorge ralliait Elisa et ses enfants, au-delà de toute fatigue, de toute conscience. Sans le harfang qui le survolait, jamais il n'eût su où retrouver le petit traîneau perdu dans cette immensité. Nul doute que maintenant le Gollum avait dû s'apercevoir que la piste n'était plus devant lui. Le Gollum reviendrait au nord-est, repérerait quelque trace, remettrait la poursuite sur le bon chemin. Si nous avons vingt heures d'avance sur eux, c'est le bout du monde.

Contact.

C'était Elisa. C'étaient les enfants.

Mais pas le Vieux. Qui donc était mort, oh mon Dieu.

Deux mille huit cents mètres onze heures, j'arrive, Elisa. Et nous ne sommes plus très loin du campement d'Ulikattak, s'il est vivant. De la brume bleuâtre s'effilochait à l'horizon, et dans un lointain imaginaire, des montagnes se dressaient, au bord de la mer pétrifiée.

Deux mille quatre cents, deux mille, oui moi aussi Elisa je suis si fatigué, si fatigué. Saorge courait, droit dans l'axe du pôle, trébuchant tombant se relevant. Les images expédiées par le harfang lui servant plus que celles de ses propres yeux. Ainsi vit-il, par les grands yeux du rapace blanc le survolant à deux kilomètres en l'air, se lever et accourir au galop les Chiens du Soleil, qui enjambèrent le monde, dans la splendeur de leurs iridescences.

Il y avait quatre jours et demi, presque cinq, que Sumamik attendait, dans le grand silence. Elle n'avait rien bu ni mangé, veillant le corps d'Ulikattak. Il advint qu'une grande ombre s'allongea, depuis l'ouverture, sur le sol de la maison de neige. Elle crut au retour du géant dont elle avait coupé la tête à coups de hache.

Mais une longue main d'homme, nue, dégantée, vint se poser sur son épaule, les doigts exercèrent une pression douce.

— Permets-moi de m'approcher de lui, dit Saorge.

Qui se pencha sur le gisant. Ulikattak était couché sur le flanc droit. Le tronçon de hampe de harpon, retiré de la plaie de la poitrine, était jeté à peu de distance. La tête d'acier du harpon pointait de l'omoplate.

— Je n'ai pas pu l'enlever.

Et Sumamik d'ajouter, non par ses lèvres mais mentalement : à quoi bon puisqu'il est déjà presque mort.

— Il n'est pas mort. Comment t'appelles-tu ?

Sumamik, et dans le cerveau de la jeune femme au visage ingrat défilèrent des images de la rencontre avec Ulikattak, de leur route commune, elle et lui, pour revenir. Saorge souleva les fourrures recouvrant le torse d'Ulikattak, il me faut lui ôter ce harpon, pensa-t-il, dans le même temps qu'il lisait Ulikattak inconscient mais dont la fièvre ardente qui brûlait rendait le flux mental des plus incohérents — Saorge et Elisa et les enfants revenaient très souvent, mais aussi Sumamik, pour qui l'Inuit éprouvait des sentiments qu'il n'avait jamais ressentis.

Il se mit au travail, après avoir stérilisé au feu son couteau à découper les phoques. Il lui fallut une vingtaine de minutes pour se décider à ouvrir la blessure et retirer les trente centimètres fichés sous la clavicule. Il recousit tant bien que mal la plaie, laissant un drain — ses connaissances médicales n'allaient guère au-delà — puis fit deux injections de sulfamides de sa trousse de secours. L'activité cérébrale d'Ulikattak, ralentie, persistait.

— Je ne sais pas, Elisa.

Elle venait de lui demander si le blessé allait survivre. Il ressortit de la maison de neige. Sumamik avait enterré les femmes et les enfants massacrés par Dawlish, mais n'avait pas osé toucher aux cadavres des hommes.

Parmi lesquels le Vieux, raidi sur le petit traîneau.

— Je n'ai rien scié, brisé ou cousu depuis qu'ils sont morts, dit Sumamik. C'est tabou.

Et elle avait éteint les lampes dans les maisons de neige, sauf dans celle d'Ulikattak. La tradition exigeait que ce fût un homme qui procédât à l'inhumation des hommes. Elle avait espéré que Kisimmgaaq, qui avait tenu tant de place dans la conversation d'Ulikattak, finirait par arriver.

— Et tu es là.

— Je suis là, dit Saorge. Ulikattak n'est pas mort.

Il la lisait : avant leur arrivée, à Elisa et lui, Sumamik s'était déterminée à violer les tabous, fût-elle restée seule à la mort de son mari ; elle aurait enterré Ulikattak et se serait couchée à son côté, jusqu'à sa fin.

— Je vais enterrer les hommes, Sumamik. Donne-moi les rites.

Il devait les coudre dans leur linceul de peau de caribou, puis creuser les tombes, aux endroits qui lui sembleraient convenir.

— Je ne veux pas mettre Ikpakuak avec les autres.

— C'est toi qui dois choisir. Tu es un homme et tu avais de l'amitié pour lui.

— J'avais plus que de l'amitié pour Ikpakuak. Je l'aimais presque autant que j'aime Ulikattak.

Saorge laissa courir son regard à l'entour. Il opta pour un tertre qui s'avançait dans la banquise et dominait celle-ci de trente mètres. C'était un endroit que les vagues les plus hautes de l'Atlantique Nord, si vagues il y avait jamais, ne pourraient atteindre. Et la vue y était splendide, ainsi illuminée par les Chiens du Soleil ; face au détroit de Davis, le Groënland presque visible. Saorge mit en terre les autres puis prit sur ses bras le cadavre du Vieux. Il escalada le tertre et y ouvrit une tombe à la hache.

Y déposa le corps.

— Non, dit Sumamik. Tu dois faire trois fois le tour en le portant dans tes bras ou sur ton dos. Si tu n'es pas trop fatigué.

— Je ne suis pas trop fatigué, répondit Saorge. Et il lisait Elisa qui, les jumeaux serrés contre elle, s'inquiétait de l'approche de monsieur Nick Cassetti — jusqu'à se retourner et scruter l'horizon.

Saorge déposa enfin le corps dans la fosse creusée d'une trentaine de centimètres. Suivant les indications de Sumamik, il perça un trou au couteau dans le linceul — afin que l'âme d'Ikpakuak (celui-ci allongé visage tourné vers l'ouest) pût le moment venu sortir et s'envoler.

— Je dois le recouvrir, Sumamik ?

Non. Seulement effectuer trois tours encore de la tombe. Puis partir, sans se retourner. Il était tabou de regarder, pendant un jour complet, l'*Ikpakuak ilevra — ilevra* signifiant lieu de repos.

— Nous avons une dizaine d'heures d'avance sur eux, Elisa.

Saorge se fiait à la seule lecture de pensée, pour être aussi sûr de lui : le harfang planait, loin dans le ciel au-dessus du campement dévasté, et les images qu'il ne cessait d'envoyer révélaient un paysage désert sur des kilomètres et des kilomètres.

Elisa lui sourit, acquiesçant, ses traits émaciés par la fatigue.

— Exactement, dit-il, lui retournant son sourire, à elle qui venait de penser : *si François est sûr de savoir ce qu'il fait, et j'ai confiance, pourquoi je me tracasserais ? Comme on ne va pas rester ici, je ferais mieux de m'occuper de ramasser des affaires, pour le voyage.*

— Je peux te parler, Sumamik ? demanda Saorge.

Il la lisait bien, elle aussi, son flux mental était clair, bien ordonné, elle était intelligente. A la seconde où Sumamik les avait vu arriver, Elisa, les enfants et lui, elle les avait reconnus : les descriptions flatteuses d'Ulikattak avaient suffi.

Avec la jeune Inuit, Saorge se rendit sur la banquise. Le cadavre d'un ours, puis celui d'un homme qui avait été décapité. Les images dans le cerveau de Sumamik contèrent la scène.

— Ulikattak me fait le bonheur de me tenir pour son frère, Sumamik.

— Il me l'a dit, souvent.

— J'aurais mille fois préféré mourir moi-même si cela avait pu éviter à la famille d'Ulikattak d'être massacrée, et à Ulikattak d'être blessé.

— Je te crois.

— Si Ulikattak était en état de me comprendre, je lui expliquerais ce qui se passe. C'est donc à toi que je m'adresse. Il va falloir partir d'Ici.

— Je comprends. Allez-vous-en.

— Tu ne comprends pas. Tu dois venir avec nous, et Ulikattak aussi.

— Il mourra plus vite, dans un voyage.

— Il mourra si nous le laissons derrière nous.

Saorge alors dit que Nick Cassetti serait au campement avant la tombée du jour. Et y exterminerait quiconque. Saorge dit pourquoi ce monsieur Nick Cassetti faisait ces choses. Parce que lui Kisimmgaaq était un monstre et lisait les pensées des gens, qu'il lisait celles de Sumamik en ce moment, les avait lues avant même de la voir, à près de trois kilomètres de distance. Il donna comme exemple les images-souvenirs de la randonnée qu'avaient effectuée Ulikattak et Sumamik sur la péninsule de Brodeur.

Il lut la méfiance et l'incrédulité et puis, à mesure des détails qu'il indiquait, la confiance en train de s'établir.

— Je crois que tu lis dans ma tête, Kisimmgaaq.

— Je n'en suis pas heureux.

— Ulikattak va mourir, sur un traîneau.

— Peut-être que non.

Sumamik regardait vers le large, vers la banquise immobile et déserte — mais Saorge lisait des phoques à quatorze cents mètres trois heures.

— Mais je crois qu'il préférerait mourir avec son ami Kisimmgaaq à côté de lui, dit la jeune femme. En compagnie aussi de ta femme qu'il appelait la Petite, et de vos enfants.

— Elle s'appelle Elisapec.

— Tu veux que je vous accompagne parce que si tu meurs et si Ulikattak meurt, je pourrai être l'amie d'Elisapec et de tes enfants, et les aider.

— C'est cela, Sumamik.

Saorge allongea une main et attira la jeune femme contre lui, lisant qu'elle avait, pour la première fois depuis qu'Ulikattak avait reçu le harpon dans la poitrine, envie de pleurer et de s'abandonner un peu.

Et Dieu sait que je ne suis pas très loin des larmes. Je voudrais tant qu'Ulikattak ne meure pas, que sa mort ne vienne pas en supplément de celles qui ont été infligées par ma faute.

Il emmena Sumamik et attela cinq chiens, dont trois femelles, qui avaient survécu au massacre. Et sur le traîneau de six mètres avec lequel Ulikattak était allé à Repulse Bay et en était revenu avec Sumamik, il déposa l'Inuit inconscient, ainsi que trois autres chiens qui pourraient peut-être guérir de leurs blessures. Il installa les jumeaux et ils partirent, plein nord.

Le nord où s'arquaient les Chiens du Soleil. C'était une aurore boréale, et la plus belle qu'ils eussent jamais vue. Trois gigantesques arcs-en-ciel entouraient à demi un ovale boréal dans sa première phase ; au cœur de cet ovale se distinguaient des rais rouges et verts, tandis qu'à la périphérie éclairée par le soleil montant de l'aube les dominantes étaient violettes et bleues, avec des voiles jaune d'or. La seconde phase s'imposerait bientôt, après la rupture de l'homogénéité de ce dessin si pur : des couronnes se montreraient, et des draperies diffuses et irisées, plus mouvantes, comme un galop de chiens immenses dans la neige fraîche quand y joue le soleil, lorsque la poudrerie créée par les pattes se soulève et vole en pleine lumière.

Pas de contact lointain.

Pourtant, à deux reprises, au hasard des mouvements de tête du harfang, Saorge avait cru discerner, loin dans le sud, deux points noirs minuscules, et se déplaçant.

— Tu te souviens de Judith, Gollum ? Evidemment que tu te souviens d'elle. Tous l'appelaient JJ. Sauf moi. Gollum, attention à ce que tu vas me répondre : dans le désert de Gila, ils sont encore vivants, on ne les tuera pas sans mon ordre. Alors réponds : tu te souviens de Judith ?

— Oui, Nick.

— A la bonne heure. Parle-moi d'elle.

— Très belle.

— Ton vocabulaire est limité. Elle est mille fois plus que cela. Unique. Je l'ai devant moi, je sais de quoi je parle. Tu m'obsèdes à un point incroyable, Judith, les sentiments dont je me croyais incapable prennent de l'ampleur avec le temps et me conduisent à la folie. Si j'avais été à la place de... comment s'appelait-elle déjà ? ah oui, Corrie, si j'avais été cette nuit-là à sa place, dirigeant les opérations comme j'aurais pu le faire, tu m'aurais tué, moi ? Tu aurais essayé. Je suis l'homme le plus difficile à tuer que je connaisse. Tu es en train de me tuer, à ta façon. Tu me tues à titre posthume. Ils sont à combien, Gollum ?

— Trois heures, trois.

— J'ai compté onze tombes, quand nous avons traversé le campement si joliment dévasté par feu Dawlish Ouah-Ouah. Onze. Ulikattak et sa femme de l'année, plus neuf. Saorge aura enterré cet homme que j'ai tué à la passe de l'Enfant, l'aura enterré avec les autres du clan. Il a pris le temps de s'occuper des inhumations, et cette majestueuse sépulture face au détroit de Davis doit contenir les restes de son ami Ulikattak. Quoique j'aurais dû vérifier. Voyons la carte. Nous avons contourné le fjord McBeth, traversé la Clyde, marché sur le petit golfe de Buchan. Nous venons de dépasser Pont Inlet, nous nous dirigeons vers l'île Bylot, dernière terre avant celle de Devon, il nous emmène au pôle Nord, quelle idée amusante. Combien de temps, Gollum ?

— Deux heures, deux.

La nuit venait, enfin une sorte de nuit, le Gollum tenu en laisse progressait à une allure régulière dans un paysage d'une morne tristesse, ciel et horizon confondus, un air immobile, le triple arc-en-ciel de l'aurore boréale disparu depuis des jours, des brumes grisâtres stagnant en nappes que le dernier soleil du jour irisait à peine, température vingt-huit degrés sous zéro.

— Je m'attendais à pis, Gollum. Comme j'ai longtemps cru qu'on ne pouvait marcher dans ces régions que chaussé de raquettes. Le sol est bien trop dur.

Le Gollum stoppa, huma l'air. Personne sinon lui n'eût discerné, à quinze mètres quinze, sur des rochers affleurants, une trace infinitésimale. Mais Gollum voir, Gollum jamais trompé. Deux pistes, deux. Séparation en deux. lui chercher autre ruse ? Deux pistes, deux ; laquelle ? Parler à Hatto ?

— Qu'est-ce qu'il y a, Gollum ? Un coup de paresse ?

Non. Non, pas parler à Hatto. Piste traîneau à droite, Gollum rien dire Hatto et suivre piste à droite.

— Pas de fantaisie, Gollum. Contrairement à ce que tu sembles croire, ta femme et ton fils ont une chance de survivre. Il me suffirait de passer un message à Luke Turner, avec un mot de code ; et ils seraient libres. Je prévois tout. Je t'indiquerai ce mot de passe, Gollum. Si tu me mènes à lui.

Le Gollum repartit, de son allure rasante de trotte-menu infatigable. Il bifurqua à droite. Pour stopper, cinq cents mètres plus loin, devant des traces irréfutables, même Hatto put les voir.

— Un traîneau, une femme, cinq chiens, Gollum.

— Traîneau chargé lourd, dit le Gollum.

— Saorge serait couché dessus, c'est ça ?

— Oui, Nick. Homme couché sur traîneau. Beaucoup poids.

— Cinq chiens ? Ils sortent d'où, ces chiens ? Dawlish m'aurait laissé des survivants, même à quatre pattes ? Si l'on ne peut plus compter sur Dawlish pour des exterminations, où allons-nous ? Combien de temps, Gollum ?

— Une heure, une.

— Peut-être même pas, Gollum. Il y a une heure qu'ils sont passés par ici, je te fais confiance. Mais la moricaude ne peut guère aller vite, ni très loin, marchant avec son homme hors service. Ils sont arrêtés quelque part, devant nous. Le final approche, Judith. Gollum, n'allons pas plus loin. Approche, je vais t'attacher mieux.

Hatto attacha le Gollum. L'ayant couché sur le ventre, il lui lia d'une même corde les poignets et les chevilles, dans le dos.

— A tout à l'heure, Gollum. Je te verrai, de là-haut. Ne bouge pas.

Nick Cassetti mit près de trois quarts d'heure à se hisser sur un sommet de rochers enrobés de glace. Le vrai froid venait, maintenant, en conséquence d'un vent arrivant de l'est et qui poussait devant lui un brouillard givrant. Nick Cassetti tirait derrière lui le petit traîneau sur lequel il avait déposé son équipement.

Ayant débouché sur la crête, il la suivit. Conservant sur sa droite la piste marquée par le traîneau aux cinq chiens, si visible dans la nuit polaire. De temps à autre, son regard s'écartait, passait sur le décor lugubre et grandiose. Montagnes à l'ouest, à près de deux mille mètres. En arrière, ce qui semblait une plaine et se trouvait être le détroit de l'Eclipse, entre l'île de Bylot et la terre de Baffin. Au devant, le détroit de Lancastre, par-delà lequel se dressaient les sommets bleus de l'île Devon à cheval sur le soixante-quinzième parallèle.

Je vais aller me poster au bout de ce balcon naturel, pensait Nick Cassetti, j'y aurai la meilleure vue du monde.

Il marcha sur sept cents à huit cents mètres.

Tu me reçois, Saorge ?

Si j'en crois les traces relevées par mon Gollum, tu t'es un peu écroulé, non ? Tu es à bout de forces ou est-ce une feinte ? Voudrais-tu rivaliser en machiavélisme avec Nick Cassetti ?

Nick Cassetti gagna une plate-forme aux contours déchiquetés, comme des meurtrières.

Et de là, il les vit, dans ses jumelles. Deux milles de distance, peut-être un peu moins. Nick Cassetti distinguait une tente et le traîneau, les cinq chiens à l'attache, trois autres chiens que la femme était en train de décharger du traîneau ; et la silhouette de cette femme, celles de deux enfants, d'un grand corps allongé.

Nick Cassetti s'avança. Il s'acharna à faire passer avec lui le traîneau de métal auquel il était attelé.

Saorge ? Je suis dans votre champ de réception, Saorge ?

Nick Cassetti s'arrêta. Il prit Elisa dans ses jumelles.

Elle est gracieuse, c'est la jeune femme que j'ai vue à la passe de l'Enfant. Je vous présente mes excuses, Saorge : ce n'est pas une moricaude ordinaire. Quels yeux superbes !

Et où êtes-vous, vous ?

Les jumelles se braquèrent sur la grande silhouette d'homme allongée sur le traîneau. Dont un bras bougea.

Je reconnais la parka que vous portiez voici onze jours.

L'homme vu par les jumelles prit le bol qui lui était tendu et but.

Monsieur dîne au lit. Mais au moins vous êtes éveillé. Il aurait été dommage que vous n'assistiez pas au carnage.

Nick Cassetti mesura la distance au télémètre. Trois mille soixante-dix mètres. Trop loin, même pour moi. Il gagna un autre piton.

Je viens de changer d'idée, Saorge. Je pensais tirer sur votre femme en premier. Finalement, je choisis les enfants. Sans les tuer. L'idée qu'ils se retrouveront seuls à agoniser me convient. Enfin, je vais essayer de ne pas les tuer. Si je leur troue la tête ou le cœur, ne m'en veuillez pas trop.

Tu entends ça, Judith ?

Nouvelle mesure, minutieuse : deux mille neuf cent quatorze. *A la passe de l'Enfant, Saorge ne t'a reçu qu'à deux mille huit cent cinquante, environ, tu as vu sa réaction — il a tourné immédiatement la tête dans ta direction. Je suis en principe au-delà de sa perception.*

Très bien.

Nick Cassetti se choisit un poste de tir. Dut entailler la glace pour se fabriquer un appui pour le Steyr. Remesura la distance : deux mille neuf cent treize.

Quatre-vingt treize pour cent de chances de toucher mes cibles, Saorge. Et je dois pouvoir faire encore mieux. Question de motivation, comme dit Judith.

Ça va, Judith ? Je te sens près de moi. Tu es là, je sens ton parfum.

La femme près du traîneau venait d'obliger Saorge à rentrer son bras sous les fourrures. Au mouvement de ses lèvres, Nick Cassetti vit qu'elle lui parlait. Puis elle alla chercher l'un des enfants qui s'éloignait et se mit en devoir de les nourrir tous les deux.

Le *tableau est charmant. Saorge, j'ai réfléchi. Je crois que je n'aurais pas voulu de votre étrange pouvoir. Vous avez raison : c'est une maladie.*

Me voici, je vais vous en guérir.

Le Steyr-Manlicher se tenait dans son étui chauffant. Nick Cassetti allongea la main pour le prendre, continuant d'observer, avec les jumelles tenues dans son autre main, la femme et les deux gosses. *Sur lequel des deux vais-je tirer en premier ?*

Je ne sais pas, emmitouflés comme ils le sont, si ce sont de vrais ou de faux jumeaux...

— Garçon et fille, dit Saorge qui tenait déjà le fusil.

Nick Cassetti abaissa ses jumelles et se retourna. Saorge achevait de retirer le fusil de son étui.

— Vous n'en aurez pas le temps, monsieur, dit-il.

Nick n'avait pas amorcé son mouvement en direction de son pistolet droit. Avait seulement pensé le geste.

— Il ne m'en faut pas davantage, dit Saorge. Je vous lis très bien. Depuis bien avant que vous avez laissé le pisteur. Vous êtes dans mon champ depuis deux heures.

Il dégagea le fusil et s'assura que le chargeur y était enclenché.

— Veuillez demeurer couché sur le ventre, je vous prie, monsieur. Je vous serais reconnaissant de ne pas bouger.

— Vous ne me tuerez pas, dit Nick. Je ne risque rien.

— Vous étiez sur le point de tirer sur mes enfants. Je lis en vous et vous ne lisez pas en moi. Je vous lis en ce moment même : vos chances que je ne fasse pas usage de ce fusil sont de quatre-vingt-neuf pour cent. Selon vous.

— Ce qui m'en laisse une d'être tué, dit Nick en riant.

— Si vos calculs sont exacts.

— Je ne me trompe jamais, mon cher. Vous vous êtes écroulé, sur la piste, ou était-ce une ruse ?

— Je me suis écroulé et relevé. Je suis très fatigué, monsieur, c'est en cela que vous pouvez vous tromper sur ce que je vais faire. Dans mon état d'épuisement et ayant lu ce que vous projettiez de faire à mon fils et à ma fille, avant de vous en prendre à ma femme, et à moi-même enfin, il est possible que je me laisse aller à une extrémité.

— Ça ne vous ennuie pas si je parle, tout en sachant que ce n'est pas nécessaire, avec vous ?

— Je vous en prie.

— Qui est l'homme sur le traîneau ?

— Ulikattak.

— Il est mortellement blessé, j'espère. C'est lui qui m'a tué Dawlish ?

— Monsieur Dawlish a été tué par une femme. Qui se trouve à deux kilomètres d'ici et qui rejoindra ma famille sitôt que je lui ferai signe. Et j'espère qu'Ulikattak ne mourra pas.

— Vous avez fait exprès de creuser onze tombes au lieu de neuf, n'est-ce pas ?

— En effet.

Saorge fouillait Nick Cassetti, le canon du Steyr posé et pressé, non contre la nuque mais dans les reins (ce détail-là conduisait Nick Cassetti à réviser ses calculs — *je ne crois pas qu'il est capable de me tuer, mais pour ce qui est de me tirer une balle dans le ventre, je suis moins confiant en la logique*).

Saorge s'empara des deux pistolets.

— Je vous laisse le couteau, monsieur.

— Merci.

— J'ai lu que vous aviez fait installer des relais d'approvisionnement sur le chemin du retour à Frobisher. L'un de ces relais se trouve à une soixantaine de kilomètres dans le sud-est. Avec les provisions qui sont sur votre traîneau, vous y parviendrez. Le temps va se gâter dans une quarantaine d'heures. Je ne saurais trop vous conseiller de trouver un abri sûr, d'ici là.

— Je peux me retourner ?

Le canon du Steyr avait cessé de s'enfoncer dans son dos.

— Mais certainement. Et merci d'y avoir pensé : je les aurais peut-être oubliés.

Saorge recula, le fusil pointé, et alla fouiller le traîneau, pour en retirer les explosifs auxquels Nick Cassetti avait eu le malheur de penser, quelques secondes plus tôt.

Affolement. *Je m'affole. Je ne peux rien lui cacher!* pensait Nick Cassetti.

— J'ai grand-peur que non, dit Saorge de son étrange voix sourde et rauque à la fois.

— Vous êtes un monstre, mon garçon.

— Je sais, monsieur.

Nick Cassetti vint en appui sur les coudes. Il estima ses chances de se saisir de son couteau, de bondir, *en corps à corps je ne crains personne, j'aurais même pu l'emporter sur Dawlish...*

— Il nous serait agréable que vous ne preniez pas ce risque, monsieur, dit Saorge.

Nick Cassetti sourit.

Je n'ai pas peur de vous, Saorge.

— Voilà qui est dénué de la moindre importance, monsieur Nick Cassetti.

— Parlez-moi d'elle, Saorge.

Jusque-là les yeux noirs de Saorge étaient peu passés sur Nick, comme sous l'effet de quelque timidité. Le regard cette fois se braqua et un frisson parcourut Nick.

Je n'ai jamais croisé un regard comme le vôtre, mon garçon. Je ne dirais pas qu'il est terrifiant, mais je conviens qu'il me trouble et me met mal à mon aise.

Le regard s'écarta.

— Je vous prie de m'excuser, dit Saorge. S'agissant de madame Judith Jordaan, j'ai peu de choses à dire.

— Vous l'aimiez ? Vous l'avez aimée ?

Et il prend le temps de réfléchir !

— Il ne me semble pas, monsieur. C'était pourtant une jeune femme extraordinairement belle.

— Qu'avez-vous éprouvé, pour elle ?

Nouveau temps de réflexion. *Nick, cet homme te domine comme tu n'aurais jamais cru que ce fût possible.*

— Monsieur, je crois qu'il serait bon que vous abandonniez ces idées. Vous ne pouvez pas distraire mon attention en m'amenant à penser à madame Judith Jordaan. Je lirai votre mouvement comme je l'ai lu pour votre pistolet. Je le lirai à la seconde où vous vous déterminerez à m'attaquer. C'est enfantin, excusez-moi de vous le signaler.

— Vous n'avez pas répondu à ma question.

— Je ne tiens pas à y répondre.

Nom de Dieu, Saorge, pourquoi crois-tu que je suis venu jusqu'à ce putain de bout du monde ?

— Je comprends, monsieur, dit Saorge. Le sentiment que j'avais pour madame Judith Jordaan était la pitié. Vous n'aimez guère ma réponse. Je ne prétends d'aucune manière détenir une vérité. Je crois que madame Judith Jordaan était pervertie, quand elle a fait votre connaissance sur le campus de l'université de Californie Los Angeles. Elle avait certaines prédispositions à ce que vous avez fait d'elle.

— Je l'ai formée.

Tue-moi, Saorge, bordel de merde !

Saorge s'éloignait, emportant les armes.

— Ne touchez pas ce couteau, monsieur, dit-il dos tourné. Le lancer sur moi n'aurait aucun sens. Vous ne pourriez m'atteindre que par surprise. Et dans mon cas, avec ma maladie, toute surprise est à exclure.

Tue-moi, Saorge ! Il n'est pas possible que tu ne sois pas en colère, et que tu n'aies pas de la haine pour moi !

Saorge à une quarantaine de pas ralentit et s'immobilisa. Il se retourna, le regard noir dans la semi-pénombre, pivota, avec la lenteur puissante d'un navire qui manœuvre dans un bassin.

— Vous êtes dérisoire, monsieur Nick Cassetti.

Les loups apparurent une douzaine de minutes plus tard.

Une première bête, d'abord. Jeune. Arrivant en éclaireur. Puis deux autres, qui s'assirent, laissant entre elles un passage. Une femelle de poil gris et de haute taille, qui se rangea sur l'un des côtés.

Saorge lut les loups. Deux mille quatre cents mètres deux heures. Leurs flux mentaux se mêlant à ceux de monsieur Nick Cassetti.

Il faillit repartir en courant, revenir sur ses pas, essayer de s'interposer. Il lui avait fallu du temps pour dévaler les pentes, le double de ce temps lui serait nécessaire pour les remonter. Sans parler de son état d'épuisement total.

Il s'accroupit.

Il lut ce qui advint alors. Lut les pensées et les images transmises par les yeux de l'homme et des loups.

Pendant quelques instants, l'espace laissé vide, au centre, par les quatre premières bêtes, resta vide. Le grand loup blanc enfin se montra.

Nick Cassetti sourit et reposa ses jumelles avec lesquelles il avait tenté de suivre la descente de Saorge, puis observé le campement où une seconde silhouette de femme avait rejoint la première.

— C'est Saorge qui vous envoie ?

Tu crois qu'il commande aux loups, Judith ?

Je ne le crois pas. Il n'est ni Mowgli ni Tarzan. Ce n'est qu'un homme comme moi. Qui m'a écrasé, j'ai mon compte.

Je suis foutu, Judith.

Tu as entendu ce qu'il a dit ? Il avait de la pitié pour toi. Mais tu devais déjà le savoir, non ?

— Vous avez projets, ce qui me concerne ? demanda Nick Cassetti aux loups. Et il se trouvait dans la position où Saorge l'avait laissé (l'angle sous lequel il voyait les loups, et la vision que les loups avaient de lui), semi couché sur le dos et en appui sur les coudes, envahi par le froid au point qu'il commençait à ne plus sentir ses pieds.

De la pitié, Judith. Et quant à moi, je suis dérisoire. Il connaît les mots qui font mal ; mais il est vrai qu'il voit s'ouvrir les blessures de ces mêmes mots.

Il aura lu quelques-uns de mes souvenirs. A mesure qu'ils remontaient à ma mémoire, je suppose.

Il aurait surtout lu que je t'aimais.

Question, Judith`. quand tu as choisi de mourir, sur les bords de son lac Saint-Jean, tu l'as fait parce que tu espérais ainsi le sauver, en te sacrifiant, ou parce que l'image qu'il avait lue de toi, et qu'il t'a montrée, t'a expédiée par le fond ?

Les deux, hein ?

Je m'en doutais.

Nick Cassetti s'assit et retira de sa gaine le couteau à lame triangulaire, pratique dans la mesure où il permettait de transpercer le cœur de quelqu'un, au choix, de trancher la gorge ou éventrer. Je t'ai appris à t'en servir, Judith ; au début tu en avais de la répugnance. Mais c'est lui qui a raison : tu avais des prédispositions.

Nick Cassetti essaya de planter le couteau dans le sol. En vain. Il ne put qu'écailler la glace.

Il jeta l'arme au loin.

Bon, on y va, Judith. Tu viens avec moi ?

Il se leva et marcha vers les loups.

— Ne me racontez pas d'histoire, mes mignons : ce n'est pas lui qui vous a envoyés contre moi. Je ne crois pas qu'un être puisse vous donner des ordres ; vous êtes trop sauvages. Comme je le disais à Judith, c'est un homme bon. Autant dire un monstre.

A deux mètres du grand loup, il s'arrêta. La bête ne bougeait pas et soutenait son regard, de ses yeux phosphorescents, rouge orangé, dans l'ombre.

— Tu te décides, mon mignon ?

Nick Cassetti retira l'une de ses moufles et la jeta en pleine gueule. Le loup écarta la tête sans réagir.

— C'est une épidémie ou quoi ? On est devenu pacifiste, dans le Grand Nord ?

Deuxième moufle. Si ce loup-ci ne pèse pas cent vingt kilos, je ne m'appelle pas...

On avait bougé, sur la gauche de Nick Cassetti. On bougea très vite. La louve grise surgit dans le champ de vision et ses mâchoires saisirent le bras gauche de Nick Cassetti dans un étau, se refermèrent avec une effarante puissance, broyant les os et les chairs.

Nick Cassetti était tombé, sous le choc des soixante-dix ou quatre-vingts kilos de muscles. Il réussit à se relever, parvint à se mettre à genoux, luttant pour ne pas tomber. Trois autres bêtes se jetèrent à l'attaque, deux lui dévorant les jambes, la troisième attaquant son bras droit. Il ne retomba pas, riant toujours.

— Moins sauvages que moi, mes mignons.

Il vit le grand loup se mettre en mouvement. Et il le vit s'approcher sans hâte, *prends ton temps mon mignon, rien ne presse, ta famille est en train de me manger vivant, tu penses bien que je peux tenir des semaines. Tu es moins sauvage que moi, moi j'aurais mis des heures...*

Le grand loup n'eut pas à sauter. Avec de la délicatesse, il inclina sa tête et ouvrit sa gueule effroyablement puante de carnassier et planta ses crocs de sept à huit centimètres dans le visage, entre l'œil et la gorge.

Le Gollum n'était pas resté où Nick Cassetti l'avait laissé. Il s'était libéré et éloigné, repartant vers le sud et un moment, Saorge crut qu'il allait le perdre.

Contact, contact enfin, deux mille huit cent trente mètres à dix mètres près (la limite extrême de ma perception) cinq heures.

Ne m'oblige pas à te courir après, mon frère, je n'en ai

plus la force, et tu te perdrais, dans le Grand Nord sans nourriture et sans rien pour chasser et pêcher.

— Je ne veux que vous aider, dit Saorge au Gollum.

Et vous le savez, puisque vous m'avez attendu.

Le Gollum se rapetissait, se recroquevillait, ses yeux dilatés fouillant la nuit polaire, et tantôt se posant — une seconde au plus — sur Saorge, tantôt comme se retournant vers l'intérieur.

— Vous ne vous appelez pas le Gollum, dit doucement Saorge de sa voix sourde mais si douce et apaisante. Vous êtes un homme du nom de Corley Rocher-qui-pleure Nash.

Image de monsieur Nick Cassetti.

— Je ne crois pas qu'il puisse vous faire du mal, monsieur Corley Nash. C'est un homme fini. Son histoire est finie.

Image de l'entrée de la grotte dans laquelle, avec Elisa, Saorge était demeuré caché, le Gollum regardant cette entrée.

— Oui, nous étions dans cette grotte et sans votre bonté, nous aurions été pris. Je ne saurais trop vous témoigner de reconnaissance pour ce que vous avez fait ce jour-là.

Images confuses, sautillantes, brisées, indistinctes d'un paysage de soleil brûlant et de terres arides, rocheuses, de silhouettes inachevées.

— Elle s'appelle Margarita et elle est votre femme, monsieur Corley Nash. Et l'enfant est le vôtre, qui se nomme Geronimo Nash. Ils sont vivants et vont à peu près bien. Vous pouvez les retrouver. Ils se trouvent dans une ferme avec un corral appuyé sur l'entrée d'un canyon, une éolienne aux pales bleues et... Oui, je lis que vous connaissez l'endroit. Ils sont là-bas. Sous la garde d'un homme du nom de Jake Hernandez. Vous devez aller voir ce Jake Hernandez et lui dire le mot de code *Sésame*.

— J'aimerais que vous veniez avec moi, dans ma famille, monsieur Corley Nash. Je vais m'approcher de vous, et vous ôter cet épouvantable collier. J'ai apporté ce qu'il faut.

Saorge montra la lame de scie à métaux qu'il avait

emportée exprès, et dont Ulikattak se servait pour les chaînes des chiens, lors des haltes.

Il scia le collier et, l'ayant ouvert, le jeta.

Ensuite, il se mit en route pour regagner le traîneau aux cinq chiens, et donc Elisa et les jumeaux et Sumamik et Ulikattak. Après peut-être cent mètres, il lut que le Gollum allait le suivre.

Contact, deux kilomètres plus loin. Bien que son propre épuisement fût si considérable que c'était à peine s'il pouvait conserver les yeux ouverts, Saorge lut. Les loups passaient trottinant. Et dans leur mémoire se trouvaient encore, pour quelque temps, les images de monsieur Nick Cassetti les provoquant avec un grand rire et se faisant dévorer par eux.

Ne va pas penser qu'il est mort par ta faute. Peut-être eusses-tu dû prévoir les loups. Mais l'auraient-ils attaqué s'il ne l'avait pas voulu ? C'est un fait que tu ignoreras toujours.

Quelle folie. Ces choses échappent à ma compréhension.

Contact disparu. Les loups s'en étaient allés hors du Troisième Cercle.

Dans lequel Elisa venait d'entrer, et Ugak et Sarah, et Ulikattak et Sumamik.

Oui, je reviens, mon amour, c'est fini. Je voudrais te présenter monsieur Corley Nash qui a besoin que nous l'aidions à redevenir lui-même.

Contacts ours, contacts phoques, contacts renards, contacts d'animaux du Grand Nord qui m'enveloppe et qui est Nunaga mon pays. Du bonheur m'envahit.

Oui, Elisa, mon amour, nous retournerons chaque été voir les arbres et nous baigner dans les lacs du Keewatin, et tu iras dans les boutiques de telle ou telle ville tandis que je t'attendrai à distance. J'écrirai à monsieur Antoine Desjardins pour qu'il me fasse venir de l'argent, si besoin était.

Oh ! Elisa, quel extraordinaire bonheur j'éprouve !

Antoine Desjardins en personne vint à Frosbisher Bay et confirma que toute recherche policière avait cessé. Il dit qu'il ne comprenait guère qu'on pût vouloir vivre dans le Grand Nord mais qu'en somme...

Il assista comme témoin au mariage de Saorge et d'Elisa et vint passer en hélicoptère une journée au campement où, en plus d'Ulikattak et de sa femme Sumamik, se trouvait une autre famille eskimo.

Elisa vola, à bord de l'hélicoptère, pendant au moins vingt minutes. Juste avant qu'Antoine Desjardins emmenât Corley Cash, l'ex-Gollum, jusqu'à Montréal et de là vers le désert de Gila.

Au printemps suivant, avec les vingt-cinq meilleurs chiens d'un attelage reconstitué par Ulikattak, Saorge, Elisa, Ugak et Sarah partirent pour le sud, par le détroit de Fury qui cette année-là demeura solide.

Ulikattak et Sumamik les avaient précédés d'une semaine. Ils voulaient effectuer un crochet par la péninsule de Brodeur, où ils avaient leurs habitudes. Ils allaient se trouver à temps, dans le Keewatin, pour y garder les chiens des deux traîneaux. Et ensuite, parole d'homme, sur le chemin du retour à l'hiver, ils feraient la course, jusqu'au mont Odin. On allait voir qui des deux hommes était le meilleur conducteur d'attelage.

Ils retrouvèrent le lac aux loups. Sans les loups. Le grand loup blanc ne se montra pas. Pas cet été-là.

Saorge construisit une cabane, pour les étés à venir, pendant qu'il découpait le bois, il lisait — cent soixante mètres six heures — un carcajou très acariâtre.

Carcajou très mauvais poil, pensa Ugak.

Ça, c'est bien vrai : carcajou presque aussi emmerdant qu'Ugak, pensa Sarah.

On ne doit pas penser « emmerdant », pensa Saorge à l'intention de la jumelle. C'est un mot grossier, ma fille.

Excuse-moi, papa. Mais c'est vrai qu'il l'est. Ugak, je veux dire.

Tu peux parler ! pensa Ugak. Qui m'a démoli mon barrage, hein ?

— Si vous arrêtiez de parler en pensant, tous les trois, j'aurais une chance de suivre votre conversation, dit Elisa.

En sorte que tous les trois, Saorge et les deux jumeaux,

vinrent vers elle, et se jetèrent sur elle, et l'embrassèrent, lui disant d'une seule voix, avec leur bouche, en parlant comme tout le monde :

— Je te prie humblement d'accepter mes excuses.

TABLE

La photocomposition de cet ouvrage
a été réalisée par
GRAPHIC HAINAUT
59690 Vieux-Condé

et imprimé par la S.E.P.C. à Saint-Amand-Montrond (Cher)
en mai 1994
pour le compte de la Librairie Plon

N° d'impression : 1201
N° d'édition : 12436
Dépôt légal : mai 1994